驚破霓裳羽衣

說不盡的唐詩，不過是歌舞昇平一場

從華
到鸛
到玉門
到終南
即使繁
唐詩也留下了一片美極的蒼涼。

杜昱青 著

——即使是人生低谷，李白也會仰天長嘯

——眠在終南山初起的煙靄中，與王維做上一場草堂春夢

——順著月光的軌跡，與張若虛共賞春江花月夜

驚破霓裳羽衣

說不盡的唐詩，不過是歌舞昇平一場

目錄

盛世長安史詩卷

目錄

驚破霓裳羽衣

說不盡的唐詩，不過是歌舞昇平一場

前言（一）

唐朝是中國封建社會史上空前繁榮強盛的時期，也是「中國最具世界主義色彩的朝代。」唐王朝的統治者對外開拓疆土，懾服四夷而懷柔以遠，以開放的姿態吸收了各民族的生活習俗和文化知識；對內則致力於維護社會穩定和經濟發展，融匯了儒釋道三教，並廣開言路，因而出現了大量人才，這也使整個社會呈現出一派朝氣蓬勃、民富國強的盛況，同時也造就了中國詩歌史上光芒萬丈的「盛唐氣象」。燦若星漢的詩人群體以及極具魅力的精神文化，成為這個朝代最引以為傲的資本。

在中國古代文學史上，唐詩與先秦的散文、漢賦、六朝的駢文、宋詞、元曲、明清的小說並稱，唐詩代表了唐代文學的最高成就，並大有獨領風騷之勢。流傳至今的唐詩有五萬兩千多首，留有名姓的詩人多達兩千三百人。唐詩的數量之多、作者面之廣、風格流派之繁、體裁樣式之全、影響之大，都稱得上是空前絕後，且還出現了李白、杜甫、白居易這樣一大批享有世界聲譽的偉大詩人，可以說唐詩還代表了中國古典詩歌的最高成就。

詩歌的輝煌，反映出這一時期社會經濟高度繁榮和迅猛發展。將近三百年的歷史中，唐朝經濟處於持續成長的狀態，這便成了文化大發展的泉源。又因為五胡十六國時期，進入中原的各少數民族與漢民族逐漸融合，國際上的文化交流也日益頻繁，再兼唐人的思想更為活躍、態度也極為開放、言行舉止少拘束，各種思想文化可以兼容並蓄，這些為詩歌的發展提供了良好的社會環境。

從唐詩內容的種類看，唐詩出現了題畫詩、評文詩、記遊詩、史詩、哲理詩、寓言詩、賦體詩等諸多形式，這些都是唐代詩人對詩歌內容和體裁的創新及拓展。

形成鮮明獨特的風格是創作成熟的標誌，從唐詩的風格流派看，僅盛唐時期就出現了「李翰林之飄逸，杜工部之沉鬱，孟襄陽之清雅，王右丞之精緻，儲光羲之真率，王昌齡之爽俊，高適、岑參之悲壯，李頎、常建之超凡」等多種風格。在相同的時代背景和社會審美心理的作用下，一部分性格、經歷、素養大致相近的詩人相互唱和切磋，也因此形成了相似的創作風格及流派。唐朝的詩壇中，先後出現過風格華美壯麗的「四傑」和精工纖巧的「十才子」，以及閒雅淡遠的山水詩派、慷慨豪壯的邊塞詩派、通俗易懂的元白詩派、奇麗俏皮的韓孟詩派、精深婉約的溫李詩派等眾多的流派，形成了百花爭豔的局面。

從唐詩的題材上看，其幾乎涉及到了當時生活的每一個場景。不但有朝廷政治的得失、國家的興衰、將相的忠奸、戰事的勝負、宮廷的歌舞宴樂，還有民間的漁樵耕織、民生哀苦、邊塞祭神狩獵等等，各種素材無不入題。從救濟蒼生、安定社稷的豪情壯志到隱居山林、遠離世間的閒情逸致；從餞行送別的依依不捨，到多次科考仍不中的牢騷怨憤，各種情懷都得到了抒發。詩歌已成為唐人生活中不可缺少的一部分，而唐人也把詩歌的各種功能發揮到了極致。

詩歌，已經成為了唐朝的另一個代名詞，若是能從滄海中拾得一粟，也足以令我們品味一生了。

前言（二）

．唐詩：一抹盛世憂愁

這果真是一件極為辛苦的事情。

我不是一個愛詩的人。相比之下，我更歡喜於宋詞的韻律感。又或者說，宋詞較之於唐詩多出幾分世俗，這也難免被稱為「詩餘」了。只是現如今的我們，哪裡還有那麼多的清高，於是不免也得承認自己的世俗，因而才對詩歌多了一份疏遠。

最怕的是，距離一旦拉開，就把那份情遠遠拋在了天邊。

這些其實都是想像不到的難題。未動筆前，我還未被唐朝文人的風骨吸引；而一旦走進去，才發現自己竟然是誤入了一潭泥沼，只有越陷越深的命，無論如何也掙扎不出來了。

這是史上難得的一個盛世。百姓安居樂業，社會政治清明，似乎再沒有什麼事情值得憂傷。可文人卻總是難以讓人理解，即便只是一場歡歌達旦，他們也總要從中尋出一些由頭感傷一番，這是極可怕的事情。當在文字中逐漸和詩人融為一體的時候，最容易被他們的情緒感染。於是在洋洋灑灑寫出數十萬字的過程中，始終有一片愁苦的陰雲籠罩在我心頭，連飯食都有些難以下嚥。

可再一想想，這大概又是我自己性格的原因，才使每一首詩歌都沾染上或許並不屬於它們的色彩。所謂醉眼看花花也醉，那一個時辰，是再辨不清究竟是自己醉了，還是這個世界本就已經不再清醒。

我們僅僅都只是一個個體，所看所想也必不相同，也許他人念到的詩歌，全都是幸福的味道吧？

但這又能怎樣呢？真正讓我愁苦的，不只是附著在詩歌背後的情感，更有許多字句編排上的難題無法徹底解決。

我並非學院派出身，在字句的理解上便也多些野路的味道。更何況，野出來的不是詩文故事，而是作詩人的心性，一來二去，連自己都有些厭煩。我的一個朋友在看馮唐先生寫的散文時曾說，第一次看到他把女人的腰肢、大腿，比作是亂顫的柳枝時，還覺得很有新意；可當翻遍全書卻發現此類比喻遍地皆是的時候，不禁就有些憤憤然了。

這終還是不知道作者的難處，如果說女人弱柳扶風算是一種美的話，若每篇都要出現數個美人，又該作何種樣子的比擬？於是同樣的字眼也就極容易重複出現了。

這樣說，總有一些為自己開脫罪責的味道。但寫作又是最私人的一件事情，假如在馮唐先生的眼中，覺得女人的身體只似楊柳，讀者又怎麼能逼著他把楊柳換成其他什麼呢？

這個問題，始終還是有一些說不明道不清的味道。

另一個讓我頭疼的問題，是在收筆後才發現的，原來我還犯了「以詩注詩」的毛病。在寫作的過程中，我甚至還曾以此為自豪，可最後卻發現這大概最是畫蛇添足的事情了。

這場淵源還要從佛教禪宗中的公案說起。禪宗初行時期，教旨教義乃不事文字，凡有求禪者皆視所悟，而採取或棒喝或打罵的方式，為的是使其能在瞬間頓悟。然而此種方法卻極不利於禪宗推廣，後世人便學其他宗派注解先師公案的方式，也對本宗公案注解。但不明佛理的人在注解的時候，依舊採取了禪的機鋒，即用更複雜的話來解釋原本的哲理，這使世人原本並不理解公案所言，又因為莫名所以的注解機鋒而多了一層理解障礙；到最後，這反倒成了費力不討好的事情了。

我以詩注詩的寫作手法，也走了禪宗的這條老路。況且我對詩歌本是一竅不通，所作幾句蹩腳的詩文，怕是連平仄和韻腳都不和章法，這難免又要被人抓把柄了。但文章已成，且前後修改也有數遍，是再不知該如何下手了。留待下來的憾事，也只有等著讀者去評閱。心中雖是忐忑，但也別無他法。

前言（二）
唐詩：一抹盛世憂愁

歸根結底，我只是把自己眼中的唐詩寫了出來，因水準有限，粗陋之處難免，不敢奢望看書人多多包涵，唯求有人能指點雅正，便是大幸。這年頭，省出銀錢買書的人本不容易，寫作者若是再不盡心，便當真要惹起民憤了。

最後，卻是要特別感謝我的好友，若不是他們在詩歌搜集、整理分類上的鼎力相助，便也不會有今天擱筆的時刻。這本書到底如何，也只有留待給讀者去檢驗了。

驚破霓裳羽衣

說不盡的唐詩，不過是歌舞昇平一場

華夏文明追溯卷

中華民族擁有五千年的悠久歷史，從三皇五帝、夏商周到春秋戰國、秦漢魏晉，又從隋唐五代、宋元明清，可謂是波瀾壯闊的一段文化歷程。中華民族擁有這樣輝煌的文化，擁有如此豐富的典籍，這正是這個民族的驕傲，也是全人類的自豪。

文化是一個國家文明的象徵，是民族智慧的濃縮。中華文化以其浩瀚的典籍記錄了歷史的點滴，鑄就了中華民族高尚的品德。其傳統倫理延續了數千年，奠定了中華民族的凝聚力和向心性；其獨特的思維方法影響了世世代代的華夏子孫，構成了東方特色的思維模式，形成了中華民族的整體性及和諧性。

・遺落到人間的情愫

當黃河水從青藏高原上滾滾而下的時候，泥沙俱都震碎了身骨，隨著不息的河水一同歡快叫囂，奔向各自前程。

很難說這些泥沙不是詩人的化身。黃河水用泥土的顏色包裹起自己的偽裝：那曾是一個千古盛世的時代，卻用癡人的語句打扮起一份情懷。滔滔奔流的黃河，一路流經青海、四川、甘肅、寧夏、內蒙古、山西、陝西、河南、山東等九省，最後在山東省境內注入渤海。也難怪人們要把華夏文明歸結為黃河文明，歷史上哪裡還有一條河流，流經如此多的繁華、貧瘠和滄桑。

黃河帶給我們的，不僅僅是這一塊沖積平原上的富庶，更是在富庶背後每一個被稱為詩人的熾熱情感。謳歌只應是一種外化的表達，那不曾袒露出來的真心，才應該是同黃河母親之間藕斷絲連的生養之情。

劉禹錫在浪淘沙（其一）中寫道：

九曲黃河萬里沙，浪淘風簸自天涯。
如今直上銀河去，同到牽牛織女家。

在劉禹錫看來，黃河應該是從天上來，甚至連李白都曾經覺得眼前的瀑布是「銀河落九天」，更不用提這綿延萬里的九曲黃河水了。看著這一份波濤洶湧時的澎湃，人心總是難以平靜，以至於人人都在幻想如何才能溯流而上，會不會就此遇到牛郎和織女兩人的桃源。按照這個說法，地上黃河與天上銀河本就應該出於一家，地上百姓和天上仙人又還有多大的區別？

劉禹錫寫下這首詩的時候，人正在夔州，也就是當今的四川奉節縣。唐代詩人多嗜酒，就像是魏晉時期流行五石散一樣，不喝酒的文人哪裡能夠算得上詩人？唐詩中酒最常見，恰好夔州便是當時釀酒業的中心，此地酒業之盛、酒名流傳之廣全天下都富有盛名。在夔州所做的詩中，不少篇章都和酒息息相關。不知道劉禹錫當時的狀態是不是已經醉眼朦朧了，如是的話，泛一葉扁舟遊於水上，何嘗不也是一份愜意。哪管牛郎和織女好不好客，於清風徐來的江面上，喟歎一下人生的際遇，或灑脫或傷懷，都足以羨煞旁人。

後世的蘇東坡做到了，雖然他泛舟的地方不是黃河，卻也在江上禁不住抒發了一番襟懷。面對明月，面對靜水，面對徐風，人總是容易生出許多感情。只是東坡先生一時間喝得興起，不禁樂極生悲，竟然也淒淒哭出聲音。

最讓人心裡面不忍的卻是李太白。這位高歌一世的才人，在生命的最終也只落得於湖面上划船飲酒的境況。把盞問明月的時候，對影成幾人，恐怕他早就算不清楚。後來又一時感懷身世，竟做出猴子撈月的蠢事，徒給世人留下一份祭奠。

悲劇總是給人多少唏噓！

相傳，在漢武帝時候，出使西域的張騫曾經背負了一份神聖的職責。皇帝要他循著黃河的源頭去拜訪牛郎和織女，如果真找的到的話，那漢武帝現在恐怕也已然成為我們供奉的仙人們中的一員了。詩人對這份情懷總是難忘，劉禹錫便也要迎著狂風巨浪逆流而上，直到叩響牛郎織女的家門，才算得上是給自己一個交代。

還有一個美麗的傳說遊蕩在黃河的河面上。很久以前，黃河上游有一個村莊叫黃家莊。黃家莊裡有一個叫黃河的女子，村霸逼得女子投河自盡。家人不忍棄女子於不顧，駕著小船一路沿河而下尋找她的屍體。所到之處，呼喚名字的聲音不絕於縷。聲聲真情，催人淚下。這條河流也就因此而被命名為黃河。

另外一說是，在兩千多年前，此河只是叫單字一個「河」，沒有「黃」字的時候，河水也是清亮見底。只因陝西一帶的上游地區植被保留完整，才沒有如今泥沙俱下的慘況。在西安，還有著「八水繞京城」的說法。因而人們都認為，這麼清亮的河水，除了是從天上的銀河瀉下來，哪裡還能夠有這番美景？

李白也說：「黃河之水天上來，奔流到海不復回。」這首〈將進酒〉唱得恣意，聽得人也頓覺得人生之路本就一番開闊，卻都是我們凡人自找苦吃，到頭來還要埋怨彼此的不是。

君不見，黃河之水天上來，奔流到海不復回。
君不見，高堂明鏡悲白髮，朝如青絲暮成雪！
人生得意須盡歡，莫使金樽空對月。
天生我材必有用，千金散盡還復來。
烹羊宰牛且為樂，會須一飲三百杯。
岑夫子，丹丘生，將進酒，杯莫停。
與君歌一曲，請君為我側耳聽。
鐘鼓饌玉不足貴，但願長醉不復醒。
古來聖賢皆寂寞，惟有飲者留其名。

陳王昔時宴平樂，斗酒十千恣歡謔。
主人何為言少錢，徑須沽取對君酌。
五花馬、千金裘，呼兒將出換美酒，與爾同銷萬古愁！

意思是，你可曾看到那滾滾的黃河之水，從天上急墜後又匯流入海，於萬里咆哮聲中再也沒有回頭！你可曾對著高堂上的明鏡，為了滿頭白髮而悲愁？年輕時青絲般的秀髮，到了暮年卻變成了雪一般華白。人生得意時就要盡情歡飲，千萬不要讓金杯空對明月。

天生我材必定會有用武之地，千金散盡後還可以重新賺來。烹羊宰牛我們要喝個痛快，先飲它三百杯以釋我情懷。岑老夫子，丹丘先生，快點飲酒，不要停下手中的酒杯。讓我為諸君高歌一曲吧，請諸君為我傾耳靜聽。鐘鼓美音與佳美飲食都不足為貴，我只願沉醉在美酒中不再醒來。自古聖人賢士多寂寞，唯有善飲的人才能留下美名。

你看陳王曹植昔日宴請親朋好友，一斗美酒需要十千金錢，可他只是恣意飲用與歡娛，卻從不去計較這些令人煩心、雞毛蒜皮之事。主人啊，你為什麼要說自己的酒錢已經不多，只管去取來喝到碗底朝天。可憐什麼五花馬、千金裘，只管把小廝叫來，通通拿去換成美酒。今天我要與你一醉方休，才能化解我這萬古的情愁。

感懷際遇的詩詞歌賦很多，而李白在詩文中從來不會承認自己的悲傷。即便如此，我們從他的詩句中，看到除了滿腹才情之外，只有滿紙荒唐言，外加一把辛酸淚。李白和杜甫是兩種完全不同的人，一個活得瀟灑而狂放，一個生得卑屈而無奈。杜甫最容易惹人憐憫，瑟瑟秋風中，他只能叫著如「安得廣廈千萬間，大庇天下寒士俱歡顏，風雨不動安如山」般的口號，逆風拾掇自己的茅草屋，繼續過著困苦的生活。李白恰恰相反，在華美到耀眼的外在下，誰會想到那一顆從來都沒被理解過的真心，到底還能夠裝得下多少世俗中的塵埃。

〈將進酒〉大約作於天寶十一年，李白當時與友人岑勛，在嵩山另一好友元丹丘的潁陽山居做客，三人登高宴飲，一時興起而成就此作品。詩中雖是在表達應該暢快淋漓喝酒的好興致，背後隱藏的深蘊，恐怕只有喝過酒且一醉方休的人才能體會。滿腔悲憤借酒發洩，卻沒想到借酒消愁愁更愁。這樣悲傷故事還能夠怎麼述說，反不如一乾而盡來得痛快。

乾！酒杯舉起，淚珠也揉碎在臉頰上。

這一切，都和李白的際遇分不開。李白是個神童，自小熟讀詩書，十歲就能夠作賦。且李白的性格，和他結交的俠隱之人有密切關係。他自己曾說，年輕時結交的人都是一些豪邁之士，或者是一些修道煉丹的隱者。這使得他的性格豪放，而內心的真感情卻要被豪放的外表掩藏起來，只讓後人於字裡行間拿著放大鏡苦覓線索。

李白還說，他十多歲的時候就練就了一身好劍術。當時天下武功，李白名列第二名。後世可以和他比擬的，除了辛棄疾之外，再無二人。

文韜武略樣樣在行的李白，大多時間都在遊覽名山大川。當他在小壽山定居後，被前朝宰相許圉師招為孫女婿，仕途的大門就此打開了。可仕途從來不是文人應該待的地方，李白的狂放更引起了高力士等人的不滿。李白斥之為小人，可最後往往是小人度了君子之腹。這是一種悲哀，還是一種現實，沒有人能夠說得清楚。

安史之亂中，李白曾隨軍出征，也正因為這一腔的報國熱情，引來了一身的罪過，以至於最後被流放到了邊遠的夜郎。

生活上的顛沛流離，卻讓李白徒增了許多感情，因而在他和杜甫相遇的時候，才會感歎知己難尋。雖然一個是華袍錦服，一個是藍衫步履，同樣的命運讓他們兩人意識到彼此的悲劇，不禁抱頭痛哭，依依惜別，此情再難續。

晚年的李白已經斷絕了經濟來源。這位曾經盛極一時的騷客，在病榻上為縣令李陽冰講解書稿，青燈苦茶，幾乎燃盡了他最後的精氣。他留下的最後一首詩是〈臨終歌〉：

大鵬飛兮振八裔，中天摧兮力不濟。
餘風激兮萬世，遊扶桑兮掛左袂。
後人得之傳此，仲尼亡兮誰為出涕。

這首深得楚辭遺風的作品，竟成為已經六十二歲的李白的絕唱。即使如此，他還想著能夠有一天「大風起兮雲飛揚」，只可惜世間已沒有再世孔子，誰還會為自己的這份情懷落下一地悲傷。

李白去了，隨著滔滔黃河水奔流而去，隨著歷史的洪濤滾滾走遠。留給我們的是滿滿的詩句，充實每一個敬仰他的人的精神和內心。

可歎的是，這個悲傷到骨子裡的太白星，究竟得幾人與之共赴黃河源頭，拜訪牛郎織女，才能不枉人世走一遭啊！

・難得是無路，更是開路

說起黃河，我們總是認為這是一位慈祥的母親，卻少有人想到，再年邁的母親也曾經青春年少。她的悸動，是一種暗潮洶湧，是掩藏在沖積平原背後的九曲之彎。當人們已經習慣於享受母親帶來的恩澤時，卻從沒想過，她是不是也曾有過一段悽惶的人生，亦或者坎坷的旅途。

母親越不願意告訴孩子的事情，往往越充滿神祕感。這些故事中，多的是一份辛酸，以及之後被稱之為的所謂浪漫。

李太白在成名之前，也有過這麼一段辛酸的浪漫。千百年後，魯迅先生寫下了一句話：「世上本沒有路，走的人多了，也就成了路。」再回溯到千年前，面對著王屋山與太行山，愚公不願意天天繞行，更不願意聽那智叟的好言相勸，他要自己的子子孫孫憑著肉脊梁開出一條路。無路難，開路更難，人生在世偏偏被一條路鉗制了方向。

當時，李白在京任職只有兩年。在這條陽關大道上，他走得並不舒坦。西元七四二年，才高氣盛的李白終於等來了人生的春天。他奉詔入京，擔任翰林院供奉，生命似乎在一夜之間變得山花爛漫。騎馬遊長安，那應該是何等愜意、何等灑脫！李白是個積極入世的人，儘管他內心有著道家俠隱情結，但此時的李白嚮往的是那一片浮華，是夜夜笙簫的極樂。在他的名人譜中，如管仲、張良、諸葛亮一般的曠世人才，才可以與自己作比，此生若是做不出一番驚天地泣鬼神的大事業，恐怕終將要枉費太白金星在人世走這一遭了。

這一年，李白已經四十歲了。生命留給他的時間已然不多，能夠在不惑之年得到天子的恩典，這對他來說是莫大的安慰。在道士吳筠的推薦下，李白憑藉著一腔才氣而為玄宗賞識。但皇帝喜歡的事情只有兩樣，一是他的寵妃楊玉環，另一便是李白寫就的極盡誇讚之能事的詩作。除此外，李白心中的抱負對皇帝來說只不過是一場雲煙。

這樣的日子，李白忍受了近千個日夜。至此，他終於認識到，原來自己是走錯了路，上錯了船，越多的努力卻只能夠換來偏離理想的南轅北轍。在被權臣讒毀排擠下，李白被聖上變相攆出了長安城。

風蕭蕭兮易水寒，沒有人敢於確定李白是不是注定無法回來。因而這樣的送別，就顯得格外淒涼。縱然天下之大，這一走，何處是自己的容身之地，李白心中同樣沒有答案。俗話總說，女怕選錯郎，男怕入錯行。被逼出京，求仕無望，即便文章寫得名滿天下又如何？當下不是沒有路，而是任何一條路都滿是荊棘，行路之難，豈是兒戲？

人生已過大半，自己卻又回到了飄零的生活中，尤其是在面對前來餞別的好友時，這樣的悽惶之情頓時充塞於胸。這篇〈行路難．其一〉就成了對社會的控訴，以及對自我的哀憐：

金樽清酒斗十千，玉盤珍饈直萬錢。

停杯投箸不能食，拔劍四顧心茫然。
欲渡黃河冰塞川，將登太行雪滿山。
閑來垂釣碧溪上，忽復乘舟夢日邊。
行路難，行路難，多歧路，今安在？
長風破浪會有時，直掛雲帆濟滄海。

憑著李白的個性，即便是人生低谷，也要仰天長嘯。於是，他只說「行路難，行路難」，但卻依舊打腫臉充胖子般，要「直掛雲帆濟滄海」，歌者動情，聞著落淚。人世間能得幾個李太白，可以把世事看得如此透徹。儘管無路難、開路難、行路難，但只要走下去，就是有希望。

可這樣的話，也只是說出來充一下體面罷了。朋友踐行，必是滿桌佳餚，而詩人卻有些難以下嚥，他的心中早已經被愁悶填滿了。以外人的視界來看，縱然天塌下來，李白也應該有著大碗喝酒、大塊吃肉的氣度，可此時他卻只是推開杯盤，不願吃也不願喝，借酒消愁不再是他的寄託。他希望能夠有所希冀，即便是渡黃河、登太行，也要尋條出路。可是堅冰堵塞了河流，山上又滿是積雪。茫然四望，何處是坦途，何處是春光？

不但行路難，況且歧路多，此時的李白只感覺自己寸步難行。七言詩的短節奏和快跳躍，如同鼓槌般，一槌一槌敲著他越來越迷茫的內心。不如就這麼歸隱吧，閑來垂釣，與山水相親，也不失為一番樂趣。世事如此艱難，何苦還要和它爭個不休？

轉念一想，李太白的臉上露出了笑容，讓所有的不快都消失吧，世人都知道自己是個豪爽之人，此時怎麼又如此悲戚起來？端起酒杯，一飲而盡，讓暴風雨來得更猛烈一些。乘長風力破萬丈巨浪，掛雲帆橫渡千里滄海。管他得意不得意，只管去做，必定終有個滿意的結果等在岸邊。

就像黃河水從青海省的巴顏喀喇山上滾滾而下的時候，只因不經意的一個拐彎，便成就了塞上的一片富庶地，在河套平原形成一個馬蹄形的大彎曲，這使得每年開春時節，上游已然融化的堅冰遇上，卻在「几字形」的北段依舊凍得嚴實的河面，因而每年都會春潮氾濫。春潮過後，耕作的人們便知道，這又是一年播種的季節了。種下希望，收穫的便是沉甸甸的果實。不管在過去的一年有過多少災難，新的一年一定要有新的開始。

再寒冷的人生之冬，也會迎來春天，即便春潮氾濫，卻也值得相信未來是一片光明。

可人世間能做到如同李白一樣豁達的，究竟能有幾人？

同是傷別離，韋應物卻和李白有著不一樣的愁緒。唐德宗建中四年（西元七八三年），詩人韋應物得到了一次升遷的機會。這年冬初，他乘船離開長安，到滁州任職刺史之位。在洛陽鞏縣處，由洛水駛入黃河。大凡懷著一腔才情從政的人，多半是不得志的，在這一點上說，韋應物不算是例外。因而面對初冬時節的黃河水，他不禁也愁上心結，寫下了一首題為〈自鞏洛舟行入黃河即事寄府縣僚友〉的詩寄送給了老朋友：

夾水蒼山路向東，東南山豁大河通。
寒樹依微遠天外，夕陽明滅亂流中。
孤村幾歲臨伊岸，一雁初晴下朔風。
為報洛橋遊宦侶，扁舟不繫與心同。

讀罷此詩，心中不禁又是一份冰涼。

韋應物本是長安人士，年少有為的他，十五歲就以三衛郎的身分站在了唐玄宗的身側，可隨意出入宮闈，而無人加以阻止。三衛即親衛、勛衛、翊衛三支禁衛軍，負責宮廷禁衛之事，其實就是皇帝的扈從儀仗隊，在其中服役的少年衛士便是三衛郎。皇帝出遊、狩獵，他們衣甲鮮明、旗幟招展，前呼後擁隨行，場面好不威風。

此時的韋應物，完全是一副得勢氣派。豪放不羈、胡作非為，能夠被人想到的所有憎恨之詞放到他的身上絲毫都不為過。然而，自己種下的禍根，終歸還是要自己嘗。安史之亂後，玄宗倉皇逃亡蜀地，曾經為皇帝鳴鑼開道的韋應物，也徹底失去了庇佑。

本瞧不起書堂中文弱書生的韋應物，至此才開始明瞭讀書明智的重要，雖然已過了廿歲，但韋應物也算是個有高遠理想的人，既然立志讀書，就要少食寡欲，且常常「焚香掃地而坐」，到頭來，也終算是修得了一份才情。

唐代宗廣德至唐德宗貞元年間，韋應物先後為洛陽丞、京兆府功曹參軍、鄠縣令、比部員外郎、滁州和江州刺史、左司郎中、蘇州刺史。貞元七年退職，世稱「韋江州」、「韋左司」或「韋蘇州」。在將近三十年的從政期間，韋應物一改之前做武將時的囂張跋扈，轉身為一位儒雅的文臣。不管是做京官還是做地方官，簡政愛民的韋應物著實給自己爭得不少好名聲，且他還時時反躬自責，以求能夠做到捫心無愧。

但在人生末段，韋應物從蘇州刺史的位置上卸任後，再也沒有得到其他任職。生活給韋應物開了一個大玩笑，從此之後，這位棄武從文的官員再沒有固定的生活來源，最後竟然淪落到了一貧如洗的地步。無奈之下，他只得寄居在蘇州無定寺，於五旬過半時客死異鄉。

撇開悲愴的宿命論不談，詩人此時已經在不知不覺中駛進了黃河流域。秋末初冬的季節，到處都是一片肅殺，茫茫黃河水與天際相接，依稀可以辨出形狀的樹木在越來越重的寒氣中早就沒有了生氣。甚至連落日留在河水中的倒影，都因著驟降的溫度而顫抖，忽明忽暗，閃爍不定。

數年前，在安史之亂的逃亡中，韋應物也曾歷經相似的景象。當時不論走到何處，總是能夠看到幾處孤零的村莊閒散在水邊。閒情逸致和人的心境相連，那時候韋應物眼中的世界只有蕭敗。往事不堪回首，再被應情的景色稍稍觸動，不禁淚沾衣襟。

誰還能理解自己呢？或許友人此刻正在府邸中酒肉笙歌，但韋應物卻按捺不住心中強烈的訴說欲念。北風勁吹，人雁南飛，獨在異鄉，知己幾何？

於是他說，《莊子．列禦寇》中曾經提到：「巧者勞而知者憂，無能者無所求。飽食而遨遊，泛若不繫之舟，虛而遨遊者也。」很難說這句話不是韋應物做的一場白日夢。同是在水面上，縱然嚮往神仙境界，自己也永遠無法「虛而遨遊」。但此時他卻感慨起身世，自己既不是巧者更不是智者，唯獨能做到的便是無求無為，或許只有這樣才可以無憂無慮。就像是漂流在河面上的船一樣，隨波逐流，去向哪裡都不是由自己決定，而自己也無須操心了。即便拉回到現實中，到滁州為官也僅僅只是聖上的意思，自己一介臣子，聽從聖命就足夠了，想得太多，只會讓自己苦惱更多。

這樣的感傷，縱然同僚不理解，韋應物也已經把其種在內心深處，生根發芽、開花結果，只是時間的問題。

世人都說，時間可以治癒一切，但其同樣可以毀掉一切。

此後，朝廷狀況如同江河日下，韋應物也更是散了入世的念想。面對「欲渡黃河冰塞川」的困境，李白或許會長風破浪；但韋應物最終選擇了聽之任之，恰似不繫之舟，漂到何處，何處即為家。

茫茫前路無知己，人人識君又如何！

・偏偏對面不識君

唐代的時候，黃河是一條從外域流進中華大地的河流。從上游一直往下走，最讓人叫絕、也最讓人感到遺恨萬千的，便是黃土高原。這裡塑就了驚豔世俗的飛天，這裡也生養了許多俊美男女，這裡更創造了見面流淚、卻難越溝壑牽手的尷尬。

以當今的視角來看，長安城也站在了黃土高原的邊緣。只是在那個繁華浸染的朝代中，黃土高原遠沒有今天這麼千瘡百孔。雖說秦漢時期的移民對這裡農耕火種，但直到明清時期，此地的泥沙才因人們自我欲望的膨脹開始滾滾日下，也才更成就了黃河的「美稱」。

但在當時，人們喜歡提起的事情，更多的是一些具有西部粗糲色彩的浪漫，而那條曠世的絲綢之路，便是藉此道通往了遙遠的西域。

詩人李賀也曾涉足這裡，雖只是和黃土高原一場簡單的邂逅，卻也難免迸撞出一朵金戈鐵馬般的火花。李賀落腳的城市在雲州，也就是山西大同，古時亦被稱之為「雲中」。雲州是邊塞，此正是李賀於此地寫下〈平城下〉一詩的緣由所在。

平城，乃是詩人用的秦代的古稱，即山西大同市大同縣。很顯然，這首詩是一首邊塞詩。在戰場上打仗的人，他們已經見證了太多的死亡，甚至早就不願意相信兒女情長。在國仇家恨面前，男女私情也因此顯得微不足道。儘管很少寫邊塞詩，詩鬼李賀也破例在此詩中寫到：

饑寒平城下，夜夜守明月。
別劍無玉花，海風斷鬢髮。
塞長連白空，遙見漢旗紅。
青帳吹短笛，煙霧濕畫龍。
日晚在城上，依稀望城下。
風吹枯蓬起，城中嘶瘦馬。
借問築城吏，去關幾千里？
惟愁裹屍歸，不惜倒戈死！

寫古的詩，其實從來都是寫今。只是現實有太多的不可說，文人們才轉而把志向投到了歷史、演義、鬼怪之談中。李賀此舉，目的也是昭昭然。而上天總是捨不得人世間多出幾個才華橫溢的人，於是在李賀剛滿二十七歲時，就收走了他的遊魂。

說起李賀的成名，其和大文學家韓愈之間還有著一段師徒之情。當年的李賀只有十八歲，正是迎來人生一片輝煌的好年代，李賀從昌谷來到洛陽。他拿著自己作的一首〈雁門太守行〉拜訪韓愈，詩中寫道：

黑雲壓城城欲摧，甲光向日金鱗開。角聲滿天秋色裡，塞上燕脂凝夜紫。

半卷紅旗臨易水，霜重鼓寒聲不起。報君黃金台上意，提攜玉龍為君死。

韓愈愛李賀的才，更愛李賀的膽識，這次相會便從此被傳為一段佳話。

兩年後，韓愈改任官員外郎，到洛陽巡視的時候，又曾親自拜訪了一回李賀，兩人的師徒之情自此結下。

在隋唐之前，在還沒有科舉考試的年代，古來聖賢走上仕途的道路不外乎兩種：一是以退為進，故意歸隱從而引得達官顯赫的注意；二是此人著實因著為人和才情而聞名鄉里，或舉孝廉，或自薦門客，或因與某位有財有勢、卻又想用文人武將來妝點門面的人結交。可科舉制度改變了這一切，然而李賀顯然不想走考取功名的老路，韓愈雖愛才，卻也只能是鞭長莫及，給予他的幫助也是有限。

元和六年，李賀在長安城任職太常寺奉禮郎，這本就是個主管祭祀禮儀的九品小官，李賀自然很不滿意，自嘲說自己本就是個「奉箕帚的臣妾」，於是不到三年，他便憤懣離開了長安。

其實李賀的身世很是悲慘。幼年喪父，家境窮困，為了維持生計，他的弟弟不得不棄學外出謀生。李賀回鄉時，意圖投奔友人張徹，剛剛升任為昭義節度使幕府的張徹，是韓愈的侄婿。本以為藉著這層關係，自己的生活可以就此安定；可沒想到，他僅僅只是在此寄宿了三年，終沒有得到任何實質性的改善。不得已，李賀還是回到了老家。時隔不久，連而立之年都還沒有到的詩人，竟然魂去西天了。

這首〈平城下〉，便是李賀要去投奔張徹時所作。李賀寫最少的就是邊塞詩，可這首詩卻別有韻味。論起邊塞詩，李賀生前有不少前輩值得學習。早在盛唐時期，邊塞詩的成就已達到了頂峰；到了李賀生就的中唐，邊塞詩雖不及之前的盛況，但亦有李益、盧綸等人依舊樂於此道。只是此時的唐朝，國力衰微，再好的邊塞詩，其中也透露著令人扼腕的頹亡氣息。甚至到了李賀的詩中，那幽幽的悲涼之情，已經被他唱成了滿是憤怨的絕歌。「惟愁裹屍歸，不惜倒戈死」，此種越是看似經由戍守邊關士兵口中說出的客觀之語，就越是充滿了鏽跡斑斑的心血。

整首詩透過戍守邊疆士兵的角度訴說：

縱然忍饑挨餓守在平城，好在還有天邊明月作伴，只是這輪明月千百年來都沒有走近過。不遠不近、不離亦不棄，讓人親近不得，更捨不得疏遠。說罷孤獨，卻依舊留有一地清冷。於是回頭想想自己從軍的經歷，也別有一番苦甜，甚至連離家時拿在手中的劍都已經被鮮血浸染上鏽跡。風從遠方吹來，斷了兩鬢之髮，更是心中僅存有的念想。

這樣的日子沒有以後，更不用想以後。人一旦想多了，終會遇到自己承受不起的難題。

視線所及，長城連著長城，一直連接到天盡頭。唯一的色彩便是那迎風招展的紅旗，點綴了幽怨短笛聲的同時，更落寞了本就荒蕪的內心，這樣的夜晚總是能夠引起悸動。或許他已經歷過無數個這樣的夜晚，但從沒有兩個相同的夜色會讓自己產生相同的心境。城外的枯草迎風低頭，城中的瘦馬孤單嘶鳴，沒有人能夠承擔這樣的衝擊，甚至連逃亡的念頭都已經在心底徘徊了數遍。

終於他鼓起勇氣，嘗試問築城的兵吏：此地到函谷關有多遠？這麼一條沒來由的發問，更暴露了真正顫抖著的，是他害怕被發現自己意欲逃走的心。如果三天兩夜可以到家，說不定他真的就會找個時機消失；可是滿是期待的心，換來的答案卻是千里之遙。

只愁，會戰死沙場，馬革裹屍而歸，與其這樣，還不如倒戈作亂而死。最後的轉變，真正是被逼無路才有的念想。馬革裹屍，必死無疑；倘若倒戈一拼，說不定還有生的希望。

最後的這句獨白，已經注定了王朝逐漸走向滅亡的命運。李賀寫出的，是士卒不敢言說的心聲，但何嘗又不是他對自我命運的一份嘲弄？

李賀之後，曾有一位生在天府之國的詩人雍陶，在第一次來到塞北的時候寫下一首〈渡桑乾河〉。雍陶和李賀有相似的身世，他少時家庭貧困，後又遭遇了蜀中戰亂，一番顛沛流離後。太和八年，大難不死的雍陶高中進士，自此開始略有名氣。雍陶的七言絕句寫道：

南客豈曾諳塞北，年年唯見雁飛回。
今朝忽渡桑乾水，不似身來似夢來。

桑乾河是海河的一條支流，其也曾流經過大同市，最終進入河北地界。但雍陶顯然沒有李賀一般幽怨。此時的他只是在說，我這個生長在南方的人，怎麼會熟悉塞北高原的風土人情，每年都會見到從南飛回北的大雁，今天自己竟然也來到了桑乾河，真的恍然若夢。

其實，雍陶真正只說對了一點。人生若夢，不管是浮華還是悲愴，都不過是大夢一場。大夢誰先覺，人人均自知。

以做洞庭詩聞名、號稱「許洞庭」的許棠，也曾作詩一首，對雲州地區的景象大加斥責。當時，許棠的一位友人要前往雁門關，滿腹才情的許棠不禁作〈送友人北遊〉一首：

北出陰關去，何人肯待君。
無青山擁晉，半濁水通汾。
雁塞雖多雁，雲州卻少雲。
茲遊殊不惡，莫恨暫離群。

單看此詩，讀者從中體會到的似是友人之間的難捨難離，大有「莫愁前路無知己，天下誰人不識君」的氣魄。詩人說，雁門關確實有許多大雁從此飛過，但雲州的雲卻是徒有虛名。朋友你這次離去，只管好好玩樂，就無須記掛自己是否孤單。畢竟在此地，還有詩人這位知心人永遠都會送上祝福。

讀罷，讓人不禁對許棠的多情而感動。其實這一切都是騙人的，許棠縱然作文有法，但卻性格孤僻，少與人合得來。且他生性是一個重名利之人，詩中表達的的感情有幾分是真，或許早就不需要後世人分辨了。

文如其人，縱使許棠在名利場、在詩詞坊均有很高的造詣，可其已經在底限上輸給了靠自己的能力一步一步往上爬的雍陶，更不用提那僅用一句詩，就能預言大唐覆滅的詩鬼李賀了。

年年唯見雁飛回，只是人世間還能再得幾個滿腹才情的遺珠啊！

・落了一場繁華

要怪的話，只能怪杜甫生不逢時。

倘若在盛世，他即便做不成另一個李太白，亦可以憑著一腔才情混到一官半職，日子也不會如此落魄。可上天總是喜歡開玩笑，一場紅顏禍水，竟然改變了整個大唐的命運，而杜甫只是盛世下的一個棋子，自己又哪裡能夠左右得了人生走向。

唐代宗廣德元年，這一年杜甫已經五十二歲，年過半百。古人說，人到了五十就要一心一意做自己該做的事情，不可逆天而行。知天命的年紀，恰似難以扛起的重擔壓在他的心頭。這樣的年紀，甚至連孫兒都已經略通人事，更何況杜工部自己！

前一年的冬天，唐軍在洛陽附近的橫水打了一場大勝仗，一舉收復了洛陽和鄭、汴二州，叛軍頭領薛嵩、張忠志等紛紛投降。嚴格來說，杜甫是個好人，儘管茅屋被秋風所破，他也從沒有怨天尤人，更沒有抱怨社會不公。此時，杜甫正流落在梓州一帶，過著居無定所的日子。在有一餐沒一餐的逆境中聽到了這則好消息，他喜出望外，於是奮筆疾書，寫下了這首〈聞官軍收河南河北〉：

劍外忽傳收薊北，初聞涕淚滿衣裳。
卻看妻子愁何在，漫卷詩書喜欲狂。
白日放歌須縱酒，青春作伴好還鄉。
即從巴峽穿巫峽，便下襄陽向洛陽。

杜甫激動的心情溢於言表。一聽說唐軍打了勝仗，他早已經激動得涕泗橫流。都說人逢喜事精神爽，回頭一看自己的妻兒，他們也因為這樣的喜事而一掃愁容。很難說這不是杜甫的個人臆想，封建年代的女人多半不管家國大事，恐怕也只是看著夫君痛快，自己心裡也多了幾分高興。在丈夫眼中，妻子和孩子是最重要的事情，因而有了高興之事，一定要和家人分享；可在女人眼中，丈夫便是自己的全部，他的喜怒哀樂便是兒女的動容。

文人都是輕狂的，杜甫自然也從沒有想過妻子高興的理由是否與自己相同。欣喜若狂的他連平時最捨不得翻折的書本都草草收拾乾淨。即便沒錢又能怎樣，哪怕是窮開心，也是必要的。飲酒縱歌，人生快活的事情也不過如此。如果春光大好，或許還可以從巴峽一路穿行到巫峽，從襄陽直抵舊都洛陽城。

至此，縱然一生飄零，也終算是落葉歸根了。

杜甫一直在說自己的喜悅，卻絕口不提在這場勝仗之前，自己曾歷盡多少苦難。安史之亂為這個朝廷帶來的災難是致命性的，即便有著享譽海內外的名聲，杜甫也只能淪為萬千落難者中的一員。人們在流亡的時節，才會想起安定生活中那些微不足道的幸福。杜甫盼望的哪裡是國家統一民族安定，他和普通的大眾沒有絲毫區別，只要能給自己一個家，一座可以被稱之為家的房子，縱然房子只是代名詞，也好過此刻的窘態。

這一場勝仗，讓他看到的是希望，是已經被黃土埋了半截身子後，所剩下的唯一希冀。此時，他的心早已沿著黃河水，一路漂流而走了。

杜甫生於河南鞏縣，洛陽城收復了，他的家鄉自然也即將迎來黎明的曙光。杜甫一生坎坷，直到四十四歲才被任命為河西尉，後改為右衛率府曹參軍。然而，他歷盡數十載求得的功名卻並沒有享受多長時間，安史之亂使長安城成為最危險的地方，杜甫從此也開始了流亡生涯。

自小生於奉儒守官的家庭中，立功立言深植在他腦中。從他這一世往上細數十三代世祖，那便是西晉大將、著名學者杜預。在族譜中，杜家從來不缺少功名簿上的候選。因而，杜甫自小便是按著功名仕途的路培養；只可惜，到頭來他只空得了一肚子墨水，卻沒有任何華麗的外表可以裝飾門楣。

在逃亡期間，杜甫還曾被叛軍抓為俘虜，後又僥倖逃脫。之後在鳳翔被肅宗任命為左拾遺，但時隔不久就因為直言敢諫而被貶。終因看不慣世風日下的官場，自己乾脆辭去了朝廷俸祿，把人生的最後幾年交給了漂泊不定的歲月。五十九歲的冬天，死神在從潭州往岳陽的一條航船上，死死扼住了杜甫的咽喉。

此時，杜甫根本想不到自己的人生已經所剩無幾，更想不到被寄予厚望的朝廷，最終會讓他身名俱裂。

感慨家鄉的不只有杜甫一人，中唐詩人劉皂，恰好也和杜甫有著類似的際遇。劉皂曾客居太原數十年，他雖沒有如杜甫般飄零的人生，但獨在異鄉為異客的境況，講起來也足夠悲傷。若是遇到團圓佳節，遍尋四野，竟找不到口音相近的人，此時的淒涼豈可以言表？

劉皂的境遇更有些可憐，獨居太原本就已經很悽惶，誰曾料到，後來竟不得不北渡桑乾河，遠赴塞外。之前是有家不能回，當下卻成了背離家鄉，回鄉的日子更遙遙無期。

桑乾河成了劉皂寄予全部感情的地方，一離開了這裡，就等於徹底離開了中原大地，從此若再想要回還便是難上加難，於是寫下了七言絕句〈旅次朔方〉：

客舍并州已十霜，歸心日夜憶咸陽。
無端更渡桑乾水，卻望并州是故鄉。

詩人寫到，自己在太原住了十多年，但每日每夜心中念著的卻都是故鄉咸陽城。現如今更是無緣無故要橫渡桑乾河，自己這個外鄉人卻要把別人的家鄉當成故鄉。回頭眺望又能怎麼樣呢？除了徒增感傷之外，沒有絲毫慰藉。

然而，詩人並沒有明說是基於什麼樣的原因，而讓自己客居異地。不說不等於人不知，生在塵世間，或為功名或為利祿，詩人此番大遷徙，自然也擺脫不了這二者的束縛。只是可憐天底下竟有多少人，一手抓著欲念不放，另一面卻偏偏還要訴不盡人間情苦。

在外華美的人，多半都是被此種心緒困擾一生，直到自己老來異鄉，亦或者到了鄉音未改鬢毛衰的年紀，才會恍然大悟。

是早是遲，是喜是悔，人人各有答案，卻並不見得人人都是正解。

這個世道上，有人在感慨自己，有人在感慨他人。自己站在橋上看風景，卻不知或許正有人在某處倚窗，把別看風景的人當作了自己的風景。

盛唐詩人薛奇童，在旅行過程中經過雲州一帶時，恰遇秋風瑟瑟，不禁想起了北魏時期此地的煙雲浮華。再看當下，這裡已然成為邊塞，由華貴繁榮轉變為金戈鐵馬，聞者不禁感慨頗多，於是寫下了這首〈雲中行〉：

雲中小兒吹金管，向晚因風一川滿。
塞北雲高心已悲，城南木落腸堪斷。
憶昔魏家都此方，涼風觀前朝百王。
千門曉映山川色，雙闕遙連日月光。
舉杯稱壽永相保，日夕歌鐘徹清昊。
將軍汗馬百戰場，天子射獸五原草。
寂寞金輿去不歸，陵上黃塵滿路飛。
河邊不語傷流水，川上含情歎落暉。
此時獨立無所見，日暮寒風吹客衣。

一切都是由那少年的銅管聲勾起，音樂往往有共感的作用。古有伯牙遇子期，雲中小兒的金管縱然無法與高山流水的絕唱作比，卻也能帶來遊子不少淚水。北方的秋天，雲淡風輕，邊塞的瑟瑟秋景更讓人心情惆悵。

那曾經是一個繁華的年代，樓閣林立，各國使者往來不絕，宮門和山川相映成趣，人工和鬼斧相得益彰，大有同日月共輝的妙處。然而盛況只是徒具其表，縱然人們舉杯高聲賀長壽，也只能夠用酒精麻痹自己神經。歌聲唱得越是歡快，後人聽來就越覺得淒涼。將軍拼死換來的一國安危，最終只是為君王提供了一片狩獵的樂園。現如今，故地猶在，卻只剩陵墓上的黃土，千百年來從沒有因人事更迭而改變性情。

眼前流水潺潺，獨坐河邊，詩人不禁有些傷懷。夕陽西下，暮色沉沉，寂野遼闊，夜風微寒，這一切景象似乎都說明了人力微薄。和大自然比起來，人們竟像是毫不知趣的玩具一般，自亂朝政、自毀太平，最後獨自涕零。

不論是前朝往世，還是今生喜愁，不論是家國情懷，亦或者微情小調，終逃不過興亡更迭的宿命。或悲或喜，都只是因物而變，卻往往會因這些而迷了自我，徒剩一具行走的軀殼，一步步邁向注定的終結。就像是黃河水一樣，儘管曾經波濤洶湧，卻終是要復歸大海，消遁所有行跡。

・入海前的絕唱

再氣勢磅礡的河流，也都要流進大海。

好在黃河在入海之前，還有一座與黃鶴樓、岳陽樓、滕王閣相媲美的鸛雀樓，可以讓遊人感受歷史氛圍，以證明黃河水歷經千難萬險，走到了這裡，終要把所有的往事都看做浮華煙雲。

鸛雀樓，為北周蒲州守將宇文護所修建，因時有鸛雀棲其上而得名。這只有四層格局的樓閣，卻別一番情調：

第一層，稱之為「千古絕唱」，單單從地面到天花板，就高達一百五十七公分，紅絨地毯鋪地，明三暗六的結構別具一格。只是原先的木質結構毀於戰火中，當今的遊人再也尋覓不到當初歷史的蹤影了；

第二層，喚作「源遠流長」，因與第一層相通，故使登者覺得空間錯落，恍若隔世。此層與名字極為相襯，其展示的全為燦爛的歷史文化；

到了第三層，就完全擺脫了前兩層的文化概念。這層中所有的圖案全都是手繪，但真正驚人之處卻在於，只有登上第三層之後才能夠極目遠眺、一覽千里黃河水的壯闊。只見滔滔黃河在眼前從北向南，後又由西向東，在此地氣勢磅礴的轉彎。夕陽餘暉與之相互映襯，更顯出滾滾波濤的詭譎和雄奇。

自古以來，文人墨客多喜登臨鸛雀樓吟詩作賦。其西傍長安、東臨洛陽，一時間竟也成為一觴一詠、暢敘幽情的佳地，而其中名篇，自然就是詩人王之渙的〈登鸛雀樓〉：

白日依山盡，黃河入海流。
欲窮千里目，更上一層樓。

詩中的意思很簡單，單從字面看似乎更無它意。當夕陽依傍著西山漸漸落去時，黃河水也滾滾向著大海流去。但若是想要能夠將千里風光看盡，那就只能更上一層高樓了。

王之渙寫了這首詩的時候，只有三十五歲。但此時的他已經歷過一場當官、被誣陷、罷官的黑暗之旅，因而在尚不到而立之年的年歲中，王之渙就過起了千里訪友的浪人生活。

人不輕狂枉少年。但歷盡磨難之後，依舊會對生活抱有希望的人，並不算多。「欲窮千里目，更上一層樓」，詩中說的不只是鸛雀樓的奇景，更是詩人不滿於現狀、要積極進取的情結。畢竟三十五歲不算大齡，等在王之渙人生後面的事情，是好是壞，依舊還是未知。但最起碼，現實無法讓我們改變的時候，我們還因著自己的夢想而對未來充滿希冀。

後來流傳的一段小插曲，正是對當時朝廷的諷刺。據說，王之渙的這首詩一時間流傳頗廣，連女皇武則天都嘖嘖稱讚，非要問詩的作者是誰。唐朝以詩取士，大臣李嶠眼見此等上佳機遇，便信口胡謅說是自己的好友朱佐日所作。武則天一時高興，立即將朱佐日召上朝廷，賞彩綢百匹，並加官進爵，以示聖上對人才的恩寵。

只是真正的作者王之渙，卻因人生不得意而窮困潦倒，雖有後人打抱不平，可誰又能解決他當下的困境呢？

更上一層樓，這只能成為王之渙心中永遠的傷痛。徒留下一份希冀，讓腐敗的朝野當成笑話。

再往前走，黃河水終於來到了渤海灣的入海口；只是到了這裡，黃河水浩浩蕩蕩之態已經消失殆盡，只留下一片泥濘不堪的沼澤地和淺灘，荒涼不堪曬在面前，像是一個毫無尊嚴的乞丐，恬不知恥向人揭露自己的傷疤，不但沒招來絲毫憐愛，反倒惹了一身嫌棄。

從高山峻嶺中走來，穿過黃土高原和開闊的大平原，黃河水到底還是走到了命運的終結。儘管入海口泥濘不堪，卻絲毫掩飾不住黃河水滾滾向前的氣魄。要死也得死得壯烈，更何況，奔流到海只是一場輪迴，只是一場注定的劫數。既然是唯一的結局，那又何苦非要悲傷呢?坦然相對，遠比淒淒慘慘要壯闊許多。

詩人獨孤及曾寫下一首五言詩，描述黃河入海時的場景。獨孤及幼時喪父，由母親撫養成人，七歲就開始學習《詩經》，後又讀遍五經，自此立下了「立身行道，揚名於後世」的志向。獨孤及自小寫文章的時候，看重道義而並不注重技巧的冶煉。因而在他的詩中，處處體現出的是對現實的反諷，其用意卻在立法誡世、褒賢貶惡、不徒以辭采取勝。

有志者，事竟成。獨孤及終於在二十歲時榜上高中，被授予華陰尉一職。

安史之亂後，獨孤及不得不和當時的大多數人一樣，逃亡江南。後在唐代宗時期，又先後出任了多個官職，並對當下的政治提出極為有力的改革措施。晚年逝世於常州刺史任上，也算是鞠躬盡瘁的典範。獨孤及當時寫就的那首五言詩題名為〈觀海〉：

北登渤澥島，回首秦東門。誰尸造物功，鑿此天池源。

澒洞吞百谷，周流無四垠。廓然混茫際，望見天地根。

白日自中吐，扶桑如可捫。超遙蓬萊峰，想像金台存。
秦帝昔經此，登臨冀飛翻。揚旌百神會，望日群山奔。
徐福竟何成，羡門徒空言。唯見石橋足，千年潮水痕。

詩文開篇，就毫不吝嗇對黃河入海時的壯闊大加讚賞。一句是誰施展的造物之功，便問住了所有巧奪天工的人造之物。似乎僅憑黃河入海時的氣魄，就能夠回溯到天地萬物的發源之時。人人都說，由小看到老，卻不知由老回望小也是別有不同的風味。如果連太陽都能夠從水中托起，那還有什麼是大自然不能夠做到的？

明著寫景，暗裡卻說出了自己的一腔豪情。幼年成長時的陰影，對獨孤及影響頗深，孤兒寡母的日子必定不好過，面對鄰里的欺詐和學童的盛氣淩人，獨孤及所能選擇的路只有兩條，站起來亦或者是倒下去。儘管艱難，但他選擇了第一條，因而在面對黃河水歷盡波折而奔流到海的時候，他想到的更多是自己一生的坎坷，只有相信一直走下去就能抵達大海，才不會被途中的任何一個轉彎阻擋腳步。

獨孤及還引用了一個典故：當年秦始皇來到此處，望著飄緲的海島以求登仙之夢。於是，始皇帝樹立起召集天神聚會的旗幟，希望他們能用仙法幫助自己移走群山的阻隔。事後，徐福被派往仙島尋覓長生不死之物，只是滿載童男童女作為獻祭品的船隻再也沒有回來。留給始皇帝的只有門徒獻上的一派空言，以及依舊滾滾自我的黃河水，絲毫不為世人的俗情所動。

世人還在追求功名俗利，卻只有悠悠黃河水看盡了繁華、遍賞了悲喜，直到入海之時才恍然大悟，再跌宕起伏的人生，也抵不過時間的摧殘。該來的來，該走的走，生有何喜，死又何哀，或許保持一份不悲不慟之心，才能笑看逍遙人生。

但倘若如此做，做人的感情又被置於何地呢？安分做人，該哭該笑隨性情，不羨鴛鴦不羨仙，不也是另一種超然的境界嗎？何苦非要追尋那本不屬於自己的幻想！

・只得一場春夢了事

在藏民中，流傳著一則極具有神話色彩的故事：在遠古時期，天上有一隻神牛降落到青藏高原上，牠的鼻孔中不停地流出兩股水，這就是萬里長江的源頭。

在華夏的疆域上，在黃河水沖積成的中原大地上，長江似乎總是處於被遺忘的角落；一直到北宋南遷，這裡才有了些微人氣。但在盛唐，長江注定會被南蠻之族占為據地。因而詩歌與這裡無關，文明更和這裡沒有絲毫關聯。似乎只有被貶謫的罪人，才能無奈看著長江水，幽幽悲戚到天明。

長江從遙遠的青藏高原腹地傾瀉而下，一路上兼收並蓄，並不比黃河水少多少氣魄。

從古至今探尋河源都有一個原則，那就是「河源唯遠。」越是遙遠，越是神祕，也就越能抓住人們的嚮往。詩人張若虛曾作一首〈春江花月夜〉，讚頌長江優美祥和而又帶有些夢幻意境的夜景。其實，哪裡的夜景不都一樣？景隨心動，人隨物遷，舉凡天下之事，皆不過如此。

張若虛是與賀知章齊名的京都才俊，並且與賀知章、張旭、包融並稱為「吳中四士」。單從這個名號上來看，其寫詩的功底就可見一斑。然而士人均有自己被人詬病之處。在張若虛的詩中，六朝柔靡之風隨處可見。春花秋月，亦常被用來表述人生無常。文人總是很多感慨，即便是朝升暮落，也別具有一番幽情。這更說明了一個問題，景色無關乎好壞，好壞的其實又只是人心。

但可惜的是，張若虛富有情韻之詩，在滾滾長江東逝水中已經散落大半，徒留在《全唐詩》中的只有兩首遺作，而這首〈春江花月夜〉便是一次千古絕唱。後人在評詩的時候，還為其冠以了「以孤篇壓倒全唐」的美譽。

春江潮水連海平，海上明月共潮生。灩灩隨波千萬里，何處春江無月明！
江流宛轉繞芳甸，月照花林皆似霰。空裡流霜不覺飛，汀上白沙看不見。
江天一色無纖塵，皎皎空中孤月輪。江畔何人初見月？江月何年初照人？

人生代代無窮已，江月年年只相似。不知江月待何人，但見長江送流水。
白雲一片去悠悠，青楓浦上不勝愁。誰家今夜扁舟子？何處相思明月樓？
可憐樓上月徘徊，應照離人妝鏡台。玉戶簾中卷不去，擣衣砧上拂還來。
此時相望不相聞，願逐月華流照君。鴻雁長飛光不度，魚龍潛躍水成文。
昨夜閑潭夢落花，可憐春半不還家。江水流春去欲盡，江潭落月復西斜。
斜月沉沉藏海霧，碣石瀟湘無限路。不知乘月幾人歸，落月搖情滿江樹。

春、江、花、月、夜……五字連珠，怎麼看都像是一幅臨摹下來的美景。詩且不用看，單單這幾個字，就足夠人們品味上好一陣子。是獨自泛舟，還是邀月同遊，是偶遇春花，還是邂逅清夜。沒有來由，也不需要任何妝點，早知船下之水一定要流往大海，又何必非要為它的不停留而苦惱？人生亦如是，早知終會黃土埋身，何苦非要為了那生老病死而糾纏不清？有春光、有碧波、有綻開的鮮花，有幽幽的冷月，再配上一幕無人打擾的夜色，仙塵之事也不過如此，還有什麼所求。

春潮萌動，海月升空，碧波送皎月行了萬千里，卻獨不見月光澤陂之處。清冷的月光更像是神奇的仙法，所到之處必定有花相應，一寸寸像是碎掉的白雪，輕手攬過，卻留不住絲毫撩撥而起的情緒。

江水曲折，月色隨魚紋般的波瀾而飛；天水一色，物和人偕在夢境般的美景入睡。越是乾淨的天空，就越顯得月亮的孤單。好似也終歸是要有個人，天天來此地賞月，才能不辜負了這一番春江美色。賞月之人年年換，不變的唯一乃是亙古之月。人們在守候月亮升空的時候，那輪玉盤其實也正在守候著蒼茫大地上，那一雙雙炯炯的眼睛，把秋水望穿。

如果一片真心能夠飛躍忘川，遊子的心中哪裡還會因此情此景而泛起漣漪？

人們在美景將盡之時，總是要忍不住悲傷一番。不論是夕陽還是皓月，他們均不曾改變，恰恰是觀景之人醉眼看花，天地在他們眼中也就沾染上些許酒氣，搖搖曳曳，裙釵亂響，徒勾起對小樓軒窗的記憶，遊子思鄉，怨婦念夫，年年如此，卻代代未變。

但是，再捨不得的景色，也終歸是要繁華落盡。殘月深深，掩不住離人淚。忽乘小船急轉，卻發現夜色早已經淡然，只留下遠處的樹木掩映住即將跳出的黎明，再美的想像，到了這裡也只能夠戛然而止。

整首詩中，最富有哲思性的語句在於「江畔何人初見月，江月何年初照人？」縱然是遊子思婦，終也跳出了個人的恩愛情仇。天底下大凡癡男怨女，都有著這樣的情結，張若虛在是個詩人之前，更是個普普通通的癡情種，面對如此美景，哪裡又能抑制得住內心的悸動？只恨不得能夠隨著月光入化境，見一見思念的人以表相思情。

上天吝嗇，沒有給他一雙飛翔的翅膀，於是只能藉著思想的力量，順著月光的軌跡，從春江花月夜開始談起，卻終歸要「江水流春去欲盡」，從平靜的江面直流進汪洋大海，然後消失得毫無蹤影。

從青藏高原一路往下，首要的難關便是那山高水險的大渡河。因為此地地勢差異極大，所以在氣候上也有著很大的變化。天寶二年，李白的一位友人將要入蜀地，他在長安城為其送行，因而才寫下這首〈送友人入蜀〉，詩中極力描寫蜀地景色的詭譎。其一反之前做〈行路難〉時的憤鬱，這次卻多出了幾分離別之苦。

只是因為當時的蜀地還是一片極為荒涼的邊疆之地，少有人居住，到了這裡，除了吃到一些苦頭外，很難讓人想到還有更有意義的事情可以嘗試：

見說蠶叢路，崎嶇不易行。
山從人面起，雲傍馬頭生。
芳樹籠秦棧，春流繞蜀城。
升沉應已定，不必問君平。

蜀道難，難於上青天。李白的話中，字字都在告訴這位朋友出行的不便。兩人沒有被離別的愁緒感染，相反，既然入蜀已經成了定勢，與其依依不捨，倒不如寄去一份平安祝願。

古時的棧道修建在峭壁懸崖上，至今在邊遠地區，仍留存有供人畜通行的棧道。在懸崖峭壁上鑿孔，插入木梁，上鋪木板或再覆土石；也有在石崖上鑿成台級，形成攀援上下的梯子崖，還有在陡岩上鑿成的隧道或半隧道。

而蜀道卻是這裡面的佼佼者。其一方面雖崢嶸險阻，另一方面卻也有優美動人的地方。美麗的風景便生在這條半天空中的棧道上。「芳樹籠秦棧，春流繞蜀城」，一個「籠」字，就把本無人煙的蜀地寫成了傳神的化境。於是，不論是山下春江環繞，還是山上蜀道崎嶇，都顯出了別樣情趣。不再有艱難，只要一點一點走過去，心中只會有冒險般的喜悅。畢竟，此刻面對離去的友人，能夠給予的應該是多一些的鼓勵和撫慰，而不是對蜀地荒涼之態的濫加評判。

有時候朋友的熱心，總是可以融化內心的清冷。旅途艱險，長江水惡，我們起碼保有一顆溫暖的心。在寂無人煙的深山老林，讀罷贈詩，亦可見字如面。心中升起的暖流，順著江水或是波濤洶湧或者平波萬里，超越了環境和距離的阻隔，才能度化現實的苦難，唯留真情於我心。

・誰比思念長

杜甫的一生，始終和安史之亂牽連瓜葛。

戰亂時，杜甫攜家帶口輾轉逃到同谷，即今日的甘肅成縣。逃亡的日子不但沒有為他贏來最終的安穩，此刻卻開始了一段漂泊人生。杜甫一家人在同谷僅僅逗留了一個月的時間，因生活不如意就不得不重新整理行囊，出發進蜀，前往當今的天府之國——成都。

入蜀難人所皆知，杜甫眼見地勢險要，稍有不慎就有丟掉性命的危險，因而不禁由此感慨起人生的難題。他於此地作詩數首，〈龍門閣〉便是其中最為蒼涼的一首：

清江下龍門，絕壁無尺土。長風駕高浪，浩浩自太古。
危途中縈盤，仰望垂線縷。滑石攲誰鑿，浮梁嫋相拄。
目眩隕雜花，頭風吹過雨。百年不敢料，一墜那得取。
飽聞經瞿塘，足見度大庾。終身歷艱險，恐懼從此數。

不知道此龍門和鯉魚躍龍門中的關卡，是不是同一個地方，倘若是的話，杜甫不可能不聯想到自己的身世。自己便如一尾沒有歸宿的鯉魚，歷盡千難萬險，只是為了能夠來到龍門最後一躍。倘若過去了，或許就是飛黃騰達的好日子；倘若過不去，一切辛苦都只能是徒勞一場，只剩下自己孤身漂流。

看看杜甫寫的詩，就知道他有多麼可憐自己的身世。「清江下龍門，絕壁無尺土」，這難道不是最孤立無援的表達？嘉陵江從龍門山下流過，往下是深不可測的水澗，往上是尋覓不到任何攀登之處的崇山峻嶺。狂風卷巨浪，自古多少年沒有變過的世道。大風過處，連跨江的棧道都被吹得左右搖擺。走還是不走，這樣的抉擇似乎一直在考驗著人們的心理承受力。

但對杜甫來說，他已經別無選擇了。走上去，或許死，或許生；但倘若不走，只有死。

隨著棧道盤旋而上，偷眼往下看，不禁一片眩暈。人人都說，怕登高的人走在高處一定不要向下看，否則就容易失足跌下。然而，不敢下看的人，在心理上永遠都戰勝不了那隱形的魔鬼。長命百歲又怎麼樣，如果連自己都贏不了，那一輩子只能做個失敗者。

杜甫或許不是有意，但他終歸還是往下看。一時間，原本平靜的江面也變得波濤洶湧。平復心跳後，留給詩人的道路只能是繼續往前爬，山路再陡峭，起碼還可以稱之為路。杜甫把這裡當成是自己所走過的最險峻的地方，只有走過這裡，才算是真正邁過一道檻，一道看不見的心檻。

當日，杜甫選擇的這條道路，是通往蜀地中最艱險的一條。其他道路在山腰狹窄的部分，都有人工搭建的木頭在上面，增加道路的寬度；這裡卻是石壁陡立，腳下面是湍急江水，危險更自不必細說。走過這一趟後，杜甫原本的心境也該有所改變了。世道艱難，重在我們曾經走過一回。走過去了，再大的事情，也不算是什麼難題了。

成都是個大城市，自古至今，在蜀地都有著至關重要的地位。杜甫來到這裡後，終於略微嘗到些苦盡甘來的味道。當然，他自身落魄的生活在達官顯赫看來，或許並不是甜如蜜的模樣。但幸福的準則恰在於對比，只要比昨天好一點，就已經值得驕傲了。

唐肅宗乾元二年，十二月初一，杜甫舉家從同谷出發，艱苦跋涉，終於在年底到達成都。歷時整整一個月，期間多少辛酸苦辣，早就沒有了訴說的心情。生活本是生活，人為加進多少感情因素，也改變不了當下的窘態。好在日子總算安定下來，到了成都，即便沒有雞鴨魚肉配美酒，但也算是尋得了一處暫時的避難之所。成都府此時成了杜甫眼中的天堂，他的悲喜交加更像是一場喜極而泣般的狂歡，嘴唇蠕動，卻吐不出半個詞句：

翳翳桑榆日，照我征衣裳。我行山川異，忽在天一方。
但逢新人民，未卜見故鄉。大江東流去，遊子日月長。
曾城填華屋，季冬樹木蒼。喧然名都會，吹簫間笙簧。
信美無與適，側身望川梁。鳥雀夜各歸，中原杳茫茫。
初月出不高，眾星尚爭光。自古有羈旅，我何苦哀傷。

這首五言古詩〈成都府〉，是杜甫由同谷赴西川途中所寫的十二首紀行組詩的末篇。看似沒有驚人之句，但這正是一位歷盡磨難之後的跋涉者想言而不能言的寫照。杜甫像是一個經歷了人世滄桑的老人，端端坐在翳翳樹蔭下，陽光的角度有些斑駁，漏下來的影子一點點趴在身上，閉目回想，那場像是打了一次戰爭的征程，忽然間成了遠在天邊的記憶。儘管宛在昨天發生，可早已伸手不可得。

新鄉與故鄉，總是沒有可比性。縱然這裡可以讓自己安得一片寄身之地，但人都有念舊情結。大江東流去，未來的歲月茫茫無期。一面是尋得安身之地的欣喜，一面卻是有家不能回的忡忡憂心。喜憂參半之情，是何等折磨人。

人就像是候鳥一樣，一輩子都是在飄零中走過本該平淡的日子。又或者，人甚至還不如候鳥，鳥兒還知道因為季節的變化而選擇歸屬，可是人呢？身逢亂世中，除了能夠像是過街的老鼠一般，倉皇逃竄到自以為安全的地方外，哪裡還有什麼目標可言？

離家遠去，徒增悲傷，但若是把天下當家呢？那豈不是中華大地上到處都是自己的親人，又何來的離鄉之愁？成都繁華、氣候溫和，縱然不是故鄉，也是個樂得逍遙自在的地方。關山阻隔回不了家，不妨就把他鄉做故鄉。

說是自我安慰也罷，說是寬心也可，既然安定下來，就應該好好過活。生活本來就不易，再給這些不易加上諸多愁苦，不更為難了人生幾十年的日子！

連寺廟裡的小和尚都懂得，做一天和尚要敲一天鐘。經過這麼多磨難的杜甫，還有多少心結去攀登那些仕途上的高山呢？家國不再，徒剩傷悲。過好每一天，這看似簡單到極致的生活，在此時看來，竟也成為最大的一道難題。

生命是否精彩且不提，先活下去，再回頭笑傲人生吧！

關山已遠，暫且夢回大唐，落得歌舞昇平一場，也算瀟灑自在半生。

只因活著，便是一種信仰。

・一夜水漲，幾多情殤

我們認識的長江，應該是在黃鶴樓腳下，滾滾向前的不息之水。儘管它起源於高聳入雲的喜馬拉雅山，但似乎只有流經到了這裡，長江才能和塵俗結下難解的緣分。

在漢口，長江的最大支流漢水也迫不及待想要加入千軍萬馬的行列，一覽大海的壯闊。詩人王維曾寫就一首〈漢江臨眺〉，也正是漢水追求的一懷美夢：

楚塞三湘接，荊門九派通。
江流天地外，山色有無中。
郡邑浮前浦，波瀾動遠空。
襄陽好風日，留醉與山翁。

王維的山水詩，從來都不是浪得虛名之作。詩中有畫，畫中有詩，所謂的意境，大概也不過如此！寫山水，其實並非難事；但想要把山水寫好，又不是簡單的事情。越是實景，就越具有虛的情意在。情景相融，才使眼見的所有景色全都沾染了誰人的情緒。殷璠在《河岳英靈集》中說：「維詩詞秀調雅，意新理愜，在泉為珠，著壁成繪。」這樣的誇讚，唯恐不夠，又哪裡來的溢美之說？

王維詩篇的精巧，自不需多言。這就像是一套精緻的器皿一般，好好放在哪裡，觀者再眼羨，有眼福也就足夠了。倘若拿過來尋覓一碗茶酒，反倒失去了本應有的玩味。而真正要說的，只在詩的最後一句，「留醉與山翁」，這還得從王維的身世講起……

王維生於一個官僚地主世家，母親信奉神佛三十餘年，因而王摩詰的一生都無法和佛教脫離關係。在十六七歲的年紀，王維到長安、洛陽等地遊歷了一番，他本想憑著自己的一腔才情尋覓到仕途的入口，可巧上天也真應驗了他的這份真心，開元六年他赴京趕考並高中，從而便一步踏進了盛世繁華。

怎奈詩、文、書、畫樣樣在行，且精通樂理的王摩詰雖然在仕途一步步高升，至終了還是放棄了官職，過上了隱居的日子。

開元十九年，王維的妻子病故，他從此孤身一人寡居三十年。後雖又被朝廷任命過數個官職，但已經在道光禪師的講解下開悟的王維，此時的心思早不在官場上。尤其是在目睹了朝廷黑暗後，他不禁感歎開明盛世已經一去不再復返，遂一直處於半官半隱的狀態中，持續到終老。

對王維詩作影響至大的，莫過於宗教。他在修習釋道的時候，不自覺就把人生態度寫進了詩歌中。單求適意，平靜祥和走進大自然，才是最高之境。因而在〈漢江臨眺〉一詩的最後一句「留醉與山翁」中，詩人已不是在看景了，而是和大自然融為一體，景不醉人人自醉，醉的是眼前的一片美景，和自己的一顆超塵之心。

爭，或者不爭，名利本就在哪裡，不悲亦不喜，不遠也不近。恰似拈花一笑的眉眼，鼓盡了誘惑，但終留不住醉眼看花之人。

唐代宗稱王維是「天下文宗」；杜甫說他「最傳秀句寰區滿」；《舊唐書》本傳稱他「天寶中詩名冠代」；後世詩論家稱他為「詩佛」。其所有的意境，就在於那爭和不爭之間，讓人取捨不得，卻又欲罷不能。

唐憲宗元和十年的秋天，面對同樣的漢江水，被貶的白居易也曾乘舟南下。秋風瑟瑟，景色也就顯得別樣淒涼。於是他寫下了〈江夜舟行〉一詩，看似是在講述秋景悲荒，卻字字離不開自己的幽怨，讀罷讓人不覺掩面，悲泣自己人世中碌碌以求，到底是何為？

煙淡月濛濛，舟行夜色中。
江鋪滿槽水，帆展半檣風。
叫曙嗷嗷雁，啼秋唧唧蟲。
只應催北客，早作白鬚翁。

煙霧清淡、月色輕鋪，舟行寂夜，江水連天，風吹帆動、蟲雁孤鳴。幾聲唱和，使人的悲情湧上心頭。人生四大喜，金榜題名為壓軸之事，而當下被貶謫，恰恰是最悲哀不過的事情。景色總是映著人的心情，秋葉蕭瑟，孤苦之心恰似也有了寄託。於是乎，鬚髮也會在一夜之間沾染上霜雪，再不見青春年少時的悸動與赳赳雄心。

白居易在詩壇上的成就，完全可以和李白、杜甫相提並論。而歷史曾多次驗證過，文人當官，本就是一件吃力不討好的事情。白居易二十九歲考中進士，卻因大量的諷喻詩而終遭貶謫。當朝權貴，每每讀到香山居士的詩作時，無不咬牙切齒。因而也就可以想見，在這個官位又怎麼會坐得舒服呢？

唐武宗會昌六年八月，七十五歲的白居易於洛陽與世長辭。

細細數來，年過七旬也算是個好年紀了。若是泉下有知，但願香山居士能夠閉上雙眼，不再看到人世醜惡。山水本無情，庸人自擾之。何苦非要把滿懷愁緒強加到滾滾東逝水的身上，有著一番秋景作陪，縱然離開了那個安樂地又怎麼樣？

但白居易顯然接受不了這樣的改變。他說：「文章合為時而著，詩歌合為事而作。」在他的心中，家事國事天下事便占據了大半江山，哪裡還有心思想自己是否會孤獨終老？他愛的是這個國家，然而後世的戲中人卻說：「我愛這個國家，可是誰愛我？」

四十四歲的白居易，被貶為江州司馬，這是轉捩點。從此開始，他的政治抱負只能在隱居的生活中逐漸淪落為滿地塵埃，想要重新扶起時才會發現，原來一切終是要歸於塵土，即便是自己，也逃不出輪迴的劫數。

後來，他還藉感歎琵琶女的身世而自我落淚一回，但命運終歸只是命運，即使改變不了，也無法安心接受，只能夠剩下一壺濁酒，在醉夢中與少年再喜相逢。

白居易並不是孤單一人在漢水上感歎身世，詩人許渾也是一個心憂百姓的好官，然而在面對漢江大水的時候，也只能夠看著江水咆哮，卻終無計可出。除了對百姓的深深同情外，他只能寫就一首無關痛癢的七言律詩〈漢水傷稼〉聊表心境：

西北樓開四望通，殘霞成綺月懸弓。

江村夜漲浮天水，澤國秋生動地風。

高下綠苗千頃盡，新陳紅粟萬箱空。
才微分薄憂何益，卻欲回心學釣翁。

洪水一夜間吞噬了村莊，成千上萬畝的良田全都變作汪洋。秋風勁掃，作詩之人只能獨自悲傷。身為父母官，連百姓的肚子都填不飽，自己還有什麼顏面留在這個位置上吃朝廷俸祿？如此，還不如去做一個隱居的漁翁，日日垂釣果腹，少卻這些煩心事，卻也逍遙自在。

這次的水災，除了大自然作惡外，更因為水利設備年久失修而無法發揮應有的作用。面對官場腐敗而置百姓於不顧的現狀，許渾自己也只能表現出無能為力的態度。一個人的力量太微弱，根本抵抗不了體制的腐朽。明哲保身，救濟不了天下人，但最起碼還可以讓自己不陷入這窪泥潭。整篇詩句，茫茫然只在訴說四個字——無可奈何！

後來，許渾因病而被罷免。背後的真實原因已經沒有必要再考證了。斯人已去，空餘漢江水千古悠悠東流，獨不見悲國憂民的父母官，上演一場捨命救百姓的絕唱。

那江水的轟鳴，不正是嗚嗚然哭泣的悲聲……

・瀟湘有淚說不盡

有一位叫做杜審言的詩人，才情很出色，為人卻自負孤傲，在官場上不怎麼受人待見。這一年，他被貶到峰州，恰逢大地回春，萬物正好，杜審言坐船從湘江駛過，望著江水滔滔不絕逆著自己行駛的方向流去，不禁想起自身辛酸的遭遇。再加上路途艱辛，於是更懷念在京城時的風花雪月，這才寫下一首〈渡湘江〉來表達自己的情懷，而許多人或許並不知道，他的孫子正是那位大名鼎鼎的杜甫。

當時的杜審言，和宋之問等大家齊名，由此便可簡單推斷出，這首〈渡湘江〉絕不僅僅是春花秋月的陳詞濫調。能感懷身世的詩人，心中多少還有對社會的悲憤，正是因此，也才不為官場所容，最終落得一個淒淒慘慘戚戚的下場：

遲日園林悲昔遊，今春花鳥作邊愁。
獨憐京國人南竄，不似湘江水北流。

再美的風景，也無力抵擋歲月的流逝；再執著的官員，也無力抵擋如山的命令。縱然花鳥無愁，若是通靈性，也會為了詩人的被貶而大放悲歌，就像是洛陽的牡丹，絕不會為了顛覆朝綱的女皇而綻放。活著就該有一種氣節在胸，動植物尚且如此，人何以堪？

春風徐徐吹開的只是百花齊放，春光暖暖換來的只是群鳥齊鳴，然而人的悲傷在越是明媚的環境中，就越顯得淒涼。湘江從南流向北，人卻由北貶入南。最關鍵的一點在於，湘江北去，是以轟轟烈烈的姿態完成自己的入海使命，而南下的人呢？除了一肚子的委屈說不出，只能借景傷懷。

湘水自北去，旅人只傷悲。湘江水還是在自顧自流淌，不在乎誰曾經泛舟而過，也不在乎究竟春夏秋冬曾讓自己的美景獨好。但湘江又別有一番不同，其他可以縱情山水的地方，多是在春夏之際有著不同尋常的風光；可到了南國，湘江卻獨獨選擇了萬物凋零的冬裝打扮自己。杜荀鶴曾作一首七律〈冬末同友人泛瀟湘〉，專寫湘江的冬景：

殘臘泛舟何處好，最多吟興是瀟湘。
就船買得魚偏美，踏雪沽來酒倍香。
猿到夜深啼嶽麓，雁知春近別衡陽。
與君剩採江山景，裁取新詩入帝鄉。

其實，景色美不美，多和居於此地之人的眼光有關。縱然自古以來吟誦湘江的詩句千千萬，也終比不上在湘江歇一宿，乘船買來肥美之魚，踏雪沽上醇香之酒，一觴一詠，也足以敞開心扉聊遍天下事。只需三五知己，鴻儒談笑，絲竹悅耳，再平淡的生活也是一種幸福。

那些被貶的人們，不是沒有這樣的日子，而是沒有過如此日子的心境，因此才會整日愁悶不樂，唯獨壞了大好風景。

湘江獨好，多半是因為民風淳樸。俗話說，山窮水惡出刁民。湘江本是一片汪洋之態，老百姓也樂得過著逍遙日子，甚至連前去買酒買魚的詩人想要搭個順路船，都能體驗到一份難得的熱情。當時的湘江沿岸，百姓多以漁業為生。用湘江水煮湘江魚，魚肉鮮，魚湯美。再加上紛飛大雪籠蓋天地，連吟詩作對都覺得是對這樣好時光的一種浪費。

這一幅民俗風情畫，畫出的是一篇世外桃源之境。或許在遙遠的邊疆正在刀槍相戰，但老百姓不關心天下事，他們也用不著關心天下事。如此大雪天，有酒有魚，再加上妻子孩兒，生活的情趣也大概如此！

然而，世上本無事，庸人自擾之。詩人雖處於萬籟俱寂、唯有魚肉鮮的祥和中，心頭卻放不下混亂的世道。又兼自己異鄉漂泊，亂世求生不易，前途更顯茫茫，哪裡能有心情去享受這樣奢侈的淡泊？

連大雁都知道，衡陽這裡快要到春天了，可是亂世什麼時候才能迎來春天？只有百姓安居，心憂家國的文人才能真正過逍遙自在的日子。

詩人杜荀鶴的出身相當貧寒，且多次科舉未中。雖不甘於草草過一生，但黃巢軍擾亂四方，長安眼看就要被攻破，他只得心一橫，回家過「文章甘世薄，耕種喜山肥」的生活

後來，杜荀鶴來到河南開封，他以自己所做的十首〈時事行〉獻於當地官員，希望能夠憑一肚子才情取得一官半職，為黎民百姓做一點事。但這只能是他自己編造出來的美夢，地方官並沒有為他的詩歌所動，或許在唐末的亂世，連詩歌也走到了終結，文人再無法憑才情入仕，吃飽才是真理。

有人勸說杜荀鶴，做人莫過於太耿直，圓滑一點或許就能多一條道路可走。杜荀鶴果真聽進去，隨後他又把三十章的頌德詩獻給地方官，地方官自然高興得沒怨言，原本打不通的關係網，也因此一點點張開。西元八九一年，原本屢試不第的杜荀鶴，在被地方官介紹於禮部官員後，終於在這一年高中進士第八名。

後因政局動亂，杜荀鶴不得不回到山中隱居，好在為官多年，他的名聲已經傳開，自此雖又經歷了幾次坎坷，但終於已經從困苦解脫。三番五次政變後，他最終被授予了翰林院學士的官職。怎奈人生已到末年，杜荀鶴竟然因一場重病，再也沒有起來。

很多時候，做人最重要的是保持住一份信仰，哪怕是單純活著，也不能喪失自己的最底線。杜荀鶴顯然失去了文人精神，縱然才華橫溢，縱然他寫的宮詞令人拍案，但當年李太白敢於在貴妃面前叫板，而杜荀鶴卻為了一個小小地方官，極盡諂媚之能事。

徒把疾苦當可憐，若人笑罷惹人嫌！或許，只是應該單單論詩或者論事。畢竟說得再多，也改變不了現實，春花秋月依舊，人事惆悵不休。

劉禹錫面對湘江水的時候寫到：「流水淘沙不暫停，前波未滅後波生。令人忽憶瀟湘渚，回唱迎神三兩聲。」前朝回憶前朝影，又哪堪，拿來前世因緣比後人。怎麼做都是錯，連不做都是錯，這樣的故事，究竟還要繼續多少回？

・十年揚州情

普天之下，若要論起最讓人流連忘返的地方，揚州城當屬第一。揚州才子遍天下，揚州美人惹花羞，自從隋煬帝把大運河修到杭州之後，站在大運河的邊緣，揚州城也擺出了百般風騷，笑迎天下往來客，醉臥揚州不夜城。

揚州在唐代是極為重要的交通樞紐。當時，江南地區所繳納的所有租稅，都要先在揚州集合，然後才經過大運河一路北上，直達洛陽。不僅如此，許多來自波斯、大食等國家的商人，也都彙聚在揚州城以販賣營生，不少人甚至還在這裡定居，是當時舉世聞名的貿易城市。

有了經濟基礎，人們自然就要追求精神文明的享受。上有天堂，下有蘇杭，揚州雖然沒有列在其中，但這並不妨礙文人墨客喜歡到這裡風花雪月。名媛淑女配以才子雅士，縱然腰纏萬貫，也禁不得在揚州城裡夢春宵。

面對如此靡靡之態，杜牧的一首〈遣懷〉則說盡了自己在揚州城的十年一夢，多的是幾分感慨，還有無限惆悵。

杜牧的出身相當有來頭，他是當朝宰相杜佑的孫子。而那位懷才不遇的詩人杜荀鶴，相傳是杜牧的妾所生。因襲祖上的裙帶，杜牧也先後做過一些地方官，且他在詩壇上的才情遠超父親。以七言絕句著稱的杜牧不但能夠吟詩作對，更寫得一手好文章。那首氣勢磅礴的〈阿房宮賦〉，成為後世多少人不忍釋手的經典；此外，他對軍事還通曉不少，並且還曾經為《孫子》作注。在以柔靡之風見長的晚唐時期，杜牧的峻峭之態顯得別具風情。也正是因為這一點，人們才把他的七絕稱之為天下第一，且把他和李商隱並立為「小李杜」。

自古才子愛佳人，杜牧也終逃不過美人關，在這首〈遣懷〉中他說得很明顯，所作此詩的目的，就是為了排遣情懷，無關風雅，只敘幽情：

落魄江湖載酒行，楚腰纖細掌中輕。
十年一覺揚州夢，贏得青樓薄倖名。

一個人行走江湖，危險反倒其次了，真正能夠打敗一個人的是寂寞。落魄江湖客，能夠拿來作伴的只有酒肉。秦樓楚館雖夢美，可這些煙花巷終歸不是自己的歸宿，縱有十年時間去揚州城中尋花問柳，到頭來也只能夠落得一片青樓夢。於國於家，於人於己，似乎都沒有什麼大不同。最後只能看著歲月匆匆流去，老了美人顏，落得辛酸淚。

時間像是一把刀，斬殺時間裡跌跌撞撞的青春，和曾經充塞全身的理想。最可怕的事情不是理想的破滅，而是終日醉倒溫柔鄉，卻依舊尋覓不到解脫。生死只在睜眼閉眼之間，有些幸福是抓不住的，而緊緊抓在手中的又是何物，恐怕早已經醉眼朦朧，連自己都看不清楚。

杜牧走了文人的一條老路，他的仕途也從來沒有平整過。政壇失意，好在他還有美女作伴。不論是不是情場得意，最起碼他還可以愛美人，可以把自己的滿腹才情化作寫給美人的一卷情愁，在那朱唇輕啟的時候，即便自己滿腹眼淚又如何？紅顏多，知己少，何不錯把紅顏當知己，哄美人開心，騙自己快活。

經過杜牧點評過的美女並不在少數。經他的墨筆一點，這些青樓女也都身價倍增，因而彼此間倒也形成了一種無形交易。美人愛才，君子求樂，互取所需好像也未嘗不可。也正是這樣淫靡的日子，才讓那漫漫十年變成了匆匆一夢，想要訴說卻尋覓不到合適的言辭，只有提筆感慨，春日揚州風光好，只求誤把此地做故鄉。

杜牧在將要離開揚州城的時候，曾作一首〈贈別〉給心愛的歌妓。縱然自己感慨萬千，時間一久，癡男怨女之間終會產生剪不斷理還亂的糾葛。及到離別之時，才覺察到光陰似水，獨留不住青春年華。

娉娉嫋嫋十三餘，荳蔻梢頭二月初。

春風十里揚州路，捲上珠簾總不如。

那時窮人家的女子，只在十三四歲，就要濃妝豔抹以姿色求生。即便只是歌妓，也必定要有旖旎姿態，才能夠在唱罷的時候贏來幾聲喝彩；如果再從骨子裡透出一些媚態，更能聽到茶座上大爺們身上的銅錢響。求生本就不易，更可況這樣一個荳蔻年華的弱女子。

杜牧動了惻隱之心，愛與不愛暫且放在一邊，單是想到各自求生難的處境，就先拉近了彼此的關係。杜牧也就毫不吝嗇筆墨，對女子大加讚賞一番。十里揚州路的翠樓之上，有多少捲簾人在迎風招展，卻總不如這一含苞待風的嬌羞之花更有風情。

懂得打扮自己的婦人，總是惹得一身珠光寶氣；不懂賣弄風情的女子，卻出落得天然芙蓉。越是不雕飾，就越顯得質樸。眾星相捧，為的卻是那絲毫沒有粉黛的皓月當空。

這一場揚州夢，杜牧也終該明白，不得已的事情往往太多，即便如今看來是璞玉渾成的女子，日後依舊會消失在煙花巷裡的粉黛鬢影。理想總是美好，現實卻太過於殘忍不堪。

與杜牧齊名的李商隱，曾在揚州做〈隋宮〉一首，說盡了癡男怨女之間的恩恩怨怨，感歎的是留不住春風一解百年愁：

紫泉宮殿鎖煙霞，欲取蕪城作帝家。
玉璽不緣歸日角，錦帆應是到天涯。
於今腐草無螢火，終古垂楊有暮鴉。
地下若逢陳後主，豈宜重問後庭花？

唐宣宗大眾十一年，詩人李商隱在任鹽鐵推官時，曾經到金陵和揚州遊歷。在揚州，他見到了當年隋煬帝來遊玩時留下的種種遺跡。這時的唐王朝已是日薄西山，危機四伏，也正處於農民大起義的前夕。感慨萬千的同時，他才寫下了〈隋宮〉一詩。

人們見到美景，第一感覺往往是希望能夠於此長留，少有人會想到窮山惡水的故鄉。李商隱在詩中寫道，如果當時的傳國玉璽早已歸於大唐，恐怕隋煬帝依舊會泛舟運河上尋歡作樂。只是不知道已經故去的楊廣若在地下遇到了陳後主，還會不會彼此惺惺相惜，再唱一曲〈後庭花〉，以悲國事。

紅顏是禍，男人亡國後，總是喜歡把罪過歸結到女人身上。隋煬帝龍舟遊江南，耗盡國力財力，更讓人不齒的事情是，他竟然公開在龍舟上淫亂，如此有傷風化的事情傳於百姓眼中，皇帝的龍椅又怎麼能夠坐穩呢？

已經數不清有多少代君主荒淫亡國，陳後主降隋後，他竟然和當時的太子楊廣成了一對生死兄弟。後來楊廣遊江南，夢中與死去的陳叔寶及其寵妃張麗華相遇，他還請張麗華舞了一曲〈玉樹後庭花〉。這首曲子唱出的，正是宮廷生活的淫靡，因而也被世人稱之為「亡國之音」。這一前一後的對比，隋朝不亡，哪裡還有天理？

然而，人人都知道，李商隱並不是在哀歎隋朝的滅亡，他背後的深意，只怕只有當政者看不出來；或者即便聽出了弦外之音，也只是故作聾啞，依舊於酒足飯飽後，以左擁右抱的姿態草草過完一生。

揚州夢好，醉人不願醒。只害怕到了終了，再分不出哪裡是夢境哪裡是現實。圖落得自己笑話他人癡，唯被後人罵滿身，可真是荒唐至極……

・隔水無端多媚眼

上有天堂，人間也有蘇杭。論起美景，杭州是終歸要去的地方。在多數人眼中，杭州也只是一個城市的名稱，是一個被口口相傳風景如何秀麗的地方，而對於它究竟是美在哪裡，沒到過的人終也說不清楚。就像形容一位佳人，若是憑空想像，所寫出來的意境無非總是閉月羞花之類的豔詞；若果得美人相伴，好色之徒只懂得親熱，卻完全不明白美人也是用來欣賞。占有慾只是淫魔的老技法，就像是那雙被砍下來的美人玉手，少卻了彈奏的姿態，再漂亮的雙手也終會腐化成白骨，徒剩下一尊恐怖塑像。

杭州便是這一位遺立於世間的美人，風吹過她的顴骨，卻撫不平那滿是褶皺的漣漪。一身紅衣佇立橋頭，或是等著外出求取功名的情郎，坐著一葉輕舟匆匆而回；或是早已斷了情腸，只是在風口撒一把內心的委屈於西湖，千古情事也都交寄給流水。任爾東西南北，唯有情殤了無痕。於是那些沒有到過杭州的人，自然也對這片土地產生嚮往。

其實，人們嚮往的哪裡是杭州的景色，他們多半是也希望自己能夠在這座風花雪月的城市歷經一場情劫，或喜或悲，也不枉人生一場。

那場千年前發生在杭州西湖的情事，至今還在被人們傳誦。故事源於兩隻修煉成人形的蛇妖，因看到一清秀的讀書人而動了凡心，於是做法，下了一場足以讓二人邂逅的雨，這便有了〔斷橋〕的戲碼，連妖都愛美色，人又怎能會有不同呢？然而，戲中的有情人往往不能成眷屬，連梁祝這樣的俗世愛情，都被摧殘成兩隻蝴蝶的美夢，更可況那曠世的人妖戀呢？於是，在法海老和尚的糾纏下，這對人妖情侶也總是分分合合。可正是因為這些劫難，才讓後世人記住了那壓在雷峰塔下的白娘子，以及倒影出歷史的一片西湖水。

西湖美景，三月天春雨如舊，柳似煙。美景總要美人，美人難解相思淚。於這片旖旎之中，總免不了要尋一個傾國傾城，泛舟飲酒，方得人生之樂。即便沒有佳麗作陪，偷眼瞧一下身旁掠過的懷春少女，也足以蕩起一片情愛波瀾。皇甫松的〈採蓮子．其二〉，說的就是這般際遇：

船動湖光灩灩秋，貪看年少信船流。
無端隔水拋蓮子，遙被人知半日羞。

採蓮是南方特有的景致。採蓮是一件極為有趣的事情，不只是妖童媛女蕩舟心許，更是看呆了路過的遊人。小船像是利刃一樣，劈開了蓮葉田田的湖面，水波由此及彼，懂得想像的人，甚至會把那些從十五六歲的女孩身邊蕩過來的水輕輕掬起，看著清水從指縫中一點點溜走，恰似緬懷自己的青春，此刻只剩下了羨慕和懷念。

江南的風俗比起北方開放許多。當北方的百姓還講究父母命、媒妁言、門當戶對的禮儀時，南方的少男少女早就憑著採蓮的良機，相互暗許了終身。「無端隔水拋蓮子」，這哪裡是「無端」，分明是有意為之，卻依舊半帶羞怯，藉著流水寄走自己的半分心，若果被有情郎識卻，也不枉費這年方二八的青春歲月。

詩人默默遠視，可誰又說得清，此刻他沒有對眼前的女孩子動心呢？關於愛情的傳說實在太多，多到一遇到邂逅的景致，人們就難免會忘卻了現實，獨自沉溺在幻想中遲遲不歸。

詩人皇甫松也是浙江人，這採蓮的場景他自幼應十分熟悉。人總是會睹物思情，眼看到少女懷春的模樣，難免也會想起自己的年輕歲月，當年也是像這個女子，偷偷和對方約定愛情誓言。若被人發現，也必定是滿臉羞怯，霞光滿腮，徒把自己丟進欲說還休的尷尬境地，這樣的姿態真是讓人又愛又憐。

同樣是寫採蓮，以寫邊塞詩出名的王昌齡，寫起這般景致卻別有不同。王昌齡是山西太原人，但關於他的身世卻還有陝西西安一說。不管是哪裡人，這個北方大漢看到江南採蓮的境況，心思也必定和自幼於此地長大的皇甫松大不同，其在〈採蓮曲〉中寫道：

荷葉羅裙一色裁，芙蓉向臉兩邊開。
亂入池中看不見，聞歌始覺有人來。

讀罷之後，不禁令人笑開。

還是先從王昌齡的身世說起。王昌齡自幼家境貧寒，好學的他於開元十五年中進士，官汜水尉、校書郎，後貶為龍標尉，世稱「王龍標」。開元二十二年，王昌齡選博學宏辭科，超絕群倫，於是改任汜水縣尉，再遷為江寧丞。

開元二十八年，王昌齡北歸，遊歷襄陽城的時候，拜訪了著名詩人孟浩然。當時的孟浩然，正於一場疽病中慢慢恢復。但因見了王昌齡，一時高興喝多了酒，結果卻導致舊病復發，一命歸西。這樣的大罪名，讓王昌齡心中滿是悲傷，雖說過不在他，可人總是喜歡胡思亂想，一旦和什麼事情扯上關係，怎麼也剪不斷。

此後他又結識了李白，能夠和李白及孟浩然這樣的大詩人相識，對任何人來說都是三生有幸。只是幸運中的大不幸在於，此時的李白正處於被貶夜郎的途中。縱有再豁達的胸懷，也難免會給如此相見填上一份愁緒。

開元二十八年冬，王昌齡離京赴江寧丞任，他和同樣是寫邊塞詩的岑參便於此時相識。兩人也曾互相贈詩以表達英雄相惜的落寞。然而除此之外，有關於王昌齡的史籍頗少，甚至讓後人根本就無從去追查他的蹤影。唯一得知的結局是，王昌齡後來連龍標尉這樣一個小小的職務也沒能保住，他離任而去，迂迴至亳州，最後竟被刺史閭丘曉殺害。

歷經過這一番劫難之後，若依舊對生活充滿了激情，便是威武的大丈夫了。但這也從側面說明，在王昌齡的心中多的是歲月刻下的刀痕，而不是春風撫弄的憂傷。在這北方男子的眼中，採蓮或許只應該是採蓮而已，即便是有關於情愛，也只是採蓮人彼此間的卿卿我我，和他自己沒有絲毫關係。

這是人生最可怕的事情。唱戲的是瘋子，看戲的是傻子，唯有那癡子才戲裡戲外不分。可癡子有癡子的夢境，豈是那瘋子與傻子能夠理解得了？

王昌齡怎麼也走不進江南荷塘的夢境中，人生給他造成的傷害使他太擅於武裝自己，生怕一旦露出真性情，所得到的結果不是傷害到別人，便是傷害到自己。

再看他寫的這首〈採蓮曲〉，整首詩中，主人公一直都是藏而不露，尤其是直到最後將出未出之時，恰恰勾起了所有人的幻想。只恐怕詩人此時也沒有膽量偷看一眼這位採蓮人了，或許生怕是那天仙下凡，因偷看了一眼而奪了自己的魂魄，所以才會讓他永世迷失在這無邊的西湖荷葉中，醉過一場春夢。

這樣的藝術構思獨具匠心，這位被後世人譽為是「七絕聖手」的詩人，在〈採蓮曲〉中表現出來的功力也非同一般。然而，我們所有的想像也止步於此。王昌齡不敢打開心門，讓採蓮少女走進他緊鎖的感情中，而他也被鎖在了門外，看不透屋子裡的春夏秋冬，世事一場，都只不過是掠影浮光。

・古寺外的煩惱與憂傷

一提起江南，總是要承載著許多文人墨客的思慮。似乎一到了這裡，所有的憂愁都會化作溫柔鄉中的纏綿。暫不去管國仇家恨，更不要去理會恩怨情仇，如是能夠在此地只得一醉，人生恍惚間也就過去了。隔江唱後庭，悲且悲哉，樂亦樂哉。

若是論到地理劃分，江南地區一般是指長江下游江的南岸，這和今天的區分略有差異。古時候所謂的江南，大致包含現如今湖南、江西、安徽和江蘇南部以及浙江北部等地區。而那些有著風花雪月的傳說，大概都發生在後兩者的範圍。因江蘇南部有著春秋時代吳國的首都闔閭城——便是當今的蘇州，浙江北部有著越國的首都會稽——便是當今的紹興，單是這兩座古城，就足以裝得下多少淒豔之談。蒲松齡老先生聽來的多少志異故事，不正發生在這些歷經了滄桑歲月的城中嗎？吳越之地多鬼怪，不是人心不古，而是生活本來就不易了，怎麼還能擋得住如織遊人的碎語？

江南給所有遊人留下的統一印象是，這裡是養人的最好所在。看著一個個長得滴水的少女從面前走過，說著吳儂軟語，留在記憶中的印象恐怕是要回味一輩子。這終歸是得益於此地溫和濕潤的氣候，換做是大漠塞外，再嬌柔的女子也會被烈風磨礪出勝過男子的豪情。

唐代時，此地的農業生產和手工業都已經很發達，且因為社會長期穩定，江南地區變成了國家稅收重地之一。這從側面說明，江南再也不是古人口中的蠻荒之地，而今搖身一變成了一個人口富庶的人間天堂。江南地區雨水多，到處都是河流、溪水縱橫，林木也很茂密，綠草成蔭。遠遠望去此地的山丘，總是密密披著一層綠紗，不知那些從黃土高原上下來的人們經過此地時，會不會同樣落下滿地惆悵。

然而，越是秀麗的風景，也越是容易讓人產生感傷。

因詩歌而出名的寺院清修之地，細數起來終歸是要把寒山寺放在第一位。若不是張繼這個落魄的書生從此地經過，恐怕姑蘇城外始終還是一片荒涼。當時的蘇州城自然沒有如今這般局面，楓橋也還在城的外面，充其量只能算是城郊一個不起眼的小鎮，如同張繼一般的學子，哪裡還有顏面——恐怕更多的是沒有銀兩——住在蘇州城中？古運河在這裡流經了上百年，寒山寺一直坐落在河的東岸，面對著逝者如斯的流水，獨自巋然不動。

張繼只是感傷，只是因為黎明時分的靜寂觸動了他心底的悲痛，這才妙手偶得，作一首〈楓橋夜泊〉，讓後世人湧進了原本清寂的寒山寺：

月落烏啼霜滿天，江楓漁火對愁眠。

姑蘇城外寒山寺，夜半鐘聲到客船。

張繼，字懿孫，襄州（州治在今湖北省襄陽縣）人。關於張繼的生卒年月，一直沒有很是詳盡的記錄，他大約於西元七一五～七一二年至西元七七九年前後在世。

張繼確實是個才子，他博覽群書，同時也喜歡談論國家政事，但這與他是否是一個做官的好材料並不能畫上等號。或許是上天有意要考驗一下這位年輕人，天降大任於斯人，怎可以不磨其心智？於是在天寶十二年，張繼因沒有中第而落魄回鄉，〈楓橋夜泊〉一詩便是在回鄉途中所做。

這是一個秋日夜晚，月亮已經西斜，他卻整整一個晚上沒有入夢的心思。江南水鄉的景色撩撥他愁緒百轉，抬頭看看天空，好似也被秋霜浸染了一層朦朧。不遠處有著漁火點點，是打漁人家早起還是勞碌一夜的回歸，似乎都不重要，重要的是即便是這樣的辛勞人家也有歸宿，而他自己呢？

江邊的楓樹葉在秋風的浮動下颯颯作響，越是清淨，也就越使這份響動顯得孤寂。遠遠寒山寺的僧人們在鐘聲的提醒下，已經起身趕往佛堂做早課了；可這艘江面上的小客船呢，終是因為沒有方向而依舊在水流中打轉。

回家哪裡是歸宿？這分明是一份耐不住的譏嘲。即便是一夜愁白了三千煩惱絲也好，也可以給眾人一個交代。然而在這樣一個清冷的黎明時分，留給詩人的除了一腔愁緒外，空無其他。

烏鴉越是啼叫，就越把這刺骨的情感刻在流血的心上，心痛的感覺無法言說，只剩下秋風依舊戲秋霜，漁火還是照舊眠愁情。

之後若干年，政府軍收復兩京（長安、洛陽）失地，張繼被錄用為員外郎征西府中供差遣，他從此棄筆從戎，後入內為檢校員外郎，最後為鹽鐵判官，在洪州負責財政之權。大曆末年，張繼上任鹽鐵判官僅一年多，便病逝於任上。

若不是〈楓橋夜泊〉一詩，張繼的名字恐怕早就泯滅在歷史波濤中了。他流傳下的作品很少，全唐詩收錄的也僅有〈楓橋夜泊〉一首。單單此詩，就足以使他的名字流傳千古，而寒山寺也拜其所賜，成為遠近馳名的遊覽勝地，甚至在日本也家喻戶曉。

然而現如今的寒山寺，再也聽不到了淩晨撞鐘的淒靜了。若是到訪此地，遊人便會發現，那曾引起詩人愁腸百轉的鐘聲，早已經變成了對遊客的一種諂媚。於是乎，不知道是該哀歎，還是做出其他何種表情。斯人已去，獨餘古寺，撞鐘無意，空惹一紙悲情。這樣的故事，還是就此了斷吧！

・一葉綠而天下春

春天總是惹人歡喜，一年之計在於春，這可以算是一年中最好的季節了，江南的春天就更加讓人疼愛。不論草長鶯飛還是弱柳撫堤，似乎使人窮盡了所有的想像，也不足以說明江南春景。

中唐詩人張籍，用一首五言律詩〈江南春〉，描繪出一幅江南春光圖。在這幅圖畫中，有柳色、新雨、乳燕、芳樹和青山，這樣一幅水墨儘管顏色顯得黯淡了些，但在每一個落筆之處都能看到勃勃生機。就像是初春的日子，雖冷了一些，但明明已經遙望了一年的好光景，怎能不開心？

江南楊柳春，日暖地無塵。渡口過新雨，夜來生白蘋。
晴沙鳴乳燕，芳樹醉遊人。向晚青山下，誰家祭水神。

江南因著濕潤的水汽，其春天的場景和北方大不一樣。這裡的初春，沒有冬日的延展，早早就可以隔著小河看到楊柳吐出了新綠，雖然還不是春光鋪蓋天地的時日，但依舊能讓人從蟄伏了一冬天的家中邁出腳步，去看看世界的變化。或許是因為冬眠太久，哪怕只是淺淺的一抹嫩芽，也足以讓人們感知到萬物的復甦。

陽光是應該溫暖起來了，冬日結凍的地面也慢慢融化了，這彷佛是在一夜之間發生的事情，靜悄悄不讓人察覺到絲毫動靜。再沒有塵土飛揚，生活像是被水洗過一樣，留在眼底的只有一片清新。一夜春雨，滋潤了渡口邊的浮草，打濕的應該還有人們的心吧。那小鳥的偶爾鳴叫，怎麼聽著也似是悅耳的旋律；那隨風搖曳的枝條，怎麼看著也像是醺人醉的小蠻腰。

其實，醉了的豈止是風景，恐怕更有賞風景的那份心性。

居住在水邊的人們，向來有著祭祀水神的傳統。一方神佛佑一方安寧，春天已經來了，閑了一冬的人們也早早準備好了祭品，在河邊向水神祈求出航平安。落日的餘暉斜披在身上，在波光中暈散開來，像是要把人們的祈願一直帶到遠方，化作一縷春風，散在每個人的心頭。

這是一幅美景，不是描眉畫黛的濃豔，卻有著素面朝天的清淡。詩人張籍原籍便是在蘇州，後來又遷居到和州烏江。自小在江南春色中長大的他，對這一番景色有著比他人更深的情感。若不是這無心插柳的描畫，誰還能記得江南春是如此任性撩撥著人們的心弦？

其實，張籍最擅長的乃是樂府詩歌，為既有的曲調附上情景相合的詞句，或者命幾個十五六歲的女孩手拿牙板，藉著酒興，亦歌亦詠，才足以開懷暢飲。

在張籍詩歌創作的一生中，他先後結識了孟郊、韓愈、白居易等人。這樣的故事便是那「談笑有鴻儒，往來無白丁」的神仙生活。大概於江南地區長大的人，總是很懂得享受生活。不似北方的民族，因氣候惡劣，更考慮如何生存，而不是如何生活。有人說，南方太過於溫柔的氣候致使這些人們只懂得風花雪月，卻不曉得疆場馳騁，因而才有不少亡國先例；但面對如此好的春光時，誰還忍心拿起手中的戰斧，用敵人的鮮血浸染如此翠意？

初唐，是個足以影響到千古的穩定年代，雖說後期也有一些動盪，但唐代風貌使得中國在國際上的影響空前。那時候的蘇州城又是什麼樣子呢？史籍中已經有了太多關於長安城的記載，這就像是官方通告一般，邊邊角角也全都一筆一畫詳細寫進紀錄中。可是蘇州城呢？這裡自然也有著各種版本的官方記載，但這不是最親近的方式，甚至都不是老百姓的真實生活寫照，而只有從不經意的詩詞中，或許才能一窺當時的真面目。

詩人杜荀鶴曾寫了一首〈送人遊吳〉，這裡的「吳」便是今天的蘇州城：

君到姑蘇見，人家盡枕河。古宮閑地少，水巷小橋多。
夜市賣菱藕，春船載綺羅。遙知未眠月，鄉思在漁歌。

開篇詩人就開始向友人介紹蘇州當地的景色，這恰似是一位土生土長於當地的老者，如導遊一般把故事娓娓道來，說者自我回味，聽著心生嚮往。

到了蘇州城，自然是要看蘇州的水景。因此地是個水城，所以人們的房屋多半是蓋在小河邊，更有一些巧思人家直接把房子架在河面上，遠遠看去，這河水就像是一條長長的枕頭，枕起了古城中人們的一夜清涼夢。

只是因為此地早已經是個古城，連牆上的泥瓦都透露著春秋時代的氣息。蘇州城是吳國曾經建造宮殿的地方，雖說現如今已經不見了當年萬戶侯，但卻依舊有舊時王謝堂前燕覓著各自生活。雖說此地很少見到空閒的土地，卻處處可以沿著小河、小橋穿行於任何一個小巷。

論起一座城市的富庶與否，自然是要講到夜生活。夜幕下的蘇州城，少卻了白日的繁忙，多的是菱角和蓮藕的叫賣聲。夜晚似乎本就是為娛樂休閒而誕生，正是因為可以在這樣清新的水鄉沉沉睡去，才有著第二日遊玩於河面的好心情。

但能夠於遊船中嬉戲春光，也多是穿著綾羅綢緞的有錢人家。老百姓不是不懂風情，只是生活的艱難哪裡容許他們放掉如此值得勞作的好春光？若是在這樣的月夜睡不著，恐怕也是因為有放不下的事情吧？

若是沒有猜錯，這便是思鄉的愁緒。雖說此地是人間仙境，但對異鄉人來說，終歸只是一幅優美的畫卷，永遠都不會真正生活其中。

江南的楊柳依依，蘇州的優美景色也吸引了不少喜歡舞文弄墨的人。只是各人有各人的心境，同樣的風景卻被解讀出不同的歡娛和憂愁。春色總是多情，但更多情的，恐怕是我們這些自以為風情的遊人吧！

・醉一番美景

總應該有一個地方承載著幻想，在人間，此地便是西湖。

關於西湖的種種傳說，都是要歸結到許仙和白娘子的愛情上。這一人一妖的相戀，竟把人世間多少淒美的情話都比了下去，似乎只有他們二人，才配得上西湖美景三月天。杭州城被比作人間天堂，西湖數千年來卻只是靜靜坐落在這座古城的西面，不悲不喜，默默看著湖光山色的變化，儘管周邊古跡眾多，西湖水也只是流淌著獨屬於自己的一片哀怨情仇。隨手掬起，怕是已經醉在了這人間幻境。

談起美景，總是離不開春天，西湖的春色也是更為動人。或是因為有了動人的詩句，才讓這一刹那變作永恆。在唐穆宗長慶三年的初春，白居易騎著馬緩緩沿著白沙河堤前行，這一路上飽覽了西湖的春日風光。看多了，自然是要抒寫一下情懷。白居易寫詩和其他人不同，他筆下的字句看似個個都通俗易懂，但只需砌在一起看整首〈錢塘湖春行〉，那千年前的西湖究竟是何景致，就可一覽無遺：

孤山寺北賈亭西，水面初平雲腳低。
幾處早鶯爭暖樹，誰家新燕啄春泥。
亂花漸欲迷人眼，淺草才能沒馬蹄。
最愛湖東行不足，綠楊陰裡白沙堤。

不知是否有人說過，春天是最適合遠足的季節。從孤山寺的背面到賈亭的西面，究竟這一路程有多遠不重要，重要的是在這限的路途中，潛藏著無限的景致。單單是西湖二字，就足以把所有遊人的腳步留下來了，更何況還有疊疊白雲倚在湖面上，連堤岸都像是矮下去一部分似的，徒徒把水平面露出來，生怕遊人看不到懶了一冬的西湖水。

光有波光瀲灩又有什麼意思呢？若不是那幾隻嬉戲的小黃鶯從頭上掠過，爭搶著早就被陽光暖透的樹梢，誰還記得這裡已經是春天了呢？甚至連剛剛遷徙回來的燕子都開始啄泥築巢了，遊人又怎麼能夠錯過大好的春光而不開始一年的勞作？只是春光太好，誰能捨得就此走開？

遠遠望去，滿眼都是在努力盛開的春花，似乎自己也一下子掉進了一片生機。即便青草淺淺，高度才只能遮住馬蹄，可在這盎然春意中，蘊藏的是無限生命！走著走著，就越是看不夠這一片西湖美景了。好似每看一眼，都會被這裡勃勃的氣息揪住心性，真是欲罷不能。如此，何不果真放縱一下自己，拋開所有的事不提，單單在白沙堤旁的綠柳下，醉在這一片春光中？

白居易在詩中沒有提到，這是一場春雨後的西湖景。春雨的撩人之處在於，明明是一樣的景色，偏偏在洗過之後卻又煥然一新，甚至連長居於此的百姓們也會因此而有恍若隔世的感覺。雨天的西湖，輕煙繚繞，薄紗似籠，遠山隱約，好似一幅美妙的畫卷，極富朦朧之態。而於湖上看雲，湖平如鏡，雲氣蒙在水面上，天水相接，自有一種飄忽迷惘的情趣。面對此情此景，誰人還能在屋子中耐得住寂寞，若不出來遊走在西湖水面上，才真的是辜負了這一片春光的好心腸

論起杭州城的美景，西湖自然是一絕；可既然到了此地為官，自然是不能僅僅把西湖當成是唯一去處。白居易也曾寫下一首〈杭州春望〉的七律，描述這座古城中點點滴滴的秀色：

望海樓明照曙霞，護江堤白踏晴沙。
濤聲夜入伍員廟，柳色春藏蘇小家。
紅袖織綾誇柿蒂，青旗沽酒趁梨花。
誰開湖寺西南路，草綠裙腰一道斜。

這首詩為長慶三年春，白居易任杭州刺史時所作。他在這裡對杭州春日景色作了一番全面描寫，構成了一幅如此完整的畫。不知在許多年後，人們還會不會憶起當初的這份美好。但對於白居易來說，此詩所

記載的，必定是一段難忘的人生回憶。

這首詩把杭州春日最有特色的景物全都展現，登高遠眺，由城外的東南處，寫到城內，然後又寫到西湖，可謂錯落有致。

但白居易有一個從來不曾言說的祕密：自孩童時代讀書的時候，就夢想著和有一天能夠到杭州來做一任地方官。因而，當夢想終於照進現實的時候，欣喜之情總是溢於言表。不久，自己又要離別這一寄託了無數理想的地方，縱是人間天堂，也禁不住那一紙調令的權威。白居易再任杭州刺史之前，原在長安任中書舍人，面對國家衰敗、百姓生活日益貧困的現實，他屢屢上書言事而不被採納，而眼見時局日危、朋黨傾軋加劇，白居易便自求外任，因而才來到杭州。因為「皇恩只許住三年」，白居易抱著戀戀不捨的心情離開西湖，是悲是痛都化作一陣春風留給這一片西湖水吧。

可以想見的是，白居易或許早已經預見到自己終有一天會離開這裡，離開兒時的夢想之地，或許再回頭看一眼自己管轄的這片田地，多多少少留下些許回憶，才可以慰藉逐漸老去的人生。

長慶四年，白居易擔任杭州刺史的任期已滿。這年春天，他到西湖遊覽，又寫下了一首留戀西湖的小詩〈春題湖上〉：

湖上春來似畫圖，亂峰圍繞水平鋪。
松排山面千重翠，月點波心一顆珠。
碧毯線頭抽早稻，青羅裙帶展新蒲。
未能拋得杭州去，一半勾留是此湖。

此時此刻，再美的風景也不值得細說了。那冗長的鋪墊儘管說盡了西湖春景，卻終也抵不住最後的依戀。人人都說，西湖景好似一幅風景畫，可這又能怎樣呢？鏡子一般的湖水雖倒影著青山點點，即便天上的明月如同珍珠一般落在了西湖水中，縱然兩邊的莊稼在風中頻頻點頭，可終不能留下這一介遊人的腳步。

前者遊春時，還不在乎時間；可此刻，每走一步都會因此而退卻一步。只是，行程早已經訂好，能夠留給自己的，也只有多出來的一份憂傷。

・秦淮河畔說風流

在長江的沿岸上，一個最為特殊的城市便是金陵。唐代秦淮河畔的風流傳說，不知道已經流傳下來幾許。對於文人墨客來講，似乎只要是沾古的東西，再浸染上一些水鄉的情調，就足以歌詠一番情緒。金陵城恰恰處在這樣一個位置上，不知吸引了多少遊人眼光。

李白曾在金陵遊玩過一段時日，在將要東去揚州時，為朋友寫下了這一首〈金陵酒肆留別〉的古體詩。試想，窗外春光青翠，屋內有酒有茶，又還有知己對坐，縱是鐵石心腸的人，也總是會湧上些許心緒。更何況遇到了李白這般豁達的人，若不是滿懷暢飲，又哪裡能夠說盡這樣的情懷？

風吹柳花滿店香，吳姬壓酒勸客嘗。
金陵子弟來相送，欲行不行各盡觴。
請君試問東流水，別意與之誰短長？

斟滿酒的時候，春風正把柳花香送進軒窗。撲鼻一聞，春意便已浸透了心腸。這吳地的女子確實與眾不同，普天下哪裡有奉勸男子多飲酒的女人呢？偏偏這裡的女子會把釀好的酒端送到客人面前，若是不多飲兩杯，恐怕對不起的就不僅僅是這杯中酒和窗外景了。美人站在旁邊，看著你一杯接著一杯啜飲，直到兩頰染上霞雲，才算是開懷。

只是李白的名氣實在太大，縱然能飲斗酒十千，也禁不住相好的金陵子弟絡繹相送。也罷，春光好，人情更珍，醉也就醉了，又能如何？如此一來，也就不需誰再端起酒杯，盡一些繁縟的客套，大家各自盡興豈不快哉？更可況，僅僅只是離別，又不是什麼大不了的事情。看看那窗外東逝的流水，我們的別情又怎麼比得上它的源遠流長？意短情長，舉杯相邀，所有的情話都化在了杯中酒裡。

唯獨這李白，才配得上酒仙和詩仙的稱號。若是不醉，哪裡來的一腔豪情？若是不醉，哪裡來的滿紙真意？或許只是因為藉著酒興，才能把許多平時想說、又礙於各種情面而難以啟齒的話講出來。但講出來又能怎麼樣呢？大家各自朋友一場，若今朝之酒今朝不醉，那可真的是冷落了這座金陵古城的春色怡人了。

恐怕在李白的眼中，滾滾長江水中落滿的歷史塵埃早就消失殆盡。他只是看到了一眾相好端起酒杯相祝，人生的快樂也不過如是，就像是窗外這片到了時節就又會重新灑滿人間的春光一樣，春去復還來。

論起送別，韋應物也有一首〈賦得暮雨送李曹〉寫在金陵。只是相比李白的這份灑脫，韋應物則顯得柔情許多。二者孰好孰壞，本是無可比擬，卻單單因為同一個季節的感染，讓人們體會到了不一樣的金陵城：

> 楚江微雨裡，建業暮鐘時。漠漠帆來重，冥冥鳥去遲。
> 海門深不見，浦樹遠含滋。相送情無限，沾襟比散絲。

錯，就錯在這一場春雨。

細雨籠罩下的長江，少卻了奔騰時的狂嘯，又似乎也因扉雨而纏綿起來。天色漸晚，建業寺的鐘聲也早早敲響，連僧人也耐不住這一份淒冷了。他們早早做完晚課，好趕著回到溫暖的禪房。越是這樣沉重的字眼，就越讓人看得傷悲。再抬頭遠望，那薄薄如同煙霧一般的雨中，甚至連航船都懶得行走，因而越發吃力，滿是哀怨；鳥兒慢慢地循著回家的路，低低飛過，或許偶爾還能撿到一些吃食來果腹。再往遠處看去，卻已經是朦朧一片了。不論是寫詩的人還是聽詩的人，恐怕現在都已經分不清楚，到底是眼前的景色迷濛，還是自己的未來看不清楚。

路明明就在哪裡，我們卻絲毫挪不動腳步。

這一番送行，淚水比落下的雨絲還要多。不經意低頭一看，誰還能有心思去分辨究竟是雨水還是淚水沾濕了自己的胸襟。

冥冥暮色，霏霏煙雨，著力渲染的總是忘不掉。既然心中沉重了，見到的事物也總是會被染上傷悲的顏色。作為長江入海處的海門就在遙遙之距，李曹自是去往海門的方向，可是登高眺望，眼中除了暮色蒼蒼，再無他物。這一去，再相見恐怕就不知是何年月了，這樣的氛圍讓人再也忍不住奪眶而出的淚水。哭一場吧，哪怕只是為了宣洩心中的憤懣。當鐘聲入耳，情動於衷，離愁別緒噴湧而出時，果真是「相送情無限，沾襟比散絲。」

但金陵城不會因為詩人的豁達或悲戚，而改變自己的態度。千百年來，多少王侯將相埋身於此，這座古城依舊只是保持著不悲不喜的態度，遺世獨立。悲喜的只是經過這裡的人們，念著往事遙想舊情，滿身是淚，也不足以變秋聲為春雨，不知打濕了誰的心田。

而懷古一事，在這樣的情調中總是顯得分外應景。

在今湖北大冶東面的長江邊有一座西塞山，此山以南北分裂、南朝政權存在為依託，這才成為六朝時有名的軍事要塞。長慶四年，劉禹錫由夔州刺史調任和州刺史，他沿江東下，途經西塞山，於是即景抒懷，寫下了一首〈西塞山懷古〉。藉著對古人古事的追思，也算是寄託了自己的一腔情懷：

王濬樓船下益州，金陵王氣黯然收。
千尋鐵鎖沉江底，一片降幡出石頭。
人世幾回傷往事，山形依舊枕寒流。
從今四海為家日，故壘蕭蕭蘆荻秋。

史載太康元年，晉武帝命王濬率領水軍順江而下討伐東吳，這件史事便成了此時的開篇。當戰船順著江水而來時，「金陵王氣」盡皆黯然消失。益州金陵，相距遙遙，只因著幾聲戰船開動的聲音，就喪失了膽魄，這樣的君王哪裡還能治理江山？東吳的亡國之君孫皓，憑藉長江天險，在江中暗置鐵錐，再加以千條鐵鍊橫鎖江面，自以為是萬全之計，誰知王浚用大筏數支，沖走鐵錐，以火炬燒毀鐵鍊，又順流鼓棹，徑造三山，直取金陵。這場戰事在詩中只用了簡單的四句就全面勾勒出來，劉禹錫說盡的不是攻守的策略，每一種味道都是浮在紙面上這些文字背後的人心向背。

自古君民如水舟，載舟覆舟誰人留？西晉滅吳一事，頗耐人尋味。東吳是六朝的起始，它又有頗為「新穎」的防禦工事，最後的覆滅著實令人驚訝。照理後人應引以為鑒，可現如今的境況卻不是預想的模樣。當時的吳王愚昧，來者又有多聰穎呢？

當日的軍事堡壘，現如今都荒在了一片秋風蘆荻中。世人不知，荒涼的不是這磚瓦堆砌起來的壁壘，而是那忘卻了六朝覆滅之事的心。失敗屬於過去，可誰又說得清是不是屬於未來？單單「依舊」二字，透出了一份透心的淒涼。

懷古慨今收束了全詩，那悲憂的感情也就戛然而止。除此之外，安有他法？無奈人心不古，感傷之外夫復何求？

・戀戀大海

我們常常感歎於天地山川的幻化，卻最容易忽略掉的事情是，再偉大的事物也會終結。日月星辰周而復始，而長江入海卻是一去不復還。面對此情此景，或許有人會感歎「逝者如斯」，這大概是因為當時的人們還不知曉萬物循環的過程。但偏偏另有其人站在長江的入海口，說出了一番不一樣的豪情。李白曾經寫了一首〈望天門山〉，描繪的便是長江入海的壯麗場面：

天門中斷楚江開，碧水東流至此回。
兩岸青山相對出，孤帆一片日邊來。

這裡的天門山，便是安徽當塗縣的東梁山，古代又稱博望山。此山與和縣的西梁山並稱，兩山夾江對峙，像一座天設的門戶，形勢非常險要，「天門」即由此得名。不知此時詩人是站在何種角度，但登高俯瞰的情景不容質疑。遠遠望去，那座連愚公之志都移動不了的天門山，卻單單為楚江水的到來展開了一條通道，就像是從中間斷裂開一樣。楚江從天門山中間奔瀉而出，帶著狂嘯入海的憤怒，滾滾東流，每一寸的碧波中，寫下的都是看景人的期許。

碧綠的江水東流到這裡，遂又旋轉向北流去。兩岸青山對峙聳立，像是守衛一樣緊緊護著這份難得的情懷。在這泓江水中，只包含了唯一一個目的地。儘管知道前途險阻，可那又能怎樣，現如今不還是憑藉著澆不滅的激情迎來了這輝煌一刻。

但是再激情的人生，也需要有溫柔纏綿的時刻。天相接之處，一片白帆沐浴著燦爛的陽光，悠悠從地平線飄來。很難說清楚的是，這樣一份柔情是把剛烈化作了繞指柔，還是氣吞山河的口吻蘊藉了此時的別有幽情。

面對此情此景，又怎麼會不使人心生感慨呢？且不去管天門中斷，更不要理會楚江兇猛，只是把眼睛放回自己的內心，看它現在到底在想著什麼？偏偏越是問自己，這樣的問題也就越難以回答。這般感情淋漓盡致，甚至連作詩人自己都已經忘卻了。有著如此氣吞山河的景色，又怎麼能不生出更加磅礴的氣魄？

於是，在這片波濤洶湧之地，單單落下了獨屬於李白的一片心性。那楚江水日夜奔流，天門山也不知是自何時起隔江而開。只是因為李白曾經在這裡駐足，時間的概念就此改變。

一生雲遊多地的李白，和長江水之間的關係不僅僅限於此。或許是因為在政治上著實不得意，才更讓他醉心於山水之間。若不是這樣的際遇，我們哪裡有機會能夠欣賞到如此佳作？所幸，如此的命運最值得我們感謝。

開元十三年，李白乘船從四川沿長江東下，一路上遊覽了不少地方，他究竟留下多少詩作暫且不必討論。值得李白銘記一生的事情是，在這次行程中他遇見了一位好友——孟浩然。

在襄陽，李白聽說前輩詩人孟浩然隱居在城東南的鹿門山中，特地前去拜訪他。孟浩然看了李白的詩，大加稱讚，兩人很快成了摯友。孟浩然熱情款待李白，並留他住了十多天。這樣一對忘年交，僅僅因為文字的緣由，在一夜之間隔斷了輩分的差距，有時候不得不感歎詩詞的魔力。恐怕也只有性情中人才懂得李白豁達之後的悲愴，也只有醉心於文字之間的人，才能看得出浮於李白詩作背後的漂泊和無奈。

西元七三〇年三月，李白得知孟浩然要去廣陵（今江蘇揚州），便託人帶信，約他在江夏（今武漢市武昌）相會。這天他們在黃鶴樓重逢，各訴思念之情是免不了的事情。幾天後，孟浩然又要乘船東下，李白親自送到江邊。船開走了，或者應該說是孟浩然走了，只剩下李白一個人佇立在江岸，惆悵之情油然而生，於是便揮筆寫下〈黃鶴樓送孟浩然之廣陵〉：

故人西辭黃鶴樓，煙花三月下揚州。
孤帆遠影碧空盡，唯見長江天際流。

這是一個春光明媚的三月，是一個幾乎要醉倒所有人的煙花季節。從沒有人想過，在這樣的日子中也能產生讓人落淚的故事。但悲傷總是被掩藏在心底，如果不是那孤帆遠影的觸動，誰忍心去惹哭這一季的年華？

遠看著孟浩然的小船越走越遠，直到消失在眼線之外。那水天相接的地方，只剩下茫茫長江水，日夜不停留，可是長江水又哪裡懂得詩人的一腔心性呢？沒有出過遠門的人，永遠都無法體會到旅人的苦痛。若單是苦痛也就罷了，偏偏在心若寒冰的時候，又有一絲溫暖進駐，在讓人擁有希望後，卻又嗖地一聲，倏忽即逝！

黃鶴樓是天下名勝，更是李白和孟浩然兩個人常常聚會之所，黃鶴樓本身又是傳說中仙人上天所在。在李白看來，這次孟浩然去揚州時，帶著愉快心情，那三月的煙花絢爛便是佐證。既然離別之地亦是飲酒作樂之所，索性也就揮手道別，何苦非要為這樣的暫別而感傷？故人這一去，不恰似仙人乘鶴飛升嗎？如此一來，留下的應該祝福，哪裡輪得到自己的悲情上場？再多飲一杯，長江水的滾滾翻動也化作了跳躍的節奏，一路高歌，直抵揚州城。

這是一個看不盡且看不透的陽春季節，這樣的季節是應該染上歡快的色彩。仲春時節的色彩，繁華之地的憧憬，似乎再沒有理由為了故人的西辭而感傷。縱然兩離，也終是需要沾染上兩人的詩意和風流倜儻。如此，反倒不如彼此揮一揮衣袖，獨留下天邊的一片雲彩，妝點長江水的磅礡。

故人縱遠去，情真意更濃！江水為證，天地做盟！這才是值得驕傲的事情。飲酒作樂，且把歌吟，一腔故事原來都只是幾多柔情。

・此地只是傳說

在流淌著中華民族氣脈的地域上，有一座山充滿了一股神祕氣息。似乎只要一提及它的名字，人們便都會抬頭仰視著，這座山便是天山。

由伊州（今哈密）前行，就能看見巍峨的天山。天山是中亞東部地區（主要在中國新疆）的一條大山脈，橫貫中國新疆的中部，西端伸入哈薩克，長約兩千五百公里，而天山上的主要高峰都在中國境內。令人拍案稱奇的是，天山峰頂終年白雪皚皚，因此才孕育了許多傳說。

天山北嶺的庭州，是唐代北庭都護府所在地。天寶十三年，詩人岑參在當地的一處幕府中做判官。岑參是個傳奇的人物，他筆下的邊關具有更傳奇的色彩。既然是邊疆，便少不了這位詩人的揮毫潑墨。尤其是面對天山大漠，此情此景總是容易讓人觸動，岑參便寫了一首〈天山雪歌送蕭治歸京〉，詳細描寫了當時天山地區的嚴寒和冬季美景：

天山雪雲常不開，千峰萬嶺雪崔嵬。北風夜卷赤亭口，一夜天山雪更厚。
能兼漢月照銀山，復逐胡風過鐵關。交河城邊鳥飛絕，輪台路上馬蹄滑。

晻靄寒氛萬里凝，闌干陰崖千丈冰。將軍狐裘臥不暖，都護寶刀凍欲斷。
正是天山雪下時，送君走馬歸京師。雪中何以贈君別，惟有青青松樹枝。

但凡第一次到此地的人，都會感歎這些終年不化的積雪。究竟需要多少孤魂野鬼的怨氣，才能冰封住這座山脈啊！邊疆總是這樣絕情，不容許有兒女情長，戰場上只有生死，若是我不殺你，終是給了你殺掉我的機會，這是行軍作戰的大忌。

因此，天山頂上的烏雲終不會散去，即便是六月天，也依舊飄落著皚皚白雪。赤亭口的北風還在使勁吹，似乎是想要把冰冷送進每一個戍守邊關戰士的心房。一夜無話，不曾想黎明起身，卻發現眼前的雪又厚了一層。見慣生死的人，是不會為這樣的情景感慨。生命在他們看來本就是用來犧牲，一將成名萬骨枯，聽起來或許悲壯，可那些從沒有行軍打仗經驗的文人，又怎麼能夠體會到其中的辛酸和無奈呢？

若是能夠多用幾個戰場的靈魂換來身後家國的安寧，這筆買賣，哪裡還有值不值得的緣由？只是可憐這些剛剛犧牲的士兵的家人！

月亮還搖搖欲墜掛在西天邊上，反倒是山上的積雪更比月亮耀眼幾分，也淒冷幾分。塞外的風已經吹過了鐵門關，關外的胡人會不會也藉著風勢悄悄入侵呢？這裡容不得半點的懈怠，哪怕只是一個閃神，送掉的可不僅僅只是自己一條小命。戍邊難，若能保全性命回京，可真是萬幸！

然而，這場大雪已經出乎所有人預料，落滿積雪的山路，馬車根本就沒有辦法行走，甚至飛鳥都因為茫茫白雪而找不到回歸的方向。往前，看不到路途；往上，看不到生機。一場大雪，似乎要把生之希望全部埋葬。天色依舊昏暗，萬里原野都被寒氣籠罩。若是有心人，難免不會因為這樣的情景而生出許多感想。是因為這場意外之雪，還是因為透過裘衣的寒氣，亦或者因為對這分苦差事的憤恨？

在天山陰面的懸崖處，縱橫交錯結了很多冰，單是看看這晶瑩剔透的冰稜，就足以讓視覺凍結在簌簌落下的雪花，甚至連都護佩戴的寶劍都快被凍斷了。面對風雪中的魑魅魍魎，又應該作何抵擋？

這正是天山下雪的時候，讓朋友獨自騎著馬回到長安城，詩人心中多少有些不忍。在這場茫茫的大雪中，用什麼來給朋友當做護身的東西呢？放眼望去，只有那翠綠色的松樹枝最為合適。儘管天寒地凍，只要這松枝依舊傲然挺立，就不愁在迷茫中看不到前途的光亮。

他人送別皆贈柳，唯獨岑參送別贈松，這背後的深意確實值得細細言說。這場送別，寄託了濃郁的人情味道。

此後一年的八月，駐守在輪台的一位武姓判官準備回長安，當時軍中特意為他置酒送別。恰在這個時候下起了雪，詩人岑參也在宴席中。一年的光景過去了，歲月或許已經催白了無數青絲，這裡戍守的軍將也像是走馬燈一樣輪番上場。人人都知道戍守不易，因而人人也都期望著能有一天保命回京城。岑參何曾沒有這樣想過？只是邊關一日不得安寧，他心中也就多斷掉一日回鄉的念想。即便馬革裹屍，也算是給自己一個莫大的交代。

天山上的大雪下得實在突兀，絲毫沒有徵兆就紛紛揚揚落了下來。酒到酣處，岑參寫下了這首被後人廣為傳誦的邊塞詩名篇〈白雪歌送武判官歸京〉：

北風卷地白草折，胡天八月即飛雪。
忽如一夜春風來，千樹萬樹梨花開。
散入珠簾濕羅幕，狐裘不暖錦衾薄。
將軍角弓不得控，都護鐵衣冷難著。
瀚海闌干百丈冰，愁雲慘澹萬里凝。
中軍置酒飲歸客，胡琴琵琶與羌笛。
紛紛暮雪下轅門，風掣紅旗凍不翻。
輪台東門送君去，去時雪滿天山路。

山迴路轉不見君，雪上空留馬行處。

當時西北邊疆一帶，戰事頻繁，岑參懷著到塞外建功立業的志向，兩度出塞，久佐戎幕，前後在邊疆軍隊中生活了六年，這才對鞍馬風塵的征戰生活以及這裡冰天雪地的塞外風光，有長期的觀察與體會。問起邊關的嚴酷環境，岑參是最有發言權的一個人。

呼嘯的北風到底有多強勁，恐怕任何文字性描述都不足道盡，唯獨依舊強撐在疾風中的枯草，似乎才是最堅強的戰士。只是北風淒厲得像是一把霜劍，大有把枯草攔腰斬斷的架勢。胡地的天氣哪裡比得上長安城中分明的四季，明明才只是到了秋高氣爽的八月，卻在一夜之間遍地飛雪。詩人早就習慣了這樣的事情，因而也就不覺得驚訝，反倒因為這場大雪而趕盡暑氣，就像是那滿是花開的梨樹一樣，有心者自能嗅到一股芬芳。

只是許多來不及更換衣服和被子的士兵，因為這場突如其來的大雪，而深深感到嚴寒的威逼。護身的鐵甲越是顯得冰冷，甚至連鐵弓都被凍住，難以拉開。天空中愁雲慘澹，大漠上堅冰百丈，儘管如此，終於可以歡慶又有一個人可以平平安安回長安城了。縱然已經見到了太多殺戮，但每看到一個朋友能夠全身得退，這都是最值得欣慰的事情，下一個會不會是自己？

樂聲響起，是該唱起歡送的旋律了。轅門外的紅旗已經僵直，再急烈的北風也都吹散不開這份寒意。看著故人在一地白雪上遠去，不知道站在風雪中的歡送者心中，各是怎樣的思緒。山嶺迂迴，道路曲折，遠去的身影已經不見，雪地上只留下馬走過的蹄印。告訴尚且留在邊疆的每一個人，但願天下太平，只求全身而還。

送別之情外，感人至深的還有那一份真情吧！尤其是皚皚白雪上的一抹紅色調，恰似這冰天雪地中足以暖人心的情感，哪怕只是如靈動般一閃而逝，也算是多了一份希冀。

在這樣的地界傷離別，總是要多出幾分愁苦。遠離家鄉戍守邊疆，心情的苦悶不消多言。似乎越是過多描述，就越引得人悲情不止。不說反倒還好，這一說卻難有停止的理由了。

李白也曾做過一首古樂府舊題〈關山月〉，便是說戍邊的愁緒：

明月出天山，蒼茫雲海間。長風幾萬里，吹度玉門關。
漢下白登道，胡窺青海灣。由來征戰地，不見有人還。
戍客望邊色，思歸多苦顏。高樓當此夜，歎息未應閑。

李白和岑參畢竟身分不同，一個是暫住的客，一個是戍守的主人，只因為角色的不同，便生出許多不一樣的心境。但天底下沒有人不愛好和平，縱然將士的思鄉情懷難以掩飾，也是要在月夜高樓上安心站好每一班崗，這是最基本的職業操守，也是最崇高的使命。

「關」、「山」、「月」三個字，既相互獨立又相互聯繫的物象，單單一個標題就奠定了全詩邊塞苦寒的蒼涼基調。「月」，出於天山雲霧間，分明是一派雲海蒼茫、氣勢磅礴、雄偉壯闊的景象；「風」，是漫天遍野吹著的大漠朔風，猶如虎嘯狼嗥，遍及玉門關內關外，氣勢龐大，更顯異域的粗獷之情。

明月依舊、關隘依舊，而歷代長征遠戍的男子，卻都一去不復返。沒完沒了的戰爭何時才能停息？秦時明月漢時關，古來征戰幾人回。當唱起故鄉的歌謠時，再鐵石心腸的人也會潸然淚下。那一個個在戰場上殺紅眼的男子，心中隱藏起來的柔情還經得起多少折磨？

想想家中高樓上的妻子、滿頭白髮的母親和骨瘦如柴的孩子，他們一定也在這清冷的茫茫月夜裡，或站立樓頭、或折柳門前，舉目遠眺，思念征人。此生此世，哪怕只再聽一次他們揪人心肺的聲聲惆悵與歎息，也足以慰藉這條朝不保夕的性命了。人在愁苦的時候，總是喜歡喝酒，這番開懷痛飲，也許就會成為未來沙場征戰的最後訣別。今朝之酒今朝醉，唯有一醉解千愁，寫在這些鐵血男兒臉上的，竟是惆悵。

試問，有幾人是心懷社稷、悲天憫人的英雄？又有幾人願意去做這樣一個空有虛名的英雄，兒女情長不才是溫柔鄉嗎？只是為了他人溫柔鄉，不得已才捨得自己的紅顏美嬌娘。有朝一日大功告成，這些活著、死去的士兵才是最大的功臣，可這些美夢都不知道是何年何月才會有的結局。抬頭望去，天亮時，等待在眼前的會不會是另一場殘酷的戰爭呢？轉身看看左右的兄弟們吧！或許這不經意的一次回眸，就會變成今生最後的相見，悲哉！悲哉！

・行軍的苦楚怎奈何

從天山一路下來，朝著大海的方向行走，遇到第一座足以阻擋行程的山脈，便是祁連山。祁連山脈位於青海省東北部與甘肅省西部的交界地區，由多條西北東南走向不同的山脈組成。只是因為其又位於河西走廊南側，所以也有人把它稱為「南山」。這一座綿延的山脈，西端在當金山口與阿爾金山脈相接，東端至黃河谷地，與秦嶺、六盤山相連。如此距離，依舊阻擋不了山頂上的終年積雪。或許和天山比起來，祁連山並非那麼遙不可攀，但在這裡走下的每一步，卻也都記載著旅人的辛勞。

唐代宗大曆九年，詩人李益到原州（今寧夏固原）以北的邊塞地區從軍。李益在這裡寫下了許多邊塞詩篇，其中便有兩首是關於祁連山。不需要去論述寫詩的人具有多少才情，單單只是為邊塞從軍這一事，便足以讓人心生敬佩。

不論盛世還是亂世，戍守邊防從來都不是一件值得高興的事情。若是遇到了豪情萬丈的男子，或可以在戰場上體會一場殺之而後快的決絕，但這又能怎樣？無非是用幾條胡人之命換回來自己兄弟的性命。兄弟已經做刀下鬼，多殺幾人也求不來往日的暢飲開懷。若是遇到一個感懷的文人呢？殺戮不可避免，但每一次的擊殺對他來說都是心靈的撞擊。戰場上從來沒有勝負之分，只要是戰爭，本不應該存在。百姓安居樂業是最好的祈願，唯獨這惱人的征戰一廂圓了君王天下夢，另一廂卻苦了蒼生一世情。李益做的這首〈從軍北征〉，便說盡了其中的荒涼事：

天山雪後海風寒，橫笛偏吹行路難。

磧裡征人三十萬，一時回首月中看。

縱然只是祁連山，縱然只算得上是第二道邊防線，戍守在這裡的士兵同樣不能有絲毫懈怠。大雪之後，寒風呼嘯，偏偏要在這樣的日子遠端行軍。縱然人人都知道這是最艱苦不過的事情，但軍令如山，誰又敢於違抗如此命令？更何況，戍邊哪有不辛苦，和那些死去的兄弟比起來，活著本身就是一件相當幸福的事情了。空抱怨解決不了任何問題，唯一能夠起到的作用便是獨自泄氣，於己無益，反倒成為敵人最夢寐以求的事情。

偏偏還有不曉得箇中厲害的人，在這場大雪紛飛的行軍中吹起淒慘的笛聲。越是聽來，就越感到肅殺。讓人憤懣的不是眼前的天氣，無端的笛聲反倒成了怨聲載道的緣起，常年戍守在外，心總是會壞掉。家中的父母是否已經蒼老？若是有一天自己能夠全身而退，妻兒是否還能夠認得出自己滿經滄桑的模樣？這些都是困擾在士兵的問題，可又全都根本不是問題，想得越多就越惆悵。難點在於，永遠都只能是空想，眼前被大雪覆蓋住的路還要靠早已經失去了知覺的雙腳行走，空讓心思百千轉，卻把新愁作舊愁。

三十萬的行軍人數，很難想像這些人心中其實都只懷著同一個信念，打了勝仗回家鄉，再見妻兒與爹娘。只是每一個上戰場的士兵都必須先要做好心理準備，誰也不能保證這一去就真的還能回來。於是只有在登到最高點的時候，回頭望家鄉的方向，縱然雙眼已經被白雪迷茫，或許還能夠給心中留下一絲希望。告訴自己家國就在身後，這也成為支撐這些士兵唯一的心氣了。

茫茫白雪，眾人回望，怨氣橫生，亦要繼續向前，哪怕赴死，也得裝出一份豪情。這樣的日子，正如眼前行軍的長龍一般，似乎永遠都看不到盡頭。

哀歎歸哀歎，仗終歸還是要打。李益寫就的另一首有關於此地的詩，便是〈塞下曲〉，這次他一掃之前的陰霾，透過隻言片語，留下了一個邊關英雄的偉岸形象。於是不禁讓人猜測，究竟是風雪冰凍了戰士的豪情，還是生死激發了軍將的氣魄？

伏波惟願裹屍還，定遠何須生入關。
莫遣只輪歸海窟，仍留一箭射天山。

詩的意思其實很是簡單。兩個典故，一是有關於伏波將軍馬援，另一是有關於定遠侯班超。史載，伏波將軍的部隊在行軍作戰的時候，都只有一個希望，就是馬革裹屍回鄉；定遠侯也曾經許下誓言，不平定邊關，又何必要活著回到玉門關。先人英烈在前，現如今自己也處在了同樣的位置，雖不敢和前人相提並論，但最起碼同樣可以奮力殺敵，把每一場仗都視作生死的抉擇。即便是最後已經旗開得勝，也要留下一支精銳部隊戍邊邊疆，以揚國威。

這分明是典型的熱血男兒，生死何須掛齒，保得家國安寧才是最大的價值。一前一後有如此大的變化，究其緣由，還要從李益的身世說起。

李益，字君虞，陝西姑臧（今甘肅武威）人，後來舉家遷到河南鄭州。李益是大曆四年的進士，初任鄭縣尉，但不知道是何原因，很長時間都沒有升遷。若要從中找緣由的話，恐怕終是逃不脫人事這一層關係。只是普天下的文人，總有幾個不願意為五斗米折腰，更何況滿肚子聖賢書的李益，或許根本就不懂得這裡面的「潛規則」。落到這步田地，也是可想而知的事情。因仕途失意，李益最後棄官，在燕趙一帶漫遊，以尋求更好的機遇。

貞元十三年，李益於幽州節度使劉濟門下從事。貞元十六年，他在揚州等地遊歷，寫下不少描繪江南風光的佳作。元和後期，他重新進入朝廷，先後擔任過祕書少監、集賢殿學士、左散騎常侍等職。

前前後後，李益為官不少，可自始至終沒有得到心滿意足的職位。更讓人感慨的是，李益心高氣傲，自認為滿肚子才情，因而也就和周邊人的關係不怎麼融洽。心中有氣無處說，也就只好訴諸筆端了。卻不想禍從口出，當朝諫官偏偏拿著他寫下的洩憤詩作為把柄，致使李益的官位一貶再貶。

縱使官場不得意，李益寫下的邊塞詩依舊充滿豪情。只是這樣的情調總是害怕心細的人揣摩。若是碰到一兩個對詩句敏感的人，分明能夠從字裡行間看出那些悲愴的心思。即便是奮勇殺敵，也會在硝煙熄滅後的戰場上，空對著戰馬落下幾滴男兒淚。

是因為境遇嗎？這樣的問題還是不要去尋找答案了，否則又要惹出一串傷心事。

・不如做一介游俠

在唐朝，李益也算得上是知名的軍旅詩人了。

西元七七五年，他路過賀蘭山東側的鹽州，有感而發作了一首〈鹽州過五原胡兒飲馬泉〉：

綠楊著水草如煙，舊是胡兒飲馬泉。
幾處吹笳明月夜，何人倚劍白雲天。
從來凍合關山路，今日分流漢使前。
莫遣行人照容鬢，恐驚憔悴入新年。

故事是要從賀蘭山開始講起的。賀蘭山脈位於寧夏回族自治區與內蒙古自治區的交界處，其北起巴彥敖包，南至毛土坑敖包及青銅峽。山勢雄偉，遠望處若群馬奔騰。蒙古語稱駿馬為「賀蘭」，故此處才得名賀蘭山。寧夏境內，賀蘭山是最高的山峰了。賀蘭山脈近似南北走向，綿延兩百多公里，寬約三十公里，是中國西北的重要地理界線。其山體東側巍峨壯觀，峰巒重疊，崖谷險峻。向東可俯瞰黃河河套和鄂爾多斯高原。起山體西側地勢和緩，逐漸沒入阿拉善高原。當來到賀蘭山腳下的時候，只憑藉這一特殊性，就足夠讓人感懷一番。更何況詩句中「過五原」所指的五原，在中唐時期又是唐王朝和吐蕃反覆爭奪的邊疆地區。身為幽州節度使劉濟的幕僚，居邊塞十餘年，在這樣一個煙花爛漫的春天，被唐王朝收復五原時，複雜心情可見一斑。

遙想起自己這些年來在邊關的征戰故事，再看看現如今已經收回到大唐王朝手中的舊土，再鐵石心腸的人也要唏嘘不已。滿眼都是楊柳依依，連水草都化作了嫋嫋青煙，雖然這裡的河水曾經飲過胡人的軍馬，可現如今已經成為大唐的地域，何苦還要爭論之前的不快呢？即便有胡笳在月夜響起，也不必要去擔心究竟是不是胡人侵襲。若是一個晴天白雲的好日子，仗劍走天涯才最是瀟灑的事情。

這一座毫無感情的賀蘭山，巍巍把胡人隔絕在另一個天地中，歡喜總是要多於憂愁。在如此好日子中，恐怕連銅鏡都要多照上幾眼，好整理一下自己的戎裝，怎麼能夠帶著多年來的憔悴開始新的一年呢？新年就要有新氣象，只要過了這個時節，未來總應該是一路坦途了吧？仗早就打累了，縱然自己出生入死多少年，所求的也只是換來身後這樣一番和平景象，這便是最大的慰藉了。

此時，相信每一個人的眼中看到的希望，都要遠遠多於失望。縱然仍知道前途難測，即便心中依舊很清楚自己所謂的希望也還十分渺茫，但只要看到有民安居樂業於此，這不就是給戍守邊關的士兵們最大的鼓舞嗎？一人苦換來眾人樂，這份擔當果真價值菲薄。

但凡一涉及到邊關重鎮，所有的詩句中都會充滿濃郁的生死氣息。李益是個見慣生死的人，卻唯獨承擔不起這份安寧。看到百姓的安居樂業，不知他心中最柔軟的那根弦會不會被觸動。

賀蘭山在絲綢之路北線的北面，自古以來便是兵家必爭之地，唐代時這裡經常有重兵戍守。唐代末年的詩人盧汝弼，也曾寫下一組四首的七絕〈和李秀才邊庭四時怨〉來詳說賀蘭山的重要性。盧汝弼，字子諧，范陽人，景福進士。盧汝弼考中進士以後，以祠部員外郎、知制誥的職務，後來又依靠李克用的推薦，才坐上了節度副使的位置。這又是一個文人做武將的典例。或許只有如此身兼雙職的人，才能夠詳細記錄戰場的點滴。若不是文人懷有一顆敏感的心，再宏大的戰爭也將會只是一場惡鬥，是他們把一次次的征戰化作了史詩。盧汝弼在這首〈和李秀才邊庭四時怨（其四）〉中，記述了一次夜襲的故事：

朔風吹雪透刀瘢，飲馬長城窟更寒。
半夜火來知有敵，一時齊保賀蘭山。

現如今保存下來的盧汝弼的詩只有八首，這首〈和李秀才邊庭四時怨〉便是最為有名的作品。

這一夜，或許應該是月黑風高，邊關的風總是急勁的，甚至連將士們身上的刀疤都要被吹裂。北地嚴寒，風雪無情，連岑參都說這裡真是「隨風滿地亂石走」。白天看去，就已經足夠驚恐了，偏偏是要在伸手不見五指的夜晚，再加上李白口中大如席的燕山雪花，一幅詭譎猙獰的畫面就此鋪陳開。生活在這樣的境界中，鬼神都要顫抖幾分，而這些將士們還要拿起武器戍守邊防。只是因為有責在肩，才不得不承擔起如此重任。

不知是哪一個哨兵最先發現了敵情，夜半時分也正是人最容易懈怠的時候，一處烽火早已經說明了所有緣由。不論早已經酣睡的還是依舊夜不能寐的將士，他們全都從軍帳中驚醒，一時個個整裝待發，誓言要守住這片疆土。

守衛邊疆的人，從來沒有覺可以睡。若是能夠在今夜的保衛戰中頑強堅持下來，才是給自己、給家國最大的慰藉。這時，每一個將士身上展現出來的，都是應該被叫做英雄氣概的事物。沒有逃兵，甚至每個人都生怕被其他人落在後面。縱然他們不願意上戰場，縱然在前面廝殺的地方已經有無數兄弟倒下，但是他們必須奮勇前衝，一個倒下了，便還有另一個緊接上去，即便是用屍骨，也要把敵人阻攔在賀蘭山外。

在這份氣概後面，掩藏的是每個將士的心中的樂觀和希望。在這樣的歲月中，如果自己不再給自己一些活的希望，恐怕人生真的沒有辦法再繼續走下去了。而這份希望，有朝一日便可凝聚成沖天之氣，待到雲開時，便是還家日。

・靜夜思天人

或許至今還有許多人不願意承認，李白不是漢人，而是當時大唐王朝傾盡全力抵抗的胡人。西元七〇一年，李白出生在西域的碎葉城，它的地理位置大約是在吉爾吉斯北部。當時碎葉城屬於安西大都護府管轄，是安西四鎮中最西的一個邊鎮，同時也是絲綢之路上的重鎮。

人人都說，異邦之人喜歡明月，尤以流著狼族血統的契丹人為甚。不知何故，李白似乎對明月也是情有獨鍾。這位胡人大概是受到中國道家文化的深深影響，身上早就退卻了征戰的殺氣，他筆下的明月更成為情感的寄託，而不是如同猛狼一般對月嘶鳴。

李白從小就特別喜歡月亮，他與別的孩子不同，每當看見明月從天邊升起，他的心情就會特別激動，更會興高采烈為大人唱起童謠。李白也寫過不少有關於明月的作品，而最為深入人心的便是那首〈靜夜思〉：

床前明月光，疑是地上霜。
舉頭望明月，低頭思故鄉。

旅途的夜是安靜的，靜到幾乎可以聽見月光灑落在地上的聲音。然而這樣的靜，總是襯得遊子的心緒翻騰。鋪在地上的一層白月光，恰似秋之白華，絲毫不顧及夜半驚醒的人究竟懷著怎樣的心情，它低低訴說著從故鄉帶過來的故事，即便這其中充滿悲傷。世上有幾人能夠經得住如此撩撥呢？李白始終不是仙子，只要些微意境，就可以把他的滿腔愁緒噴薄而出，化作一紙文字，涓流下去。

在如此清冷的夜晚，在靜寂到連呼吸都成為噪音的時候，恍惚間這便成了夢境。明明還記得自己剛剛入睡時的模樣，又怎麼會在夜半起床，空對明月？明月若是有情，也該映照出家鄉的模樣。一番感傷後，卻發現它依舊掛在半天空，任憑你看或者不看它一眼，任憑秋宵寒意森森，任憑在夢境中早已經百轉千迴，它也不願意道出地上人想要聽到的隻言片語。

於是醒了，也冷了。冷了的，恐怕不只是這天氣和這月光吧！

這是一首細膩到極致的小品，每個字詞都有著難以窮盡的味道。我們印象中的李白，若不是豁達到可以散盡千金沽美酒的豪士，便是三千白髮一夜霜的愁苦，他從來不向人們展示柔情的一面。好似只要一露出心底的真意，就會惹來人們的譏諷。我們又哪裡捨得譏諷這樣一位詩人呢？即便他端著酒杯在我們面前嚎啕大哭，你我也知道這碗酒終歸是要一飲而盡，隨後玉口一開，便是一片錦繡。

在我們都不經意的時候，這位詩仙還是偶爾會像是小孩子一樣玩耍心性，寫下一些或許只有自己才懂的字句，閑來無事讀讀，獨自笑笑，日子也就過去了。

李白寫下的關於明月的詩句中，還有一首也極為別致，這首詩便是帶些閒情雅致的樂府詩〈古朗月行〉：

> 小時不識月，呼作白玉盤。又疑瑤台鏡，飛在青雲端。
> 仙人垂兩足，桂樹何團團。白兔搗藥成，問言與誰餐？
> 蟾蜍蝕圓影，大明夜已殘。羿昔落九烏，天人清且安。
> 陰精此淪惑，去去不足觀。憂來其如何？悽愴摧心肝。

很多時候，人們常常會懷疑李白究竟是不是仙人下凡。如果不是，那他筆下這些極富有想像力的色彩又是從何而來？若沒有親身經歷那天上仙境的生活，又怎麼能夠如此精細描繪這般景致？

在這首詩中，李白完全放下自己的架子，從一個萬人敬仰、高高在上的詩人，轉變為自言自語的夢囈者，只是在訴說起孩提時的種種回憶，且不管有沒有人願意聽。這些故事本不是要嘩眾取寵，何必還非要糾結於聞者多寡呢？

兒時的李白天真爛漫，伸著幾根肉肉的手指頭依偎在父母身邊，腦海中浮現的正是天上這輪亙古不變的明月。只是那小小的腦袋還不明白，為什麼會有一面瑤台鏡半懸在天空中，它又是給誰用來梳妝打扮呢？

如是推想，天上一定住著仙人。每當月亮升起，便可看見仙人的兩隻腳於這盞銀盤中若隱若現，而後又隱約尋覓到仙人和桂樹的蹤影。月圓的時候，還能看到白兔在桂枝下面辛苦搗藥。在這個銀白色的世界中，一定沒有煩憂，就像是每月一次的滿月一樣，一切都是滿滿的，就連心情也是出奇知足。

只是月有陰晴月缺，越是不懂這些道理，也就越執著於感情的圓缺。當月亮漸漸由圓而蝕，人們便猜想這是蟾蜍吃掉了月亮。傳說月亮被蟾蜍所齧食而殘損，因而才會變得晦暗不明。古有後裔射落九個太陽，為什麼現如今就沒有人拿起弓箭，擊落那隻正在啃噬明月的蟾蜍呢？這應該感慨，而現實又要傷卻多少孩子的幻想！

那輪明月已經越來越模糊，不知其是否也沉淪於漸漸明朗起來的夜空，還是果真被蟾蜍吞進了肚中。再抬頭望天，早已經沒有什麼可以看了。若在再繼續念想下去，反倒惹得自己傷悲。既然已經無可奈何，何苦還非要為自己加深這份憂愁呢？當初的孩子也已經長大成人，生活擺在面前，能解決掉的事情就解決，不能解決掉的事情也就隨他去吧，何必心傷？內心雖有矛盾重重，即便已經憂心如焚，也還是要一走了之，除此外別無他法。

蟾蜍蝕月影，幻境化現實，字字皆物語，流水如行文。看不懂的人，只曉得李太白寫下滿滿一篇志異神話傳說；看得懂的人，才知道詩人說盡的是人世千百態，是越長大越孤單的故事，是那只有夜寐的時候才會浮現出來的過往。

但願何時夜不央，羽衣霓裳夢回鄉！

・它也有憂愁

月是皎潔的，恰似地上看月人的心。越是朦朧，也就越使人心碎。天下何處的月光不是一樣的呢？為何偏偏此時此地的月色讓人看了半生憐憫，半生哀歎。

盧家少婦鬱金堂，海燕雙棲玳瑁梁。
九月寒砧催木葉，十年征戍憶遼陽。
白狼河北音書斷，丹鳳城南秋夜長。

誰謂含愁獨不見，更教明月照流黃！

這是詩人沈佺期的一首代表作〈獨不見〉。月夜晴朗，少婦獨坐窗前，不見的是夫君還家日，不見的更是情人思念長。寒意蕭蕭，落葉颯颯，華屋雖美，若身邊沒有一個溫暖的人，心終歸還是淒涼。只是月光或許並不懂得相思，若果真明白，恐怕也早已經帶著婦人思夫的心緒飛到邊疆了吧。哪怕只是看一眼那披著夜色正在執勤的丈夫，也算是聊表慰藉。恐怕這樣的念想只能永遠蟄伏在心中，不敢對任何人訴說，唯獨夜半的冷月像是一抹知人愁的色調一樣，靜靜不發一言，聽盡婦人的心事。

在梁武帝蕭衍的詩中，曾有一個美婦人，因嫁到盧姓人家所以才被人稱之為盧家少婦。這婦人名莫愁，生得貌美如花。莫愁命好，所嫁之所也是個富足殷實的人家。為了博得美人歡心，夫君也用盡心思，甚至不惜用鬱金香和泥塗牆。無奈的是，莫愁之名卻沒有換來莫愁之事。夫君還是離家戍邊，只留下一座空屋，伴著她度過每一個春夏秋冬，後世人就多用盧家少婦來代之新嫁娘。

詩人沈佺期在這裡便是用了這樣一個典故，人都說，新婚是女子一生中最為重要的時刻，同時也是最幸福甜蜜的時候。然而自上次一別，丈夫已經整整十年沒有出現在自家的門前。雕梁畫棟的房間似乎只成為一種擺設，越是在這樣的屋子中起居，也就越容易觸景生情。尤其伴著秋意纏綿，更讓人心生感傷。之前還有書信往來的夫君，因著這一場戰事也徹底斷了消息。那讓人牽腸掛肚的人啊，究竟是死是活連個音信都沒有，這一腔的思念到底應該寄向何處呢？

明月還是當年的明月，十年過去了，它的光華反倒有幾分增長。可婦人家怎麼經得起歲月蹉跎呢？短短人生，幾個手指頭一數就過去了，無知的海燕還曉得雙宿雙棲，只是可憐空對著軒窗描眉畫黛的美豔了。

詩人沈佺期，字雲卿，相州內黃（今河南內黃縣）人，生於約西元六五六年，卒於西元七一四年。唐高宗上元二年考中進士，為協律郎，後歷任通事舍人、給事中、考功郎。神龍初年，在一次宮廷政變中，張易之的兄弟被殺，沈佺期被牽連流放州崇山，後來又遷台州錄事參軍。

但凡天底下的文人，總是要歷經這樣一個曲折多變的人生。一旦身處政治中，又有許多不能明言之處，因而也多願意借助婦人之名講心事。

然而婦人終歸都是思夫的，思夫就要怨恨戍守的事情。恐怕後人永遠都不會得知，在外流亡的詩人，究竟是把自己化作了女子對窗自憐，還是把自己的滿腔悲憤都臆想在故鄉的妻兒身上。

可恨這一場戰事，把多少少年情誼揮刀斬斷，縱然有一天能夠重圓，誰還能保證得了這份感情果真如同當初一般真摯，如同新婚時一般甜蜜，如同從來沒有這家國恨一般享太平？

從沒有人想過，這輪明月是否承擔得起人們寄予它的思念。多少人在邊關，就有多少人在故鄉，彼此間的距離全都憑藉著同時籠罩大地的一抹月色來念想了。女子思夫，不也正是夫君思妻的故事！

中唐詩人楊巨源寫了一首〈長城聞笛〉，表現出了長城邊關上的種種寂寞和悲涼，以及對家鄉的思念之情。是夜，風淒冷，月淒涼，笛淒慘，唯獨人滿心憂傷，卻也終是無可奈何任憑歲月流逝，婦人守空房，戰士戍邊疆。

孤城笛滿林，斷續共霜砧。夜月降羌淚，秋風老將心。
靜過寒壘遍，暗入故關深。惆悵梅花落，山川不可尋。

在這樣的夜晚，甚至連長城都顯得孤寂，也靜得讓人心傷。若不是從遠處傳來的這一縷笛聲，恐怕許多人都要眠在自己的回憶中了。然而，奏出笛聲的人並沒有想到，自己無心插柳，卻引來一片唏噓。笛聲像是長了翅膀一般飛進樹林中，繞過棵棵樹木，更顯得百轉千迴，斷了人腸。

遙想起家鄉深秋時節的擣衣砧聲，此等回憶也就引得淚水橫流。這笛聲偏偏勾起了歸順羌族人民的心緒。天寒地凍，人心卻更冷，人在邊疆心在故鄉，這又豈不是笛聲惹的禍？

此時的將士，心中應該都有同樣的一個念想，就像是女子嚮往明月能夠遙寄自己的思念，男兒有淚不輕彈，若是笛聲能夠帶著思念回家鄉，淚水也算是有了一份慰藉。

只是這一程，山高水深，恐怕終是要散在林深人悄處，便再沒有了蹤影可循。

這樣的故事總是顯得哀怨，當簾外月朧明的時候，無論男女，都是要起嗔怨之心。怨的是這份淒冷，還有這身不由己的處境。

大詩人王維曾經寫了一首宮怨的詩歌〈秋夜曲〉。讀過摩詰詩作的人，總是有一個共同感受，哪怕他只是簡單白描了一幅畫作，也是要細細把感情寫下來。不是為了寫給他人看，只是這樣的心緒若敷衍了事，恐怕連自己都對不起。

桂魄初生秋露微，輕羅已薄未更衣。
銀箏夜久殷勤弄，心怯空房不忍歸。

秋露初生的時候，季節也是該要冷下來了，連剛剛升起來的月亮都帶上了幾分秋意。摸摸身上的絲綢衣服，確實已經顯得單薄，然而卻也懶得換衣服，這還是要歸結於自己無靠岸之日的心情吧。否則那放在旁邊的銀箏又怎麼會被自己冷落多日呢？夜已深，此時卻偏偏顯得身後的房子愈加空落。在外是一個人，回屋還是一個人，空間的轉化並沒有引起絲毫情感上的波瀾。如此，還不如在銀箏前胡亂撥動幾下，或許偶有幾個音節還能溫暖心房。沒有人作伴的時候，也剩下自己是最好的朋友了。

王維雖然沒有明說，可這首詩也是化作了女兒家的身分來寫。月從東方起，露是今夜白。雖是清涼，卻更顯冷寂。遠方的丈夫是否知道因為天冷而更換衣服呢，而自己滿身的綾羅綢緞又穿給誰看？以樂曲寄情，也只是自己懂得，遠方的人聽不見，這份心思還有誰能聽得懂呢？

若是再配上這首詩的標題，意味就大不一樣了。深宮中的女人，多半是要靠著皇室的臨幸來了卻一生。所謂「心怯空房」，其實是無人臨幸的委婉說辭而已。兒女羞澀的情感總是掩蔽得很隱密，一經點破，怨情便躍然紙上。

是要哀怨皇室的多情，還是要埋怨自身的悲苦呢？或許都不是，唯獨這座大門緊鎖的深宮，才是所有

怨情的源頭，耗盡一生芳華也敲不開或許並不遙遠的情愛之門，空餘一懷悲切！，在月夜下寂靜落眼淚

・照不見故鄉美嬌娘

在唐代的歷史中，總是繞不過安史之亂這一個門檻。

似乎所有人都在抱怨這一事情。上至王侯將相，下至黎民百姓，這一場變亂改變了整個王朝的命運，使得本來前程似錦的人們一下子墜入了灰暗的深淵。百姓離家，妻子離散，更有種種苦痛無以言說。

唐玄宗天寶十四年，安史之亂爆發。次年正月，安史部將張通晤攻陷宋（今河南商丘）、曹（今山東曹縣西北七十里）等州。譙郡（今安徽亳州）太守楊萬石懾於叛軍威勢，欲舉郡迎降，逼迫張巡為其長史（副職），並以此身分迎接叛軍。張巡接下了這一委任，卻率領屬下祭祀了皇帝祖祠，之後竟誓師討伐叛軍。當時，單父（今山東單縣）縣尉賈賁，也起兵拒叛，其擊敗了張通晤後，進兵至雍丘（今河南杞縣），遂與張巡會合，二人合計有兵二千人。

張巡是什麼人物呢？

張巡，唐代蒲州河東（今山西永濟）人，他生於唐中宗景龍二年，死於唐肅宗至德二年，死後還被被追封為「通真三太子」，由此可見，張巡這一人在當時可以稱得上名震朝野。

張巡從小聰敏好學，不但博覽群書，文章之事更是信手拈來。成人後，張巡頗有些才幹，且亦十分注重氣節，更樂於扶危濟困。如此一個被人人口口稱頌的人物，於開元末年中進士。剛入仕途，即被任命為太子通事舍人。天寶年間，又曾調授清河（今河北清河）縣令，在此期間，他的政績考核在群臣中總是最優秀的，任期滿後，又被調回到京城。

人都說十年寒窗讀書苦，張巡眼看著已經迎來了飛黃騰達的好日子。卻不曾想普天下正有多少人和他一樣，所有夢想都葬送在一個女人手中。

當時，唐玄宗的寵妃楊玉環的族兄楊國忠執掌朝政，因其權勢顯赫，留京待遷的官員紛紛走起了楊國忠的門路。這時也有人勸張巡去拜見楊國忠，但都被他拒絕。張巡是個文人，從來不願意攀附權貴。然而政治不是寫文章，儘管他政績突出，也因此而未能遷升高官。不久，他即被調授真源（今河南鹿邑）縣令。

故事從這裡才真正開始。

真源地處中原，豪強地主很多，他們常與官府互相勾結，為非作歹，魚肉百姓，其中以官僚豪強華南金最為橫暴，當地人稱「南金口，明府手」。這樣的故事，古往今來不知已經有多少變種了，更多人選擇睜一隻眼閉一隻眼，得過且過，最後也各自安好。張巡到真源之前，對華南金即有所耳聞，依著他的心性，哪裡容得下如此歹人。最後的結果有些大快人心的味道，他將華南金關押起來，並依法懲殺，之後又剷除華南金的黨羽，威恩並施，從此人人向善，再也沒有敢違法抗紀的人了。

若果真能夠坐得穩一方地方父母官，也不枉讀了這麼些年的聖賢書。只是人在江湖中，終歸身不由己。唐肅宗至德二年的春天，安慶緒殺掉了父親安祿山，自己當上了一介土皇帝，然後派尹子奇率兵三十萬攻打睢陽。張巡聽到這個消息後，便率領大軍來幫助睢陽的太守許遠。許遠知道張巡擅於用兵，就把兵權全部交給他。張巡帶兵浴血奮戰二十餘天，睢陽城依然固若金湯。

打仗最害怕的是持久戰，張巡也意識到這樣僵持下去也不是個好辦法。一番思索後，他決定速戰速決，於是才誕生了這首〈聞笛〉：

> 岧嶢試一臨，虜騎附城陰。不辨風塵色，安知天地心。
> 營開邊月近，戰苦陣雲深。旦夕更樓上，遙聞橫笛音。

這還要講起另一個緣由。在張巡決定速戰速決後，他一改往日軍中擊鼓報更的習慣，取而代之的是軍中的樂器——橫笛。張巡在成為一位好將領之前，先是一個好文人。當聽到笛聲時，湧上心頭的是便是比笛聲更悲涼的情緒。

軍中的白天忙於廝殺，張巡自然沒有心思想清楚，征戰到底為自己帶來了什麼。性命尚且難保，又怎麼會去空發感慨？只是再血性方剛的男兒，也禁不住夜的淒冷。月色鋪在城外，不因戰鬥雙方的立場不同而有所偏愛。城樓總是立得高高的，在擋住了叛軍攻城的同時，也把這麼多黎民百姓困在城中。

明明是同一座牢籠，卻圈囿住了兩軍中每一顆和平之心。縱然身為士兵和將領，相信也沒有一個人願意看到殺戮。只是為了那或許這一生都不曾得見的各自君王，刀刃就要落在對方的脖頸上。

城外全都是叛軍，上天為他們各自安排了什麼樣的結果無從得知。打開城門，只為了能夠多呼吸一口城外的空氣。這氣息上一次的印象，已經不知道是什麼時辰了。抬頭看天，那輪明月似乎離得更近。可月亮又怎麼會變換距離呢？是我們離勝利更近，還是同失敗更親密？不論最後的勝敗，唯一可以猜中的，便是一定會死去很多人，要看著鮮血從每一個活生生的身體上被榨乾。

這是這場戰鬥——也是所有戰鬥唯一的結局。

陣陣濃密的雲彩籠罩著艱苦作戰的人，早晚更聲的笛音每每傳來，都要撩撥起這番思緒。可憐守衛在城牆上的這些士兵，恐怕在陣亡的一刻，都不足以明白自己的這條性命奉獻出去的價值何在。

可是人們不懂得反戰，只曉得忠於君主，徒落得一世虛名。

沈佺期的傳世名作之一〈雜詩〉，便藉著寫閨中怨情而流露出明顯的反戰情緒，想來這該是極大的進步了。然而詩人的聲音卻難以引起大眾合唱，否則便到了推翻一名嗜戰君王的時日了。再一想，推翻了這一朝的統治又能怎麼樣？況且這一過程還是要無邊的征戰才能尋到解決之方，以戰爭換和平的故事，必定不是一個好故事。

聞道黃龍戍，頻年不解兵。可憐閨裡月，長在漢家營。
少婦今春意，良人昨夜情。誰能將旗鼓，一為取龍城。

詩人縱是化作女兒身，也還是要多加小心，最後也不得已借古說今。這個故事，還和那個龍城飛將的傳說有著幾朵瓜葛。

少婦的夫君必定是被征到邊疆，只是聽說黃龍城最近戰事頻發，原本還期待著丈夫能夠早日回家的心，一下子又被懸了起來。戰事沒有止息，多少士兵有關於解甲歸田的夢想也落空了。可憐千里之遙，以前在家同嬌妻共賞月的光景，在記憶中都長上了青苔。可憐同是一輪明月，照了邊關卻不解邊關意，照了故土更曉故土情。

如果真有一員飛將在，率領眾人扛著軍旗一舉殲滅眼前的敵人，丈夫和妻子便可以永不分開了吧？只是難以保證這致命一擊中，自己心繫的夫君是否還有性命能夠回還？這世上的相思人中，有幾個經得起這樣的噩耗呢？

縱然閨中月依舊，也只得空留一懷歎息，唯願沒有更多的消息傳來，這或許才是最好的消息。

・山雨惹鬼哭

自從絲綢之路開通的那一刻，咸陽城就以西出第一站的姿態矗立在眾人眼前。其實，咸陽哪裡需要這樣一條象徵文明和經濟的道路來彰顯自己？要論資格，咸陽自然可以把身價抬升到更古老的年代，只是現如今的天下是長安城的，那巍巍京城就站在自己身邊。但咸陽終是要保持住自己的姿態，不卑不亢，靜靜守住這一西出的名號，或許也理應是種豁達。

「咸陽」從字面的解釋看，「咸」當全、都的意思，「陽」則是陽面、向陽的意思。因為咸陽位於九嵕山的南面，渭河的北面，山南水北謂之「陽」，所以得名。漢唐時代，凡是想要遠行西域亦或者是更遠地方的人們，必定都要在咸陽短暫停留。若有商隊經過，也是要在這裡準備好長途跋涉所用的行李和牲口。這一趟遠行，還不知要經受多少風險。

對於因公事而去往西域的官員來說，咸陽又多了一份離別色彩。這裡距長安只有二十里，親朋好友也都是遠遠送到此地，設宴折柳，一表離別之情。因而咸陽這一古都，被人為被賦予了各種感情色彩。若不再歷經一場綿綿細雨，這樣的悲緒如何也表達不出來。

唐代國勢強盛，中原與西域來往頻繁，從軍或出使陽關外，在盛唐人心目中都是令人嚮往的壯舉。但當時陽關以西還是窮荒絕域，風物與中土大不相同。朋友「西出陽關」，雖是壯舉，卻又不免要經歷萬里長途的跋涉，備嘗獨行窮荒的艱辛寂寞。因此，這杯臨行之際勸君更飲的濁酒，就好比是浸透了友人深摯情誼的瓊漿，不僅有依依惜別的情誼，更包含著對遠行者處境、心情的體切，以及對前路珍重的殷切祝願。

因而，王維的〈送元二使安西〉，看似是在說風景，其實更是在幽幽道出心情：

渭城朝雨浥輕塵，客舍青青柳色新。

勸君更盡一杯酒，西出陽關無故人。

早晨的細雨潤濕了渭城的浮塵，在驛館中就能看到嫩綠的柳枝青翠清新。如今遠去，只消再多飲一杯離別的酒，才覺得自足，是因為出了陽關再西行就很難遇到老朋友了。普天之下，若是有人能夠說出這樣一番話，不但這杯中酒不得不飲，更有這份情也難以拒收。這世間，還有幾人不會為如此衷腸落淚呢？

這場送別之宴或許已經喝了很久，只是再乾了這一杯吧；殷勤告別的話也已經重複過多次，朋友上路的時刻終歸是會到來，只是再乾了這一杯吧，只為讓朋友多帶走自己的一分情誼。時間越是拖延，對方也就能再多留一刻。哪怕只是無言相對的沉默，只要杯中還有酒，就足以藉著這一片春光上路。

面對這樣的情景，難免要生出一些感情。即便不是感懷友人別離，也是要觸景生情，感歎自己的際遇。

詩人溫庭筠一次來到咸陽，剛剛好遇到了一場大雨。站在高樓上遠眺，咸陽橋頭的雨景盡收眼底，於是便作下這一首應景之題〈咸陽值雨〉：

咸陽橋上雨如懸，萬點空濛隔釣船。

還似洞庭春水色，曉雲將入岳陽天。

從詩句中我們是可以想見當天的雨勢。那大雨就像是一道水簾掛在半空中，隔著眼前的水珠遠遠望去，似乎所有的景色都蒙上了迷霧。那江面上的釣船若隱若現，是他們找不到歸路，還是這雨勢打濕了看景人的雙眼呢？不知有沒有人對比過，地處西部的咸陽城的雨景，竟然和洞庭湖上的春色不相上下，甚至傍晚時分的浮雲，都像是從岳陽城飄過來的一般。

溫庭筠的一生，絕大部分的時間都是在外地度過。這是一個自小才思敏捷的孩童，然而天底下大凡如此神童，都是要經歷一場仕途波折。溫庭筠在開成四年，將近四十歲的時候才應舉，可最後連省試也未能參加。大中九年，溫庭筠五十五歲時又去應試，當時因擾亂了科舉考試的秩序，更弄得滿城風雨。

擾亂考場的事情另有原因。溫庭筠有「救數人」的綽號，即在考場上幫助左右的考生。只是不明白溫庭筠到底是在想什麼？自己尚且中不了，又為什麼偏偏要在考場上幫助其他人，更何況這還要冒著違反考紀的風險。因此這一次主考官沈詢特別對待溫庭筠，特召他於簾前試之。溫庭筠因此大鬧，這才出了擾亂考場的一齣鬧劇。據說這次考試雖有沈詢嚴防，但溫庭筠還是暗中幫了八個人的忙。

這次考試又沒能中，這似乎早已經是情理之中的事情了。從此之後，溫庭筠便絕了科舉這門心事，再不涉足名場。這一年，他已然是五十六歲的高齡了。擾亂考場後，他被貶隨州隨縣尉，當了一個芝麻小官。此後的溫庭筠又幾經波折，雖以詩出名，卻依舊窮困潦倒。

讀罷這樣的故事，總是會唏噓不已。一名文人，一名只是想要寫一些文字來維持生計的人，最後卻總要走到如此落魄的田地，這豈不是天底下最悲情的事情？好在悲情總是他人的，溫庭筠此時此刻還有著這樣一份豁達的態度，登高賞雨，憶起往事無限。眼前的歡樂才是永恆的，以後的事情，留待以後再計較吧。

縱然都是文人，也不見得所有文人都有一樣的心緒，哪怕是在同一地點看到了同樣的風景，或者僅僅只是因為一兩個因素的轉變，就會讓心境徹底變化。由喜轉悲，由悲轉喜，心情的躍動偏偏被面前這些毫無感情的變化牽引著，且待自己回顧的時候，也只留得下一場癡狂。

唐代詩人許渾在一個秋天的傍晚，登上了咸陽城樓，他同樣看見眼前的一片美景，並由此發出由衷感慨，因而也成就了一首經典之作〈咸陽城東樓〉：

一上高樓萬里愁，蒹葭楊柳似汀洲。
溪雲初起日沉閣，山雨欲來風滿樓。
鳥下綠蕪秦苑夕，蟬鳴黃葉漢宮秋。
行人莫問當年事，故國東來渭水流。

在這首詩的背後，還隱藏著一件不為人知的小事。詩人許渾在長安長期居住，因遠離家鄉，一旦登科，思鄉之情便湧上心頭。在開篇之前，這樣的情緒就已經深深困擾他。況且現如今又正值冷秋季節，山雨還沒有落下，就先被狂風灌滿了衣襟。伸手把衣服稍稍裹緊，可心情還總是孤冷。由此，又哪裡能寫得出歡快的詩篇呢？

單單只是登高爬樓的腳步，就已經顯得異常沉重，又哪堪背負上如此心境？再遠看，似乎所有的景色都和故鄉別無二致，只是這裡終歸沒有家鄉的好天氣，連太陽都抵擋不住小溪之上的烏雲，早早隱退，似乎再沒有顏面面對詩人的愁緒。狂風一遍又一遍胡亂吹著，直把小樓刮得呼呼作響。若是再想起當年秦漢往事，又怎麼忍心看眼前如此摧殘風景，而不落下眼淚呢？

也罷！當年往事提起來又有何用？無非只是惹懂得此種心思的人更加心酸，卻始終比不上渭水的姿態，從遠古流到現如今，還將繼續流淌下去。它從不為岸上風光的變化而悲喜，靜靜流下去，更不會片刻停留，這或許才應該是所有歷史故事的結局。

・遙想當年事

在古城最應該做的事情，就是懷古。唐宣宗時期的詩人劉滄，在這一年深秋經過咸陽，也不免俗寫了一首懷古詩。其實懷古這件事情，多半時候是在表達對現況的不滿。又恰值深秋這樣一個讓人容易動容的季節，懷古自然也就成了一件令人感到悲愴的事情。

劉滄，字蘊靈，汶陽（今山東寧陽）人。劉滄生就一副魁梧身材，又兼喜飲酒且善談古今，人們全都被他講起的那些王侯將相事所吸引。因而，即便懷古的詩作已經氾濫，在劉滄的筆下也終是能夠讀出一些新意。只是可憐這位詩人及第的時候已經白髮蒼蒼，為何天底下的才子都是如此薄命呢？

經過此地無窮事，一望淒然感廢興。
渭水故都秦二世，咸原秋草漢諸陵。
天空絕塞聞邊雁，葉盡孤村見夜燈。
風景蒼蒼多少恨，寒山半出白雲層。

劉滄的這首〈咸陽懷古〉，略微懂些歷史的人都知曉，這裡曾是秦漢舊都。多少年的歲月滄桑過去了，物是人非事事休，唯獨咸陽城還在，唯獨咸陽城外的風景千百年來只有四季輪流換。想必這座古城裝著的故事，不比任何一本史籍中記載的文字少，無奈那城牆不會說話，否則便可以在一個月明之夜，捧上一壺美酒，同這位從歷史老者聊個痛快。

眺望眼前的平川，不禁回想起歷朝歷代的往事。人一旦陷入回憶中，就會頗為感傷。就像是曾經在渭水河畔建起兩世都城的秦王朝一樣，再風光的故事也是一個淒慘的結局。又或者是那早已經埋葬在秋草叢中的漢室九皇，縱然曾經霸臨天下，也終被黃土一抔埋了身骨。

有些時候，總是不願意提起這樣的故事。人人都知道，越是陷進這些往事中，就越會使現在的自己傷悲。面對眼前的荒村敗葉，偏偏又有幾隻從邊塞飛來的大雁，慌著尋找一個住所，甚至連遠處茅草屋中的燈光都顯得更加昏暗。不是看風景的人非要去提起這麼些傷心事，著實是因為這番風景造就的情調，讓人忍不住想要訴說。

當你我還沉浸在這腔故國情懷中低語時，遠處的山峰早就有一半露出在雲天之外了。這是多麼有象徵意義的一景！若不是這刺破雲霄的一嶂青山，恐怕再沒有什麼東西能夠打破心中憂愁。未來終歸明朗，空懷古也自然不足以改變現狀，如此反倒不如把眼光轉向未來。最起碼，還有希望可以點燃曙光。

秦時的咸陽城，人口便已經超過百萬，其是當時全國最大的城市。咸陽的名聲大概也應該是從那時傳開。秦始皇在消滅六國後，曾命人繪製六國的宮殿圖，後又在咸陽北面的黃土高原上重新修建，當時人們稱之為「六國宮殿」。詩人李商隱所寫的一首〈咸陽〉，就提及到了六國宮殿。僅短短四句詩，便寫出了咸陽宮的豪華氣勢，又深深道出了秦滅漢興的真正原因：

咸陽宮闕鬱嵯峨，六國樓台豔綺羅。
自是當時天帝醉，不關秦地有山河。

在咸陽城外的黃土高原上，密密麻麻矗立著許多宮闕，人們甚至根本就不用猜想當年六國的宮殿到底是何等豪華，有機緣的人只需要一瞥宮女的芳容，就可以得知其時的概況。更何況，這裡僅僅只是秦始皇仿造的小格局宮殿，若是再推而廣之，當年的實體是什麼樣子，恐怕早已經窮盡了人們的想像。

人類的欲望無止無盡，當年的六國之君如是，如今的始皇帝也如是。難道上天真的是喝醉了酒，才能閉著眼睛對人世間暴虐國君不聞不顧？再壯觀的山河之景，在如此皇帝面前也值得俯首稱臣，否則便有著被夷為平地的危險。

然而，這六國的宮殿對秦始皇來說，還只是九牛之一毛。在一統天下後，秦始皇又開始修建起工程更為浩大的阿房宮，據稱是連綿「三百餘里……五步一樓，十步一閣。」這樣豪華宏偉的建築，不知道要耗費多少人力、物力和財力。追溯當下的技術，便可以得知要完成這一工程的難度究竟有多大。可憐始皇帝無命看到竣工後的景觀。可死了一個暴君，百姓卻迎來更為殘暴的秦二世，苦難只得繼續。

到了後來，楚霸王項羽進駐咸陽，一把大火燒了整個秦宮。據說這場火燒了足足三個多月，咸陽城中所有壯麗、繁華的宮殿，包括當時的六國宮和阿房宮，全部化為灰燼。當年始皇帝的一生暢想，當年百姓的幾輩辛勞，都化作了沖天青煙，消散於無形。

很難說明白，這場火究竟該不該燒，楚霸王項羽慣於意氣用事，這把火也必定包含著他難以言說的恨意。大火之後的咸陽，是應該重新拾掇出一幅新面貌來面對世人了。

可只有告別古事，才能迎來一片新意。這本是自然的規律，你我還要為此糾纏什麼？

・走馬出咸陽

既然是古城，必定也少不了戰事。似乎所有歷經了風霜的城鎮，都會被後人蒙上了一層憑弔色彩。不知清明時節，路上行人祭奠的究竟是何處孤魂？古人魂魄已去，有如此濃烈的愁緒，反倒不如化作對生人的督促。

只是在咸陽城中生活的這段日子，恰恰像是在行軍打仗一樣不易。生活本就是一場戰爭，誰勝勝負的結果早已經不那麼重要了。真正難的不是生活，而是和生活別離，這是一場無止境的戰爭。

在長安城和咸陽城之間，有一條渭河連接，渭河上面有一座橋，此便是渭橋了。唐代時經常可以看見有人在渭橋上面送友遠行的情形。大詩人李白寫了一首描寫軍隊西征的五言古詩〈塞下曲六首（其三）〉，其間便提到了渭橋：

駿馬似風飆，鳴鞭出渭橋。
彎弓辭漢月，插羽破天驕。
陣解星芒盡，營空海霧消。
功成畫麟閣，獨有霍嫖姚。

在李白筆下，渭橋再不單單是行人送別好友之地。飛奔的戰馬哪裡顧得上這些兒女情長，前面或許正有敵情，在越短的時間趕赴過去，就能夠拯救更多生命。在戰爭面前，是容不下感情的；所幸，如同疾風一樣飛飆的馬兒是飽喝足，正如那駕馬前行的兵將一樣，滿身都是殺敵豪情。沖天鳴鞭，眨眼間便閃過了渭河橋。

初唐，胡馬南侵是常有的事情。唐高祖李淵甚至一度被迫向少數民族突厥稱臣。想我泱泱中原大地，怎可以長期在夷狄的欺侮下過活，若果得兵強馬壯的一日，必定身先士卒，死而後已！因此，唐代男人總是殺敵心切，鬥志昂揚，策馬疾行，只為了能夠衝到戰場的最前方，以報家仇國恨。

這戰事也來得甚急，快馬加鞭未下鞍，都恐怕趕不及前線的征戰。恐怕此時更急切的，應該是馬匹上這些男子的心境吧！保家衛國是匹夫之責，任何有一個有豪情之志的人，此時都不會龜縮不前。

正因為有這些將士的勇猛，這場戰鬥才得以速戰速決。從軍隊出發到打敗敵人，好像只是須臾之間就可以完成的事情。這邊剛剛看到軍士彎弓搭箭，那邊就已經在鳴金收兵了。這樣的戰鬥，即便是沒有激戰廝殺的大場面，也足以動人心魄。生死只在一瞬間，那一刻，不是你死就是我亡，這番豪情催生的該是何等悲壯！

兵貴神速，這一次的旗開得勝也是可想而知的事情。被壓抑久的人民，亟待著一次揚眉吐氣的機會。若是再忍下去，還以何顏面來面對身後的父老鄉親？既然兵強馬壯、士氣高昂，自然會馬到成功。在正義之師面前，敵人永遠都是最不堪一擊紙老虎。當唐王朝的士兵引弓搭箭的時候，敵人早就望風而逃了。

抬頭看一下天空，寓意著征戰的客星早已經不很明顯了。古人認為客星若是呈現出白色的光芒，這便是戰爭的徵兆。星芒已盡，也就意味著戰爭結束。這場戰鬥，豈止是軍民的勝利，更是上天早有安排，甚至可以說成是大勢所歸。北方的沙漠、草原依舊廣闊無垠，從此地望過去只覺浩瀚如海。征戰一旦結束，那原本迷濛了人們雙眼的硝煙，也會漸漸平淡，從此斷了再升起的念想。

這場戰鬥最大的功臣，是那些不知名的士兵們。即便他們每個人都知道，打了勝仗後，受到賞賜的人永遠都是將領，自己作為一個無名小卒，無論如何都爭不到任何名分。可這又能怎樣？當他們把自己的生死都置之度外時，還有誰會因為一場戰鬥而把金錢和官位放在首位？他們的戰鬥，只是為了保一方平安。若是在歸程中看到夾道歡迎的老百姓，這場戰鬥便得到最珍貴的褒獎，這是一份悲壯，更是一份悲情！

在軍隊中，總是容易讓人生出些許感慨，這不是飽經風霜的老者，而偏偏是尚未知人事的少年。這些尚且還可以被稱之為孩子的人，本應該坐在學堂中飽讀詩書，卻因世道而披上戎裝。看到此情此景，往往不知道是該讚頌少年的豪情，還是應該哀歎世道不濟。

詩人令狐楚寫了一組四首的七絕〈少年行〉，其中第三首詩便提到咸陽這一座征軍趕赴邊塞的必經之地：

> 弓背霞明劍照霜，秋風走馬出咸陽。
> 未收天子河湟地，不擬回頭望故鄉。

大概青春年少的人們總是愛美，又或者這少年本是一個富家子弟，平時用慣錢財，否則上戰場打仗的弓箭，又怎麼會如同彩霞一樣閃耀著明亮的色彩呢？當看到寶劍磨得像霜雪一般鋒利時，外行人總是禁不住要讚歎一番，殊不知這恰恰說明了少年尚沒有經過戰事，弓和劍都是新打磨，它們暫且還不知道飲血後的滋味。這正如馬上少年的心性一樣，縱然懷著一腔豪情，迎著秋風跨上戰馬奔馳出咸陽，心中自忖著不收復河湟一帶的失地，誓不回頭眺望故鄉。可僅需一場戰事，便不知此時的翩翩少年郎又會變作何種模樣？

結局總是禁不住想像！

歸根結底，還是要說起詩人令狐楚的身世。令狐楚，字愨士，宜州華原（今陝西耀州）人，最早居住在敦煌（今甘肅敦煌）。貞元七年，令狐楚登進士第；唐憲宗時，擢職方員外郎，知制誥。他先後還出任過華州刺史，曾被授予河陽懷節度使，最後又入朝擔任過中書侍郎、同中書門下平章事。唐憲宗去世時，他正擔任山陵使一職，只因他的屬下貪污之事而被貶為衡州刺史。令狐楚晚年逝世於山南西道節度使鎮上，諡號「文」。他是中唐重要的政治人物，當時的很多重大事件都和這位詩人有著密切關係。

從這篇〈少年行〉中不難看出詩人的自喻。那或許也正是一個風華正茂的好年代，未卜的未來正如花似錦鋪陳在自己面前；然而，當終有一天歷經了人間百態後，不知當初的純真少年是否還能保持住最本真的心性，還是依舊把上戰場殺敵人當成是自己最高的使命？見慣了殺人也會眼紅；更或者見慣了殺人，從此金盆洗手，留給江湖的只有傳說。

再回到詩人令狐楚的故事上。傳說令狐楚與李商隱還有過一段不解之緣。李商隱後來的人生與令狐楚息息相關。令狐楚曾幫助李商隱進入士大夫階層，同時也不可避免使他捲入黨爭的漩渦。在令狐楚病危的時候，他曾召李商隱到自己身邊，要求他代自己撰寫遺書。但這一封並非普通的遺書，而是要上呈給皇帝的政治遺言。

這不正是當初少年已經蛻變為白髮老者後，依舊滿懷救國激情的最好說明嗎？時光一去不復返，那個少年在時間的長河中再也沒有回來。縱然老人依舊心不改，也終非是當年的好兒郎了。在歲月吹皺臉上的皮膚時，你我都已經漸漸變回年少的模樣。

・去不得的邊關

提到邊關，人總要有一些悲涼的情緒。自東向西，出了邊關便到了胡人之地。在中原民族中，一直盛傳胡人是最可怕的人種，他們茹毛飲血，完全是一副尚未開化的架勢。即便邊關有戰事，人們也多不願意和胡人面對面接觸。哪怕只是不經意一瞥，也害怕會因此而讓自己沾染上外地的牛鬼蛇神。然而，在知名的邊關中，卻唯獨有一處在人們的心中占據了千百般好，此處便是玉門關。

在唐代，很多詩歌直接把玉門關當作現成的素材。王之渙的一首〈涼州詞〉，便被推舉成詠玉門關詩作的上上品：

黃河遠上白雲間，一片孤城萬仞山。
羌笛何須怨楊柳，春風不度玉門關。

玉門關名揚天下，多半要得益於這一份美稱。沒有到過此地的人，單單知道自此出去，便是胡地，卻不知道在這裡一樣有著瑰麗風景。當黃河水遠遠從雲端洶湧而下時，一座高山擋住了流水的氣魄，卻也塑造了這一座孤零零矗立的城鎮。玉門關外，人們也喜歡送別到此地，似乎只要一個關口，就隔斷了內地和胡地的關聯。羌笛聲起，哀怨遍地，甚至連家鄉的春風都不願意來這偏遠地看看自己。此時的人，誰能不害怕聽到如泣如訴的笛聲呢？

空惹得自己悲愁，更要對不起眼前這片壯闊的風景了。

憂愁的人，終是那些被徵調來戍守邊關的人們。縱是楊柳羌笛，也都只是個誘因罷了，那埋藏在內心深處的故事要向誰訴說呢？

羌笛所奏的，是《折楊柳》的曲調，這就更加勾起了征夫的離愁。玉門關外，春風不度，楊柳不綠，離人幾許？

兩千多年前的西漢，為了保衛河西走廊這一重要交通要道，當權者曾在敦煌西部設立了玉門關和陽關這兩座要塞。因當時在于闐（今新疆和田）產玉，所以有大量美玉從西域經此地運往中原，因而人們便把這座新建成的「門戶」叫做玉門關。

玉門關的美名雖然自此來，但到了六朝時期，由於從甘肅安西縣到伊州（今新疆哈密）的這條道路相對來說卻又更加便捷，所以來往的旅客大多選擇走此路，於是又將玉門關改設在了瓜州的晉昌縣，也就是今天甘肅安西先東雙塔堡附近。到了唐代，玉門關的位置並沒有太大變動，其依舊立在此地，維護絲綢之路的通暢。

作為絲綢之路上最為重要的關塞之一，玉門關同時也是古代中西交通、貿易往來的必經之地。在唐代詩句中，玉門關和陽關的名字常常出現，其中以詠玉門關的詩句最具知名度，當屬詩人王昌齡的〈從軍行（其七）〉：

> 玉門山嶂幾千重，山北山南總是烽。
> 人依遠戍須看火，馬踏深山不見蹤。

從地理位置和周邊環境來看，玉門關的周邊圍繞著高低不等的群山，在其北面和南面大山之間的平川上，星羅棋布著許多烽火台。遠處的邊疆戍守透過烽火台了解軍情，軍士們每當騎馬巡邏時，只剛剛走進山林，就再也看不見一點蹤影了。

只是，從王昌齡的詩中，很多人或許過於偏信文字，而誤讀了玉門關。王昌齡在二十七歲的時候，曾親身前往玉門關。然而，唐代時期的此地，周邊哪裡有什麼高山大川，玉門關所在地附近卻是一望無垠的沙漠，起伏最大的也只是些毫無生氣的沙包，它們的高度很有限，哪裡稱得上是「山」。王昌齡詩中所寫的「山」，多半是出於自己富於感情色彩的想像。

或許，其單單只是因為玉門關這個名字，而賦予其如此情調也未可知。普天之下，有幾人到過邊關？自古以來便有人說，看景不如聽景，也許後來人更願意從王昌齡的口中聽來那一片深山之中的壯闊，以此慰藉自己目窮耳盡之時的遺憾吧。

相比起玉門關的險峻——且不論其是真險峻還是詩人筆下的險峻——陽關之地更顯偏僻。陽關位於河西走廊上的重鎮敦煌市西南七十公里南湖鄉的古董灘上，因坐落在玉門關之南而取名陽關。陽關始建於漢武帝元鼎年間，當年漢武帝在河西「列四郡、據兩關」，陽關即是兩關之一。陽關作為通往西域的門戶，又是絲綢之路南道的重要關隘，自古便是兵家必爭的戰略要地。據史料記載，西漢時曾為陽關設立都尉治所，魏晉時又在此設置陽關縣，唐代設壽昌縣。宋元以後，隨著絲綢之路的衰落，陽關也因此被逐漸廢棄。

這樣一個具有明顯地理分界意義的關卡，自然也很容易成為人們眼中有著特殊意味的概念。自那句「西出陽關無故人」之後，似乎再沒有什麼詞句能夠勾起人們的愁緒了。與其再聲聲說盡友人不了情，反倒不如換個畫面，寫些胡地的風景和人情，或許還可以給即將出陽關的人們一點真心建議。於是，王維便又做了這首五言律詩〈送劉司直赴安西〉：

絕域陽關道，胡煙與塞塵。三春時有雁，萬里少行人。
苜蓿隨天馬，蒲桃逐漢臣。當令外國懼，不敢覓和親。

這是一首送朋友去西域守護邊疆的詩。雖然書寫了西域路上的景致，但卻又滿是悲涼。出了陽關之後，邊塞依舊遙遠，可更遙遠的恐怕是身後這一片故土吧。在胡人的土地上，只能夠看到滿眼風沙攪著黃土，或者有三月份的大雁從此地天空中匆匆飛過，卻永遠尋覓不到半點人影。這份淒涼若是沒有親身經歷，單單靠想像力的極限始終都沒有辦法描繪出來。

胡馬以及苜蓿，都是從這裡傳往中原，甚至在邊關駐守的官員每次探親的時候，也要帶上幾串此地盛產的葡萄。當人們開始口口稱頌西域好時，這才真正證明了大唐國力的強盛，永不再以和親的方式委曲求全。既然如此，出了陽關往西域去，似乎也不再是什麼困難的事情。畢竟在陽關之內，你只要記得住有一位朋友就此作別，且還在望眼欲穿等你回來，所有的苦難就都化作青煙隨風散了吧。

縱是如此說，在許多人眼中，陽關之外仍是人們最不願意前往的地方。

胡虜偏狂悍，邊兵不敢閑。防秋朝伏弩，縱火夜搜山。
雁逆風鼙振，沙飛獵騎還。安西雖有路，難更出陽關。
征役已不定，又緣無定河。塞深烽砦密，山亂犬羊多。
漢卒聞笳泣，胡兒擊劍歌。番情終未測，今昔謾言和。

這是晚唐詩人許棠留下的詩作〈塞下二首〉。在他的眼中，入侵中原的胡兵是那麼彪悍和瘋狂，以至在於邊疆戍邊的士兵不敢有一絲鬆懈。尤其是在秋高馬肥的時候，更要加倍防範胡人入侵，清晨一大早就需要埋伏在胡人行軍的要道上，夜晚還要點燃火把巡山。這該是多麼惶恐的日子啊！

逆風飛行的大雁即便行路困難，也要多動幾下翅膀，以逃離這是非之地。軍中的戰鼓敲得震天響，哪怕只是單單給自己壯大聲威，也要做出一番自欺欺人的姿態。狩獵的騎兵每次回到營中都帶著一片塵土，或許被塵土蒙蔽的，還有每個將士心底最深處的一片純真。

到安西都護府的道路雖暢通，可人們卻再也不願意出陽關了。那胡地的人們又開始擊劍而歌了，此時駐守邊關的士兵的身家性命都有可能不保，誰還敢冒著風險西出陽關呢？要怪，就怪這亂世道吧。皇天不復，民將不民，唯獨哀歎、追憶盛世的光景還有什麼用，有這樣一份閒情，還是早早尋個安靜的僻所逃命吧。保得一身命，勝過千萬金。

・絲綢之路黃金夢

唐代邊塞，多半是要算西邊的方向，似乎一旦脫離開了西域的概念，便再沒有了關於邊塞的傳說。這些故事，也總是脫離不了那條絲綢之路。

在絲綢路上，承載的不只是商人的黃金夢，更有無邊的悲涼沒有人願意訴說。唯獨詩人高適曾經站出來，以自己輾轉的身世道盡了其中苦楚。

開元十五年，高適曾北上薊門。開元二十年，信安王李禕征討奚、契丹，高適又北去幽燕，希望能夠為信安王效力。開元二十一年後，幽州節度使張守珪經略邊事，所謂新官上任三把火，此時的邊疆之戰也因此取得了小小的勝利。

但到了開元二十四年，張守珪派遣平盧軍討伐安史之亂的叛軍，結局可謂十分悲慘。開元二十六年，有人假張守珪之命，逼迫平盧軍使烏知義出兵攻奚、契丹，先勝後敗。高適對開元二十四年以後的這兩次戰敗，感慨頗深，於是這才寫下了這首〈燕歌行〉：

漢家煙塵在東北，漢將辭家破殘賊。男兒本自重橫行，天子非常賜顏色。
摐金伐鼓下榆關，旌旆逶迤碣石間。校尉羽書飛瀚海，單于獵火照狼山。
山川蕭條極邊土，胡騎憑陵雜風雨。戰士軍前半死生，美人帳下猶歌舞！
大漠窮秋塞草腓，孤城落日鬬兵稀。身當恩遇恆輕敵，力盡關山未解圍。
鐵衣遠戍辛勤久，玉箸應啼別離後。少婦城南欲斷腸，征人薊北空回首。
邊庭飄颻那可度，絕域蒼茫更何有！殺氣三時作陣雲，寒聲一夜傳刁斗。
相看白刃血紛紛，死節從來豈顧勳？君不見，沙場征戰苦，至今猶憶李將軍！

這樣的詩作，越看越讓人心傷。縱然寫的是古事，可人人心中都明白，當下豈比古時更好？在戰場上，哪裡有什麼性命可以顧及到呢？殺敵的男兒也都知道，嬌妻正在故鄉遠遠眺望著自己征戰的方向，他們在上戰場之前也都願意回頭一望。只是彼此間的這份遙寄相思，卻被軍將冷鐵一般的面龐斷了生路。

在軍將看來，死幾個士兵又有什麼值得可惜？大不了再從中原徵來一批人罷了，這怎麼可以影響到當前美酒美人兼歌舞的好心情呢？只是可憐了每一個被當作棋子的士兵，除了葬身亂墳崗，恐怕再沒有人記得自己究竟是誰了。沙場征戰苦，苦就苦在遇不到一名通達的將領。果得如同李廣一般的好將領，縱是死上千百次也願意。

而現如今，自己的死究竟是為了什麼？

胡人的旌旗依舊招展，可誰還有心思作戰？殺死幾個胡人又能如何，看看那些已經在軍中老去的士兵們的容顏吧，能夠得一條小命暫且活著，已經是上天對自己最大的眷顧了。有命殺賊，卻沒命回鄉，這一場征戰，早已經注定了是死路一條。

眾人心中都如同明鏡一般，可誰也不敢開口言說。將軍好大喜功，軍士只得決戰生死。然而最後的失敗，百姓卻是要怪罪在軍士的頭上。他們看不見皇帝的荒淫無度，他們也看不見軍中將領的嗜戰成性。在百姓眼中，只有自己賴以生存的土地，軍隊若能保得一方平安，也才能贏得一方信任。只是這些本就出自百姓之家的男人，最終卻是要失去恐怕也是自己貧賤出身處。

既然都是一死，倒不如乾脆把心一橫，在戰場上殺個痛快。若是被敵人一刀砍死了，也只能怪自己學藝不精，連小命都保不住。然而，激烈的戰爭總是要過去，死且容易，生有多難！當拖著疲累的身軀一步步邁過生死相顧兄弟們的屍體時，恐怕再也流不出一滴淚了吧。

「但使飛將在，但使飛將在……」這條絲綢之路的起點又怎麼會變成意念的終點？這樣的碎語，也只能夠用來安慰自己了。

在盛唐時期的「邊塞詩派」中，高適可以算作絕對的領軍人物。他寫下的每一個字句，都透露著邊疆的雄渾悲壯。字如其人，高適也有率直的性格，縱然含蓄表達著對國仇家恨的不滿，也是要在開篇就寫出國難當頭的危機。儘管是個邊塞詩人，但在高適的眼中，戰爭永遠都是最值得譴責的一面。除卻了邊關地區瑰麗的風景外，單單只剩下戰爭的幕後主謀以及遍地冷屍。天災總是要附加於人禍，不管信與不信，這早已經成為鐵定的事實。所以他的詩多直抒胸臆，或夾敘夾議，卻很少運用比興的手法表達心意。如〈燕歌行〉，開篇就點出國難當頭，只為了突出緊張氣氛。

高適自小生活貧困，雖如此他卻愛好交遊，也有一身游俠風采。這樣的年輕人，總是滿懷建功立業的抱負。高適早年曾經遊歷長安，後來又到過薊門、盧龍一帶，但命運沒有給他實現夢想的機會。在此期間他一直尋求著晉身的途徑，最後卻都無果而終。

天寶十一年，因不喜歡官場潛規則，高適又一次辭官。安史之亂爆發後，這才顯現出亂世出英雄的本質，高適在這一時期曾任淮南節度使、彭州刺史、蜀州刺史、劍南節度使等職，官至封渤海縣侯，因而才有著世稱「高常侍」的美譽。

高適創作的極盛期，一直都停留在第一次出塞時，及至自己仕途走得越來越得意的時候。或許是被「招安」太久了，或是因為再也接觸不到大漠，當年那個站在絲綢之路的起點上，哀怨當朝者征戰無度的詩人再也不見了。

但我們更願意相信戰事從此平息，軍士各自歸鄉，哪怕詩人再寫不出震盪心靈的詩作，面對這片太平盛世，我們也總是願意謳歌，這又哪裡僅是平民百姓的夢想！

・北新道上的戰事

從玉門關出來後，通往西域有三條不同的道路，北新道便是其一。它經過今天的甘肅省安西縣西北方向，越過了戈壁灘到達伊州（今新疆哈密），再往西經過唐代北庭都護府所在地庭州（今新疆吉木薩爾），然後就可以到達今天的新疆伊寧地區。漢唐時期，邊境上的戰事，總是不可避免要把絲綢之路牽扯進去。

不論是匈奴還是突厥，亦或者是後來的吐蕃和回紇，這些民族心中始終都懷有著入侵漢民族的念想。在動兵之前，他們必定會首先占領西域地區的天山北路，這一條路，也正是北新道。只有把此地置入麾下，才有可能進而征服天山南路。

北新道之所以如此重要，是因為在此地有許多以農耕為主的小國存在，如龜茲、疏勒等。一旦占領此地，領主就可以憑藉著強大的武力作後盾，肆無忌憚對被奴役國徵收各種賦稅，這和勒索還有什麼二致？如此一來，又為攻打漢唐提供了保證補給，是一條絕對完美的選擇。

故此，漢唐兩代從來都不肯放鬆對這一地區的戍守。只有牢牢把邊關地區攥在自己的手中，才能夠保身後這片廣袤土地的安寧。這可就苦了徵來的士兵，一將功成萬骨枯，儘管有時候這是不得不做的事情。

張騫出使西域之後，中土便有在此地設立都護府的舊例，其目的只有一個，對付異族入侵，以保證絲綢之路暢通。到了唐代，天山南路全部都成為唐朝的領土或者附屬國，便又在此地設立了安西都護府，最高長官被稱作安西都護。雖然此官職的名字此後亦有變化，但其使命卻是一脈相承。

待高宗皇帝滅掉西突厥後，又在天山北路設立了北庭都護府，其所管轄的地區在詩作中常常被稱之為輪台。輪台地區駐紮有眾多兵力，因而這一地區也就有了更特殊的意義。詩人岑參在安西北庭節度使的幕府中擔任判官一職時，經常隨軍駐紮在輪台，輪台對他來說，更是別有韻味。

輪台風物異，地是古單于。三月無青草，千家盡白榆。
蕃書文字別，胡俗語音殊。愁見流沙北，天西海一隅。

其實這首〈輪台即事〉不用過多描寫，人人都知道輪台地區的風景自然和內地不同。一提到西域，浮現在眼前的多是大漠風光。或許在更多人的腦海中，這裡更像是一處野蠻荒野。要不為什麼西湖邊上已經是三月春光，此等胡人之地卻還是一片淒涼，連枝綠草的影子都不見呢？

這裡的人們都慣於在住處附近種植白榆，若是再聽上幾聲陌生語言，甚至連他們書寫的字都完全不認得，有哪個漢人會真正把這裡當成是家鄉呢？就像是西域人看漢人是外地人一樣。雖然都是在同一片國土上，可又怎麼會不因此而憂愁呢？

愁的不僅是戍邊之苦，更是在這份苦難中似乎根本就看不到生的希望。哪怕僅僅只是想要找個人說話解悶，一開口才幡然醒悟，自己已然是在西域地界了，任何字詞都毫無意義，唯獨需要考慮的事情便是如何活下去。

詩人岑參哪裡是在講戍守邊關的士兵們的苦楚，他分明是在把自己的鬱悶之情娓娓道來，向我們講述一個從來不為人知的西域。在那裡，任何歡樂都會在一瞬間被冰凍成萬里憂愁。好在上天可憐，還留待他一條性命為後人講起〈首秋輪台〉：

異域陰山外，孤城雪海邊。秋來唯有雁，夏盡不聞蟬。
雨拂氈牆濕，風搖毳幕羶。輪台萬里地，無事歷三年。

若是問起輪台究竟在什麼地方，這個答案恐怕會讓許多深居在中原腹地的人無法回答。在他們的印象中，陰山已經算是最遙遠的概念了，可輪台偏偏還在陰山之外。在天山雪原下面，輪台就這樣孤零零矗立著，看著夏去秋來，再也聽不到禪聲，只剩幾隻偶然掠過的大雁點綴此地淒涼，提醒人自己還活在這個世界上。

最怕秋風帶秋雨，濕過一場，卻要冷掉十分。可這都不是最可怕的，真正可怕的事情不是秋冷，而是人心冷。好在這裡仍距長安有千餘里，令人高興的是此地平平安安的已經走過三年光陰了，這難道不是最好的結局嗎？

活著無論何時都是一場歡喜，這是每一個戍守邊關的士兵最大的心願。縱然每個人都知道，今日生不代表還有明日，所以便要今朝有酒今朝醉。可醉了的時候，心中也總是要繃緊一根戍守邊防的弦。即便胡人再強壯，即便頭上那個只會行使權力、卻永遠都在戰場上看不到影子的將領再愚昧，每個士兵也都懂得當一天和尚撞一天鐘的道理，而這座邊關便是他們的「鐘」。

唐玄宗開元十一年到十五年期間，王昌齡到邊塞從軍，他先後駐守了蕭關、臨洮、玉門關甚至是中亞、西亞的碎葉城。這一段的戎旅生活，使他對於邊塞戍守有了異於常人的真實感受。自古以來人們都說出塞難，可難在何處，又究竟有多難，恐怕也只有王昌齡的〈出塞〉足以說明：

> 秦時明月漢時關，萬里長征人未還。
> 但使龍城飛將在，不教胡馬度陰山。

秦漢以來，明月還是那樣照著關塞，離家萬里遠征的將士至今沒有回還。這樣的故事，這樣的詩作，早就不需要用太多的筆墨加以粉飾了。心情說得越多，也就容易讓人覺得嘮叨。可征戰邊關的人，嘮叨幾句又何妨呢？他們賭上的是性命，卻換不來被稱為理解的柔情。一條性命只能換來一個簡單的願望——不教胡馬度陰山！

明月空照，大漠如雪，唯有一雙雙依舊堅毅的面龐，冷卻了這裡原本還算是有些餘溫的天氣。

・眠在火焰山中

人們對於此地的熱愛，不單單只是因為「絲綢之路」的美名。若不是真有著異於內地的風光，恐怕在此地戍邊的人們，早就厭倦了一望無際的單色調。

在絲綢之路的北線上，有一座至關重要的城市——西州。西州坐落在樓蘭古城的北面，單是這一項就讓人心生出多少嚮往。此地於當今被稱作為吐魯番，因而一旦提及，多半想到的都是這裡熾熱的天氣。按照地理學的概念來講，由於吐魯番位於一個面積五萬多平方公里的低窪盆地裡，而盆地的中心比海平面還要低一百五十四公尺。這裡的氣候非常乾旱，年平均降水量只有十六毫米，可蒸發量卻在三千毫米以上，因而在盆地內有著很多沙漠。盆地中升溫快、散熱慢，形成了極其酷熱的夏季，在每年的六月份到八月份，攝氏四十度以上的日子有四十多天，最高可達到攝氏四十七度以上，地表溫度甚至可以達到攝氏八十二度。據當地的人們說，只要將生雞蛋埋在沙漠中，不久就可以燙熟。

這樣的環境，對於慣於醉眠溫柔鄉的人們來說，終是難以忍受。

西州的惡劣天氣，發展到後來的演義小說中，更變成了孫悟空保著唐僧西去取經路上的八百里火焰山。書中寫道，在火焰山面前，縱是長著翅膀的鳥兒也難以飛過。若是詳細考證，這座火焰山的原型便在吐魯番盆地的中部，它東西長將近一百公里，由第三紀紫紅色的砂岩組成。在炎炎烈日的照射下，空氣中都似乎有著火焰的紅光閃爍，寸草不生的整座山看起來就好像燃起了熊熊的大火，火焰山也因此得名。

詩人岑參在安西大都護府任職時，曾經多次經過西州，對當時有名的火焰山也相當了解。這裡的氣候究竟如何，且聽岑參的〈經火山〉娓娓道來：

> 火山今始見，突兀蒲昌東。
> 赤焰燒虜雲，炎氛蒸塞空。
> 不知陰陽炭，何獨燃此中？

我來嚴冬時，山下多炎風，
人馬盡汗流，孰知造化功！

在唐代時，到安西必須要經過火焰山。儘管之前並沒有親眼見過，但火焰山早已名聲在外。只是再奇妙的想像，也終歸比及不上眼前的實況。遠遠看去，天上的雲彩似乎都被這座火山照得通紅，漫山的熱氣無處散發，全都聚集在天空中。若不是上天造化有功，誰還能把這些熾熱的火炭搬到此地？即便是在寒冷的冬天，站在火焰山的腳下，還是能夠感到吹來的陣陣熱風。越是往前走，就越感覺到夏天早已到來。再去看身下的馬匹，早就和人們一樣全身流著熱汗了。

這終究是要算做一份瑰麗，大自然總是鬼斧神工，用最奇特的方式驚訝所有人的想像力。在此地戍守邊疆，新奇過後所剩下的便應該便是無邊折磨了吧。

如果想要把這份熾熱當成是煉獄般的折磨，恐怕大錯特錯。除了炎熱之外，吐魯番還是中國最大的「風庫」，平均每年八級以上的大風日子多達七十二天。天氣特別惡劣時，還會出現飛沙走石，把躲避不及的人打得鼻青臉腫。

這哪裡是人住的地方，狂嘯的大風分明是在鬼夜哭，第一次聽見時，哪裡不會被嚇得心驚膽戰？即便如此，留給士兵的出路也永遠都只有一條，那就是堅守崗位。寧可把性命丟在城樓上，若是沒有軍令，卻不得離開半步。

黑雲壓城城欲摧，甲光向日金鱗開。
角聲滿天秋色裡，塞上燕脂凝夜紫。
半卷紅旗臨易水，霜重鼓寒聲不起。
報君黃金台上意，提攜玉龍為君死。

李賀在〈雁門太守行〉一詩中寫下了一番苦戰的場面，或許每一個戍守邊關的士兵心中，都有屬於自己的戰爭夢。夢想著有一天戰鬥來臨的時候，自己能夠披掛上陣，親手了斷敵人的性命。他們在心底渴望這一戰，希望能夠一戰成名，從此飛黃騰達。但這些都只是剛剛被調遣過來的士兵的美好願想罷了，對於沒有經歷過戰事的人來說，戰爭或許還意味著無限榮光。可對於久經戰事的老兵來說，戰爭究竟意味著什麼，早就沒有了任何實質意義。他們所能夠做到的，僅是如同條件反射一般，在敵軍到來時，用最快的速度奮起守城，為身後的家國，更為自己這條好不容易在戰爭中留存下來的老命。

可在胡地作戰，從來不講究章法。一旦決定突襲，就得快得像是天上的烏雲一般，黑壓壓從邊境壓過，氣勢像是要一舉摧毀整座城。陽光偶爾能從烏雲中露出一點光彩，像是賞賜一般點綴在守城士兵的盔甲上閃著金光。近一點，再近一點，等敵人進了埋伏圈，就可以吹響戰鬥的號角，一舉殲滅。

每個士兵臉上寫滿剛毅，他們心中或許也在害怕，但害怕從來不能夠表現出來。在軍營中，勇氣可以傳染，害怕同樣如是。哪怕只是相互鼓吹勇氣，也要用最剛強的一面迎接即將到來的戰鬥。生便要生得光榮，死更要死得其所。

邊塞上的泥土猶如胭脂凝成，在夜色中濃豔得呈現著紫氣。瑟瑟寒風捲動著紅旗，愈顯得將士的鎮定自若。男人生當為國家，只要號角聲一響，這條性命就不再只屬於自己了。

濃霜已經把戰鼓浸濕了，連鼓聲聽起來都如此沉重，好似作戰的氣勢早就已經泄光。為了報答皇上的賞賜和厚愛，哪裡又需要戰鼓來壯聲勢呢？手操寶劍的士兵們甘願為他血戰到死，這份心志遠比任何事物都更鼓動軍心！

相傳，戰國時燕昭王在易水東南修築了一座黃金台，把大量黃金放在台上，表示不惜以重金招攬天下將士。這是當朝者的明達，更是兵士的幸事，如此一來哪裡還用擔心鎮守不住邊疆的叛亂呢？

若是沒有了飛將，便創造一個！此時每一個士兵的心中，懷著的恐怕只有一種被稱之為激烈的豪情吧！

・醉臥沙場

在說盡唐詩的韻調時，陳子昂終歸是不得不提到的一個人。

陳子昂，字伯玉，梓州射洪（今屬四川）人，因曾擔任過右拾遺，才被後世稱為「陳拾遺」。青少年時期其家境富裕，這便造就了陳子昂樂善好施的個性。成年後，他博覽各類書籍，一方面在寫作之上尤為擅長，同時還心懷國家政事，並期望著有一天能夠在政治上有所建樹。

不同於其他大多數文人的功名辛酸路，陳子昂二十四歲時高中進士，後來又升遷至右拾遺。武則天當政時期，重用酷吏，陳子昂不畏迫害，多次直言上書。武則天曾計畫開鑿蜀山經雅州道，攻擊生羌族，他又上書反對，主張與民休息。他的言論切直，故常不被採納，並一度因「逆黨」之名而株連下獄。

此後，原本風光無限的官宦路也被寫上了悲涼二字。

垂拱二年，陳子昂跟隨左補闕喬知的軍隊到達西北居延海、張掖河一帶。萬歲通天元年，契丹的李盡忠、孫萬榮叛亂，他又跟隨建安王武攸宜大軍出征。兩次從軍，使陳子昂對邊塞地區的形勢和當地人民的生活有了更深刻的認識。這也使得他對自己的政治主張更加認同感，若不是這兩次邊關的經歷，哪裡又來得這許多憂愁呢？

之所以不得不提到陳子昂，是因為初唐期詩歌的風格，多沿襲六朝時代的綺靡纖弱，唯獨陳子昂是個特例。這大概是要歸咎到他的風骨上，一個文人若是連最起碼的骨氣都丟失，恐怕也只能夠淪為御用的填詞人，在一番酒醉後裹挾著嬌豔女兒唱起盛世太平詞。

陳子昂所做的事情，不單單表達了自己的心志，更在不經意間起到了改革唐詩走勢的意味，甚至對整個唐代詩歌都產生了至為重要的影響，那首〈登幽州台歌〉便是他的代表佳作。

當時，大將武攸宜為人輕率、做事缺乏謀，最終導致了第二年的兵敗。於是陳子昂請求遣萬人作前驅以擊敵，但武攸宜並不同意。稍後，陳子昂又向武攸宜提出出兵建議，可武攸宜依舊不聽，反把他降為軍曹。

接連受挫的陳子昂，眼看報國宏願成為泡影，於是這才寫下了這首〈登幽州台歌〉：

前不見古人，後不見來者。
念天地之悠悠，獨愴然而涕下。

在任何人看來，古人所處的時代總是美好的，似乎歷史只留給我們一片五彩的想像，而把所有的不快和痛苦都過濾。現實越是不如意，這樣的情緒也就越是強烈。只是陳子昂的這份悲情，卻倍加讓人唏噓。回頭看，見不到歷史上那些賢明君王；以當今的形勢再往前看，更看不到後來者能夠做出幾番成就。天地之間的事情想來都是如此遙遠，人生更像是一盤無可奈何的棋局，不論是白子還是黑子，自己終不是下棋人，永遠也都掌控不了命運的方向。

這樣的故事，從來都是不能去想，獨自憑弔，淒惻悲愁，更會惹得眼淚縱橫在滿是風霜的臉上，凍裂心中的志向。

宇宙茫茫，為何遍尋不到一個可以說盡心事的人？寂寥自心起，悲從何處來？瑟瑟秋風中，也只剩下愴然流淚的衝動了。

歷史上懷才不遇的人士，為了這一腔情調，也多願意和古人隔空對話。他們期望能夠覺醒的不僅是自己的心靈，更是整個民族的心性。只是這一場悲劇不是個人的，而是整個家國的，是整個人性的。如此一來，還有什麼出路可尋呢？

只是這樣活著未免也太過於辛勞了，何不放開心緒，哪管東南西北風，我只醉臥在其中，如此也樂得一時逍遙，如此人生，豈不快活？

曾寫下〈涼州詞〉一詩的邊塞詩人王翰正是這樣一個懂得生活的人物。

王翰，字子羽，唐并州晉陽（今山西太原市）人。和陳子昂反差極大的是，王翰少年時性格豪健恃才，倜儻不羈。中進士以後，仍然每天不務正業，飲酒作樂。在開元四年至開元八年這段時間裡，王翰依舊沒有擔任過什麼官職。當時他暫居在本鄉太原，但卻受到張嘉貞的禮遇。張嘉貞入朝後，推薦他為并州長史。王翰任職後，曾經因敢於直言進諫、超拔群類等制科，又一度被調升為昌樂縣尉。

開元九年，張嘉貞入朝為宰相。在張嘉貞的引薦下，王翰入朝任祕書正一職，後又擢駕部員外郎。

對於這樣一個浪蕩公子，王翰的仕途之路已經顯得過於順暢。有人喜歡把這歸結於天命，可天命也總是要限於人事的。因著放蕩不羈的性格，王翰的春風得意夢還是沒有做得太久。雖如此，他依舊沒有改掉自己的行為作風，不曾想竟然迎來了詩歌創作上的春天。人們喜歡他的華麗詞藻，更喜歡他的奔放情感。似乎只要看完王翰的詩作，就可以充盈自己的情緒，即便是面對再困苦的人生，也會抱著開懷一笑的態度一泯恩仇。

葡萄美酒夜光杯，欲飲琵琶馬上催。
醉臥沙場君莫笑，古來征戰幾人回。

〈涼州詞〉是一首大軍遠行時分的送別詩。他人寫送別，不是楊柳依依便是互道幾分珍重，唯獨到了王翰的口中，這一別卻值得慶賀。葡萄美酒，夜光玉杯，凡是極盡奢華的物件都值得擺到宴席之上，供軍士豪飲。只要琵琶聲一響起，就應該開始歡歌，為了即將上馬離去的重任，也為了彼此間這份兄弟真情。

出征前，若是不喝個痛快，又哪裡對得起送別的人呢？

且不要害怕會不會醉臥沙場。想想自古以來征戰的人們，恐怕也沒有幾個人能夠全身而回。這也從來都不是什麼值得悲傷的事情，在戰場上盡力了，哪怕是送掉了性命，也是應該的。人這一生，總是要全心全意做一點事情。更何況幾十年之後，終也逃不過黃土埋身的命運，何苦要擔憂眼下還沒有發生的事情呢？再飲一杯酒，笑著過了今時，再去想下一刻的命運吧。

誰又能說，醉臥沙場不是一種男兒風情？邊關也正因此變得鐵骨錚錚。

・樓蘭舊事

西域一直流傳著關於樓蘭的美麗傳說。西元四〇〇年，高僧法顯西行取經，途經此地，他在《佛國記》中說，此地已是「上無飛鳥，下無走獸，遍及望目，唯以死人枯骨為標識耳」。絲綢之路上的這座曾經輝煌無限的重鎮，從此逐漸沒有人煙。

據《水經注》記載，東漢以後，由於塔里木河中游的注濱河改道，導致樓蘭嚴重缺水。敦煌的索勒率兵一千人來到樓蘭，後又召集鄯善、焉耆、龜茲三國兵士三千人，不分晝夜橫斷注濱河，並引水進入樓蘭，以緩解缺水困境。但在此之後，儘管樓蘭人努力疏浚河道，這座古城最終還是因斷水而荒廢了

給樓蘭人最後一擊的是瘟疫，這是一種可怕的急性傳染病，一病一村，一死一家。在災難面前，樓蘭人選擇逃亡。人們盲目逆塔里木河而上，哪裡有樹有水，就往哪裡去，哪裡能活命，就往哪裡去，能活幾個就等於賺回幾個。樓蘭人早已欲哭無淚，他們上路的時間，正趕上前所未有的大風沙，這又是一派埋天葬地的大陣勢，天昏地暗，飛沙走石，聲如厲鬼，一座城池在混濁模糊中轟然而散……

於是，在古樓蘭國人葬身的地方，後世有了一個新的名字——羅布泊。

又傳說有一位樓蘭女子，心懷著對愛人的嚮往，只是尚未見面，便被埋在了漫漫黃沙中。女子的愛情正因為這一場突如其來的災難，而保存了上千年，直至她閉眼長眠的一刻，心中應依舊滿是純真。但這個女子，在黃泉之下果真會瞑目嗎？

漢武帝初通西域後，使者往來都需經過樓蘭。可偏偏就有人願意拿人錢財，替人消災，樓蘭屢次替匈奴當耳目攻劫西漢使者。這大概要歸結到，樓蘭人始終是把漢人當作外民族，所以在心理上和匈奴國更親近，也更願意把漢王朝當成是敵人。

元封三年，漢派兵討樓蘭，俘獲其王。樓蘭既降漢，又遭匈奴的攻擊，於是向兩面稱臣。後匈奴侍子安歸立為樓蘭王，遂親匈奴。王弟尉屠耆降漢，上報漢朝。昭帝元鳳四年，漢遣傅介子到樓蘭，刺殺安歸，

立尉屠耆為王，改國名為鄯善，遷都扜泥城（今新疆若羌附近）。其後漢政府常遣吏卒在樓蘭城故地屯田，自玉門關至樓蘭，沿途設置大量烽燧亭障。魏晉及十六國的前涼時期，樓蘭城為西域長史的治所。

其實這樣的故事說到盡頭，總是繞不開一個「利」字。若是有利可圖，做一個隨風搖擺的牆頭草，似乎也並不是什麼壞事。然而這些終歸都是過眼雲煙，若不是生為名利忙，也不會把這般傳說帶進茫茫黃沙之下。樓蘭城黃沙漫天，究其根本也正是他們自己招惹來的。

王昌齡〈從軍行〉一詩，便寫下了當時的樓蘭。在那個年代，樓蘭也只是一個地名而已，尚且和這麼些豔談毫無瓜葛。了無瓜葛也算是好事吧，最起碼能夠證明在這個世界上存在著一些沒有完成的志向和夢想。

> 青海長雲暗雪山，孤城遙望玉門關。
> 黃沙百戰穿金甲，不破樓蘭終不還。

在那一片高原上，在青海湖的上空，早已經烏雲密布。烏雲黑壓壓地遮住了雪山，大有把白雪染成靛青的架勢。只是再高的地界，恐也望不見玉門關吧。再回頭，那故鄉人也只能深深埋在心底，或許只有遮上了烏雲，才能不被人看穿這份思念。漫天黃沙像極了神鬼一般的敵人，即便身經百戰又能怎樣麼，唯獨留下的痕跡便是身上的盔甲在逐日失掉的光澤，這正告訴每一個新來或者即將離去的人們，這裡還留存著他們當初被徵調過來的誓言——不破樓蘭，何來顏面回家鄉？

在青海湖北面，是綿延千里的雪山；越過雪山，便是矗立在河西走廊荒漠中的一座孤城；再往西，就是和樓蘭城遙遙相對的玉門關。縱然只是一座孤城，卻因為南面要抵抗吐蕃、西面需防守突厥，這才有了最為關鍵的地理價值。每一個戍守孤城的將士心中都有擔憂，但擔憂終是要被志向填平。那閃閃發亮的盔甲，在保護自己不被敵人所傷的同時，更是在告誡每一個人肩上所應擔負起來的責任，再多的豪言壯志也都因此而顯得悲切。而這些士兵們沒有說出來的，是樓蘭地區環境的惡劣，以及戍守在此地的艱難與困苦。

細讀樓蘭在地圖上的位置可以發現，它東距敦煌大約八百公里，其間大部分地勢都是連綿不斷的沙丘和滿地礫石的戈壁，根本沒有水，更沒有看得見的動植物，這也成了樓蘭終歸覆滅的原因之一。而更為艱險的，是包圍著樓蘭的「雅丹」地形。「雅丹」是維吾爾語，意思是指很險峻的土丘。此地的「雅丹」地形，由一系列平行的壟脊和溝槽組成，沿著大風吹刮的方向延伸而去，壟脊的高度從半公尺到十幾公尺不等，長度甚至可達到數百公尺，溝槽窄的地方僅一兩公尺，寬的地方卻有十幾公尺。在這種地形中，安全通行幾乎是難以想像的事情。

羅布泊地區每年刮五級以上大風的時間多達一百五十天，風力達到八級的日子竟有八十天，最大風力一度達到十級以上。這麼些年來，狂風就像巨大而鋒利的刀子，在細砂和黏土組成的地面上，刮出了一條條順風向的壟脊和溝槽。狂風在地表上劃出了深深的裂痕後，又把這些難以填平的溝壑寫到人們心中。

唐玄宗天寶八年，詩人岑參趕赴位於龜茲的安西大都護府任職。當他經過圖倫磧的時候，看到這荒無人煙的悲涼，思鄉愁緒一下湧出，寫下了〈磧中作〉。面對這樣的情景，鋪在自己面前的又會是怎樣的前程卻無法預料。此時，誰人還能不想起故鄉的千般好呢？

走馬西來欲到天，辭家見月兩回圓。
今夜未知何處宿，平沙莽莽絕人煙。

騎馬西行，欲至天邊。遺散的是寂寥，遣不散的恐是心底的憂愁了。兩次月圓，終還是漂泊，思念的是故人，唯不見的恐是自己的蒼老。茫茫大漠中，想要尋一個可以夜宿的地方，也要費盡一番心思，人不同於野物，又怎麼能隨便找一個深深的溝壑把自己掩藏進去呢？然而放眼一望，卻只見黃沙萬里，只沒有半點人影落在目光中。

這樣的荒涼對於旅人來說最折磨心性。越是漂泊的日子，也就越渴望有朝一日能夠安定下來，哪怕僅僅只是一個晚上的美夢，也足以紓解滿身疲勞了。然而孤單總是會趁此時機襲上心頭，令人猝不及防，即便是把故鄉的親人拿來做擋箭牌，也空惹得思鄉之心漸漸生長起來，淹沒了淚眶。一場樓蘭夢，最終也是要碎在異域了。

・隱在邊疆

由奉天向西北方向行走大約一百二十公里，就可以到達唐代涇州的州治安定郡。然後西出蕭關，經原州、會州，便可以到達絲綢之路上的一個重要城鎮——涼州。這條從長安通往涼州的大道，便是自秦漢以來就很有名的「回中道」。在回中道上，坐落著一個重鎮——涇州。

〈山行入涇州〉是王昌齡高中進士之前發生的事情。一次偶然的西域遊歷，涇州的風景成了他心中難以磨滅的記憶。人一旦被吸引住時，想得越多，也就越容易對這些事情產生感情。縱然連看風景的本人都不清楚這份感情究竟起於何處，他卻依舊禁不住心中奔湧而出的各種念想。唯有訴諸筆端，才算是了解風情。

倦此山路長，停驂問賓御。林巒信回惑，白日落何處。
徙倚望長風，滔滔引歸慮。微雨隨雲收，濛濛傍山去。
西臨有邊邑，北走盡亭戍。涇水橫白煙，州城隱寒樹。
所嗟異風俗，已自少情趣。豈伊懷土多，觸目忻所遇。

登山總是一件困難的事情。但人們喜歡登高，只是因為登高便可以一了願望，便可以滿足雙目的奢求。只怨兩隻眼睛生在前面，才使得彼此都只看到更遠處的路，卻忘記了腳下正在行走的艱難。

然而登山也是最消耗體力的一件事情，尤其是在漫無目的的時候，更覺得滿滿的體力不知何時早已消失殆盡。待到困乏的時候，不妨停下來問問客人和車夫，究竟還有多遠才能夠到達目的地。只是這山路曲折，即便能夠得到一個肯定的回答，目盡之處也滿是重巒疊嶂，單純數字上的解釋還有什麼意義可言？此時的疲累，遠不是身體上的鬆懈可以緩解過來。

太陽早就不知道躲到什麼地方去了，大概因為行走了一天的路程，也累了吧。茫茫前路看不到行進的方向，一旦在原地徘徊，對故鄉的思念就會趁虛襲來。這本是擋也擋不住的事情，何苦還非要為思鄉之情而折磨呢，反倒不如隨著眼前的風景心猿意馬一下，權當是歇歇腿腳時的無聊之情吧。

好在這片刻的休息，等過了烏雲和細雨，再迷茫的人，也是應該重新打起精神了。西面就是邊塞上的涇州，再往北去就是戍守邊疆的哨所和烽火台。遠望過去，涇州城上空飄著白煙，安定城內的樹木已變成了秋天的模樣。這裡和內地平原地區完全不同的風土人情，竟讓人一點都提不起興奮之情。哪裡需要把這歸咎於喜歡不喜歡呢？此地的水土也一樣養育著此地的人們，心情總是自惹一身枯燥，思來想去，也終是要從這異地他鄉遍尋故鄉，才讓人能舒心，好好過活一場。

只可惜，此地不是旅人的故鄉，風景再好，也只是中點；環境再惡劣，也不是終點。何必非要為這無端之物煩憂！

登高一望數千年，若要從故紙堆中尋出幾個沉溺文字的人，這樣的情殤似乎最適合李商隱。

唐文宗時期，朝廷中的朋黨爭權鬥爭異常激烈，這兩派官員分屬於牛黨和李黨，他們各自都用盡權勢想要提拔本黨成員、排斥異己。李商隱最初是受到了牛黨令狐楚的賞識，從而在令狐楚的門下任職多年。縱然無心，也總是容易被李黨之人當成是牛黨人士來看。

政治這件事情，哪裡就適合李商隱了呢？越想越覺不對，可歷史偏偏就這麼上演了，留給後人的只有這麼些可有可無的哀歎。

唐文宗開成二年，令狐楚去世，駐守在涇州的涇原節度使王茂元，請李商隱做自己的幕僚。李商隱來到涇州後，因一腔才華而深得王茂元的器重，並且還就此成了金龜婿。只是王茂元屬於李黨，李商隱同意當他的幕僚並同他的女兒結婚，這在牛黨人的眼中看來是真真切切的背叛。令狐楚的兒子令狐綯認為李商隱有負他的家恩，對李商隱更是懷恨在心。這一婚事，也就自此促成了李商隱一生的命運。

開成三年，李商隱來到長安參加博學宏辭科的考試。本來金榜題名只是探囊取物，可當吏部將錄取名單上報給中書省以後，中書省中掌權的官員看見了李商隱的名字，臉色卻比寒冰還要冷。只因執掌生殺大權的官員是牛黨之人，李商隱的一世理想也就此斷送了。天下之大，再找不出一個能承受如此苦痛的人了。

落榜後，李商隱回到了涇州岳父家中暫住。他心中畢竟是有些不平之氣，這才有了這首七言律詩〈安定城樓〉：

> 迢遞高城百尺樓，綠楊枝外盡汀洲。賈生年少虛垂涕，王粲春來更遠遊。
> 永憶江湖歸白髮，欲回天地入扁舟。不知腐鼠成滋味，猜意鵷雛竟未休。

在綿延的安定城牆上，有著高達百尺的城樓。危樓高百尺，手可摘星辰，不敢高聲語，恐驚天上人。恐怕在李商隱看來，此時的沉默更是怕驚醒內心的憂愁吧。年紀輕輕就開始擔憂國事，最終卻還是得不了功名，前程怎麼能就此了斷呢？從長安出來後，本想要在這荒遙之地散散心情，卻只看到了末路窮途，只能大哭一場。當年年輕的賈誼上表痛陳國事，卻不被漢文帝採用，王粲因失意才遠遊，這些不都是在說盡自己的心事嗎？這份憂慮，恐怕只能從前朝人身上尋覓一些影子。

每個文人心中都藏著一個願景，他們大概都是希望能夠用十年寒窗，換來一朝成名。在做一番驚天動地的大事業後，只需一葉扁舟，便可以了卻殘生。這樣的人生，寫滿了理想和傳奇。可在現實這塊大石頭面前，再多理想的雞蛋，也終是要撞得粉碎。誰還能想到那些看重功名利祿的人，見到了如此清揚的異類，就像貓頭鷹看見了腐爛的老鼠肉一般，若不爭搶乾淨，又哪能甘休？

只是可憐了普天之下的所謂「君子」，皆被染上了烏鴉的黑色，於政治中再看不見半點光明。但願此時流下的一滴眼淚，能化成一泓清泉，洗濯每一個沾染了塵世的心靈。或許這樣的夢想終是要破滅。可有人曾經為此努力過，便足以值得紀念了。

論盡古今之事，得了一個李商隱，哪裡還需復求其他！

・遠方的天涯

在兩國交界的地方，總是要設立一座關卡，即便是只是形式化的象徵，也終得有一座城鎮來著證明此地的不同意義。

在庫爾勒市北郊八公里處，有一座鐵門關。它扼住了孔雀河上游陡峭峽谷的出口，曾是南北疆交通的天險要衝，更是古代「絲綢之路」的中道咽喉。自晉代時候便在這裡設關，因其險固，故稱「鐵門關」。

在鐵門關還流傳著「塔依爾與卓赫拉」的民間故事，故事中的愛情似乎也正是在向社會控訴著，究竟這道鐵門擋住了敵人的入侵，還是擋住了男女對愛情的自由嚮往。

傳說古焉耆國王的公主卓赫拉和一位牧羊人相愛，陰險毒辣的丞相卡熱汗唆使國王抓了塔依爾，並打算將他處死。卓赫拉知道這個消息後，設法救出了心上人。不料卻被丞相發現，他立即派人追趕這對亡命鴛鴦。癡怨的情人夜奔出關時，不幸連人帶馬墜入深澗。後人為緬懷這對為愛情和自由而死的戀人，在鐵門關對面的公主嶺上，建造了「塔依爾與卓赫拉」。

自古以來，這樣的愛情故事總是動人的。兩個相愛卻不能在一起的人，在當時的封建禮教下，有勇氣突破父母的管教私奔，多少是有些悲涼。在這份衝動的背後，自然應該為愛情的堅貞不渝悲傷。可這樣的結局並不是我們想要看到的結果，然而後世的人們總是願意享受這份悲切，他們似乎早已經認定，但凡能夠流傳下來的故事，必定要有一番破繭而出的苦楚。至於最後能不能夠羽化成蝶，那又是另當別論的事情了。

陷入愛情中的男女，大概也是不會去考慮後世人的看法了吧。

由焉耆向西前進不遠，就可以到達今天的庫爾勒市。在庫爾勒城的北面，便是這座險要的鐵門關，由此出去就到了塔里木盆地。一出此地，風景就和關內大不相同了。詩人岑參第一次趕赴西域時，在旅經鐵門關時登上了臨關樓極目遠眺。不看則罷，這一看，不免要引出一些故事，寫下了這首〈題鐵門關樓〉：

鐵關天西涯，極目少行客。關門一小吏，終日對石壁。
橋跨千仞危，路盤兩崖窄。試登西樓望，一望頭欲白。

從此地往西望去，雖已經是更上一層樓了，卻依舊只能看得見茫茫大路伸向遠方，遍尋不著行人的影子，更看不見終點究竟在何處。這樣的景色，未免顯得單調了一些。對於守城的那個小兵來說，是不是就該把這個詞彙換成「孤單」呢？詩人遠眺，看到的風景引發的是自己的心緒。可那個小兵遠眺的時候，該引發誰的一番感慨呢？大概終須是要讓詩人把這一人一景，化成了自己的愁苦。

好在登高一看總是有些風景。兩岸山高百餘丈，在懸崖見到的只有一座危橋勾連，若是走在上面，恐怕雙腿都要發軟。看看這險峻的地勢，竟然是可以讓人把頭髮都嚇白。

然而岑參沒有說出來的，終歸不是這裡地勢險要，而是出了鐵門關，還有比此更險要十分的世事和人心。最難測的往往是在身邊，卻看不見的事情，危險也從來都喜歡假裝成和善的面目。

行路之難，難於上青天。可是若再為這份旅程加上從軍兩個字呢？李白的一首〈從軍行〉，便從鐵門關的險峻起了一場調調：

從軍玉門道，逐虜金微山。笛奏梅花曲，刀開明月環。
鼓聲鳴海上，兵氣擁雲間。願斬單于首，長驅靜鐵關。

當軍隊經由玉門關的時候，敵人怕是還在倉皇逃竄。對於性命這件事情，沒有人不珍惜。雖然戰場打仗不是士兵的本來意願，但對待逃跑卻絲毫馬虎不得。追敵的隊伍一直行進到了金微山的腳下，這裡便是當今的阿爾泰山。眼看著馬上就出離國土了，卻依舊不能熄滅殺敵的願景。《梅花落》的笛聲已經響起，恰似帶著環佩的鬥志在月光下叮咚作響。每一道亮光，都應該映射出軍士同仇敵愾的豪情，就像是軍鼓大作一樣衝破天邊的雲彩。

於是，不得不再一次感歎起李白的胸懷了。在他眼裡，從來都沒有因為遠離故土而產生的悲愁，因為面前還有著更偉大的事情要做，他哪裡有時間和心情去思慮這些兒女情長？唯求能夠一舉拿下敵軍首領的首級，帶軍長驅直入消滅鐵門關附近的敵人，然後才能得長久之安。

這是一份屬於男兒的豪情，從來都不會打上折扣。

可是詩人李白故意忽略掉的，是這裡的環境。即便眾所周知其是惡劣，但寶劍鋒從磨礪出，隨軍打仗哪裡還需要去計較環境的好壞呢？只是縱然故意忽視不見，在此地卻依舊難以聞聽到幾聲鶯啼。說起來不免覺得荒涼了一些。

絲綢之路北線上最大的城市是龜茲（今新疆庫車），其東面距離輪台大約一百公里，在沒有便捷交通工具的年代，往往需要把一兩天的時間浪費在行路上。有時遇到惡劣的天氣，從起點到終點的過程，更不知道會充滿什麼樣的艱險了。

晚唐詩人呂敞，在途經龜茲時，正好是春末夏初之際，因聽見了邊塞上難得的鶯啼聲，於是才有所感慨寫下了〈龜茲聞鶯〉一詩：

邊樹正參差，新鶯復陸離。嬌非胡俗變，啼是漢音移。
繡羽花間覆，繁聲風外吹。人言曾不辨，鳥語卻相知。
出谷情何寄，遷喬義取斯。今朝鄉陌伴，幾處坐高枝。

我們常常忘記了，邊塞也有春天。

春天屬於整個世界，再荒涼的地界，也應該迎來屬於它的一抹綠色。樹木在這個季節正努力生長，似乎是要極力把冬日的嚴寒驅走，迎接下一個季節的酷熱。偶有幾處早鶯，大概也是習慣了此地的環境，幾聲啼叫，就道盡了回鄉的溫情。時間流轉，年復一年，儘管胡地已經改變了它原本嬌小的樣子，可這份清脆的啼聲卻始終如一。就像是久在遠方的遊子一樣，雖是蒼老了容顏，唯獨能夠保存下來，只有心中的這份清澈。

尤其是到了異地他鄉，周邊人說話的語調完全聽不懂，恰恰黃鶯飛來，不免又因為記憶中的鳴叫而染上了思念的油彩。好在在這千里之外，還有一兩隻懂得詩人回憶的鳥兒於枝頭婉轉啼鳴，這就已經算是最大的慰藉了。

在遙遠的邊塞，人們心中總是要升起一種膽怯。家鄉是那麼的遙遠，即使夜夜夢回，也開始要擔心會不會迷路了；抬頭望，只有家鄉那一輪多情的明月，恰恰也照著邊關的遊子，像是在說著母親的眷眷關懷，「哪知故園月，也到鐵關西。」

原來，不是我們忘記了家鄉，更不是我們不適應邊疆的荒涼，只是我們丟失了曾經極易在生活中尋得到歡樂的那一顆真心，從此只剩下影單身冷。我們缺少的，竟是被自己白白丟失的東西，曾幾何時，這竟然成為了習性，想要戒掉也變得如此困難。

・若再沒有征戰

在甘肅省的天水市背後，潛藏著一個動人的傳說。

天水這個地名始於漢代。相傳在漢武帝元鼎三年，有一天突然電閃雷鳴，大地也開始不停顫動。天水市南面的地面上竟出現了一條大裂縫，天上的河水開始無節制地注入到這條裂縫中，由此便形成了一個湖泊。據說這湖水是「夏不增，冬不減，旱不涸，澇不溢」。為此，漢武帝在湖邊修建了一座城池，命之為天水郡。

時間過去有兩千多年了，傳說中與天河相通的神奇湖泊早就已經乾涸。然而今天的天水仍有很多泉水，水的味道甘甜，凡是飲過此地泉水的人都願意相信，這是當年的天河留給後人的最好遺物。

從遠古時期一直到唐代，天水這一地區孕育了眾多知名人士。煉石補天的女媧娘娘、畫出了神奇八卦的伏羲氏、威震匈奴國的漢代飛將軍李廣、趙充國，諸葛亮的接班人姜維；唐朝的開國皇帝李淵和李世民等，他們都是天水生人。

天水，因著神話傳說和這些英雄故事，成為西去路上的一道絕美風景。

在絲綢之路翻過隴山之後，西行不到一百公里就可以到達天水。唐代中，這裡尚且被稱之為秦州。初唐詩人盧照鄰在剛進入秦州地界的時候，就用一首〈入秦川界〉的五言詩，來描寫出他見到秦州第一眼的感受：

隴阪長無極，蒼山望不窮。石徑縈疑斷，回流映似空。
花開綠野霧，鶯紫岩風。春芳勿遽盡，留賞故人同。

西北高原上的暮春季節，景色是雄奇壯觀。隴山的山脈綿延數萬里，像是沒有盡頭一般連著青天的邊緣。低頭再看腳下的石頭小路，彎彎曲曲進入山的深處後就突然消失得無影無蹤。若是第一次到這裡來，人們多半會就此疑猜小路是否真的斷了去向。有山的地方，也總是有水。清澈見底的溪水看起來更加空而無物，如果天氣尚好，水天相映，真真是如同幻境一般，不知道是溪水倒映出了青天，還是青天誤做了溪水用作梳妝打扮的鏡子。

鮮花就開在一片薄霧籠罩著的草原中，嫩綠色的，寫滿了春天的氣息。鶯兒迎著微風在紫色的石塊岩壁上面鳴叫，幾聲啼囀就勾勒出一幅秦州春光圖。來到這樣的世界，誰又捨得輕易走掉呢？這樣的日子，歷經千百載，都必定像是白駒過隙。時間在這裡早已經失去了意義，留在人們心中的，只剩下遺落滿地的芬芳。

也正因為這裡的風景，才催生出發生在杜甫身上的一系列傳聞。唐肅宗乾元元年，詩人杜甫被貶為華州（今陝西華縣）司功參軍。乾元二年，陝西關中地發了一場饑荒。杜甫當時的官職小，收入微薄，甚至連老婆孩子都快要養不起了。在政治上，杜甫已然看不到任何前途。仕途對於他來說，早就如同一片黯淡的黑夜一樣，永遠都找不到方向。於是他毅然辭去官職，帶領全家來到了秦州。

杜甫到達秦州後，看到的是一幅與關中平原地區完全不同的風景。雖說此地距離中原不遠，但隨處可見的西域風光卻讓人頓生錯世之感。何以寄情，唯有詩句，於是便有了這一首描述當地景色和風俗習慣詩作〈寓目〉：

一縣蒲萄熟，秋山苜蓿多。關雲常帶雨，塞水不成河。
羌女輕烽燧，胡兒制駱駝。自傷遲暮眼，喪亂飽經過。

葡萄成熟的季節，應該是夏末秋初了吧。連山上種的苜蓿都要跟著湊一番熱鬧，像要一嘗剛落下架的美味葡萄。深居山中常常有一處不便，每當微雨之後雲霧繚繞，讓人恍惚間以為到了蓬萊仙境。流水長年累月從高處落下，卻始終匯聚不成一條小河。這樣的日子即使不便，也總是充滿了情調。在這樣的歲月中沉醉，誰還願意去張羅邊疆傳來的戰火消息呢？

羌族女子正忙著收穫她們的果實，生活給予她們的是最美好的一份饋贈，怕是越輕視了戰火，也就越能享受到此刻的安逸之情吧。或許偶爾還會有一對駝鈴經過，那雙飽經了風霜的眼睛，哪裡還能辨別清楚究竟有幾聲駝鈴響起？牠們早已經被漫山的雲霧遮蔽住，只剩下眼眶中的兩汪清泉，訴說著此時的美好。

一生顛沛流逝的杜甫，在有生之年能夠得到這份靜謐，也算是莫大的福分了。只是，苦難慣了人，是怎麼也享受不起這樣的尊貴。亂世中，或許還有一份支撐著走下去的信念；可生活一旦平靜下來，那份信念消失的時候，長年積累下的大小毛病也就露出了端倪。杜甫到達秦州後沒過多久，就生了一場病，他的侄兒杜佐知道後，特地從秦州郊外趕來看他。

生逢亂世，又兼身體有恙，親人還記掛著，若遇到這樣的場景，大概又要抱頭痛哭了。為此，詩人專門寫了一首〈示侄佐〉：

多病秋風落，君來慰眼前。自聞茅屋趣，只想竹林眠。
滿谷山雲起，侵籬澗水懸。嗣宗諸子侄，早覺仲容賢。

在這場秋風掃落葉的季節，卻被疾病纏身，這向來不是好徵兆。接下來便是一年中最嚴酷的冬天了，生病的人最害怕的就是這白雪茫茫的季節。自古以來，不知道有多少帶病之軀熬不過年關，在他們眼中留下的，只有對來年春花的無限想像，卻再也沒有性命去看一眼過往了。

因而杜佐能夠親自來看叔父的病情，在當下的亂世中是多麼激動人心的一件事情！人在生病時，最希望看到親人，也最害怕見到親人。往往在最親近的人面前，原本強撐著的一份容顏才會枯槁，再沒有強顏歡笑的力氣。

當時杜佐住在東柯谷。杜甫也早已經耳聞那邊的風景獨好，只是尚且沒有待他起身前去賞景隱居，就被突如其來的病痛擊倒了。那夢想中的雲海茫茫，那溪水籬笆邊的腳步輕盈，最後只能化作泡影。

魏晉南北朝的竹林七賢中，阮咸恰是阮籍的侄兒。在杜甫心中，何嘗不想把自己和侄兒兩人比作這兩個古人呢？病榻之上得一知心人，也是極大的滿足。侄兒此刻正在為叔父描繪的，便應該是來春的一幅美景了。

好景不待人，好花不待春，生活就此開始吧……

・天險怎堪比人心

論起和西域之間的緣分，即便算不上前不見古人後不見來者，岑參曾經走過的腳步也足夠成為許多人的典範了。唐玄宗天寶十三年，這一次已經是岑參第二次的西域之行。他這次要在安西北庭節度使，封常清幕府中任判官。不管是不是有個官位在等著自己，再度從內地來到邊疆，心情究竟如何可想而知。此地縱然有絕美風光，但此地更有作亂的胡人。任何人都知道，在這裡一旦做上官位，要考慮的就不只是獨屬於自己生死的問題了。

在奔赴安西途中，岑參路過了金城，此地便是今日的蘭州。他登上黃河邊上的驛樓眺望，在樓上題下了這首〈題金城臨河驛樓〉：

古戍依重險，高樓見五涼。山根盤驛道，河水浸城牆。
庭樹巢鸚鵡，園花隱麝香。忽如江浦上，憶作捕魚郎。

即便是不了解歷史的人，看到眼前的險峻，再想到自己即將奔赴的目的地，也會順理成章想到足下這片土地的重要性。金城自古以來便是兵家必爭之地，只因地勢險要，才能暫且保住了這一方國土。站在高樓上遠望，屬於古時五涼地區的土地盡收眼底。雖然現在看上去一片太平，但在這樣的場所中，一片祥和之下究竟埋著多少孤魂枯骨，恐怕沒有一個人會願意細數。

山腳下是盤旋的驛道，一圈一圈，像是一條白蛇，用盡全力要把整座大山捆綁。而山下的黃河水，更有要淹沒金城的架勢。若真的是太平盛世，上天是不是就不會降下這些異端的災象了？

可偏偏眼前所見到的一切，看起來都是這麼安逸，遠古的征戰似乎早就熄滅了號角。甚至連院子中的樹上都有鸚鵡築下的巢。花瓣散發淡淡的麝香味，有那麼一個恍惚的瞬間，人們像是中了迷幻似的，把自己牽引到夢中的江南，孤舟蓑笠翁，獨自垂釣一番景致。

夢終歸是要醒的，即便是隱居在此地又能如何呢？最後還不是要聽從朝廷的調令而去他地走馬上任？就像是這片祥和一樣，最終也是要被一片馬蹄聲形，驚醒了山河沉醉。但願這樣的念想不會成為事實。可在亂世，誰又能說清楚呢？只是放眼望去，理解這份愁思的，普天之下竟然沒有幾人。

要怪，就只能怪世道；要怪，也只能怪自己。若不是生得一顆玲瓏心，哪裡還需要為這些事擔憂。單單只是欣賞眼下的景色就好了，偏偏卻要用莫須有的故事煩惱自己，明明是自作自受，卻還要樂此不疲。

從臨洮向西北行，沿著絲綢之路就可以到達金城及鄯州（今青海樂都）。在鄯州的西面，是唐王朝和吐蕃經常爭戰之地——河西九曲（今青海巴燕）以及西海（今青海湖）就在這裡。從這裡出去便是西域。能理解岑參心境的人，怕也只有那些出入於邊關、寫詩做賦的同道中人。

詩人高適曾經很受河西節度使哥舒翰的賞識，節度使上奏朝廷，讓高適到他幕府中任職，這也開啟了屬於高適的情緒——關於邊關、關於金城的情緒。這一年是唐玄宗天寶十一年，高適趕赴涼州（今甘肅武威），經過金城時，他登上了城北的一座高樓。就像是預言一樣，高適不可避免被眼前的景色感染，因而也就寫下了這首〈金城北樓〉：

北樓西望滿晴空，積水連山勝畫中。
湍上急流聲若箭，城頭殘月勢如弓。
垂竿已羨磻溪老，體道猶思塞上翁。
為問邊庭更何事，至今羌笛怨無窮。

從金城城北樓上向西邊望去，只見一片晴朗，不見狼煙四起，更不見難民逃兵。城底下的黃河水連接著遠處的高山，這一幅山水畫卷似乎是在竭盡能事，向旅人說明此地的景致，告訴人們腳步應該停下來了，出了金城，恐怕就再也看不到如此畫卷。

西望總是充滿感懷，只因目光之外便是登高一望的人將要去的地方，滿是兇險，滿是未知。若想起這些，眼中看到的景象，也不免就化成了如同急箭一般的水流，或是如同彎弓一樣的殘月。戰爭的肅殺早已經浸透人心，平時假裝出來的和平，僅僅只能用作人前的恭維，一旦被如此景色觸動心志，也也難以掩飾兵馬的創傷。

古有姜太公臨江垂釣，縱是現如今想要效法一番，也只能形似，世人心中哪裡還有姜太公那般平靜？再想想塞翁失馬的故事，或許這正是安慰自己的最好傳說，但最終也麻痹了自身的結局，絲毫改變不了現狀。

心中難以熄滅的，只是對西方的熱心腸。倘若再無征戰，才是一顆靜心伴餘生的好日子。

不知道是從哪裡傳來的羌笛聲，聽起來竟然還是那麼悲涼。如果有人從西邊過來，是應該問問他們當地的戰事境況了。為何已經過去了這些年，曾經耳聞的征戰卻還在繼續？是因為這個朝代沒有姜太公了嗎？還是因為再也沒有能夠識別姜太公的君王？

當年，姜太公用扳直的魚鉤垂釣，尚且還能夠釣起來周王朝的一片江山，難道當今世上，再沒有「願者」上鉤了嗎？

是我們不捨得愚癡，還是故作聰明太久？時間假若真的可以倒回，那就暫且停留在姜子牙隱居的好時日吧。

無奈邊城夜夜多愁夢，可憐向月胡笳誰喜聞？

當初的新奇早已經變成了如今的愁苦，這怕是每一個歷經過西域征戰的人都會有的怪疾。從此後，再不敢於人前提起征戰的光景，只是因為每念及此處的時候，都會憶起並肩作戰的兄弟，還有白刀紅刃的血腥。再沒有感情的人，也不應該投身到沙場中，否則也落得一世悲劫。

再向西，依舊還是一片雲霧漫漫。邊疆孤城中的人們，他們是否每個夜晚都還是懷著愁苦入睡，他們是否還能夠聽出胡笳聲中的悲喜，他們是否還記得遠在家鄉的人，還有從小看到大的月亮，隔著千里之遙，照亮曾經的美好？

驚破霓裳羽衣

說不盡的唐詩，不過是歌舞昇平一場

盛世長安史詩卷

西安是享譽全球的歷史名城，其有深厚的社會經濟根基、豐富的文化底蘊和久遠的文明傳承。在中華民族發展的歷史長河中，古都西安占有極為重要的地位，拓印下無比瑰麗的史詩和波瀾壯闊的畫卷。

西安古稱「長安」，是中華民族的重要發祥地和文化發源地之一。遠古時代，「藍田猿人」就在這裡繁衍生息；六千多年前，半坡先民在這裡種植狩獵，開掘出了別具特色的「半坡文化」；自西元前十二世紀，周文王在此建立豐京，由此揭開了西安作為帝王京師的序幕。歷經千年，雄踞華夏，西安成為統一的多民族國家的政治、經濟、文化中心。

・一街一巷盡繁華

古今一望，唯有盛世唐朝的讚歌還在迴響，若是細細聆聽，終會發現這些歌謠大多出自唐王朝的都城長安。當時，長安被人們寫盡了浮華，它只獨獨留下一子瓊影，讓人再覓不到放縱的夢想。

唐朝長安城的格局大致是長方形，東西長度為九千七百二十一公尺，南北方向的長度為八千六百五十一公尺，全城面積比後世保存下來的明代重修的城牆所圈出來的西安城還要大出十倍。在城的四周，有高達六公尺的城牆，城牆的最厚處竟然達到了十二公尺，且每處都是由夯土築成。這一份工程，若論起來，和始皇帝當年修阿房宮也不相上下了吧。秦始皇卻招致了數不盡的怨聲，唯獨初唐君王卻因此贏得了生前身後名。這其中的道理，足夠琢磨出上千年的味道了。

在長安城內，有南北方向的大街十一條，東西方向的大街十四條。由這些筆直的街道劃分出來、一塊塊像菜畦一樣的地界叫做「坊」。當時長安城中共有一百一十個坊，每個坊都有自己的名字，坊內的建築便是百姓居住的地方。

住在如此格局劃一的地方，縱然沒有夜遊秦淮河的妙處，也少不了家家戶戶的笑語歡聲。尤其是在正月十五鬧花燈的時候，這其中的趣味，也只有遊玩過這個時節的人才得知真味，且看初唐詩人蘇味道的〈正月十五日夜〉便可略知一二：

火樹銀花合，星橋鐵鎖開。暗塵隨馬去，明月逐人來。
遊妓皆穠李，行歌盡落梅。金吾不禁夜，玉漏莫相催。

如果非要用一個詞來形容這天的長安城的話，也只有「火樹銀花」足以表達這番美景了。

正月十五要看花燈，而長安城在天子腳下，哪裡能讓這大好時節悄悄過去？天色剛剛拉下帷幕，燈火就迫不及待華麗登場，一時間，連天上的星星都黯淡。

通往燈會的橋打開了鐵鎖，就像是為人們打開了一條通往仙境的橋梁。此番光景，吸引的不只是老百姓，連王宮貴人都騎著馬兒在街上流連。盛世光年是屬於所有人的，天上那輪孤寂的月亮，也在追趕著行人腳步匆忙時，怕是也禁不住誘惑。

還有那些花枝招展的歌女們，每過一處必定引來目光無數。甚至讓人們一時間不知是看她們還是該看花燈。若是在平時，大有被定上不貞不潔罪名的危險，可在正月十五這天晚上，一切都是特例。那些官員更沒有心思去管這等閒雜事，早就已經醉倒在盛世光陰中了，且還要一夢五千年。

正月十五是元宵之夜，據《大唐新語》和《唐兩京新記》記載：每年這天晚上，長安城裡都要大放花燈。前後三天，夜間照例不戒嚴，看花燈的人可以說是人山人海。豪門貴族的車馬喧囂，市民的歌聲笑語匯成一片，全城百姓通宵都在熱鬧的氣氛中度過。面對歡歌盛世的場面，誰還能夠禁得住心中的衝動？此時若不好好地遊玩一回，怕是要遺憾終生了。

對於擅於文章的蘇味道來說，得這一份際遇，也不枉一生了。

後世人都知道，蘇味道極其擅於官場政治。只是在這個夜晚，所有的快與不快都是應該拋卻到一邊，唯有眼下的盛世長安才是值得寫就的畫面。

然而煙花總是易冷，恰如人世間的情面，甚或是比一張紙還要薄出許多。若是再被流年浸染一番，當年的光景怕也就不復存在了。

唐順宗永貞年間，以王叔文為首的一幫官員，在朝中掀起了政治革新運動，史上稱為「永貞革新」，劉禹錫是革新派的主要成員之一。當這場政治運動失敗後，他被貶官到朗州任司馬。十年光陰，一晃就變成了昨天。當劉禹錫再次被啟用時，長安城早已經天翻地覆。

寬闊的街道兩旁廷閣樓台林立，也不是從哪裡聚集起來的人潮，像是滔滔不絕的黃河水一樣湧動；一隊隊王公貴族的車馬駛過，揚起了層層的塵土，但是這些官老爺他都不認識。回蕩在長安城上空的故事，完全換了一個模樣。

十年改變的不只是一個人的容貌，當朋友邀請劉禹錫前去玄都賞桃花，並追問他對長安城現如今的感受時，看著眼前怒放的花朵，十年來的人物光景如同走馬，開始在腦海中奔馳。時間改變的恰恰是人世間的嘴臉，唯獨眼前的桃花獨守著四季的變化，到了盛開時節，又燃起了生命的花火。劉禹錫至此寫下〈元和十年自朗州至京戲贈看花諸君子〉：

紫陌紅塵拂面來，無人不道看花回。
玄都觀裡桃千樹，盡是劉郎去後栽。

又是一年春景，人們都競相去玄都賞花遊春。一路青蔥草木，卻都被馬車過後飛揚起的塵土掩埋。或許現如今看花的人，永遠都體會不到物是人非的心境，他們僅僅只是陶醉在眼前的美色，卻不知道十年之前發生的故事。那時候，此地尚且還沒有栽種下這許多桃樹，更沒有現如今如此多閒散人，能夠多一份閒散情。

閒散的也多是有錢人家，或者達官顯赫吧。一兩支桃花都能引得他們隨聲附和，若是真國難當頭的時候，卻說不準究竟是桃花重要，還是他們肩膀上的重擔重要。盛世的光年總是相似，末世的光景卻各有不同。

若是草木有情，又哪裡肯被這些人的車馬覆上厚厚塵埃？

然而政治這件事情總是如此，即便你持有千百個相左的觀點，也不得不投身進這一湖渾水中和他們同流，否則留給自己的只有一場淒然。

劉禹錫此詩一出，因鮮明的政治的諷刺，很快就招來另一番麻煩。在滿是規則的世界中，最終還是沒有給他留下立足之地。

想想這些過往，再看看長安古城，也就早早熄掉了所有不甘的念想。在此地只談風月，無關塵世，這或許才是唯一的自解之路吧。而盧照鄰的這首〈長安古意〉，便是最好的讚歌。當琴瑟響起時，暫且讓你我忘掉憂愁，單單只為眼下的光景，或哭或笑，都算得上是最潔的純真。

長安大道連狹斜，青牛白馬七香車。玉輦縱橫過主第，金鞭絡繹向侯家。
龍銜寶蓋承朝日，鳳吐流蘇帶晚霞。百尺游絲爭繞樹，一群嬌鳥共啼花。
遊蜂戲蝶千門側，碧樹銀台萬種色。複道交窗作合歡，雙闕連甍垂鳳翼。
梁家畫閣中天起，漢帝金莖雲外直。樓前相望不相知，陌上相逢詎相識？
借問吹簫向紫煙，曾經學舞度芳年。得成比目何辭死，願作鴛鴦不羨仙。
比目鴛鴦真可羨，雙去雙來君不見？生憎帳額繡孤鸞，好取門簾帖雙燕。
雙燕雙飛繞畫梁，羅帷翠被鬱金香。片片行雲著蟬翼，纖纖初月上鴉黃。
鴉黃粉白車中出，含嬌含態情非一。妖童寶馬鐵連錢，娼婦盤龍金屈膝。
御史府中烏夜啼，廷尉門前雀欲棲。隱隱朱城臨玉道，遙遙翠幰沒金堤。
挾彈飛鷹杜陵北，探丸借客渭橋西。俱邀俠客芙蓉劍，共宿娼家桃李蹊。

娼家日暮紫羅裙，清歌一囀口氛氳。北堂夜夜人如月，南陌朝朝騎似雲。
南陌北堂連北里，五劇三條控三市。弱柳青槐拂地垂，佳氣紅塵暗天起。
漢代金吾千騎來，翡翠屠蘇鸚鵡杯。羅襦寶帶為君解，燕歌趙舞為君開。
別有豪華稱將相，轉日回天不相讓。意氣由來排灌夫，專權判不容蕭相。
專權意氣本豪雄，青虯紫燕坐春風。自言歌舞長千載，自謂驕奢淩五公。
節物風光不相待，桑田碧海須臾改。昔時金階白玉堂，即今惟見青松在。
寂寂寥寥揚子居，年年歲歲一床書。獨有南山桂花發，飛來飛去襲人裾。

・都城月色

西漢時候，出了一位武皇帝，因有卓絕政績，所以被不少人認為是一代明君。殊不知，這位漢武帝的心中竟也埋著一顆迷信的種子。普天下能夠坐上王位的，也只有他一個人，如今想來，其苦戀著人間的富貴而妄求長生，似乎也並不是說不過去。因而漢武帝也因之常常舉行各種祭祀典禮。據傳，漢武帝當時最崇敬的神是太一神，每年正月十五都要舉行一次隆重的祭祀太一神的典禮。從傍晚開始，一直到第二天早上，京城之內燈火通明。也有人說，這便是正月十五元宵節觀燈的來歷。

這些故事，早已經沉睡在歷史的故紙堆裡了。留給盛唐的，只有元宵節晚上的一片浮華，以及鼎沸人聲。他們享受的是盛世光年，忘卻的卻是何人於何時何地，造就了這一先例，歷史在這裡也只能算作一場歡歌。

之所以會在正月十五晚上有如此盛況，是和唐王朝時期長安城夜間戒嚴的舉措密不可分的。若是沒有皇帝的特許，任何於晚間擅自外出的人，一旦被巡邏的軍隊發現，都會因此而受到極為嚴厲的處罰。

然而事情總是要有特例的，這一特例就在正月十四、十五和十六這三天晚上。在整個唐王朝，長安正月十五的花燈最有名。元宵節前後的三天晚上，老百姓們在城中的街道上可以自由活動，憋了整整一年的心情，也該出來放放風了。既然是看花燈，就年年都要有一些新奇的形式和色彩，才可以讓人感受到新的氣息。更何況過了元宵節，一年的忙碌又要開始了，新氣象此時像是卯足了最後的氣力要爆發出來一般，所有人都在做最後的狂歡。

又傳說，唐睿宗先天二年的元宵節，曾在長安城安福門外，搭起了高達二十丈的巨大燈輪，用綢緞包裹，所有的裝飾皆是金玉。在這個龐然大物上點燃了五萬盞燈，燦爛得像是鮮花盛開的樹叢。在巨大燈輪的下面，是穿著錦繡衣服、以翡翠珠寶為裝飾的少女千餘人，她們正在音樂節奏下翩翩起舞。君王和百姓狂歡了整整三天三夜，最終給這一曠古絕今的元宵佳節畫上了句點。

其實，人們只是想要高高興興過一場元宵節而已，至於鋪張浪費的事情或許是之後才應該重新考慮。因而長安城中的正月十五的盛況也早已經聞名。李商隱當年曾在永樂（今陝西芮城）為母親服喪，只因孝服在身，而錯過了這一年的元宵光景。惋惜是必然的，所幸還可以寫寫詩文，略表心境，例如這首〈正月十五夜聞京有燈恨不得觀〉：

月色燈光滿帝都，香車寶輦隘通衢。
身閑不睹中興盛，羞逐鄉人賽紫姑。

若真論起花燈的光景，怕是連皎潔的月色都要遜色三分。長安城中必定是和往年一樣被映得一片通紅，在大街上想要尋得一方立足之地都很困難。這一天晚上，早早就已經萬人空巷了。只有那些因其他緣由而無法趕上這次盛會的人，才會遠遠望著長安的方向獨自歎息。

對李商隱來說，雖說不能前去長安看花燈，好在還有當地迎接紫姑神仙的賽會可以解悶。然而獨自在家一人，或許還能夠經得住這份寂寞，但看看眼前的廟會再去想想長安城中的盛況，這一對比反倒更落寞心腸。

同是一番熱鬧場面，何故還要差出這許多光景，以及連遊人自己都說不盡的心情？

熱鬧大概都應該是他人的吧，若不在其中，也總是和自身扯不上絲毫關係。詩人王讜說「應須盡記取，說向不來人。」只是這故事千萬不要再提起，只空惹得人滿是羨慕，心癢一番，卻做不得絲毫改變。

所幸，長安在當時已經是世界級大都市了，即便沒有元宵節的盛況，也絲毫影響不到其平日的繁華光景。在長安城中，東西兩市便是最早的商業區。市內每邊都有長度約一公里、寬度達三十公尺的街道，商店就開設在街道兩旁。唐代政府對商業控制很嚴，每天中午都要擊鼓三百下表示開市，店鋪才能開始一天的買賣；太陽快要下山的時候，敲鉦三百下，這時店鋪不管生意好壞，都必須打烊。若真的無緣得見長安花燈的話，於東西兩市中閒逛一番，也算是可以收之桑榆了。這一朝一夕的鉦鼓聲，說盡的該是這片浮華之地的多少風流豔事！

對於在此地開店的商家來說，一日的光景，僅僅被局限在了六百聲鉦鼓中，若是細究起來，也未免顯得過於單調。此時街上的熱鬧，又和他們有什麼相干呢？

典籍中還記載了一則故事。元和五年，唐憲宗問群臣天上神仙的事情。有官員回答說，昔時秦皇漢武也都一直在尋覓不老仙術，可在史料中留下來的結果卻並不令人滿意。天上幻境和人世俗塵孰輕孰重，也該好好考慮清楚了。

如此諷刺的寓言，再加上從鉦鼓聲中流失的時光，映現在詩人李賀面前的畫卷就此鋪陳開來，像是絕妙的黑色幽默一樣，一字一句都捨棄不得。

曉聲隆隆催轉日，暮聲隆隆呼月出。
漢城黃柳映新簾，柏陵飛燕埋香骨。
磓碎千年日長白，孝武秦皇聽不得。
從君翠發蘆花色，獨共南山守中國。
幾回天上葬神仙，漏聲相將無斷絕。

其實看罷〈官街鼓〉全詩才會驚覺，滿紙的文字中竟然只是夾雜著一句話：「越熱鬧，越孤單。」當驚痛起時光流逝時，歲月長才會變成流年短。縱然日月不停轉，也終要人間四季輪換，綠了春草，枯了秋葉。在時間面前，還有什麼是永恆的？

連美人香草都要化作一縷輕煙，只剩下朝夕之間催著時辰的鉦鼓聲還在「咚咚」作響，沒有一絲一毫的感情，卻記下了來往之人的側目和欣喜。

第二天太陽還是會照常升起，從不因昨天發生的故事而錯時令。鼓聲喚日出，鉦聲催月明，唯獨換不來青春二度，換不回美人回眸笑傾城。聲聲鉦鼓不停，催得青絲變白雪，催得世人葬了神仙夢。

唯一巋然不動的，只有不遠處的終南山，巍巍屹立，修著千年道行，歎盡天下蒼生。

・春有百花秋有月

不知是誰說，想要了解一個地方，若是不是實際住在那裡，怕是一輩子也只能做一個門外漢。

在一個地方定居，其實是一件很困難的事情，尤其是對於漂泊的人來說，這恰恰是自己最夢想的結果，同時也是最害怕發生的一件事情，害怕在這個人生地不熟的地方，僅僅因為不了解氣候冷暖的變化，一場小雨便可能會打濕心房，再也無法暖和。

對於長安，也總是存在著這樣的顧慮吧。

長安地處於溫帶，一年四季分明。唐代長安城的氣候或許還要更加溫暖濕潤。因而把當時的長安城稱之為最適宜居住的城市，似乎也不會太過。若沒有了一年四季風光的變換，恐怕不知道會因此而喪失多少動人的景致，進而驅散掉多少文人的風花雪月夢。

玄宗天寶年間，有位才子叫韓翃，南陽（今河南南陽）人。世人曾評出「大曆十大才子」，韓翃便是其中之一。韓翃於天寶十三年考中進士，幾番仕途變動後，終落得在長安城閒居了十年之久。十年的時間所能夠改變的，怕是當初誰也想不到的結局。

想當初，韓翃初到長安時，也是懷著一腔功名夢。在這個風度翩翩的少年眼中，看盡的是長安城中達官富賈的榮華富貴。在如此誘惑面前，有幾人能夠不為之心動？無奈的是，韓翃此時的生活竟還沒有在家鄉時過得富足。這種情況並沒有持續多長時間。在一位朋友的引薦下，韓翃得以到富商李宏家中做門客。李宏雖然是一位商人，卻也性情文雅，又兼十分賞識韓翃的才華，兩人很快成為好友。

這一日天高雲淡，正是秋遊的好時日。李宏和韓翃兩人相約到長安城外的山野遊玩，當秋風送來山下的一幅水墨，韓翃的詩興也就來了：

仙台初見五城樓，風物淒淒宿雨收。山色遙連秦樹晚，砧聲近報漢宮秋。
疏鬆影落空壇靜，細草香閑小洞幽。何用別尋方外去，人間亦自有丹丘。

在韓翃的〈同題仙遊觀〉看來，自己當下所處的地方便是仙界了。或是因少時的貧困，或真的是被這一片大好秋色動了性情，抬眼望向遠處的五城十二樓，便覺其恰是為了仙人所建，在眼下的秋景中更顯得遺世獨立。一夜秋雨把整個世界洗乾淨，儘管萬物已經略顯淒淒，但依舊透露著難得的靈性。這不是仙境，又是哪裡呢？

山色空渺，樹叢成行，隱隱傳來的擣衣之聲，是不是也在訴說著大漢王朝的秋日光景呢？松影稀疏，神壇空寂，幽幽獻上的青草之芳，不正指出了通往仙界的捷徑？人都說如果心性到了，就會為景物而醉。有些話在沒有應驗之前，或許終是值得懷疑。可一旦自己沉醉其中時，甚至連辯駁的念想都找不到了。唯獨讓你我沉醉在這片秋日中吧！遍尋不得的仙境也大概如是，羽衣繾綣的仙人也大概如是，人生如此，也大概算是極樂了！

千百年來，一直傳說山裡住著神仙，只是世人不知，所謂神仙活得終是一份心態，哪裡又是什麼長生不老的傳說呢？可憐人人在山中尋神仙，卻遺失了自己的逍遙日子，這和當年那個爬上樹梢去找魚吃的人又有什麼分別？

拿登山來說，辛勞是必須的。登上山頂看夠了雲遮霧罩，也就盡娛了心性，何必非要再去感歎登山之苦呢？不懂享樂，便永遠只能在人世間的地獄掙扎，怕是尋便天下名山，終也得不到長生仙術。

詩人杜牧在登上高山的時候說了一句：「南山與秋色，氣勢兩相高。」這一語到底是點破了天機。先了卻了這一番心氣，再去欲求成仙之事吧。

春有百花秋有月，夏有涼風冬有雪。若無閒事掛心頭，便是人間好時節。自然造化的四季，果然才是最真的仙境。

秋風如此，冬雪也必少不了幻化之功。唐代長安，冬天的冰雪其實並不多。然而農業經濟映天時，一場冬雪可以凍死田地裡的害蟲，增加田地的水分，對農業生產百益而無一害。所謂「瑞雪兆豐年」，皚皚冬季是最不能捨棄的時節。

當時有一位詩人叫朱灣，曾見識了一場長安雪。他把這場雪稱之為「喜雪」，且還寫了一首〈長安喜雪〉，以告普天下以耕作為生的人，來年必定是個豐收好年：

千門萬戶雪花浮，點點無聲落瓦溝。全似玉塵消更積，半成冰片結還流。
光含曉色清天苑，輕逐微風繞御樓。平地已沾盈尺潤，年豐須荷富人侯。

整個長安城中的千萬戶人家門前都已經被大雪覆蓋了。雪花像是浮在空中一般，晶瑩綻放，猶似浮萍，還要多出幾許嫵媚。它們是這樣靜悄悄，不著痕跡落在屋瓦上面，一片一片……能夠同「片」這個量詞來形容的雪花，該是何等光景啊！落在地上，像是堆滿了一院子的白玉粉。人們欣喜著，不知道是因為大雪滋潤了農田，還是因為果真把這白茫茫的世界做成仙境來看，從而流連其中，忘記了歸家路。

積雪有些已經融化，順著牆角流走的雪水悄無聲息，生怕驚擾了這一場美夢。此時，即便是凡人不得入內的皇宮，在大雪的恩澤下也放下架子，默默承受拂曉時掠過的白光把自己粉飾得清澈透亮。對於帝王之家來說，這場大雪也同樣是個欣喜。

雪越積越厚，這也就說明來年的希望也越積越厚。有人問道，今年何以會下如此大雪？這個問題的答案其實早就不需要明示，盛世王朝才會有符瑞之象，現如今需想著為來年豐收時的光景，就已經足夠人沉醉，何必還非要執著於這些緣由呢？

若是真不死心，抬頭望望宮城，或許就可以找到最好的答案。

原來這竟是一首讚歌，是一首唱給王朝的讚歌。人們欣喜的不只是有這樣一場大雪，更是因為不論是在豐收年還是災荒年，總有人站在自己背後撐腰。百姓之所以能安居樂業，圖的便是心底的安全感。這不是靠著兵強馬壯就能夠賺回來的，真正的安穩永遠只寫在皇城最深處以及平民百姓心中，和九五之尊的一言一行和百姓的一悲一喜都脫不了關係。

若得明君愛百姓，便是盛世王朝太平時。這份希冀來之不易，所以才更值得珍惜。

・幾度夜夢回長安

詩人韓偓生於京兆萬年（今陝西西安附近）人。若論起是實際的路程，他的家鄉和長安城也並不算遙遠。唐昭宗龍紀元年，韓偓考中進士，並且因著唐昭宗的信任而一路飛黃騰達。只是在官場上，哪裡又有什麼長久的太平盛世呢？當時有一個名叫朱溫的人，堂堂儀表之下此人暗藏有一顆當皇帝的野心。當他開始排擠並驅逐唐昭宗身邊的親信時，韓偓也不可避免地被劃歸到了外貶之列。

據傳，韓偓自小就天資聰穎，在仕途上如魚得水也本是意料中的事情。只奈這個天下，說的算的人從來都是什麼智者，更不是奉天承運的當權者，唯獨那些在陰影中做些小動作的人卻恰恰主宰著眾多人的命運走勢。雖心有不甘，韓偓也只得接受自己的命運，除此外，哪裡還有其他辦法。

自此，韓偓棄官位而南下。和長安城的這一別，必定倍加思念。多少月夜夢回，醒來後也只見得淚濕羅衾。在一起的時日久了，早就生出許多感情。就像是男女情事一樣，每一次回想，都惹得心酸滿腹。或許，長安城永遠只能在自己回想中微露容顏了吧。

後來，唐王朝曾兩次詔命讓他還朝復職，但是因著各種機緣韓偓都沒有回去。

有時候，相見果真不如懷念。

回去又能做什麼？身在天子腳下，終還是身不由己。恐怕自己剛剛走過來的一條坎坷路，待到回頭的時候，又得重新再走過一遍。這其中的苦楚誰人知曉？人人都只見得快馬加鞭看盡繁華，卻不知道身在馬上的人，只覺得像是騎在虎背，下一個路口該走向哪個方向，永遠都輪不到自己做決定。

不如就這樣過日子吧，混雜在百姓中間，粗茶布衣，倒也不失為一份愜意。更何況，當初身在高處看不見的東西，現如今身處其間的時候看得更為真切。有很多事情不能捅破那層窗戶紙，一旦露出了真容，怕是再也難逃被糾纏的厄運了。

此時的韓偓，正身在洛陽城。眼看著唐王朝一步步走向衰微，他自己卻拿不出絲毫辦法。這樣的心情，恰似是看著心愛的人一點點老去，悲痛無以復加，無法用文字來形容。於是，便有了這首〈故都〉，暫且藉著詩歌的名分來說一說思念的情殤：

故都遙想草萋萋，上帝深疑亦自迷。塞雁已侵池御宿，宮鴉猶戀女牆啼。

天涯烈士空垂涕，地下強魂必噬臍。掩鼻計成終不覺，馮驩無路學鳴雞。

這裡終歸是要變成一片荒涼。

若是再回到長安，舉目四望，看到的還有什麼？再不是當年的車如流水馬如龍了，除了茂密的荒草，便是站在破敗的宮牆之上啼鳴的烏鴉，聲聲說著舊時輝煌，惹得人淚流滿面。這樣的情景，連天上的神仙見到了都忍不住要哀歎一番。這要怪誰呢？又能怪誰呢？既然已經落到這般田地，再花些心思去責怪也總是毫無裨益。年少時為了遊戲而結成網罩把魚兒圍在一灘死水中，這長安城竟也成了一披水泄不通的「漁網」。縱是有人還活在這裡，也只剩下守著廢墟度年歲的境況了。

任何的責怪對他們來說，此時都顯得過於苛責，往日的繁華早就不在，歲月留給他們的只是苦楚。再沒有駿馬奔騰，再沒有鴻雁齊鳴，若還能夠被一兩聲鳥叫驚醒的話，也還是早早收拾起思念重新入夢吧。且記得要裹緊身上的覆蓋，也省得心涼。

這樣的故事總是禁不住歲月流水的打磨，若是再加上一番悽楚的愛情，或是由幾個女兒家執起紅牙板細細道來，再鐵石心腸的人也是要落下幾滴眼淚來表達愁思。我們懷念的往往只是記憶中的美好，更因為此時的不堪，而讓那份記憶變得如此沉重。於是兩行清淚再也止不住了，誰說男兒有淚不彈，情到深處，又比子女多了幾分柔情。

在大唐王朝，卻也曾出了一位不讓鬚眉的巾幗女雄——魚幼薇。相比起本名來說，她的另一個名字更為人所知，那便是「魚玄機」。魚玄機的才女名號，可不是被某些文人騷客強賦而來，她五歲時就能朗誦詩文，七歲的時候便開始作詩，到了十一二歲在當地已小有名氣。只是自古以來，才郎才女的命運總是不堪。男才女貌的故事都只流傳在故事中，唯一被各種傳奇故事言中的，便是最後破鏡的結局。

魚玄機十五歲的時候，被諷諫之官李億補闕納為妾，兩人感情甚好，只是她卻唯獨不被李億的原配夫人容納。唐懿宗咸通時，李億把魚幼薇趕出家門，她只得在長安咸宜觀出家為道士，魚玄機的名號也從此而來。然而雖是出得紅塵外，卻終放不下紅塵事。這一份感情始終牽掛在魚玄機的心頭，搖搖擺擺，一有風吹便激起百丈漣漪。怎奈茫茫俗世中，僅一個知己卻能把人尋白頭。後來，魚玄機因爭風吃醋殺死了侍婢綠翹，最終被官府處死。

這一個傳奇的故事也就此終結。「易求無價寶，難得有心郎」，這句話成了她最為痛苦而又絕望的心聲。

猶記得當年那一個繁花似錦的三月天，當李億和魚玄機終成一對的時候，他們二人眼中必定滿是甜蜜。新婚夫妻哪裡捨得離別？在李億的原配夫人終於把丈夫牽念回長安城後，滿腸思念的魚玄機作下了這首〈江陵愁望寄子安〉；

> 楓葉千枝復萬枝，江橋掩映暮帆遲；
> 憶君心似西江水，日夜東流無歇時。

一個在江陵，一個在長安，相距的路程須行兩月之久。儘管思君之心日夜不停息，也終是只等來一場空歡喜。最後再次得見又怎樣，若是早知道會落得這場分離，當初可還會如此奮不顧身地去愛上一個人？或者這本不應該是個問題，只是在百無聊賴的日子中，單把思念化成苦水，一口吞下，又釀出滿臉淚珠。

當時李億回鄉載著一片好名聲，出鄉為仕再衣錦還鄉，難免要大擺筵席。他從沒想過，自己正在家鄉魚肉之際，遠方還有個滿腸思念的人整夜難眠，僅僅是因為她心裡一直還住著另一個人，一生一世都無法忘記的情郎。

愛情總是會讓人暈了頭，所謂幸福，大概總是我們想像出來的模樣。偏偏想得越多，愁悶也就越重，最終會壓得自己連呼吸都覺得困難，這又是一片感傷。

大唐元和四年，元稹被任命為監察御史，前往東川（今四川省東部）辦案。在和好友白居易依依惜別後，踏上前往東川的路途的元稹，只行路十多天，便見到大路兩邊的景色已經不再是長安附近的繁華了，越走越是荒涼，越走也就越記清楚長安城中朋友們飲酒做賦的好時日。而現在，唯獨自己一人不能再參加了。

除卻愛情外，令人柔腸百轉的，還有這一份難捨你我的友情。

夜夢白日事，唯有淚許多。下榻驛館的元稹果真做了一場夢，夢中自己正同白居易等友人在曲江邊上吟詩作賦。忽然遠處行來一葉扁舟，舟未到跟前笛聲已進兩耳。待元稹急忙喚白居易前去看的時候，忽聽有人暗暗喚著自己的名字。睜眼一看，原來是驛館的軍士。他記起剛才的大夢一場，不禁感慨萬千，隨即寫下一首遙寄給白居易的詩作〈梁州夢〉：

> 夢君同繞曲江頭，也向慈恩院院遊。

亭吏呼人排去馬，所驚身在古梁州。

元稹和白居易是一對難得的摯友。白居易曾這樣評價元稹：「所得惟元君，乃知定交難」。恰巧的是，元稹離開了長安城前去外地走馬上任後，白居易和李十一相邀同遊曲江、慈恩寺，因觸景生情，又想到好友元稹不在身邊，估算路程他現在也應該到梁州了，這才在〈同李十一醉憶元九〉中寫下一句「忽憶故人天際去，計程今日到梁州。」偏偏沒有想到，是夜元稹在夢中終得和好友同遊一番。這魂牽夢繞的情愫，怕是算盡幾世輪迴也糾纏不清楚。

人生得一如此朋友，難道還不應知足？感情的事，也就隨著四季的變化風化了吧。

・從後宮吹來的風

有城，有天子，有嬪妃，就必定要有一座宮殿，彰顯王朝盛世和家國太平。或許，長安城內的任何一座宮殿，都滿足不了欲念，更何況那城中的宮殿終是太過於正式，久在宮闈中的皇帝一有絲毫不循規蹈矩的小動作，就會被大臣逮個正著。天子最渴望的便是一份難得的自由感，一段能夠隨心活動的日子。百姓眼中最尊貴的人，卻往往得不到最平實的願望，這竟成了一場戲謔。

於是，就在長安城的偏北方，一座名為興慶宮的府邸進入了玄宗視野。它原是玄宗即位之前當親王時的王府，開元二年，當朝天子一紙令下，此地便更名為「興慶宮」，開啟了一個全新的時代。最初時候，這裡只是玄宗偶爾出宮的玩耍之地。後經多次擴建，於開元十六年竣工後，這裡變成了玄宗居住和處理國家大事的首要選擇了。

這次興修宮殿，不禁代表著大唐王朝的中興，更順帶產生一個全新的節日——千秋節。而千秋節的慶典，也是要在興慶宮舉行。

因玄宗的生日是農曆八月初五，開元十七年，百官為了取悅皇上，便上書給唐玄宗，希望能定一個節日來紀念這一天。天子聖誕，自然是要普天同慶。於是經玄宗同意後，八月初五這一天便被定為千秋節。

從此以後，每年的千秋節都要舉行盛大的慶祝典禮。相傳在千秋節這一天，天還沒有亮就由官員帶領著儀仗隊的軍士披著金甲、穿著繡袍擺起威嚴的陣勢，太常寺卿率領著樂隊，同時還要有會跳舞的舞馬、會跪拜行禮的大象、犀牛等珍禽異獸參加典禮。數百名身著錦繡的宮女從帷帳中一一走出，手持雷鼓表演《小破陣樂》。這樣的陣勢，普通老百姓只要見上一次，就足夠回味一輩子了。

接下來，便是大臣向唐玄宗敬上萬歲酒的時辰。普通的老百姓此時正在準備承露絲囊。傳說，曾經有一位仙童拿著五彩絲囊，在華山上接下柏樹葉上的露水。有人好奇，問他這露水有什麼用，他回答說是赤松先生要用來明目。剛剛回答完，仙童便消失不見，承露絲囊也因此得名。千秋節的時候，百姓在絲囊裡裝上香料或佩戴在腰間，或者互相贈送以傳達情誼。這更為千秋節的日子增出許多人文色彩。

唐玄宗開元十九年，已經三十四歲的王昌齡於長安城考中了博學宏辭科，並被任命為校書郎。當時他參加完祝賀千秋節的慶典後，便有心而發作下兩首〈殿前曲〉，一敘當年盛況：

> 貴人妝梳殿前催，香風吹入殿後來。
> 仗引笙歌大宛馬，白蓮花發照池台。
> 胡部笙歌西殿頭，梨園弟子和涼州。
> 新聲一段高樓月，聖主千秋樂未休。

若是偶有微風，殿前御爐中的香煙也是能飄進後宮。還在梳妝打扮的嬪妃早早開始躁動起來，前來催行的太監更是絡繹不絕。遇到了如此光景，哪個還敢怠慢？更何況，她們也都想著在皇上面前歌舞一番，以報皇恩浩蕩，以求榮華永享。樂隊的演奏聲已經此起彼伏了，白蓮花也朵朵盛開，和著池水樓台，相映成趣。這一景象，誰不會動心？怕是那些依舊巋然不動的儀仗隊，也免不了要在內心中泛起一點漣漪，甚至連大宛國獻來的寶馬都蠢蠢欲動了，人心哪裡還能禁得住沉寂？

好在一切都會開始的，就像是所有人預計的一樣，一切都會有條不紊進行，然後結束。人們又都明白，這樣的場面必定出乎意料。唯一不確定的一點僅僅在於，眼下的光景到底能夠超出想像多少。

樂隊中的胡部樂正從西殿傳來，那是梨園弟子在演奏的《涼州曲》。聲調一轉，新編的《高樓月》也把人們的心緊緊揪了起來。看客哪裡在乎新詞還是舊曲，只要有這片刻的歡樂就足夠了。其他所有都已經變成了點綴，每多加上一層，快樂便又多了一層，太平盛世也就多了一道好光景，這是再好不過的事情。而百姓感謝的只有一個人，便是玄宗李隆基。

李隆基是唐睿宗李旦的第三個兒子。他不僅善於騎射，更通曉音律和曆象之學，可以說是一個多才多藝的文藝皇帝，那首流傳的千古的《霓裳羽衣曲》便出自他之手。少有人知道，中宗繼位後，大唐王朝的政權則落在了皇后韋氏的手中。若不是李隆基和姑母太平公主聯手政變誅殺了韋后，大唐會不會出現第二個女皇帝，實屬難料。也因為這一功，李隆基被立為了當朝太子。

雖親自坐上皇位之後，玄宗的天下卻也並沒有坐穩。姑母太平公主倒戈相向，逼玄宗退位。一場親者痛、仇者快的宮廷政變，最終以太平公主被賜死終結，這才以血的代價換來此後長達四十餘年的開元之治。

這個時候的李隆基，還有著一顆自省的心。大凡聖賢，多不去爭論他人之過，若是能夠一日三省，這個世上也就不存在饑荒困苦了。

值得寫上一筆的，是這一年的千秋節，唐玄宗賞賜給眾大臣一面鏡子，並親自寫了一首詩〈千秋節賜群臣鏡〉記錄：

> 鑄得千秋鏡，光生百煉金。分將賜群後，遇象見清心。
> 台上冰華澈，窗中月影臨。更銜長綬帶，留意感人深。

細數歷朝歷代，玄宗果真算得上是一個用心的皇帝了。千秋節不應該是他自己一個人的狂歡，若能夠藉此時機大開教化之風，也是一件好事情。因而他命人趕在千秋節之前鑄好一匹銅鏡，分發給每個上殿前來拜祝的大臣。他的用意豈止是在鏡子上，而是在每個人的心中。

每一面銅鏡都要千錘百鍊才能產生出耀眼的光輝。普通人照鏡子，只是看到自己的影子。若能夠從中看到自己的心，看到一顆毫無雜念的赤誠之心，才算得上一介忠君愛國之臣。心中裝著的是百姓，是江山社稷，是挑在肩上重重的責任。若是沒有這些，也就愧對於桌子上這面如同水晶一般透亮的銅鏡了，更冷落了用長長絲帶繫在鏡子後面、來自於當朝聖上的深遠情義。在鏡子面前，一個人騙得了聖上、騙得了天下，卻終歸是騙不了他自己。這些話，是有多麼激勵人心！天下出了這麼一位憂國憂民的天子，該是百姓多大的福分啊！

然而帝王之位坐得太久，怕是早已經看不到民間疾苦了。當年的那個玄宗，已經被聲色迷住了雙眼，更兼美人楊玉環的窮奢極欲，以及國舅家族的專橫跋扈，此時的唐王朝也只剩下了李姓的一張外皮而已。鏡子中照見的只是臭皮囊，不見赤誠心。

開元年間，玄宗有一次曾命人在花萼樓上撒金錢，以彰顯大唐國威。太平盛世的光景，就在金錢落地的叮噹一響不復存在，百姓心中難得的太平光景難再得。安史之亂就在這樣的時機下發生了，幾近顛覆了整個盛唐。

安史之亂後，有些流落在民間的宮女，想起了當年宮廷中遍撒金錢的趣事，頓生不少感觸。有人曾把這些故事告訴一位叫張祜的詩人，他聽後作〈退宮人〉兩首，以歎當年光景。只是這已經是多年之後的故事了，說得再多，也回不到當初。

> 開元皇帝掌中憐，流落人間二十年。
> 長說承天門上宴，百官樓下拾金錢。

〈退宮人（其二）〉是從宮女的回憶開始講起。她當年或許還有著傾國傾城貌，又或者深得玄宗的寵愛，只是誰也沒有料想到會發生那樣一場戰亂，連貴妃都因此丟掉性命，普通宮女更是沒有了希冀。流落民間大概應算得上是不錯的結局了吧，細細數來，這場傷心事距今已經有二十多年的光景了。歲月早已經蒼老了容顏，當初的往事卻依舊歷歷在目，回憶起來時竟像是發生在昨天一般真切。

她靜靜把回憶散開，開始慢慢講起：那一回，皇帝在承天門上舉行宴會，酒意微醺的聖上，竟然讓她向樓下撒金錢，讓眾人來爭搶。說到最後時她不禁哀歎一聲：這樣的事情，估計以後再也看不到了。或者不再看到如此場面，該是一場幸事吧！

唯獨苦了這些把一輩子的年華都留在了興慶宮的宮女，至老時留在記憶中的也只有當時的歡愉，卻要背著這些盛世光景走完艱難一生。恰似百花總要歷經料峭春寒，殘殺凋落成滿地榮華，隨水流盡一生過往。

・天上人間

古人講，一陰一陽謂之道。有山的地方必定要有水，有光的地方也一定有暗，偌大一個興慶宮，若是沒有湖泊沉澱帝王宮妃光鮮亮麗的生活，這座宮殿建造得再華美，怕也只會讓住在其中的人寂寞難耐。

水這種至情至柔之物，偏偏像是一位上善之人，把所有見不得人的污垢都滌蕩，只留給前來觀賞興慶宮景色的人們一片光潔。

在興慶宮內，有一潭湖泊叫做龍池，也叫興慶池。據說興慶池所處之地最早的時候還只是陸地，只因地勢低窪，有一次井水突然冒出來而蓄成了小池；另有一種說法是，由於常年累月淫雨霏霏，雨水聚集此地而成湖。

又傳說，興慶池上經常會有雲霧霧籠罩，有人曾經見過一條黃龍盤旋在池子中間。人們都願意相信這樣的故事，尤其是在面對神龍這種吉祥之物的時候。若不是天子有德，又怎麼會有符瑞降生於世呢？天子的功德，對百姓來說恰恰也正是盛世的好光景。人人都頂禮膜拜曾經出現的那條黃龍，就像是每個人都渴望著能夠過上好日子一樣，眾人也都期待有一天能夠親眼目睹黃龍再現，以沾福瑞，連皇帝也是。為此，張九齡還曾寫過一首〈奉和聖制龍池篇〉描寫這件事情：

天啟神龍生碧泉，泉水靈源浸迤延。飛龍已向珠潭出，積水仍將銀漢連。
岸傍花柳看勝畫，浦上樓台問是仙。我後元符從此得，方為萬歲壽圖川。

隸屬於上天的神龍出現在人世間，自然值得朝拜歌頌。尤其是神龍降生在這一泓碧泉上，不恰恰說明了此地也是有靈之所嗎？此時，應該再不會有人去懷疑有關於興慶池的任何傳說了吧。最開始的時候，人們就知道此地必非等閒之所，既然能夠源源不斷得流水而成龍池，這已經證明了這一片活水的源頭之靈了。

你若是從籠罩在池水之上的一片雲霧中望過去，若是虔誠之心足夠，必定能夠看見神龍正從泛著水珠的池面上飛躍而出。它全身金光閃閃，向著遙遠的天河飛馳而去。如果非要給興慶池尋找一個源頭，又怎麼會是人世間的等閒之物呢，除非同天上的銀河相連接，否則是斷不能有現如今的光景。

再回頭看一眼池水邊的綠樹紅花，這一幅景象分明是從畫卷裡摘取出來，普天之大又從哪裡看得到這番美景？就算是所有的湖泊之畔都建造有涼亭，可還有哪座的涼亭能夠和此地做比，也是要供著天上的神仙下界乘涼的呢？萬事萬物都是有個源頭，這番吉象都是應該歸結於天命的吧。

當朝聖上治國有方，天下百姓安居樂業，這份源頭也正是因為玄宗皇帝最初是從此地走出，是在履行上天賦予他的使命。能夠坐上帝王的寶座，能夠使江山永固，必定不是凡人可以夠做到的事情。如此一想，誰還不會對興慶池中的這條神龍更多一份頂禮呢？

既然如此，還是應該大聲稱頌，稱頌上天有好生之德，稱頌玄宗皇帝有承天之命，這是百姓迎來屬於他們的好世道的時候，理應值得大書特書。

然而張九齡在詩中說到的這一切，果真是事實嗎？這一切的緣由，還是要從他的從官經歷說起。

張九齡於唐中宗景龍初年中進士，於唐玄宗開元時歷任中書侍郎、同中書門下平章事、中書令，他是唐代有名的賢相，並因此而為後世人所推崇、仰慕。在職期間，他忠耿盡職，秉公執守，直言敢諫，選賢任能，不徇私枉法，不趨炎附勢，敢與惡勢力鬥爭，為「開元之治」作出了積極貢獻。於是，明眼人不僅恍然大悟，所有的神話傳說原來都只不過是籠罩在興慶池上的那團迷霧；等真正把迷霧吹散後，所顯露出來的真容，也不過是一潭裝飾稍有考究的湖水。湖水終究只是湖水，再考究的裝飾也改變不了春夏秋冬。若論起上天的功德，怕也只有大自然的造化之功了。至於偶見神龍，全當是心誠則靈的一種信仰吧。

當神話變成政治附加時，再美的故事一旦被揭露了面龐，也終將露出醜陋的獠牙。好在上天許給世人的是一片開元盛世，所以也理所應當且安然自得，享受著所有人的朝奉。

後來，又從長安城東郊的滻河引水到龍池中，使興慶池的面積逐漸變大，其面積一度增加至數公頃，深度可達數丈。興慶宮中自從有了這一湖泊，所有其他景色都變得遜色。凡是帝王遊玩之時，必定也和興慶池脫離不了關係。當時，很多的遊樂活動都在龍池中的龍舟上或湖岸不遠處舉行。唐玄宗曾經多次在龍池上舉行盛大的宴會，且每次參加的官員均不可計數。這樣的盛況若是不留下一些詩詞歌賦紀念，該是多麼令人遺憾的事情。因而玄宗皇帝也經常命大臣們賦詩留念，而在所有詩歌中，唯獨韋元旦的〈興慶池侍宴應制〉一詩說盡了當時的繁華：

> 滄池漭沆帝城邊，殊勝昆明鑿漢年。夾岸旌旗疏輦道，中流簫鼓振樓船。
> 雲峰四起迎宸幄，水樹千重入御筵。宴光已深魚藻詠，承恩更欲奏甘泉。

這樣的故事是不需要再去贅述了。越多的文字描述，反倒越襯得人們對當朝皇帝的逢迎拍馬，雖然在當時的情景下，這也是不得已而為之的事情。然而，最美的詩詞終究是不應該帶有如此明顯的諂媚意圖，又或者說，縱然有著一番人間美景，終也抵不過歲月之水的摧殘，留下來的仍不過是一片黃土。

後世記載，一直到了宋元之時，興慶宮還依然存在。到了六百年以後的元順帝至元元年，鎮守在西安的元安西王王妃，還曾經在興慶宮中舉行過盛大的宴會。

大約是到了明朝中期的時候，興慶宮中的龍池才逐漸乾涸，整個興慶宮終於變成了一片良田。很難說清楚到底上天是在偏信帝王，還是在寵愛百姓。當曾經的輝煌之所如今已被牲畜耕作時，故事到這裡也是應該畫上句點。

・千秋若只是兒戲

興慶宮中有一座花萼相輝樓，始建於唐代開元八年。盛唐時代，花萼相輝樓位列江西的滕王閣、湖北的黃鶴樓、湖南的岳陽樓、山西的鸛雀樓這四大名樓。而又因為花萼樓位於帝都長安皇宮之中，是長安城內的文化藝術中心，也是盛唐天子與萬民同樂、交流同歡之處，享有「天下第一名樓」的美譽，也是理所當然。遺憾的是，後唐的戰火將這座名樓摧毀殆盡，因而後世少有人知曉「天下第一名樓」究竟何指。

唯一讓後世人們能尋得一點蛛絲馬跡的故事，也只剩下詩人張祜作下的一首〈千秋樂〉了。這首詩詞的背後，還有著一段需要娓娓說起的故事。

曾有一位王姓女子，極擅長長竿表演。有一次在興慶宮的宴會上，她的長竿表演掀起了一場熱潮。這次宴會從白天一直開到了晚上，樓上樓下都掛滿了花燈。一邊是美人身段，一邊是燈花相映，兩者相比，留在人們記憶之中的事情竟缺一不可。六十年之後，詩人張祜在回憶當年興慶宮的長竿表演時，寫下了這首七絕〈千秋樂〉：

> 八月平時花萼樓，萬方同樂奏千秋。
> 傾城人看長竿出，一伎初成妙解愁。

八月份在花萼相輝樓下，人潮洶湧。百姓和當朝聖上可以同過一節，這該是怎樣的一種榮耀！若是能夠有幸一睹長竿表演，怕是這輩子都要回味無窮。這是一片無可爭議的祥和世道，興慶宮的熱鬧和繁華，使人們全都沉浸在歡樂的氣氛之中，早就不解愁滋味了。

只是風水輪流轉，後來發生的事情讓人忍不住唏噓。

安史之亂爆發後，潼關失守，叛軍馬上就要攻進長安。唐玄宗此時已經在準備逃往四川了。臨行前他登上了花萼樓，命令樂隊再演奏一遍舊時的歌曲。此時的心緒，總是免不了要傷感一番。有一位少年暗暗暗思忖了皇帝的心情，於是自己舉薦唱了一首〈水調〉。唱完後，看著玄宗尚且意猶未盡，他又唱起了李嶠的〈汾陰行〉：

君不見昔日西京全盛時，汾陰後土親祭祀。齋宮宿寢設儲供，撞鐘鳴鼓樹羽旂。
漢家五葉才且雄，賓延萬靈朝九戎。柏梁賦詩高宴罷，詔書法駕幸河東。
河東太守親掃除，奉迎至尊導鑾輿。五營夾道列容衛，三河縱觀空里閭。
回旌駐蹕降靈場，焚香奠醑邀百祥。金鼎髮色正焜煌，靈衹煒燁攄景光。
埋玉陳牲禮神畢，舉麾上馬乘輿出。彼汾之曲嘉可遊，木蘭為楫桂為舟。
櫂歌微吟彩鷁浮，簫鼓哀鳴白雲秋。歡娛宴洽賜群後，家家復除戶牛酒。
聲明動天樂無有，千秋萬歲南山壽。自從天子向秦關，玉輦金車不復還。
珠簾羽扇長寂寞，鼎湖龍髯安可攀。千齡人事一朝空，四海為家此路窮。
豪雄意氣今何在，壇場宮館盡蒿蓬。路逢故老長歎息，世事回環不可測。
昔時青樓對歌舞，今日黃埃聚荊棘。山川滿目淚沾衣，富貴榮華能幾時？
不見只今汾水上，唯有年年秋雁飛。

這是一首懷古詩，原本是吟詠漢武帝巡幸河東、祭祀汾陰後土的史事。現如今再聽來，偏偏就應了眼下的光景。每一句聽來，都有著撕心裂肺的氣，字字聽得人聲淚俱下，悲腸欲斷。

詩中提到的「秦關」指的便是指函谷關。相傳道家始祖老子，西出函谷關中而到異地弘道。當年漢武帝一心要習得長生不老之仙術，卻最終也沒有擺脫命歸黃泉的結局。昔日的壇場官館、青樓歌舞，全都化為蒿萊蓬草、黃埃荊棘，人世間的盛衰無常，也總是要惹得人無限感懷。尤其是看到王國由盛轉衰，又感歎起「富貴榮華能幾時」的時候，曾經的滄海還怎麼樣重新化作巫山之雲，從而再讓你我過上稱心如意的好日子呢？原本牢牢掌握在自己手中的江山，現在一切都變作了未知。這個世界上的人們都害怕未知，儘管人人想要從未卜中尋得一絲光明，但最後捕獲的究竟是什麼，誰也不得而知，於是一番風花雪月之後，留下的卻變成滿地狼藉。

這一天，唐玄宗並沒有在樓上等樂隊把曲子演奏完。他的匆匆離去似乎在說明什麼，是疲於奔命，還是再無心思面對舊時家國，留給眾人的只剩下一片空想。

安史之亂四十年之後，詩人戎昱做過一首五言律詩〈秋望興慶宮〉，又一次提起了此地的多少過往：

先皇歌舞地，今日未遊巡。幽咽龍池水，淒涼御榻塵。
隨風秋樹葉，對月老宮人。萬事如桑海，悲來欲慟神。

先皇歌舞，已成舊聞；如今此處，安有霓裳？再沒有皇家來這裡遊玩了，如果流水有情，水聲便是最好的哀怨。當年皇帝臥過的龍塌還在，只是已經被灰塵鋪滿。落葉隨秋風，宮女空憶，多少情思隨月明。人們的每一次訴說，似乎都離不開對往昔的留戀。然而剩下的也只有留戀了。滄海桑田都已經起了這麼大的變化，更何況人間百事呢？這樣的故事讓人悲傷，可更讓人悲傷的是人們偏偏不懂得應該以此為警戒，卻還沉迷在故國情懷中，一點點流逝掉手上握緊的時日。

安史之亂後的七十年間，當年的興慶宮已經變得一片荒涼。大門緊鎖，滿地苔草，這一繁華場景如此復又歸於平靜。杜牧寫到「千秋佳節名空在，承露絲囊世已無。」再勤政愛民的君王，也把命運擱於了流年享樂。千秋節也因著一場動亂而只留下了千秋的故事，獨不見千秋萬代的歡娛傳承至今。

・一場華麗

在唐代的長安城內，曾經有三處供皇帝坐朝和居住的宮殿，它們分別是西內太極宮、東內大明宮和南內興慶宮。若是比較起來，大明宮則是最為精美壯麗的一座，它更是唐代最重要的政治活動中心。

最早的時候，長安城內的皇宮只有太極宮一處。在貞觀八年，唐太宗於長安城外東北角的龍首原上，修建了一座新宮殿。這座宮殿本意是為他父親唐高祖李淵避暑之用，這便是最初的大明宮雛形。龍朔二年，唐高宗患了風痺病，因嫌當時起居的太極宮太過於潮濕，便下令改建大明宮。為了籌集經費，朝廷對山西和陝西兩地的人民增加不少賦稅負擔，並且扣去當時所有京官的一個月俸祿，如此才湊齊了銀兩。又經過一年時間的修建，唐高宗終於搬遷到大明宮內處理朝政，這裡也就成了他永久居住之地。

史料記載，大明宮一共有二十一個宮門，二十四座宮殿。亭台樓閣的數目已經很難計數了。正是這些數字，組建成了雄偉、壯麗的大明宮。在大明宮內，還有一處湖泊——太液池，其比興慶宮內的龍池有過之而無不及。

大明宮宮殿所處地勢較高，天氣晴朗的時候，只需站在宮殿外面就可以南眺終南山的秀麗景色，這真正可以稱之是「開門見山」了。若是論到陰陽風水，此地怕是還會沾染不少仙家之氣。凡是走進過大明宮的人，沒有一個不感歎於這番震撼。

詩人王維也曾經在大明宮參加過早朝，這麼一個眼中有畫的人，也毫無例外為大明宮的華貴所折服，於是便寫下了這首〈和賈至舍人早朝大明宮之作〉：

> 絳幘雞人送曉籌，尚衣方進翠雲裘。九天閶闔開宮殿，萬國衣冠拜冕旒。
> 日色才臨仙掌動，香煙欲傍袞龍浮。朝罷須裁五色詔，佩聲歸向鳳池頭。

這分明是一幅盛世浮世繪，每天早晨都有專門的雞人報告時辰，他們都帶著紅頭巾，像是準時守候日出的雄雞一般，只待報曉的一刻。大明宮的每一天都是從這些人的口中甦醒的。負責照顧聖上起居的尚衣官聽到聲聲召喚，也開始準備好翠雲裘為皇上穿上，以備接下來的早朝。

早朝本應該是每一天的例行之事，原本是不必要有如此規仗和奢華。但在詩人的眼中，一切的例行都具備了極為隆重且莊嚴的姿態，每一個上朝的大臣都屏住呼吸，誠惶誠恐度過每個早晨。

可皇帝早就已經司空見慣，這樣的場面對他來說僅僅只是例行公事而已。打開層層宮門，或許從其他殿閣中，偶然能夠瞥到前來朝拜的百官和各國使節。這是一種油然而生的滿足感，若沒有坐在龍椅上的機緣，怕是一輩子都體會不到此種情緒。大明宮卻每一天都看遍了眾人百態，唯獨癡笑不語。

在這樣的時辰，百官要在殿外等著皇帝宣召。沒有命令，誰也不能私自踏進宮殿半步，否則便是死罪。及至太陽光慢慢地爬上手掌心的時候，才有宦官傳來皇帝上早朝的詔令。百官頓首，誰也不敢抬頭正視高高在上的龍顏。透過繚繞香煙，也只能夠依稀看到盤浮額頭在上的祥龍，或是沉默不語，或是聲震九天。

終於等到早朝結束的時辰了，一邊手捧用五色紙寫就的詔書，一邊則是自己身上的環佩叮咚，整個過程竟然如同大夢一場，再想要細細回味起來，也只是在腦海中埋落下一些瑣碎片段，卻尋不到完整的記憶。

這便是帝王將相的生活，這或許也正是大明宮的生活。多少年來，它只能是靜靜地站在一邊，或是為百官擋風避雨，或是為朝廷遮天蔽日，留給它的總是記憶，總是那些人們早已經忘卻的故事。華貴只是帝王的，大明宮所擁有的，恰恰已經失去。原來一切都只能在時間中沉澱，永遠都撈取不到任何收穫。輪迴一場，不見當年萬戶侯。

唐時在正月初一日——也就是每年的新年——朝廷都要舉行盛大的宴會。這一天皇帝要接受群臣和外國使者的朝賀，儀式的隆重可想而知。中唐詩人王建，曾經參加一次這樣的活動，在此後他寫了一首詳細記述朝賀活動的五言長詩〈元日早朝〉。這也是發生在大明宮的盛況，歲月只是羞於留給它的還不夠多，才一次次讓文人騷客記錄下有關於大明宮的每一個側面，以備後世人瞻仰。

大國禮樂備，萬邦朝元正。東方色未動，冠劍門已盈。
帝居在蓬萊，肅肅鐘漏清。將軍領羽林，持戟巡宮城。
翠華皆宿陳，雪仗羅天兵。庭燎遠煌煌，旗上日月明。

聖人龍火衣，寢殿開璿扃。龍樓橫紫煙，宮女天中行。
六蕃倍位次，衣服各異形。舉頭看玉牌，不識宮殿名。
左右雉扇開，蹈舞分滿庭。朝服帶金玉，珊珊相觸聲。
泰階備雅樂，九奏鸞鳳鳴。裴回慶雲中，竽磬寒錚錚。
三公再獻壽，上帝錫永貞。天明告四方，群後保太平。

這已經不僅僅是對大明宮的稱讚了，更是對當時王朝的極力稱頌。每一個字句的夾縫中流露出來的，都是寫詩人身上閃耀的自豪之情。生在這樣的國度，又哪裡能夠掩得住這份豪情呢？

大唐本是禮樂齊備的堂堂大國，普天下的外邦小國都要前來朝拜。這本是事實，只是卻被作詩之人強行賦予了更多的感情色彩，才使得每一字都顯得色彩濃重，一度讓人辨識不出本來面目。

東方的天色還沒有發亮，參加朝賀的文武百官和外國的使臣，都已經齊聚在宮門外等候著皇帝駕臨。皇帝住在蓬萊宮中，如果側耳傾聽，大概可以隱約聽到從那裡傳來的鐘聲和滴漏的聲音。必定會有人為此而欣喜，這種優越之感更要溢於言表。

禁衛軍的將領率領著部隊，手持武器，在宮城中不間斷巡邏。不知他們是把在大明宮中巡邏僅僅當成是一項任務，還是有著無限榮耀在其中。頭一天的晚上，這些人就需要按照舊例，布置排列好裝飾有翠羽的儀仗旗幟。所有的弓箭、刀盾都是銀白色的，儀仗隊站立整齊，就好像天上的神兵下凡。天色尚暗，殿內燈光將宮城夜晚照得像白天一樣，甚至連旗幟上描繪的太陽和月亮都醒目異常，這讓人恍惚間覺得已經錯不開白日和夜晚的差別了。這總是要歸功於當朝聖上的英明，且還是斷不可有所懷疑的事情。沒有人敢於在此時此刻嘈雜，一切都安靜的像是天地初生一般，靜待君主降臨。

這時，皇帝寢殿中玉雕飾的門輕輕打開，一個身穿有五彩龍火衣的人走了出來。眾人朝拜，呼萬歲。原來所有人歷經等待，為的都只是這一刻的恭奉。

再看樓上，來回忙碌的宮女們，分明就是仙子在煙霧中若隱若現。在高聳的龍樓上面環繞的煙霧，偏偏卻是紫色的，若不是紫氣東來，若不是一片祥瑞之兆，又哪裡有如此化境？

那些外邦來朝拜的使臣們，早就已經在自己的位置上站好，他們穿的衣服各不一樣，卻最終都是要在我大唐天子的腳下俯首稱臣。這該是一件多麼值得驕傲的事情！縱然抬頭看見了玉飾的牌匾，他們大概也都不認識牌匾上寫的宮殿的名稱。唯獨等左右兩把雉扇打開，等皇帝慢慢走出來時，他們才學著百官的模樣三叩九拜。

這時，再也記不清楚朝拜的人究竟有多少了。向皇帝朝拜的百官和外邦使臣擠滿了整個宮殿，他們穿著的禮服上面都佩戴著金玉裝飾，稍有動作便相互碰撞而發出清脆的響聲，像君臨天下的樂曲一般，唱起盛世光景。每一次的叩拜，都引得一片清脆，好像鸞鳥在唱著節奏，這樂曲不停，天下百姓就永享太平。

煙霧飄渺，好似吉祥五彩雲；磬聲清亮，唯有透骨陣陣寒。各種獻壽儀式已經開始了。及至天色大亮，便要布告天下，預祝今年還是一個風調雨順年，各地方也都共用天下太平，以配皇恩，以謝九天，這一場盛世祈願才終於落下了帷幕。

不得不提到的，卻還是詩人王建的履歷。王建幼時家庭貧困，且從軍長達三十年。在這期間他每天都要為了穿衣吃飯而發愁。四十歲後，他才當上了一個芝麻小官，後任縣丞、司馬之類官職，世稱「王司馬」。在有生之年，能夠一睹當朝聖上的龍顏，對他來說怕是做夢都不敢想的事情。這一次朝會，縱然並沒有給他多的機會面見聖上，但能夠參加就已經是無上光榮了。所以在詩人的眼中，天下理應是美好的，世道理應是太平的，皇帝理應是開明的，而自己也理應是要歌功頌德的。

最後留給我們的也只是這樣一幅畫卷，徐徐展開的同時，除了你我的喟歎，也終究是各有所思吧。誰又能說這不算是一件好事情呢？

・此時的歡娛

唐肅宗至德二年的秋天，郭子儀率軍大敗安史之亂的叛軍，收復了首都長安城。第二年的春天，唐王朝的一切都等待著一場復甦，就像是春風還會重新吹綠野草一樣，留待給這個王朝的只有無盡的努力和期待。大明宮又藉此時機重新回到人們的視野中

詩人賈至、王維、岑參及杜甫當時都在朝中任職，他們各自寫了一組有關於大明宮的詩文以感慨亂世終結。此時，所有的詩句中都應該滿是期待的，期待著能夠中興盛世王朝，期待著普天下的百姓能夠從水深火熱中走出來，重新過上太平美好的日子。大明宮作為一座象徵性的建築，只要君王重新蒞臨，就代表著一個新的開始；只要君王能夠重新執掌天下，就象徵著輝煌的復興。

幾位詩人彼此唱和，先由賈至寫下一首〈早朝大明宮呈兩省僚友〉，以同朝為官的姿態向身邊的其他人訴說夢想。他人也隨即和詩，以回應這份期許。這樣的場景，現如今回想起來也有些悲壯了。

> 銀燭朝天紫陌長，禁城春色曉蒼蒼。
> 千條弱柳垂青瑣，百囀流鶯繞建章。
> 劍佩聲隨玉墀步，衣冠自惹御爐香。
> 共沐恩波鳳池上，朝朝染翰侍君王。

賈至依舊沒有跳脫出原有的路，在他眼中，大明宮永遠都是大明宮，不曾因著戰爭改變了容顏。只要君王在，大明宮彌散出來的永遠都將是恢弘氣勢。

這一天，應該是遵舊例而去早朝。長長的京城大道上，朝聖的行列燃著明燭前往皇宮。整個宮城已經沐浴在一片春色中了，每個官員身邊的明燈照亮的，也不只是他們自己腳下的路。唐王朝的未來是要靠這些官員的心燈來照亮，這肆無忌憚的黑夜更是要靠著明燭才能夠驅散。天剛破曉，曙光微露，就像是歷盡劫難的百姓也看到希望逐漸展露一樣，只要太陽升起，都會變得越來越暖和。春色會越來越濃，柳色會越

來越綠，甚至連人心都會越來越暖。這怎麼不是一片最美好的未來！

一來到垂柳千條的宮門外，這時已經有黃鶯繞著宮殿鳴叫。天亮了，普天下不知道有多少人正在盼著太陽升起。黑夜終歸是要過去的，這個冬天是漫長的，漫長到人們幾乎要凍結了心房。冬天的夜更是漫長，人們似乎已經忍不住等待，就連黃鶯也開始著急，才剛剛看到一絲初升的曙光，牠就迫不及待在枝椏上婉轉啼鳴。這像是一曲最美的和聲，瞬間唱開了黎明前的迷霧，為緊接下來的陽光遍灑提供了契機。

朝臣魚貫踏上玉階來至殿前朝見聖上。像是往日一樣，人數雖然眾多，但整個場面卻是一片肅靜，只有輕微的劍珮之聲約略可以聽見。御爐裡飄出來的縷縷香煙，瀰漫於每個人的衣冠上，曾在大明宮朝拜過皇帝的人都知道，這是證明已經離聖上越來越近了。一身香氣朝君王，滿腔正義面天下。哪怕是天天以文字來侍奉君王的詩人本人，也難以掩飾住此時的得志之情。

得志的也該有君王吧，雖然從沒有人敢於提出來，但當看到文武百官重新集結成整齊的儀仗隊伍前來上朝，坐在龍椅上的君王心中，哪裡又能夠沒有感慨呢？安史之亂毀掉的盛世，怕是再也追尋不回來了。所幸留在人們心中的還有夢想，還有為了這個夢想而歷經艱辛的一腔熱情。百姓如是，百官如是，皇帝亦如是。

這樣的早朝，應該討論許多家國大計。雖然也有很多事情不是一時能夠決定，但只要大家都參與，百姓就能深深體會到久違的滿足感。這樣的滿足感，得益於戰亂之後人們渴望和平富足的心境，也得益於君王勵精圖治的決心。因而，縱然王維、杜甫等人都曾經應和過賈至的這首詩，卻也一直都在複述著臣子的報國夢。有朝一日得以實現如此夢想，那該是多麼大的慰藉啊！

大明宮的上朝是如此莊重，待到下朝的時候卻又是另一番光景了。詩人王建曾有一篇〈春日五門西望〉，描繪的便是官員下早朝時的情景：

百官朝下五門西，塵起春風過御堤。

盛世長安史詩卷
此時的歡娛

黃帕蓋鞍呈了馬，紅羅繫項鬥回雞。
館松枝重牆頭出，御柳條長水面齊。
唯有教坊南草綠，古苔陰地冷淒淒。

早朝結束後，百官像是上朝一般，紛紛從宮門湧出來，除了方向不同，怕是再沒有任何差別。有人問起，這樣的場景到底是有多盛大呢？若是偶有春風吹起，百官經過後踏起的塵土早已經覆蓋住了皇家河堤。唐代長安城大明宮南牆有五個宮門。百官自大明宮下朝，步出這五門後，向西望去則是西內的太極宮、掖庭宮和東宮。西內又是唐玄宗遊戲的場所之一，歷史上著名的宜春院的梨園弟子就生活在西內。在退朝之際側身西望，唯見一陣陣春風把一股股灰塵吹過御堤，使整個西內都顯得迷迷濛濛，迷濛的還有這些終將隨著煙花散去的浮生一夢。只是身在其中的人們看不到終結，他們的雙眼早就被浮華遮蔽，再看不到生在世間苦難百姓們的容顏。

那匹用黃帕蓋著馬鞍的馬，已經獻給了皇帝；剛剛獲勝的鬥雞，繫在脖子上一尺紅綾以示榮耀。宮中的松樹，從牆頭伸出了茂密的樹枝；御溝兩側的柳條，長長拖到了水面上，搖曳著春光。盛世太平日子中，永遠都是這樣的光景，所有人也都期望天下可以一直都是這樣的光景。在如此盛世下，可以唱歌可以跳舞，可以春街買醉，可以賽馬可以鬥雞，可以曉風拂柳。唯獨不可以，且也不會出現的，是對未來或許有一天這一切終將覆滅的念想。盛世歡歌中，人們不願意聽到悲聲，即便有悲聲，也總是被此起彼伏的靡靡之音遮蓋下去。空有人在唱，卻再沒有人在聽。

反觀四周，只有教坊南面的草是綠色的。可是這裡卻是宮中常年照不到太陽的地方，不論何時都是陰風陣陣，不見一點春光。不見也好吧，哪怕徒自悲傷一陣子，也省得去惹別人不開心。可生活不是應該像是野草一樣嗎，即便沒有了陽光，也是要讓自己努力保持綠色的。只因這是春天，縱然沒有太陽，也理應有足夠的緣由去享受春日的美好，以及夏的狂熱。

秋冬時候的念想，暫且留待以後再去考慮吧！

・朝聖之心

大明宮的正殿是含元殿。含元殿建在高高的黃土台上，想要登上含元殿並不容易，在其正前面有一條長達七十多公尺的台階。所有去往含元殿朝拜聖上的人，都要一步步踏過這條台階。在含元殿的左右各有一閣，左邊叫做翔鸞，右邊叫做棲鳳，大有鸞歌鳳舞降皇城之勢。含元殿前面的這條斜坡台階，便是著名的龍尾道。單單因為這個名字，也給人足夠的仰慕之感了。中唐大詩人王建寫就的一首〈宮詞〉中，就有提到含元殿前的龍尾道：

殿前傳點各依班，召對西來六詔蠻。
上得青花龍尾道，側身偷覷正南山。

那時候的早朝，皇帝是只需坐在含元殿中而不用挪動半步。官員們都靜靜在下面列隊站好，值殿的太監傳來皇帝的詔令。當聖旨傳來，首先要召見的是蠻夷之地的使者。這些使者順著砌有青石雕花欄杆的龍尾道一步步走向含元殿時，他們心中所想的事情，恐怕是只有誠惶誠恐的叩首朝拜了。若有一兩個膽子大的人回頭一望，所能看見的，便是悠悠出現在身後的終南山。這番壯麗，在那些蠻夷之國見不到，大唐的國威哪裡需要用武力去張揚，只這一份人工的雕砌以及自然的造化就足以令人讚歎，這難道還不是上天對唐王朝的厚愛？

其時，含元殿並不是只用來早朝。唐憲宗元和十年的辭舊迎新之際，在含元殿舉行一次盛大的朝會。當時群臣全都聚在一起，向皇帝祝賀新年。這必定又是一番盛況了。身邊是曠古絕後的大明宮美景，眼前是普天之下最受擁戴的天子，周圍又是同朝為官的朋友，再加上恰逢盛世新年，再沒有不去慶賀的理由了。若是把這樣的好光景浪費過去，才真正是一個罪人。

詩人盧汀和韓愈當時都參加了這次盛大的朝會。朝會結束後，盧汀、韓愈各做了一首詩。而韓愈所作之〈奉和庫部盧四兄曹長元日朝回〉，乃盧汀詩作的和詩，但並沒有因為這樣一個名稱而少了詞句的工整。

天仗宵嚴建羽旄，春雲送色曉雞號。
金爐香動螭頭暗，玉珮聲來雉尾高。
戎服上趨承北極，儒冠列侍映東曹。
太平時節難身遇，郎署何須歎二毛。

留在韓愈念想中的，自然也是大明宮內朝會的盛況。但凡天底下的人，不論是百官還是百姓，見過此情此景後終始都再也忘不了吧。這裡承載的是一份莊嚴，更是一份有關於自身的榮耀。能夠在大明宮朝見皇上，此生此世也不見得有多少回如此待遇。若是不記錄下來，終是要對不起皇恩浩蕩。

拂曉，三通鼓響，皇宮的儀仗隊就已經排列整齊準備出發了。初春早晨的雲霧剛剛散去，雄雞的鳴叫撕開了天邊的夜幕。大殿前的金色香爐中也早早升起了香煙，把龍尾道欄杆上面的螭頭遮蔽。一片繚繞中，只能夠依稀看到儀仗中的雉尾扇子高高舉著。側耳傾聽，玉珮聲叮噹不絕。有經驗的人都知道，這必定是皇帝駕臨了。接下來的事情便是屏氣止息，唯待太監的一聲召喚，文武百官全都要伏在地上，高呼萬歲。

這樣的盛世光景許多人一輩子都趕不上，何必還非要念念不忘心中的舊時呢？一心侍奉朝廷，或許才應該是最終的道理。

儘管殿下面俯首稱臣的人並不見得人人皆有此真心，可有著大明宮作伴，大唐王朝的運勢不會覆滅。若不是心情閒散下來，哪裡還顧得上去搬弄這般依仗？若不是百姓安定下來，哪個統治者還有著如此閒情召見四海的使者？不論如何，留待給當下人們的，終歸是一片美好，如此已經足夠。如果連這份盛世都盛不下安心，怕是再沒有什麼可以值得慰藉了。

韓愈在五十歲之前，官職一直浮沉不定。所幸的是，在元和十二年，他到了知天命的年紀時，為參與了平定淮西的這場戰役，並因在這件事情中表現出的處理軍國大事的才能，開始被上級賞識，從此進入了朝廷的上層統治集團。只是這已經是韓愈作這首詩兩年之後的事情了。

又過兩年，韓愈卻又因為上書直諫迎佛骨，觸怒了唐憲宗，差點被處死。幸得裴度等一干大臣挽救，才免於一死，遂後他被貶為潮州刺史。韓愈在潮州的八個月中，唐憲宗被宦官所殺，唐穆宗登基，韓愈又重被召回朝中。一直到他五十七歲，這才老死於塵世。

再有遠見的詩人，怕也想不到自己一生的浮沉，都離不開帝王將相這四個字。即便不是為了名利，可一生中也始終被名利羈絆，解脫不開，掙脫不掉，最後又徒徒被名利掐住了咽喉，徒做垂死掙扎之態，不禁讓人哀歎不已。

只是在韓愈之後，大明宮依舊是大明宮，不曾為了任何人的到來或者離開而或悲或喜。途徑龍尾道的朝會還在繼續自己的盛世輝煌，少卻了韓愈一人，早有後來人補上了這一缺。世事本就如此，想來也是讓人多生唏噓之情的，可有此遭遇的，又豈止是韓愈一個人呢？

在含元殿的北邊是宣政殿，唐宣宗時期，曾在在宣政殿前舉行大典，冊封先皇帝唐順宗和唐憲宗的尊號。當時有一位名叫薛逢的詩人參加了這次典禮，他寫下了一首記錄當時情景的詩作〈宣政殿前陪位觀冊順宗憲宗皇帝尊號〉。只是雖有幸參加了這一次的聖典，但薛逢的仕途也並沒有因此而變得通達。薛逢於會昌元年高中進士，曾經擔任過侍御史、尚書郎。只因著恃才傲物的性格，多次觸犯了權貴的利益，這才有了懷才不遇的尷尬。

待到年老時分，再拿出這首詩歌來吟詠一遍，不知該是何種心境。從韓愈到薛逢，再推而廣之到所有在朝為臣的文人身上，這樣的心境也只能當作老時的緬懷，卻換不回一日青春。

樓頭鐘鼓遞相催，曙色當銜曉仗開。孔雀扇分香案出，袞龍衣動冊函來。
金泥照耀傳中旨，玉節從容引上台。盛禮永尊徽號畢，聖慈南面不勝哀。

宮殿高樓上的鐘聲和鼓聲頻頻傳出，天剛亮，皇帝的儀仗就聽著鐘鼓聲而擺開陣勢。這樣的禮節歷經了若干年，依舊沒有改變。甚至用孔雀尾巴的羽毛做成的兩面大扇子，也難以讓人分辨出來和過往的用具有什麼區別。當香案露出，穿著繡有袞龍衣的使者捧著金泥密封的聖旨走上前來，一步一步小心翼翼送到供奉台上，接下來才是皇帝要親自進行的一系列冊封儀式。

但既然連儀仗和用具都沒有改變，這種冊封的典禮也大概只是換湯不換藥的結果吧。雖說是百年難逢，可這又怎樣？冊封的只是已經故去的先帝，留給臣民和百姓的只有毫無意義的信仰用了度今生。

好不容易待到冊封尊號的盛大典禮完畢後，當朝皇帝大概是因想起了唐順宗和唐憲宗的事蹟而悲傷不已。這個時候，大臣也總是要應和著附上一兩聲哭泣。沒有人知道皇帝的淚水究竟是真是假，也沒有知道身邊同僚的淚水是真是假，在每個人的心中都有著各自城府，只有自己才能算計出眼淚究竟應該流出幾分。

先皇尚且有後人在這裡為他們落淚，至於自己還有沒有後人會因同樣的原由而悲傷一陣子，也只有交代歲月證明了。在皇家面前，這是從來不用考慮的問題。即便絞盡腦汁，得來的結果也終是不敢見人。

唯有大明宮，在一片歷史滄桑後，把所有的故事都深深掩埋，隨著流年寂寂冷卻，徒留給人間一世芳華，不染半點風塵。若不是飲了一壺濁酒，怎麼會有如此多的心事滔滔說不完，訴者傾腸，聽者動容。

・仙鶴餘情

秦嶺和淮河要算是中原大地上最明顯的一條分界線了。有關於秦淮河的傳說，絕豔了多少後人；有關於秦嶺的故事，卻還是要從終南山說起。

終南山，也稱為中南山或太乙山，是最佳隱居之所。又因為它距離長安城較近，人們多喜歡到此地郊遊，或是一賞山中春景，或是遍訪此地隱者。很難說清楚這其中不包含附庸風雅的嫌疑，但世人們附庸的，也多是終南山這一仙境，風雅也自是在山中了，卻和世人的功名心沒有絲毫瓜葛。

唐高宗是十分喜歡遊玩的一位皇帝。他做太子的時候，常帶著幾個人偷偷到終南山遊山玩水。後來成了一國之君，每日也只能乖乖在深宮中處理國家政事。但江山易改，本性難移。年少時分養成的遊玩習性，並不會因為一國之君的身分而改變。收斂一些原是情理之中，可這並不等於如此性情，會從這位皇帝的身上完全消失。

有時候實在憋得難受，高宗皇帝便以君臣同樂為藉口，在宮中大擺筵席。如此盛名下，誰人能了解黃袍後面的一顆寂寥之心呢？

據說一次，唐高宗又在宮裡舉行盛大的宴會。正當大家舉杯暢言時，高宗皇帝忽然想起自己年輕時候在終南山遊玩的往事，不禁懷念起以前自由自在的生活。他放下酒杯，對著群臣出了一道題詩。題名便是〈終南山〉，在座的每一位大臣都要賦詩一首，為宴會助興。

皇帝金口一開，身為臣子哪裡又有不作詩的理由呢？在這場宴會上，飲酒作樂反倒成其次了，各人紛紛絞盡腦汁，思慮皇上留下的這道難題。可眾人心中考慮的，多是如何迎合皇上當下的心境。人人都知道，〈終南山〉之題必不是隨便出，也更不是隨便迎合就能夠交上答卷。

最後的結果呈在高宗面前，粗略翻閱，龍顏不禁有些不悅。這些詩作和他之前想像的如出一轍，多是應景之作；唯獨杜審言的一篇〈蓬萊三殿侍宴奉敕詠終南山應制〉略顯有些意味：

北斗掛城邊，南山倚殿前。雲標金闕迥，樹杪玉堂懸。
半嶺通佳氣，中峰繞瑞煙。小臣持獻壽，長此戴堯天。

在漫天繁星的夜晚舉目四眺，會看到北斗星彷彿就掛在長安城邊緣，而終南山也好似斜斜依靠在蓬萊三殿前面。能有這般景致，想必是有仙人在其中居住了。現如今，仙境和人間也僅是一線之隔，似乎根本不需費太多氣力，就能夠從這邊走到那頭，從人間進入化境。這何嘗不是一種夢想，這又何嘗不是一種現實？

宮殿高聳，連雲彩都掛在半腰間。遠遠看去，這些宮殿好似是建築在終南山的樹頂上。山腰上的祥瑞之氣雲遮霧繞了世人尋覓仙境的方向。天道自然，只需這一點點的幻化之氣就足以潤濕整座山脈。這大概就是傳說中盛世永享的預兆吧！連仙家都把宮殿搬到人間來了，唐王朝的盛況哪裡還需要世間的人們交口稱讚？眼前的場景分明已經道盡所有，既然如此，為何還不趕緊向龍椅上的明英之主獻上一杯薄酒？唯願國泰永民安，風調常雨順，盛世得太平。

縱然所有的詩作都是在應景，且所有人都有著趨附皇帝意願的企圖，但能夠把這份稱讚說得如此隱晦的人，怕也非杜審言莫屬了。終南山上的仙人究竟有沒有如此恭維之意，早已不重要，只要皇帝看了開心，為人臣子的便算是盡到了一份責任。

終南山多被人們拿來吟詠，原因不外乎兩點：一是此地就在長安城附近，才子佳人三五同遊，甚是方便；二來卻還要歸結到隱者仙人的身上。唐王朝和道家老祖源於同姓，這一朝的諸位皇帝，自然也少不了求仙訪賢的心思。這也就不可避免把此種風氣擴散到民間，終南山也被越來越多披上朦朧的神祕色彩。似乎一提到此地，總是能勾起人們心中的千結。

唐玄宗開元十二年，詩人祖詠在長安參加進士科的考試，試題便是〈終南望餘雪〉。這倒是一個極富有詩意的題目，只是若沒有在長安城中歷經過冬天，此情此景是怎麼也寫不出來。史載，隋唐年間的科舉考試，多設在寒冬時分，考生一邊暖手一邊寫文章。這一天前後，或是長安城也真的有瑞雪降臨，因而才有了〈終南望餘雪〉這一道試題。在祖詠看來，此題頗有意味，一番構思後，他便寫下了這首〈終南望餘雪〉：

> 終南陰嶺秀，積雪浮雲端。林表明霽色，城中增暮寒。

這首詩本是沒什麼值得品味，重點是藏在詩句後面的故事。從隋代開始推行科舉制一直延到了唐代，其中最讓人們看重的就是「進士科」。唐代時期，進士科考試中便有一個考寫詩的項目，當時也叫做試帖詩。

試帖詩的格式有嚴格規定，有時更是要求寫五言六韻的長律。在考試時由主考官出詩題，考生按照試帖詩的要求寫詩，只要是有一點不符合要求，就會被淘汰。十年寒窗固然苦，可這一詩定輸贏的方式，未免也顯得過於殘忍。

試帖詩的形式極束縛考生思想，臨場發揮難免有倉促之感，又因缺少靈感或直接的生活來源，考場中所作的試帖詩中幾乎沒有出現過佳作。偏偏祖詠這竟顯得如此清麗脫俗，終南山上的積雪被他寫得像是有了魂魄。餘雪在陽光的照射下閃著寒光，遠遠望去好像是漂浮在半空中。身在長安城，只是望見了終南山上的積雪，也已經能感到陣陣的寒意了。

可是按照試帖詩的要求，本詩還缺八句，要想被錄用，就必須再添上後八句才算可以。祖詠思來想去，不論如何推敲，也再寫不出一句。既然這四句詩已經將意思完全寫出來，再畫蛇添足也終顯得不妥，不如就這樣交卷吧。想到這裡，祖詠也就擱下紙筆，拿著這首「半成品」送到考官面前。

主考官先是納悶，後又反覆詠讀祖詠寫的這四句詩，遂覺其確為一篇佳作，於是便冒天下之大不韙，破格錄取了他。

這樣的故事，現如今聽起來多少是令人欣喜，這是一個不拘一格唯才是用的世道。相比之下，終南山的風景到底如何卻在其次了。

只是人們不禁還要問，為什麼終南山能吸引這麼多詩人的關注呢？難道僅僅因為這一番綺麗的風景？王維在〈終南山〉中給出了一個答案：

太乙近天都，連山到海隅。白雲回望合，青靄入看無。
分野中峰變，陰晴眾壑殊。欲投人處宿，隔水問樵夫。

詩文中所提到的太乙便是太乙山，它原是終南山的一個支峰，漢武帝元封二年在這座山中修建了太乙宮，用來祭祀太乙神，這座山也因此得名。到了唐代，太乙山便成了終南山的另一個代稱。據說在唐玄宗天寶年間，太乙山的山峰曾經崩塌，並因此堵塞了山中的泉水，匯集成此池。池水長年清澈碧綠，人稱太乙池。

這裡山山相連，幾近天都，又達海角。回望剛剛在身前、現已退向兩邊的茫茫白雲、淡淡青霧，它們早就又重新瀰漫成了迷濛一片。那一座中峰看起來是如此高大雄偉，恰似分野之界。而陰晴之間的變化更讓人琢磨不透，仿佛一瞬間就有著千萬里的差別。

天晚了，想要找個人家歇腳，只奈身在山中不知歸處，也就只好隔著水流，向樵夫打聽究竟哪裡是去哪裡是歸。遊人慕名而來，卻唯獨不如山中的砍柴樵夫，他可以整日遊玩在這場幻境中，何須去想晚上歸何處？

有時候，我們放不下的僅僅只是那顆已經疲累的心。雖對著眼前的世界心生嚮往，卻終於因為膽怯，永遠把自己牢牢困在密閉世界中，狂喊掙扎，想要尋得解脫之道。然而若是不跳出這個包圍，怕是一生一世也看不見分岔路的走向。

若是心中有終南一山，哪裡還需要苦苦尋覓呢！

・歸隱意欲何

讀書人向來喜歡把隱居當成時尚。隱居的風氣在唐代很盛行，似乎只要隔絕了塵世，便可以算在世外高人的行列了。古往今來的隱者，多半有著世人難以修得的學問，如果出世，又多半能夠經邦治國，似乎隱者這個名詞，早就代表出世的捷徑。於此，歸隱到底有幾分真，反倒成了值得問詰的話題。因而，往往歸隱越深的人，越能夠得到朝廷的青睞。如此說來，即便是有了真隱者，也都被混雜在其中的污穢，沾染了歸隱的氣質。真正願意離開世間喧囂、看淡一切功名利祿的，又能夠有幾個人呢？

實際上，大多數人都只是把隱居作為以退為進的方式，利用隱修的方式提高自己的名望，希望有朝一日能夠被人傳頌到當朝皇帝的耳朵裡，於是就有了下詔書把自己招進朝中做官的可能。這在當時也被認為是一種進入官場極為榮耀的途徑。追起原因，大概還是要歸咎到科舉考試吧，一篇文章定輸贏，白了少年頭，難老功名心。

只因終南山就生在長安城附近，若皇帝一天心血來潮，想要出門拜訪隱士，終南山也必定是首選。再加上這裡山川秀美，因此也就成了最為適合的隱修之所。當時的人們甚至一度諷刺在終南山中隱居的人，是在走一條進入官場的「終南捷徑」。

此時要說的故事，要追溯到孟浩然和王維兩人的一次閒談上。當時，二人在王維的府邸中聊得正歡快，忽有下人來報說皇上來了。這可真是天大之事，九五之尊親臨此地，王維哪裡還敢怠慢。好在玄宗皇帝也是一個愛才之人，既然來到了詩人之家，也總是要聊起詩文之事。王維老老實實回答說，近日只因忙於公事，竟也無暇顧及到詩作了。玄宗又追得緊，挨不過情面的王維，只得拿出一些舊作來呈給皇上，可玄宗偏是要新詩。思來想去，王維終想到一個極妙的主意。

那時，孟浩然也只能算得上是一介文人。他沒有見過皇帝，更沒有膽量、沒有機會去見皇帝。聽到玄宗來訪王維，孟浩然早爬到床底下躲起來，沒想到王維此時竟然把他從床下拉出來。原來王維口中的新詩，便是孟浩然這一個大活人，是要讓他當著皇帝的面作詩。孟浩然自然是一片尷尬，幸而玄宗並不見怪，只要有詩作拿得出手，王維也等於是給孟浩然搭建了一座通往仕途的橋梁。孟浩然拿出了自己寫作的一首歸隱詩〈歲暮歸南山〉呈給玄宗，這段故事因此也有了一個美滿的大結局：

北闕休上書，南山歸敝廬。不才明主棄，多病故人疏。
白髮催年老，青陽逼歲除。永懷愁不寐，松月夜窗虛。

詩中透露出來的是滿紙無奈，明明多次去長安城中求名祿，卻也多次碰得滿鼻子灰。經歷了如此傷痛後，細細想來還是回到終南山的破茅屋，暫且住著吧。要怪也只能怪自己沒有才能，不被明主賞識。又因為自身體弱多病，甚至連舊時的老朋友都不來往了。人情如紙薄，白髮似草生。眼看著一年的光景又過去了，眼看著春風又吹綠了滿山新葉，心中的憂愁卻只能與日俱增，只愁得晚上輾轉反側。再抬頭看天，也只有明月一輪。青天依舊，月色依然，松濤陣陣卻說不明白心底的仇怨。

其實要怪的，哪裡是自身沒有才能？若不把原因追究到是否有明主的身上，也終始敗在了層層官僚的壓榨之下。徒有為國家建功立業的心，卻沒有一絲一毫的機遇留下來，滿腔憤懣，只能用來哀歎明主不明、世態炎涼。如此，還是回到山中隱居吧，好歹還有春花秋月、還有清風流水，終老一生也不算得是枉然。

這樣的心情總是複雜的，甚至比這樣的世道還要難辨出模樣。

孟浩然哪裡是放下了功名，這分明只是因為求無結果，才引來的一次次的失意。現如今得見玄宗，他便如同倒苦水一般，把自己的心思全都講出來。不得不感歎孟浩然的好膽魄，這和之前鑽到床底下的窘態，完全判若兩人了。

對於孟浩然來說，終南山只不算是自己的棲居之地，反而更像是一條想要進入仕途的捷徑。普天下如同孟浩然一般的人，又怎麼會在少數呢？

晚唐的詩僧齊己，在〈題終南山隱者室〉一詩中，同樣婉轉提到了終南捷徑：「終南山北面，直下是長安。」這一句話，就把多少隱居在此的人們的心境說得一清二楚。雖是身在山中，莫不是盼望著有「直下」的一天，便如鯉魚躍龍門一般，向著長安城的方向，馬不停蹄。

這位出家修行的僧人，或許早已經看透了紅塵百事，只一生都消在終南山中掃著自家屋子前面的青苔，得空便依著山石看一看長安的風景。這也算是一份愜意了。尤其是待到山風吹響了窗前的老樹，連山頂上面的雲彩也都被曬得乾燥。或者是於山寺中眠上一宿，僧房枯燈，雖照不盡人世間的蒼涼，卻也能夠聽得清楚瀑布飛落的聲音。一尊木魚響到天亮，生活縱是清苦，卻也淡然十分。

那些隱居的人，哪裡都比得上這般修行呢？曾經在戰場上廝殺的岑參，便是一例。

玄宗天寶十年的秋天，從安西都護府回到京城長安的岑參，終於在終南山蓋起了一座茅草屋。這位身經百戰的詩人從戰場上回來後，一直在微不足道的職位上消磨時日，人生若是再這樣下去，怕也再沒有什麼前途可以言說了。岑參於是想到長久居於此地，半官半隱居，或許就可以聊慰平生了吧，遂寫下〈終南山雙峰草堂作〉：

斂跡歸山田，息心謝時輩。晝還草堂臥，但與雙峰對。
興來恣佳遊，事愜符勝概。著書高窗下，日夕見城內。
曩為世人誤，遂負平生愛。久與林壑辭，及來松杉大。
偶茲近精廬，屢得名僧會。有時逐樵漁，盡日不冠帶。
崖口上新月，石門破蒼靄。色向群木深，光搖一潭碎。
緬懷鄭生谷，頗憶嚴子瀨。勝事猶可追，斯人邈千載。

來到終南山隱居，本意是想要讓繁亂的心情暫時平靜下來。因此便要辭謝眾多朋友們的關心，當初追求的功名利祿的志向也需要高擱。若得晴日，於草堂中滿滿睡飽，亦或者只看著對面的山峰也能夠偷得半日閒散。心情好的時候，也可以到處遊玩一番，根本就不用關心究竟有多少瑣事正在山下的長安城上演。風景越是秀麗，看風景的人也越是開心，由此也就使眼中的風景更是動人。這樣的時日，總是容易回到自己最原始的內心。

少年為功名，待到白頭，方知空空浮生夢。再回頭看的時候，才發現幼時栽種下的松杉都已經長大許多，唯獨忘記了當初年少時節許下的一片閒心。

在岑參的這段隱居生活中，有許多時間去寺院中和出家修行的人閒聊。又或者絲毫不顧及自己的穿著和容顏，只是為了一時的歡娛而混雜在漁樵之人的行列中勞作一番。及至夜晚，卸去滿身疲累，一杯美酒邀明月，荊棘林深，水光搖曳，恰似在仙境中。

西漢有在谷口隱居的鄭樸，東漢有立志隱居而不做官的嚴子陵，古人所能夠做到的事情，不是今人比不上，只是因為心性早已經被塵埃蒙蔽，早就忘記追趕夢想的腳步。到老時，才留下滿腔悔恨；而岑參的一生，也正是在說明著這個故事的悲劇性結尾。

岑參二十歲至長安，本想透過獻書走上仕途，結果卻事與願違。隨後他開始奔走於京洛之間，漫遊在河朔之地。天寶三年，岑參已經三十歲了，這一年他高中進士，授兵曹參軍。天寶八年，他又去安西四鎮節度使高仙芝幕府任書記，在安西待了有十年時間，最後又重新回到長安。

十三年之後，已經是暮年的岑參又作為安西北庭節度使封常清的判官，再度出塞。直到安史之亂後他才重新回朝。此後經由杜甫等人推薦任右補闕，之後轉起居舍人等官職。大曆元年，曾官至嘉州刺史，因此也有世人稱他「岑嘉州」。又因為不滿區區小官，且心性終是有些孤傲，岑參這才主動辭掉官位，真正過上了自己想要的日子。

過自己想要的生活，對大多數人來說，這該是多麼奢侈的一件事情！只是還沒有待他享盡得來不易的閒散，便客死在成都的旅舍中，從此也終結了傳奇式的一生，這樣的結尾竟是如此悲傷。

・斬不斷的幽情

玄宗時候，有一位女詩人名叫李季蘭，生於開元初年。六歲那年，父親因這個女孩子小小年紀卻很調皮，把她送進了終南山上的玉真觀。自小就委身於出家人的李紿，從此改名李季蘭，開始過上一片清修的日子。

這樣的生活雖是清苦了一些，可每日作詩彈琴倒也樂得逍遙自在。轉眼間，李季蘭已經長到了十六歲的好年紀，山中生活的寡淡無味再也不能滿足她了，外面的世界究竟是如何花花綠綠，這花季少女的心事，早就開始雜亂生長起來。更兼當時有不少文人雅士也喜歡道觀中吟詩作樂，偶見有如此清秀的一個小道姑，不覺頻頻回眸。這郎有情，妾有意，明著你來我往，私下裡還要暗送秋波，似乎終是要誕生一段曠世情緣。

但李季蘭並沒有因為這個年紀的騷動，而做出些許出軌的事情，她只是因常年住在道觀中而有些悸動，這清淨無為的生活，著實讓她憋壞了。這一天，李季蘭偷偷跑到剡溪中蕩起小舟，流水無情，但終究有個方向。偏偏坐在小舟上面的人還不如這汪流水，縱是青春年華好，也尋不到未來的蛛絲馬跡。

傳言，只因這一次的偷閒，她結識了隱居山中的名士朱放，兩人相談甚歡，大有相見恨晚之意。自此後，兩人時常在溪邊幽會，或是遊山玩水，或是互訴衷腸。無奈好日子總是短暫，朱放得到了朝廷的賞識，外出為官，兩人不得不揮淚作別。

人是最不能嬌縱的一種動物，就像是一隻饞嘴的貓，一旦沾染過肉腥，再也難以吃下素齋。和朱放一別，李季蘭又重新回到了整日吃齋清修的舊時光，可人雖然還在這裡，心早就已經飛走。朝思暮想，唯願有情人早日回來看上一眼。不久之後，李季蘭的思慕終於有了寄託，只是這時候出現的人不是當初的朱放，而是另一個才華橫溢的男子，他便是被後世人稱之為「茶聖」的陸羽。

或許在剛開始的時候，陸羽還只能算是李季蘭心中的一個候補，雖然二人也時常煮雪烹茶，但陸羽終究只是一個在恰當時間出現的不恰當的人。他也應該明白，自己和李季蘭之間不會發現什麼奇蹟。

所幸，李季蘭生了一場重病，這是上天給的一次好良機。

陸羽熱心腸，在李季蘭病重的這段日子，他在她身邊照顧得無微不至。這讓李季蘭的心思再一次湧動起來。然而這一份熱心，並沒有持續多久，陸羽還有一位出家朋友，是一位名叫皎然的僧人。是時，陸羽、皎然和李季蘭三個人常常一起談詩論詞。不知不覺間，李季蘭發覺自己對皎然也開始有所鍾情。怎奈皎然一心向佛，終沒有給李季蘭她想要的答案。

這幾次的情感，後來都沒了寄託，李季蘭的年歲也一日日成長。三十歲後，她開始進行大規模的交遊活動，大概總是要哀歎時光流逝、容顏易老吧，這才禁不住歲月的蹉跎，而想要改變自己人生的軌跡。

有人曾經在開元寺中舉行的詩文酒會上，見到李季蘭，傳聞她的舉止動作異常豪爽，大有一副男子氣概。又因她本也算是一個出家修行之人，更是不太注重儀節。這多半是會讓在場的人們驚訝一番，她一介女流竟也有著如此豪士之風，又因為做得一手好詩，只要有一絲的讓人心動的地方，名聲也就很快傳播出去，以至於當時有眾多文人墨客開始向她求詩問文，這樣的境況怕是許多人一生也難以再次遇到。

隨著名聲越傳越廣，後來連玄宗皇帝也有所耳聞了。一聲令下，李季蘭被召進宮中面聖上。若是再年輕幾分，李季蘭或許就欣然前往了。只是現如今的她遍走了大江南北，更是看慣了人情冷暖，皇帝又能怎麼樣，無非也是和當下正圍在自己身邊的這一群男人一樣。只是聖命難違，她也只得收拾行囊準備進宮。

臨行前，她試圖撫平這一番雜亂的心情，最終卻只得這幾行潦草的〈留別友人〉，算是對自己最好的慰藉了：

無才多病分龍鍾，不料虛名達九重；
仰愧彈冠上華髮，多慚拂鏡理衰容。
馳心北闕隨芳草，極目南山望歸峰；
桂樹不能留野客，沙鷗出浦漫相峰。

此時的李季蘭，已經年過不惑。

玄宗要召見她，也只是聽得她一手的好詩文。可對於一個女人來說，縱有再好的才華又能怎樣？鏡花水月，流走的總是自己的青春，剩下的始終是一副蒼老的軀殼。美人終是要遲暮，欣喜哪裡能大過這樣的衰落？

就在李季蘭心懷忐忑、趕往長安時，震驚一時的「安史之亂」爆發了。長安城一片混亂，唐玄宗倉惶西逃。李季蘭不但沒能見到皇帝，連自身也在戰火中不知去向。後世有關於李季蘭的各種傳說，終歸也只能成為傳說了。

又傳言，李季蘭只因做的一首反詩而遭到玄宗詰問，最後被殺。

才也好、貌也好，最終還是付諸一片東流水。當年留在終南山的那片情思，誰還記得泛舟再把它撿起呢？

要怨，也只能怨得盛世唐王朝有著如此開明的社會風氣，連佛寺道觀都不再是一片閒心絕世塵的地方了。若是當初沒有被父親送進道觀，若是自己果真一心向仙，若是死死信奉女子無才便是德……留給後世的只有太多假設，我們也只能用各自的心思，想像當初的一片紅塵事，留給每個人的大概也各具其形吧。

而終南山，也再和感情這件事情脫離不了關係了，似乎越是想要把自己撇身世外，也就越被世事糾纏不清。這樣的矛盾在終南山這座別有意味的隱居之所，更顯得具有非同一般的意義。王維寫了一首五言詩〈送別〉，說得便是在終南山中的餘情：

下馬飲君酒，問君何所之。
君言不得意，歸臥南山陲。
但去莫復問，白雲無盡時。

世人皆知，王摩詰自幼念佛，偏偏這首詩卻滿是道家的味道。或是只因終南一山而改變了一時的認知，又或者只是因為勸人下馬，共飲了那一杯美酒，又或者大概還是應該要加上官場不得志的緣由吧，終南山看起來竟然是最好的歸宿。勸酒人和飲酒人心中都明白，那白雲悠悠之處便是盡頭，兩人說的是塵世，更是人生。

而王維的這首詩，明著是送別友人，但又何嘗不是在送別自己呢？白雲千載，悠悠依舊，何時回首，安得逍遙遊？

面對終南山的方向，始終還是留下了一聲歎息。留在這座山中的，只能是自己說不盡的情思。人在江湖，身不由己；也只剩下了自己的一片真心，漂洋過海尋過來，暫且眠在初起的煙靄中，做上一場草堂春夢吧！

・一個女人和一場戰爭

對於唐王朝來說，這是一塊痛徹心扉的傷疤。

西元七五五年，手中握著軍權的大將安祿山勾結史思明，起了一場叛亂。安祿山從范陽起兵，率領十五萬大軍向南挺進，僅僅用了三十三天，洛陽城就已成他的囊中物。隨後叛軍繼續向京城長安推進，大有一翻李姓王朝的氣勢。可憐整整一個盛唐，卻也只養出來一些毫無抵抗力的軍作戰，節節敗退之餘，反倒給安祿山助長了不少氣焰。

安祿山隨即又攻占了潼關，占領了長安城。面對此情勢，玄宗也只好領著家眷、群臣離開自己棲居多年的宮殿，倉惶向四川的方向逃去。

在這一場戰亂中，更苦的卻是百姓。

當時詩人李白也帶著家人在外漂泊，一路上，他親眼目睹了安史叛軍的燒殺搶掠。路邊士兵屍體堆積如山，血流成河。這不免又激起他心中的一腔仇恨，只為這一片家國，也是要讓仇恨染紅雙眼。

是時，永王李璘接受了父王唐玄宗的任命，帶兵在金陵抵抗叛軍。當他得知李白正在廬山隱居後，幾次派人請李白出山，懷著一腔愛國熱情的李白最終參加了永王的抗敵大軍，他的目的只有一個，那便是天下太平。只是現如今這個願望，只能夠用以殺止殺的方式來實現了，這偏偏卻是最低下的手段。

無奈的是，政治終歸不是他玩的遊戲。雖然也有戰功，但永王部下的將士們多受到了懲罰，李白的名字也赫然在列。

背著一個罪名，苦苦熬過了四年的時光。這一日，在長江一帶遊玩的李白得知了唐肅宗大赦天下的消息，從此後可以過安穩日子了，王朝已定，再不用去歷經殺戮之苦了，這是最值得振奮的事情，李白便寫下了這首傳唱千古的佳作〈早發白帝城〉：

朝辭白帝彩雲間，千里江陵一日還。

兩岸猿聲啼不住，輕舟已過萬重山。

這一番啟程，自是信心滿懷。五彩雲霞籠罩在白帝城上，像是在催著行人起航，又像是極盡誘惑之態，想要把人留下來。心情好時候，再長的行程也變得短暫。千里之行，一日風景，半葉扁舟，幾許心情。甚至連兩岸的猿聲都像是在歡呼，歡呼這大好的日子，歡呼這輕舟的速度，歡呼這重巒疊翠，歡呼這山色湖光。而高興的，哪裡是不見身形的猿猴呢？分明是自己那顆正在跳動不已的內心，正為著這份際遇而高歌不止。

那場歷時七年的安史之亂終究是過去了，這像是一個難以逾越的關卡一樣，在最讓人崩潰的時候，結局忽然到來。好在這是所有人都希望看到的結尾，好在天下復歸太平，只為了這一點，就算是最值得安慰的事情了。

然而這一場動亂留在人們心中的苦難，怕是永難消滅了。不僅僅是李白，杜甫、王維等知名的詩人，也都親歷了唐王朝的這場劫亂，每到一處，因敏感的心性，他們也都比眾人多看在眼中一些苦難，也就注定了他們比世人經歷更多的傷痛。戰爭帶來的故事，怎麼會有歡喜？若是有人有心把這些人的詩篇連串出來，怕可以算作是一部戰爭史了吧！

在這些人中，又只有杜甫一個人被戰爭傷害最深。只有他，是走在貧民的行列中，處處尋找著生的希望，只是每一次燃起的希望，都會被征戰士兵不帶絲毫憐憫之情的殺戮摧毀，連一縷青煙都沒有留下。

在這樣的時日中，辛酸總是自己的，他人縱是多有安慰，也永不解埋在杜甫心中的那份悲愴。只是可憐自己一天天上了年歲，人生還有幾多時日值得如此等待，等待一個春暖花開的日子，等待一片盛世豔陽天。生逢亂世中，〈垂老別〉終歸是一個暮老時節，卻還要上戰場殺敵的故事：

四郊未寧靜，垂老不得安。子孫陣亡盡，焉用身獨完！
投杖出門去，同行為辛酸。幸有牙齒存，所悲骨髓乾。
男兒既介胄，長揖別上官。老妻臥路啼，歲暮衣裳單。

孰知是死別，且復傷其寒。此去必不歸，還聞勸加餐。
土門壁甚堅，杏園度亦難。勢異鄴城下，縱死時猶寬。
人生有離合，豈擇衰盛端！憶昔少壯日，遲回竟長歎。
萬國盡征戍，烽火被岡巒。積屍草木腥，流血川原丹。
何鄉為樂土？安敢尚盤桓！棄絕蓬室居，塌然摧肺肝。

終應該是要老去的吧，或許只有上了年紀，才有可能逃過這一劫。假若那些殺人的士兵還有一點心性，也不會對一個老人下手。人生都已經走到了這般風燭殘年地步，還有什麼值得留戀？活著反倒成了最苦的事情。

相比之下，死反倒極其容易。那雙渾濁的眼睛已經看到太多太多的血腥和殺戮，這本不應該是用一生歲月換來的結局，可偏偏這一切就這麼硬生生擺在面前。睜眼是死屍，閉眼是鬼魂，哪一刻還能尋得安寧？村莊裡的硝煙從來沒有間斷過，往日的安寧此時卻成了最大的奢侈。剩下這一條老命，究竟該如何交付給閻羅王呢？

本以為兒孫滿堂是福，本以為雞鴨滿圈是富，本以為鶴髮童顏是壽，可現如今這每一樣曾經期望的美滿都消失殆盡，子孫戰死、家破人亡，自己身上卻連件遮蔽野風的衣衫都沒有。兵荒馬亂的日子中，一條老命還有多少苟活的價值？

行走在路上，還有好心人會為自己伶仃的身影落下一些眼淚。除了悲歎這場不幸外，也總是要感謝一下他們的善意。越是困苦的日子，大家也就越需要取暖。當所有人都依偎在一起的時候，才能夠讓那份溫暖一點點滲入到心底。

唯有胃口還好，若是得到了一口吃食，也還能夠勉強保住一條老命。死是有多麼容易，生又是有多麼艱難！一輩子都已經挺過來了，現如今哪裡甘心在閻羅面前輕易低下腦袋？滿溢出來的悲傷，也只能讓這副身形枯槁不堪，但想要摧毀這顆依舊在跳著的紅心，恐怕是還需要多一些的磨難吧。

扔掉這副拐杖，若還能夠在風中站穩腳步，一身老命也就不再需要憐憫了。騎在馬上，披上一身戎裝，在戰場殺一兩個敵人，此生也算有了慰藉。人老了，心哪裡肯就此老去？

只是自己做了決定，那可憐的老伴呢？原本想要悄悄離去，不驚動她大概是最好的分別。但這麼些年的夫妻恩情，又怎麼捨得不辭而別？寒冬臘月的天氣，看著依舊身著單薄的妻子，再堅強的男兒也是要眼淚縱橫了。這一別，大概是最後一次見面了。若有緣，下輩子還做個露水夫妻，你恩我愛，再不理這塵世的征戰。老了你我之間的情愫，也斷了現在對我的留戀吧。

老伴還在勸說自己多吃一些東西，好有更多力氣殺敵。這樣的飯食無論如何也吃不下，咽喉中堵塞的，早已分不清楚是仇恨還是哀怨了。早知會戰死沙場，可人終是有一死的，這把老骨頭能夠為後人填平前進路上的溝壑，也算是死有所值。

人生在世都有離合悲歡，哪管你饑寒交迫還是老弱病殘。暫且只把自己當個人來看，免去了前面的「老」字，也當作是給自己的一點心理安慰。長吁短歎也換不來國泰民安，還不如匆匆上馬，向瀰漫硝煙味道的岡巒奔去。

一路上屍體腐爛的氣味，蓋過了即將要到來的春之氣息。整片草原都被染成血紅色，換做是往日，此時或許已經能看到新綠了吧，只是此時滿眼下都是死亡在瀰漫。戰火燒了家園，殺敵又能怎樣，曾經的日子再也回不來了，這顆心上的裂縫，也再沒有人能補起。

故事是該結束了，剩下的傳奇就留給後人去寫吧。一聲吶喊，震出天翻地覆，才算得上男兒氣概，也讓從心口迸出的每一滴血都有價值。

若得來世，依舊只戀夫妻恩愛，白首到老不相離。

‧因為愛情

這整整一個唐王朝，竟是再找不出第二個如同這樣的女子，以及第二段如同這樣的情愛。玄宗和楊貴妃的故事已然成了多少傳說的藍本，他們的故事在當世便被人們傳誦，卻因那一場安史之亂而斷了糾葛，也讓那場愛情演化成了曠古的情殤。

> 日光斜照集靈台，紅樹花迎曉露開。
> 昨夜上皇新授籙，太真含笑入簾來。

張祜的這首〈集靈台（其一）〉，是在諷刺楊玉環的輕薄。安史之亂後，再沒有人相信這個女人值得被頌揚。縱然貌美，也只落得一場美人心計。天底下的美麗女子，最終都會變成禍患，而楊玉環就是其中的極致。普通人家的婦人禍害，不過是一鄉一里，敗在楊玉環手中的卻是整整一個國家，以及數不清的無辜性命。

楊玉環原係唐玄宗十八子壽王瑁的妃子，初時被召入禁中為女官。「太真」只是楊玉環的道號而已。其時，集靈台是清靜祀神之地，唐玄宗本不該在這裡行道教授給祕文儀式。更令人想不到的是，這原本是一項極為神聖的事情，如今竟被一名得到君王寵幸的妃子冒冒失失闖進。她口口聲聲說自願出家修為道，卻滿面含春，只一片笑聲就酥麻了玄宗的心骨。

旭日的光輝斜照在華清宮旁的集靈台上，樹梢的紅花正一朵朵迎著朝露綻開。這樣的良辰美景必是不能虛度，若不是昨夜玄宗剛在這裡為楊玉環授銜，那個被稱之為「太真」的女道士怎麼又會因此得寵？

只是可惜，這樣的女子終歸還是沾染了太多的紅塵氣息，即便入了道門，也是要為修行之地帶來幾處俗豔。怎奈皇帝早就被迷住了心性，再也看不到美色背後的蛇蠍。一旦中了美人毒，再無藥可救。

天寶十四年，當時玄宗和楊貴妃在驪山華清宮過冬。杜甫恰好從此經過，一個偶然的機會，讓他目睹了皇帝和寵妃之間極盡奢華的生活。而這個時候，安祿山已經在范陽發動叛亂，只是礙於交通的限制，這些消息還沒有傳到帝王的耳朵中，玄宗只是和美人整日飲酒作樂，生活似乎也滿是情趣。對於玄宗來說，這一點點的酒色味道，便是整個世界了。

這一次的經歷，著實觸動了一向被貧困牢牢綁住的杜甫。他寫了一首足足五百字的五言詩〈自京赴奉先縣詠懷五百字〉，想要用盡平生氣力，刻畫在華清宮的所見所聞。那醉生夢死的生活讓杜甫感到害怕，他或者早已經看到了潛伏在整個王朝附近的陰霾，百姓的苦難還在他的耳畔迴響，動亂的聲音大概也總是能夠預言。心中的這腔悲憤再也無法控制，有些話不吐不快，哪裡還顧得上是不是逆反。只要把真話說出來，逆反又能怎樣？大不了人頭落地，只要筆墨在，就不怕顛覆不了這一場春秋大夢。

杜陵有布衣，老大意轉拙。許身一何愚！竊比稷與契。
居然成瓠落，白首甘契闊。蓋棺事則已，此志常覬豁。
窮年憂黎元，歎息腸內熱。取笑同學翁，浩歌彌激烈。
非無江海志，瀟灑送日月；生逢堯舜君，不忍便永訣。
當今廊廟具，構廈豈云缺？葵藿傾太陽，物性固難奪。
顧惟螻蟻輩，但自求其穴；胡為慕大鯨，輒擬偃溟渤？
以茲誤生理，獨恥事干謁。兀兀遂至今，忍為塵埃沒？
終愧巢與由，未能易其節。沉飲聊自適，放歌破愁絕。
歲暮百草零，疾風高岡裂。天衢陰崢嶸，客子中夜發。
霜嚴衣帶斷，指直不能結。淩晨過驪山，御榻在嵽嵲。
蚩尤塞寒空，蹴蹋崖谷滑。瑤池氣鬱律，羽林相摩戛。
君臣留歡娛，樂動殷膠葛。賜浴皆長纓，與宴非短褐。
彤庭所分帛，本自寒女出。鞭撻其夫家，聚斂貢城闕。

聖人筐篚恩，實欲邦國活。臣如忽至理，君豈棄此物？
多士盈朝廷，仁者宜戰慄！況聞內金盤，盡在衛霍室。
中堂舞神仙，煙霧蒙玉質。暖客貂鼠裘，悲管逐清瑟。
勸客駝蹄羹，霜橙壓香桔。朱門酒肉臭，路有凍死骨。
榮枯咫尺異，惆悵難再述。北轅就涇渭，官渡又改轍。
群水從西下，極目高突兀。疑是崆峒來，恐觸天柱折。
河梁幸未坼，枝撐聲悉索。行旅相攀援，川廣不可越。
老妻既異縣，十口隔風雪。誰能久不顧？庶往共饑渴。
入門聞號咷，幼子饑已卒！吾寧捨一哀，里巷亦嗚咽。
所愧為人父，無食致夭折。豈知秋禾登，貧窮有倉卒。
生當免租稅，名不隸征伐。撫跡猶酸辛，平人固騷屑。
默思失業徒，因念遠戍卒。

這首詩是杜甫旅食京華十年生活體驗的總結，個人的身世遭遇及自長安赴奉先途中的所見所聞，激發出了他當年未實現的抱負。有些故事，一直埋在心底或是算是最好的收尾，最好永遠都不要知曉這場因果；一旦識破，這一抔悲情該向何人訴說？

國家前途不在，民眾疾苦不聞，空有赤誠心，又握得住多少勝算在手中？

天亮的時候，總是應該再一次啟程。每個人心中都有一個目的地，驪山是屬於皇室的，屬於杜甫的目的地，他自己都不知道該是在何方。到頭來也只能算是一介布衣，年紀越大，也就越覺得自己和世界格格不入。想起這些事情的時候，總是容易惹人發笑。但反觀身邊，誰人還顧得上這麼一個破落戶？該嘲笑的總是自己，一邊狠下決心要走進仕途，一邊卻又看不慣官場是非，而逼著自己匆匆逃離。

眼看頭髮漸白，大概離進棺材的日子也不遠了吧。當那漆黑的棺材蓋蓋上的時候，這些志向也只能化作一場空，再沒有回還的可能了。人們大概都在嘲笑這樣一個癡癡老人，一邊大聲說著隱居之情，一邊還在仕途中奔波。到頭來卻反倒不如那些市井小民，他們尚且還能尋得屬於自己的幸福，而歲月留給自己的，除了一肚子的回憶和苦楚外，別無其他。

既然不願意同流合污，也就乾脆下一個決心，喝下幾杯酒排遣煩悶，作幾首詩引吭高歌，一生逍遙，管他草木枯榮，管他歲月悠悠。只是現如今這副孤零零的模樣，只能在夜半無人時節離開京城，撲落滿身寒霜，再沒有心思繫上早已斷裂的衣帶。再偉大的英雄，在現實面前也不得不低下高昂的頭顱。

想來這件事情，終是忍不住要落下眼淚。當淚珠摔碎在僵硬的地面上時，碎掉的還有自己的滿腔理想，冷風吹過，再撿不起半點塵埃。

出現在眼前的又是驪山，皇帝的御榻在此，瀰漫的大霧大概也不會侵擾皇帝的美夢吧。他可曾知道，此時正有一個追逐著念想的人攀登在結滿冰霜的山路上，兩步一滑，向華清宮的方向、向如同瑤池仙境一般的溫熱泉水邁進。

在密密麻麻的羽林軍背後，樂聲大作、響徹天宇，這大概是皇帝和大臣正在恣情歡樂。那裡有著享不盡的榮華，卻沒有半點屬於這個行路人。布衣百姓即便窮盡了一生的心血，也無力在如此華美的地界落下腳印。可是達官貴人從來沒有想過，他們身上的綾羅綢緞全都是由出身貧寒的婦女們一點一點織就。怵目驚心的不是堆積如山的綾羅，而是被綾羅綢緞快要榨乾的一顆顆濟世良心。

人人都知道，在華清宮中有個美人叫楊玉環。現如今看來，美人終歸只是美人而已，脫去了那張皮表，再沒有其他用處了。唯一證明這個美人價值的，只有成堆的珠寶和綾羅，以及早就被色迷心竅的玄宗皇帝。

這樣的酒肉香氣，對行路人是該有多大的誘惑啊！只可惜朱門緊閉，窮人餓死在高牆外，也只能落得一肚子的羨慕和嚮往，最後卻要長眠在饑寒凍結成的美夢中。這可真難說得清楚究竟是不是悲苦。這樣的事情還是不要再講了，講得越多，自己也就越是心傷。或許下一個凍死在路邊的就是自己，只祈求上天吧，現如今也只剩下天上的神靈可以相信。

再往前走，便是涇、渭合流處的渡口。河水中夾雜著巨大的冰塊從上游呼嘯著翻騰而來，大有要把天柱撞斷的氣勢。河上的橋梁雖還沒有被沖毀，可狂風之中的橋柱早已經吱吱呀呀亂叫，誰能不害怕這樣的情景？單單是丟了自己的性命還不算可悲，真正可悲的是老婆孩子都還寄居在異地，漫天風雪卻把親人隔得如此遙遠，連有難同當的心氣幾乎都要被割裂了。

杜甫永遠也想不到的結局是，自己雖然身為官吏，既不用納稅，也與不用服兵役，在好不容易回到家門時，聽到的卻是一片哭聲，他最小的兒子在如此冬夜早已活活餓死。這對一個父親是何等大的打擊呢？在收成還不錯的年份中，竟然因為填不飽肚子而被餓死，這段故事未免顯得過於淒慘。若是再想想失去土地的農民，又或者想想遠守邊防的士兵，普天之下哪裡還有不忍凍挨餓的人呢？當思緒再回到華清宮的時候，杜甫也終於明白，那片還沉浸在盛世歌舞中的地方，從來不缺少衣食。他們還在歡唱愛情的長久，卻不知整個王國早就危在旦夕。

要怪，還是應該怪罪那個只懂得誘惑皇上的女子吧？可女子有何錯？她不也是為了生計，甚至單單只是為了愛情，何苦要讓她背負上一世的罪名，甚至搭上一條紅顏命？當所有事情終結的時候，玄宗的眼淚已經說明不了什麼了。不只貴妃不在了，已經有很多人都不在了，連大唐盛世都不會再有了，留給歷史畫卷的只是那一抹朱筆點開的香豔，受後人的追捧。

「天長地久有時盡，此恨綿綿無絕期。」

斷了的東西，恰似再沒有絲線束縛的風箏，飛得再高再遠，也終有孤零零落地的一天，再無熱心的孩童撿起。它身上的五彩在逐漸轉夏的燥熱中，正一點點褪去，只露出一片寒骨，說盡傷心事，終也無人聽。

・念這場盛世歡歌

再論起唐代女子時，還有一個人同樣不能夠抹去的，她便是公孫大娘。

自古以來，女子多以事夫養子為己任，如同花木蘭一般從軍打仗的女兒家著實少之又少。公孫大娘卻不喜那般嬌羞模樣，練得一身好劍法。不但如此，這套劍法在她的手中又變作了威武雄壯的舞蹈，連平時慣用的伎倆此時也都異常精彩。抬眼看去，只見公孫大娘身穿戎裝，颯爽英姿，單是此等戰鬥的姿態就已經足夠震懾多人了。

公孫大娘的劍舞，在當時可算是名震一方。年僅六歲的杜甫，有幸曾目睹過公孫大娘的一段表演，自此終生難忘。時間動動盪盪過去了五十年，當年公孫大娘舞劍的身影在已被歲月催白了頭髮的杜甫心中早就模糊。縱然還有印象，大概也只能記得當年的玩樂，至於這套劍舞從何起又至何處止，終是難再說清楚了。

唐代宗大曆二年十月十九日，杜甫在夔州（今四川奉節）別駕（州刺史的屬官）元持家中再一次觀賞了一場劍器舞。這次的表演者是公孫大娘的弟子——臨潁李十二娘。從同樣豪爽的舞姿中，杜甫隱約見看到了記憶中的身影，那正是同公孫大娘極相似的容貌和身段。恍惚間又回到了童年光景，人群歡呼依舊，舞者劍風依舊。

只是那時節還是盛唐，社會安定，百姓富足，寫在遊人臉上的故事也洋溢著的富足。人們即去看公孫大娘的表演，喝彩聲聽起來自然都滿是激情。更何況，公孫大娘本是一個貌美如花的女子，又有著萬丈豪情藏於胸中，這樣的女子難遇，誰還捨不得用力鼓掌？可現如今的光景呢？

這一年杜甫已經整整五十六歲了，若真要和命運纏鬥，怕也沒有剩幾年了。連自己都已經是白髮蒼蒼，公孫大娘或許早已經不在人間了。即便是仍有幸活命，想必再也舞不動這沉甸甸的寶劍了吧。眼前舞劍的這個女子看年紀大約也到了中年，歲月真是刀刀催人老，留給人的只有一腔感歎。

再把鏡頭拉回到整個國家的光景，不免又讓人心生幾處悲涼。安史之亂後，國已不國，民也不民。原本的生活雖說不是大富大貴，可也小富即安。現如今的杜甫被迫在蜀地流浪，當初對生活的美好希冀再難尋回。玄宗早已不在人間，甚至連肅宗也早早歸去，這個世界看起來和記憶中的模樣完全不搭調，似乎只是睜眼閉眼的瞬間，就恍若隔了幾重光景。

這時候大概總是要悲傷一番，杜甫便作了這首〈觀公孫大娘弟子舞劍器行〉觸景生情，這份情更讓這份景顯得悲涼。眼前舞劍的人，把深埋在腦海的記憶拉扯出來，一幕幕放映，品嘗起來竟多是苦楚。

昔有佳人公孫氏，一舞劍器動四方。
觀者如山色沮喪，天地為之久低昂。
霍如羿射九日落，矯如群帝驂龍翔。
來如雷霆收震怒，罷如江海凝清光。
絳唇珠袖兩寂寞，晚有弟子傳芬芳。
臨潁美人在白帝，妙舞此曲神揚揚。
與餘問答既有以，感時撫事增惋傷。
先帝侍女八千人，公孫劍器初第一。
五十年間似反掌，風塵澒洞昏王室。
梨園弟子散如煙，女樂餘姿映寒日。
金粟堆南木已拱，瞿唐石城草蕭瑟。
玳筵急管曲復終，樂極哀來月東出。
老夫不知其所往，足繭荒山轉愁疾。

人這一輩子最害怕的一個詞，便是「遙想當年」。

遙想當年，公孫大娘還是一個貌美的年輕女子；遙想當年，公孫大娘的劍舞是轟動四方的絕唱。前來觀看的人山人海，總要因著劍舞的絕豔，爆發出雷鳴一般的掌聲，越是膽戰心驚的表演，也就越能夠贏得人們的喝彩。在六歲的杜甫看來，舞台上的一招一式都不可思議，彷彿連天地都被公孫大娘的舞姿感染。劍光如同寒霜一般璀璨閃過，當年后羿射日也不過是如此光景了。

年少的孩子心中，總是充滿各種神話傳說。在神話中有雷霆萬鈞，有江河波濤，更有許多難以用想像的極限來形容的光景。偏偏公孫大娘的一番劍舞，讓他看到了平時只能聽到、卻從沒有見過的景況。寶劍被舞起來的時候，好似天神駕著飛龍翱翔而來，這讓人不自覺屏住呼吸，生怕大出一口氣而驚醒沉睡的巨物，從而一反整個天地。

只是當初的孩童現如今已經變作老人，當初的舞者早就不知所蹤。舞者人已經不在，唯一讓人覺得還有些希望的，便是這套劍舞竟一直流傳下來。

在白帝城這場表演中，杜甫再一次看到了當年公孫大娘的身影。這套劍舞的精湛自是不必多說，或許只需要一個起勢，就足以把他的回憶拉到五十年前，拉回到那場盛世太平。他還同李十二娘談論了很多有關於劍舞的來歷，這其中總也免不了是要再提起公孫大娘。憶起往昔的時候，只能多加幾份悲涼。

再想當年，唐玄宗的侍女就有八千人，偏偏侍弄劍器舞姿數第一的，便是公孫大娘。想來這五十年的光陰，真好比佛祖翻了一下手掌，一切也就有著地覆天翻的變化。戰亂連年，朝政昏暗，當年的梨園子弟都一個個煙消雲散，只留這一套於記憶深處磨不滅的劍舞，在冬日的掩映下露出寒光點點，一個閃回就足以挑動觀者心性。

回過神來再看看當下，金粟山唐玄宗墓前的樹木，早已合抱，瞿塘峽白帝城的周邊，卻還是秋草蕭瑟。琴瑟急奏，又是一曲終了，像是在追趕著生命的腳步匆匆向前。人生短短，何苦非要馬不停蹄趕路呢？明月總是會再升起，可任誰也擋不住它落下。生得無情也就罷了，偏偏又要做出些多情多念的詩句，不免總要樂極生悲一番。

心中惶惶想著，都已經是這把年歲了，卻還不知哪裡是可以落腳。荒山野徑，走起路來多是艱難，於是越走越覺淒傷，再回首，不見當年公孫舞劍，不見當時年幼清純，歲月留下的除了這把老骨頭外，再沒有什麼值得留戀了。

這把早已經黃土埋身的骨頭，還能起到多大用處？

想到此，不禁再一次泣下沾襟。

後世人們常常爭論的是，在公孫大娘的那一套劍舞背後，掩藏的究竟是喜好者的狂熱還是統治者的腐敗，恐怕也是見仁見智的事情。值得讚賞的是，敢於把這一點明明白白說出來的人，不被公孫的劍舞而迷惑了雙眼，若是能夠直透背後，或許仍可以留下許多啟迪，以警醒後世，就像司空圖的〈劍舞〉：

> 樓下公孫昔擅場，空教女子愛軍裝。
> 潼關一敗吳兒喜，簇馬驪山看御湯。

公孫大娘當年最隆重的一次表演，是在興慶宮樓下。她精彩的表演一如往常，足以壓倒全場。人們爭相歡呼，更有不少人要跟著公孫大娘學這一身的劍術。但婦女們不愛紅裝，愛武裝又能如何，當皇帝率領後宮三千嬪妃欣賞劍舞的時候，他是否知道安祿山率領的叛軍已經衝過潼關，一群群胡兵騎著戰馬，早就來到了驪山腳下。社稷命脈已危在旦夕，可那皇帝老兒仍只知道於溫泉中玩樂，徒把江山拱手讓人。

舞劍的公孫大娘想不到這些事情，當她沉浸在人群的歡呼聲時，是怎麼也看不穿此後的光年。若能想到又怎樣？她終歸只是區區女子，無非再懂得一兩招劍術，當歷史的車輪轟轟而來，怕是連她的性命都要碾碎在其中了。倉皇逃命尚且來不及，哪裡還顧得上身後百姓的呼天搶地。

這裡說的，大概也該是玄宗皇帝了吧！含沙射影，同樣也少不了如同你我一般的看客。

・舊時情殤

安史之亂爆發後，唐玄宗帶著楊貴妃以及一干大臣，慌忙逃往蜀地。當大隊人馬到達一個叫馬嵬坡的地方時，天色已經漸漸黯淡下來。是夜，只得就地駐紮，整頓休息以備第二天繼續行軍。誰知第二天準備啟程之時，從馬嵬驛外傳來一陣吵鬧。問明緣由後，玄宗著實被嚇了一跳。原來，情緒激動的士兵，早已把楊貴妃和唐玄宗的驛館團團包圍，他們要求皇帝殺了宰相楊國忠，不然就只得繼續困守在這裡，以待聖上做出一個足以平民怨的決斷。

當唐玄宗還在猶豫不決的時候，只聽有個士兵來報說，楊國忠已經被亂軍殺死了。尚且還沒待他長出一口氣，更令人震驚的消息又傳來了。士兵們要求皇帝割愛示法，只有殺掉貴妃楊玉環，才能一解士兵的心頭之恨。

站在驛館前面的唐玄宗，此時心中一片空白。如果說殺了楊國忠還算是情有可原，可現如今這些士兵又卻要來奪走他的心頭所愛，這怎麼能讓大唐皇帝下得了決斷。遙想當年的風花雪月，再看一眼現如今的倉皇落跑，世道怎麼會變成這樣？

楊貴妃或是早已經知曉了將要發生的事情，看著站在遠處久久不肯言語的玄宗，她的心中又怎麼會好受！一邊是纏綿的情愛，一邊又是芳容將逝，縱使為了大唐的明日，也不應該斷絕她的年華啊！然而現在說這一切都已經太遲了，自己如果不站出來，恐怕連玄宗的日子都不會好過。往事如煙，稍有風吹就散得乾淨。

還是不要等待聖上下命令了，他哪裡開得了口賜死心上人呢？一尺白綾就交代了這片芳魂吧，或許佛堂前面的帶雨梨花，還能掩住一身豔骨，也不枉在人間如此歡愛過一場。

中唐詩人張祜寫過一首〈馬嵬坡〉，以此來為楊貴妃的死表示感慨。終究算來，楊貴妃哪裡是該要為庸人受死呢？只是在當時的場景下，是須找出一個替死鬼的。可憐一代美人，終逃不過這場宿命。

旌旗不整奈君何，南去人稀北去多。

塵土已殘香粉豔，荔枝猶到馬嵬坡

逃命的軍隊哪裡還能顧得上軍旗飄揚的姿態？皇帝連自身的性命都不保了，更無力把心思花在這些恩怨情仇的事情上。唯獨當年山呼萬歲的場景總是歷歷在目，再看一眼今天跟隨在自己身邊稀落落的幾個臣子，落寞之情不經意就在心頭咬了一口，露出一片會痛的疤痕。

太子率領軍隊還在抗擊叛軍，是勝是負尚且不得知曉。可是自己身邊的勝負早已經分辨。貴妃的墳塚上儼然還都是新鮮的泥土，偶然抖落在地上的胭脂粉依舊散發著香氣。天下人都知道貴妃生平最愛吃荔枝，現如今即便從千里之外運過來最新鮮的果子，也再沒有人朱唇輕啟，嘗上一口人間的味道，人去樓空，只剩得下淒涼一片。

不知道千百年後的人們，是不是還會記掛住此處就是貴妃的葬身地，更不知道後人們會如何看待這場愛情悲歌。且不去管它吧，當身邊再沒有紅顏，還有什麼事情是值得哀歎的呢？可憐一代君王，也終左右不了自己的決定，連最心愛的人都保留不住，這樣的困苦天底下又有誰人知曉？

馬嵬之事就以如此結局過去了，乾淨俐落，不留下一絲後患。

直到安史之亂過去五十年後，劉禹錫也從馬嵬坡經過。這裡再沒有了當年的肅殺，甚至那片墳塚看起來也都青蔥了不少。世人都知道，在那片田野之中埋葬的，正是當年傾國傾城的楊玉環，只是再沒有人願意弔唁她了。所有豔情故事寫到這裡，突然都被終結，唯獨這一個容易觸景生情的詩人站在貴妃墓前面久久不願意離開。

正在這時，不知從何處走來一位老人。他開始和劉禹錫長談，當年馬嵬兵變的場景在老人的話語中又重新搬演。當棺木已經被黃土掩埋，這故事究竟是對是錯，也就此有了終結吧，再也沒有討論下去的必要了，劉禹錫便寫下了〈馬嵬行〉：

綠野扶風道，黃塵馬嵬驛。路邊楊貴人，墳高三四尺。

乃問里中兒，皆言幸蜀時。軍家誅戚族，天子捨妖姬。
群吏伏門屏，貴人牽帝衣。低回轉美目，風日為無暉。
貴人飲金屑，倏忽舜英暮。平生服杏丹，顏色真如故。
屬車塵已遠，里巷來窺覷。共愛宿妝妍，君王畫眉處。
履綦無復有，履組光未滅。不見岩畔人，空見淩波襪。
郵童愛蹤跡，私手解鞶結。傳看千萬眼，縷絕香不歇。
指環照骨明，首飾敵連城。將入咸陽市，猶得賈胡驚。

世人心中從沒有自己的判斷，當眾人咒罵的時候，他們一樣也會跟著咒罵，罵完後卻還急急跑來看一看，這個女人到底是有多美。果真能夠一睹芳容的時候，他們又不禁讚歎起來：人世間能有如此尤物，實在是上天的造化，就這麼白白的死掉未免也太過於可惜。不知又是誰在大罵，說什麼紅顏終究是禍水，妖姬始終要誤國。僅因為這一聲罵起，剛剛還憐惜紅顏的人們頓時變了嘴臉，一個個唯恐落在他人的後面，毫不猶豫把能想到的各種惡言，拋給這個早已經決絕塵世的女子。

如此醜態，反倒讓人分辨不清楚，究竟是美人迷惑了君王，還是世人顛倒了王朝。只是這樣的爭論或者咒罵，都再無意義可言，美人已去，故國難再，留給人們的也只剩下一片謾罵。唯獨流水依舊，不曾因著世道的枯榮而變得有情或無意。

直到很多年後，大唐王朝終將不復存在，披在貴妃身上的這一份本不屬於她的冤情，才得以昭雪。那是因為一場農民起義，唐僖宗也像唐玄宗一樣逃往四川。他是再不可能遇到貴妃禍國的事情了，結果卻和唐玄宗一樣。當年猶可怨得紅顏禍水，現如今連美人都沒有了，卻還能怨得了誰？

至此才發現，當年貴妃之死，究竟是有多麼冤枉！而整件事情更是有多麼諷刺！在唐僖宗逃亡四川的第二年，韋莊就寫了一首〈立春日作〉，終於明明白白說起了這裡面的荒唐事：

九重天子去蒙塵，御柳無情依舊春。
今日不關妃妾事，始知辜負馬嵬人。

深宮中再沒有皇家，為了一己性命，普天下哪裡可以逃難哪裡，便是歸處，長安城也只能算作是一個中點了。當年栽下的柳樹，大概也有著情思，可縱是多情的人，也不會因此而難過。這世上再沒有了香消玉殞的故事可以傳唱，即便沒有美人，該亡國的君王一樣逃脫不了命運的安排。春天該來的時候，萬物都在努力吐露生機，哪管這等誤國君王究竟是生還是死。天底下的男人，都有把女人拿來做擋箭牌的本事，卻沒有一個人知道，當年在馬嵬坡被逼死的貴妃為了這個，最後連命都抵了出去。

可憐這段故事被人們咒罵了數年，至今才有了清醒的味道。好在春天就要來了，這樣一個萬物復甦的季節總是值得歡慶，當年的哀怨也終歸是要散，就像那些只留存在記憶中的盛唐往事，最後都是要一併忘卻。新的一年開始的時候，也正是辭舊迎新的好時機。

辭舊迎新，多麼值得歡慶的一個詞彙，偏偏放在韋莊身上，竟也多出一份譏諷。

韋莊的家中很窮困，但是他學習努力，才思亦很敏捷。可他在四十五歲的時候，還在長安城參加科舉考試，不料這一次竟趕上了黃巢軍攻入長安。韋莊最後身陷戰亂之中，不僅應舉不成，還與自己的弟妹失散。此後流落江南十多年的韋莊，在五十八歲這一年又回到了長安。他還是一心想要考取功名，以施展自己治國平天下的抱負。一年後，韋莊終於高中進士，只是已經此等年歲的他，還能為這個氣數將盡的國家做多少事情呢？

天祐四年，朱溫滅掉了唐朝。此後，韋莊曾經力勸王建稱帝。王建自立為前蜀皇帝後，曾任命韋莊為宰相。前蜀國的國家制度多出自韋莊的手筆，他的政治抱負也算是有了終結。最後他終身仕蜀，官至吏部侍郎兼平章事，七十五歲時卒於成都花林坊。

一片盛唐終結後，迎來的亂世究竟不是百姓的夢想，可這總也要好過一個此敗國的君王。以後的故事且待以後再去考慮吧。不管詩人如何，也不再去計較美人何處，假若真有一片太平等在遠處，或許真的值得百姓期待，哪怕還要歷經劫難！天底下的故事，不都是如此嗎？

・說不盡名利事

只要和政治扯上了關係，怕是一輩子都難以從中脫身。

任何一個朝代都有黨爭，這些人總是喜歡用天下百姓的名義來遮掩自己的故事。你爭我吵的官場，也只不過是一場盛大的秀場，牛李黨爭便是唐王朝的一場政治內訌。

牛李黨爭是唐朝後期，朝廷大臣之間的一次派系鬥爭。牛黨的首領是牛僧孺、李宗閔；李黨的首領是李德裕。牛李黨派的鬥爭從其醞釀到結束，大約持續了四十多年的時間，這也是史上最有名的黨爭之一。如此盛世卻也難免於內部起紛爭，那段「禍起蕭牆」的故事，大概也不會是子虛烏有的杜撰了。

這是從唐憲宗元和三年緣起的爭鬥。當時朝廷以「賢良方正能直言極諫科」招攬天下賢才，牛僧孺、皇甫湜、李宗閔三人，在考試的時候因敢於痛斥當時國家時政，被考官楊於陵、韋貫之評為上第，並且因此得到重用。宰相李吉甫——李德裕的父親——對此事大為不滿，他上書唐憲宗，痛快淋漓陳訴一番，聲稱翰林學士裴、王二人在審查考卷的過程中，有舞弊行徑。此事究竟有多少真實成分，後人已是很難追查清楚。唯一可以知道的結果是，唐憲宗聽信了李吉甫的話，將裴、王、楊、韋四人貶官免職，牛僧孺等三人也再不予以重用。

整件事情本該就此蓋棺定論，既然皇帝已經處罰，天底下的人就再不應該有二話可說。可事實卻並非如此。此事之後，許多人上書為牛僧孺等鳴不平，並且還信口指責宰相李吉甫忌賢抑才。面對輿論壓力，唐憲宗又於同年任命李吉甫為淮南節度使，如此使其其兩派官員最終形成對峙之態。

他們爭論的焦點在於如何對待藩鎮割據。宰相李吉甫、武元衡、裴度等主張武力平叛；宰相李絳、韋貫之、李逢吉則主張安撫妥協。由於唐憲宗和當權宦官吐突承璀支持前者，因此在元和年間，主戰派得勢，反對派只能夠利用輿論抗衡。

長慶元年，禮部侍郎錢徽主持進士科考試，蘇巢、殷士等人登第。前宰相段文昌效法前人，也向唐穆宗奏稱禮部選舉人才不公平，他指出這次進士科所錄用的人，都脫離不了人情世故。唐穆宗於是命得中之人重新參加複試，結果原榜十四個人中，僅三人勉強及第。穆宗盛怒之下，把與此次考試相關人等全都貶職，這也是牛李黨爭中的大事件了。

此後在朝廷上的爭論中，牛李雙方各有得失。他們彼此爭權奪利的嘴臉，甚至讓當時的宦官都有些看不下去。直到唐宣宗繼位後，牛黨之人再次得勢，李德裕被貶，後死於他鄉，這場爭論才最終以牛黨的勝利而宣告終結。

李黨主要人物李德裕，曾經從洛陽到潮州，只因當時交通不便，這一行程竟然耗去好幾個月的時光。在經過漳浦（今福建漳浦）盤陀岑時，他登上了當地的一所驛樓，回頭眺望北方故居，心懷感慨地寫下了這首〈盤陀嶺驛樓〉：

嵩少心期杳莫攀，好山聊復一開顏。
明朝便是南荒路，更上層樓望故觀。

人們很難想像到，如此一個在朝廷上爭權奪利的人也會有如此心境。李德裕口口聲聲說自己想要歸隱於嵩山中，不再過問家國天下事。雖如此，他卻還要找各種各樣的藉口，欺騙自己說只因政務纏身，怕是終生也實現不了這樣的願景了。所幸現如今經過這一片好山河，也能夠從中暫得一些清幽之味，心中不覺也高興幾分。

但明日又將要登上荒涼的嶺南之路，故鄉也就越來越遠，不知何時才能重新回到故里，一聽兒孫繞膝的歡娛，一想到此事，情緒卻又低落起來。

若是早一天明悟，哪裡又會繼續捨身於你爭我奪的政治之中？早一天離開，不正是早一天解脫嗎？人生終是苦短的，苦苦在驛樓上哀歎，沒有多少作用，反倒不如痛下決心乾脆。揮刀斬斷煩惱事，一心只向清淨修。只是紅塵若不斷，仙緣是無論如何也續接不上。

難得李德裕有這樣一份閒情。從更為客觀些的角度來看，李德裕終究還算是一個有功之臣。唐武宗即位不久，異族回鶻多次侵擾大唐邊境。為了籠絡回鶻族，唐王朝不得不採取和親的態度以求邊疆安寧。然而回鶻卻把唐王朝嫁過去的公主帶著隨軍，這分明是赤裸裸的要脅。想當年天朝盛世的時候，有多少外邦趕著前來朝貢。現如今果真是不復往昔了，區區一個小國，也能在大唐王朝的軍隊面前耀武揚威，這非要把人逼上絕路。

面對家仇國恨，李德裕重用大將石雄，同回鶻大軍展開了一場激戰。最後，李德裕不但大敗了回鶻大軍，還繳獲大量的牲畜、財物。更使人振奮的是，石雄大將用巧計，將委身在番邦的公主安全救回。不久之後，內地的邵義軍在劉稹的率領下叛亂起兵，李德裕又派石雄前去討伐，遂又很快平定了叛軍。

此時還有一位詩人，他已經年過七十了。對於這樣年歲的老人來說，人世間還有多少滄桑沒有經歷過？牛李黨爭在他看來，或許僅僅只是一句玩笑，但造福於民的事情，卻理應值得歌頌。再兒戲的政治，也是要以民為父母。哪管他究竟是對是錯，百姓安居樂業了，才真正算是一件好事情。這位老人便是大名鼎鼎的白居易，當他聽聞大將石雄的功績後，便懷著難以掩飾的激動心情，寫下了一首七言詩以表讚譽：

河陽石尚書破回鶻、迎貴主、過上黨射鸞鷟，畫為圖猥蒙見示，稱歎不足以詩美之。

塞北虜郊隨手破，山東賊壘掉鞭收。
烏孫公主歸秦地，白馬將軍入潞州。
劍拔青鱗蛇尾活，弦抨赤羽火星流。
須知鳥目猶難漏，縱有天狼豈足憂。

畫角三聲刁斗曉，清商一部管弦秋。
他時麟閣圖勳業，更合何人居上頭。

白居易絲毫沒有掩飾自己的崇敬之情。一個年過古稀的老人，還有著這樣一份心境，不同樣也是讓人佩服不已的事情嗎？

打敗了回鶻大軍，平定了邵義叛軍，甚至連下嫁回鶻的公主也能夠毫髮無傷帶回來，這樣的人假若還稱不上是蓋世英雄的話，怕是再也沒有天理了。如此英雄，理應是要神化一下。傳說他拔劍的時候，劍身都會閃爍著熠熠青光，劍尖像是蛇的尾巴四處亂舞；他射出來的箭後面帶著流火，哪怕像是芝麻大小的鳥眼睛也無處可逃。有了這樣神勇的人，天底下哪裡還會有叛軍作亂？只要有這樣的將軍在世，走到哪裡都會是一片祥和。或者只需要吹響幾聲軍中的號角，敵人就已經嚇得魂飛魄散。軍中按時打更的聲音，換來的將是處處可以聽見的悠揚的管弦之聲，這不正是一片好光景嗎？

當年漢宣帝為了表彰有功的大臣，將霍光、蘇武等十一人的畫像，畫在漢宮的麒麟閣上。如果日後再於麒麟閣上畫功臣像時，有誰能搶占了這位神人的位置呢？

這兩次重大的軍事勝利，使得唐王朝再一次展露出尚未完全熄滅掉的雄風。往日常在邊疆做一些騷亂之舉的國家，也全都安定下來，他們生怕哪一日自己就是唐朝軍隊的下一個目標。

細細算來，這份功績雖是屬於大將石雄，卻又和李德裕始終無法脫離關係。若不是他慧眼識英才，又哪裡來的這場太平光景？以後的故事會走向何處無人知曉，但單單為了當下的功績，李德裕同樣也值得被讚美。

然而李德裕終究還是因為身分的限制，而和政黨之爭再脫離不了關係。他是宰相的兒子，根據唐代的規定，高官的子弟可以不用參加科舉考試，直接獲得職位，這在當時社會中常被認為是極不光彩的事情。因而便有人藉此說李德裕仇恨進士，專提拔高官子弟。即便他在科舉考試中提拔、獎勵的都是一些門第孤寒的讀書人，可一旦被人扣上了黑帽子，終生難以改變容顏。

為了一改此種氣象，李德裕在唐武宗時期任宰相時曾規定：凡是在朝廷內有親戚任大官的子弟，均都不允參加科舉考試。可當時間推進到唐宣宗時期，李德裕卻被貶到了崖州（今海南島瓊山縣南），科舉考試又重新恢復了錄取大官子弟的規定。天下大批孤寒的讀書人聽到這個消息後很是憤慨，因而也更加懷念李德裕，當時就流傳著這樣一首〈絕句〉：

省司府局正綢繆，隱夢元知作解頭。
八百孤寒齊下淚，一時南望李崖州。

只需幾句話，便直白講出了朝廷內部的「潛規則」。朝廷中的機關衙門正在策劃商議著，究竟是誰應該拔得頭籌，而當時的官宦子弟殷夢，早就知道了他將會考中第一名。這樣的事情若是被稱之為司空見慣，好似也並不為過，只是可憐了成千上百的孤寒讀書人，十年苦寒窗，頃刻間化作了一縷輕煙。當天下寒士一起因為當朝的制度而落淚時，他們又怎麼能不懷念當年李德裕為政時的美好？

利益總是誘因，一旦風水輪流轉，爭奪和排擠再免不了。只可惜了這些飽讀詩書的學子，他們最終還是落進了無止盡的惡性循環，此生怕是脫身不得。此時反倒顯得「狂歌箕踞酒樽前，眼不看人面向天」的白居易最得天性，反正「禍來名滅不由人」，還何苦非要為此糾纏不休呢？世人不是看不穿，只是各自都願意披著錦繡面具，在彼此的糾紛中上演一齣出你是我非的鬧劇，最後結果卻是你死我活的悲慘。如此倉皇收場，究竟還有多少值得品味，怕是百姓終其一生也琢磨不透。

若說何苦為功名，只因身在此山中，這終究還是一場人生悲劇！

・相思斷腸

說起愛情的時候，總是要提到李商隱。只是李商隱寫下的「情」字，每一個字句都像是在情愛中沉浸了太久一般，越是想要解說清楚，就越總是陷進一片謎團，只記得曾經的一片癡情，卻再看不清楚誰才是最後的歸屬。

這兩首〈無題〉已經無法考究成書年份了。有人猜測其是寫就於開成三年，即李商隱即將要和妻子王氏成婚之前。從字裡行間中，分明可以看出這一癡情種子對閨秀的思慕，每每讀到此詩，總是讓人忍不住憶起往昔：

來是空言去絕蹤，月斜樓上五更鐘。
夢為遠別啼難喚，書被催成墨未濃。
蠟照半籠金翡翠，麝薰微度繡芙蓉。
劉郎已恨蓬山遠，更隔蓬山一萬重。
颯颯東風細雨來，芙蓉塘外有輕雷。
金蟾齧鎖燒香入，玉虎牽絲汲井回。
賈氏窺簾韓掾少，宓妃留枕魏王才。
春心莫共花爭發，一寸相思一寸灰。

有多少曾經，是許下了海誓山盟；有多少曾經，是驚醒了黎明一夢。夢見當初的信誓旦旦，如今卻不見枕邊人；夢見聲嘶力竭的千呼萬喚，只害怕聲聲不過萬重山，這樣的悲再難以向人訴說，每當說起，難免又要淚落沾襟。人家都是夫妻和合、花好月圓，自己又怎麼忍心去說起這些傷心往事呢？滿腹的閨怨，恰似都薰染蠟燭燃成的淚人。滿篇相思語，若不是實在被逼得無人可說，又哪裡會作就在一張白紙上？只嘆惜紙上墨跡未乾，人卻已經老掉了十分。

孤燈獨宿，這景致顯得越發淒涼了。金色翡翠鳥、幔帳芙蓉花，哪一樣不是當初恩愛的見證？此時此刻，雖不敢說心上人在外地一定變了心腸，可他哪裡曉得，此時此刻孤枕難眠的婦人家是怎樣備受煎熬！思念從來都是一種病，越想情越濃，越思心越痛。

當年漢武帝信神仙方士之說，東出大海訪蓬萊仙山，最終仍未得結果。可憐深閨婦人，只是想要見一眼心上的郎君，卻為什麼要比登天還難？人人都說距離千萬里，相見不容易。可這颯颯東風、淺淺荷塘，哪一樣不可以成為情話？怕只怕，不是路遠相思無人寄，而是日久天長再沒有相思意。苦苦等著，芳容又經得起幾重秋雨？

若捨心於一個人，哪管他富貴貧窮。多少古事是在訴說愛情的際遇，只留待春心一片共春花，每一寸的相思都燃成了灰，也不見心上人入夢。

這樣的情愛總是惹人心傷，想得卻不可得，誰奈人生何？偏偏生活總喜歡開這樣的玩笑，每一對情人被生生分別後，才得以證明，這份愛情到底可以有多堅強！可好好的戀人，何必非要歷經相思苦？這份磨難本身就是不可思議的苦旅，更兼上莫名其妙的愁緒，卻恰恰都流傳成了才子佳人的美談，一邊滿足後人的好奇，一邊辛苦了故事中的主角。後世的志異小說中，總也少不了這樣的故事。人們羨慕的是那份愛情的纏綿和偉大，可一旦涉及自身，卻只曉得沉浸於故事中，誰也不敢上演一齣曠世奇戀。

這麼說來，也總是有些悲哀了吧！

《聊齋志異》中，有一篇叫〈鏡聽〉故事。故事講到古代用鏡聽來預測吉凶的習俗，其說的是當一位婦女有煩心的事情而又不能馬上知道結果的時候，就會找來一面古鏡，用錦囊裝著，任何人都不能得見，然後虔誠向灶神行禮祈禱。之後還要雙手捧著鏡子，念七八遍的咒語。一切都完畢後，還需要跑出門，偷偷聽別人的談話，再根據他人的話語，推測自己所想之事的吉凶。婦人心中所想的事情，總不外乎是關於情郎的各種猜測。其實哪裡總有那麼多的不幸呢？此種祈禱也多是求安心。假若偶然聽到不好的話語，怕是真的要惶惶不可終日了。

詩人王建曾寫過一首七言古詩〈鏡聽詞〉，詩中寫就的便是一位丈夫出遠門的婦女用鏡聽來測吉凶的事情：

重重摩挲嫁時鏡，夫婿遠行憑鏡聽。
回身不遣別人知，人意丁寧鏡神聖。
懷中收拾雙錦帶，恐畏街頭見驚怪。
嗟嗟口祭下堂階，獨自灶前來跪拜。
出門願不聞悲哀，郎在任郎回未回。
月明地上人過盡，好語多同皆道來。
卷帷上床喜不定，與郎裁衣失翻正。
可中三日得相見，重繡錦囊磨鏡面。

這真是一名歡喜的婦人，從心中掛念到占卜吉凶，每一步都按照著既有的禮儀進行，生怕因自己的過失而觸犯了神明。其實她心中想的哪裡是神明保佑不保佑，這對她來說終歸只是一個理由。她真正掛念的是丈夫的安危，只是因為怕聽到不好的話語，這才在夜深人靜的出門去，但凡沒有聽到惡語，就一定是代表著好消息。又或者自己本就有了感知，說丈夫在三天之內也大概是要返家，這才忙不迭為夫君趕做兩身新衣服，卻又一時間慌亂，連正反都不分了。

可如果三日之後仍不見呢？那不妨再用古鏡來測一遍吉凶，再於夜深人靜時分悄悄出門，又可再得三日的期待，如此總是能等到丈夫還家的日子的。之前還是漫漫無期的等待，現如今只消掛念三天，不正是最好的安慰嗎！閉眼一望，好似夫君的身形已經出現在家門前，終不讓自己再獨守空房羅衾涼了。

可愛情的故事並不總是讓人感知到相思無限，一旦涉及到了男女之事，便也總會生出些悲劇。

許多人其實並不知曉，唐朝時，有錢有勢的大戶人家強搶民女也是常有的事情。唐玄宗的哥哥寧王李憲，曾霸占過鄰近一個賣餅人的妻子。這女子在寧王府中被困一年多後，有一日寧王問她，是否還想念那個賣餅的丈夫，並故意在宴會上專門把賣餅人叫到現場，以觀二人笑話。誰知，在座賓客看著他們夫妻二人雙雙落淚的場面，竟然也饒有興致。

詩人王維也曾在這列賓客中，正當有人叫嚷著要賦詩助興的時候，王維便藉著春秋時期的故事，以〈息夫人〉為題寫出了賣餅人妻子的幽怨：

莫以今時寵，能忘舊日恩。
看花滿眼淚，不共楚王言。

息夫人本是春秋時息國君主的妻子，當楚王滅了息國後，強將她占為己有。後來息夫人在楚宮裡雖生下兩個孩子，但卻始終不和楚王說一句話。其實只需短短十個字，就說盡了賣餅人妻子的心事。若是忘了舊恩，在見到舊人的時候，哪裡還會以淚洗面？若是貪圖榮華，在寧王面前又怎麼會不事歡笑？花天酒地歌舞鬧，在淚眼人看來都是要蒙上一層苦楚。和不懂情愛的人開口，簡直是糟蹋了愛情這兩個字。如此一來，還不如讓當初貧賤夫妻的情分爛死在心中，一輩子都不說出口，權當是自我祭奠吧。

於是，不禁又讓人把思緒拉回到大唐王朝的癡情種子李商隱身上。當初李商隱和王氏兩人雖也彼此恩愛，但兩人也沒迎來獨屬於他們的好日子。王氏夫人在李商隱三十八歲這一年辭別人間。王氏夭亡後，李商隱始終難以放下這場情愛，自此，再沒有留給後世有關於情事的任何消息。這一傷，怕是幾次輪迴都難以平復了。

相傳，李商隱放在詩集最前面的一首作品便是〈錦瑟〉，他幽幽怨怨說著往事，於日落日分的低語像極了一場控訴。這場控訴來得毫無緣由，卻處處讓人如同中了情傷，再也走不出情愛的泥沼。因這一場不得時的婚姻，李商隱自此也捲入了牛李黨爭，單純的情愛竟然也成了爾虞我詐的政治陪葬品。

錦瑟無端五十弦，一弦一柱思華年。
莊生曉夢迷蝴蝶，望帝春心託杜鵑。

滄海月明珠有淚，藍田日暖玉生煙。
此情可待成追憶，只是當時已惘然。

或許幾番滄海桑田後，故事中的男女仍還記得當初的你情我願。唯獨現世身邊早已經寂寥如空，只歎當時事，全都做了惘然情。這一場情愛中，再也沒有智者，死去的或者依舊在世的人，心中都只剩空蕩蕩的悲歎，一聲琴響就足以淚濕春衫。

・初戀的味道

記憶中抹不去的味道，總是滿滿的青澀，這大概就叫做初戀吧。

約是大和九年，杜牧離開了揚州牛僧孺的幕府後，又聽說湖州（今浙江吳興縣）風光佳麗，更因為此地的女子尤為美豔，因而便想要專程前去遊覽一番。杜牧的名聲自是很盛，湖州刺史知曉杜牧將要前來，早就好酒好菜地備下了招待事宜。誰知，這竟然不得杜牧的心思。遊玩數天後，杜牧只是草草對刺史說了一句「湖州地方名不副實」，這就要離去。刺史也深知杜牧的念想，一邊拉著他重新坐下，一邊趕緊地說起接下來的安排。

刺史開口就直奔主題，他說了過幾日便是龍舟比賽，更大讚一番那時的境況之盛，說每年到了這個時節，全城百姓都會聚集江邊，男女老少無一例外，更有年輕貌美的女孩攜手遊玩，這才真正是難得之事。到了湖州，若不去觀看龍舟比賽，可真的是枉走這一遭。話說到此，杜牧早就動心了，他再不提離去之事，卻每日等著龍舟比賽的日子。

到了這一日，杜牧從早晨一直流連到晚上，只是為了能尋得一個看上眼的女子。只是整整一天的尋覓都沒有結果，白白荒廢了他的一腔情意。傍晚時分，人們都已經紛紛散去，或是不經意的一個回眸，杜牧看到一位婦人帶著一個只有十一二歲的小女孩匆匆趕著回家。雖是年歲不大，這女孩卻生得一副好容顏。

只因這一眼，杜牧便動了心。本是有意上前提親，可再想想這女孩的年歲，又覺得終是不太合適，最後只得和女孩的母親許下約定說，只要等上十年，到時必定好車好馬，把已經成人的女孩娶回來。

當時，杜牧還許給這位母親一箱絲絹作為聘禮，並寫一下了一紙協議，定下了十年的婚約。杜牧口口聲聲強調說，自己先要去長安求得一官半職，十年之後若因其他事由而無法前來迎娶，女孩便可自嫁他人。

此後杜牧於官場上多次升貶，及至被朝廷外放到湖州做刺史的時候，才又重新想起了當年的約定。只不過這已經是十四年之後的事情了，後又派人多方打探，這才最終尋得當初讓自己心動的女子。只是該女子沒有等待當初情郎的約定，於三年前就嫁作人婦了，現如今已是兩個孩子的母親。

聽到這則消息後，杜牧一時間又喜又悲。喜的是，那女子嫁的人雖不是自己，可終究也並沒有誤了青春年華；悲的事情自然就更明瞭了，尤其在再次得見那女子時，這樣多情的詩人怕是也不知道該如何作答了吧。那女子的母親偏偏又領著女兒和女婿登門拜訪，在她們心中大概也終是覺得有愧，當初明明許下了了諾言，到頭來留給杜牧的卻只是一場空。

明知是自己失信來遲，再看看女子懷中呱呱哭著的嬰孩，杜牧不禁一片愴然，這才寫了一首〈歎花〉，贈給這個曾經讓自己偶然心動的女子：

自是尋春去校遲，不須惆悵怨芳時。
狂風落盡深紅色，綠葉成陰子滿枝。

要怨恨的事情也只有自己了，若不是白首為功名，又哪裡會尋春覓花遲遲歸？當年含苞待放的女孩，現如今已經是歷經風雨而開得正豔的花朵了。只是春去秋來，每朵花都是要終走向凋殘，又哪裡會因為遊人的留戀而誤了季節？

還有什麼值得傷感呢？花瓣雖已凋零，可現如今卻是綠葉成蔭，更有碩果累累掛在枝頭，這才真正是值得高興的事情。若是當初空空等著有情人來採摘，得一個有情郎尚可，如果遇到了負心漢，怕是只能有落花隨水了無蹤的淒然。

杜牧有些自怨自艾，可悔恨莫及又能怎樣？他也是一顆曠古的癡情種子，只要眠在溫柔鄉中，多少家國天下事都不想再去操心。只是有了此等心境的杜牧，怕是已經被官場的爾虞我詐傷透了心。正是再不願意去涉足那場泥潭，才願意捨身求得一時歡娛，只望於情愛中能把自己看得更加真切

無奈的是，留在記憶中的愛，被時間之水洗刷，便淡得了無痕跡，再也沒有回首的必要。當初的小美好，全都化作當下的心傷，隨著冷酒一杯杯飲下去，又怎麼能暖得了心房？

纖手垂鉤對水窗，紅蕖秋色豔長江。
既能解珮投江浦，更有明珠乞一雙。

這是詩人鄭德璘寫就的一首〈投韋氏〉。這分明又是一個才子佳人的故事，即便都已經快被說得滿嘴生瘡，這樣的故事也總是千年不衰。

鄭德璘老家在長沙，只因在江夏有一個遠房親戚，所以每年都要走訪幾次，且每次去也總是途經洞庭湖。更有戲劇性的是，在湖邊還總會到一個賣菱角的老人。老人家極好飲酒，而鄭德璘也算得上是一個爽快之人，一來二往和老人熟識後，每當經過此地，他都要請老人到船中對飲一番。

這一天，酒已經過了幾巡早就沒有人能記得清楚。老人看著眼前的這個後生，他慢悠悠說出了一道天機。老人告訴鄭德璘，不久後在他的身上將會發生一件大事情。鄭德璘忙接著追問下去，老人這才說道，只要有貴人相助，一場美滿的姻緣就不請自來。鄭德璘再想問貴人是誰，老人又多飲一杯，一面推託說自己老眼昏花，再看不透裡面的玄機了；但卻又若有味道說，這一切是上天早已經注定，唯有順其自然才能水到渠成。

懷著這樣一份忐忑的心情，鄭德璘的小船便行到岳陽樓下。這裡恰有一條大商船停泊著，於遠處隱隱約約可以聽見，一陣陣銀鈴般的笑聲。老人密語說，這是大鹽商韋某的女兒，而這條大商船便是韋某自家的。

世人都知道，這韋家少女年方十六，容貌百里挑一的。許多富家公子都想娶其為妻，可她偏偏一個也沒有看上眼。

鄭德璘問到是什麼緣由，老人才不疾不徐開始說。原來，韋家小姐看重的不是錢財，而是才德。再之後的故事便不需老人多講，鄭德璘心中早已經知曉了該如何去做。

這天晚上，月亮高高懸在半空，像是特意為才子佳人的幽會而設。鄭德璘獨自站在船頭賞月，恰巧韋家小姐也從船艙中探出頭來。月下觀美人，自是別有滋味。只消一眼，鄭德璘就被韋家小姐的美貌驚豔。他心中是想著要攀談一番，但又害怕過於造次，這才百般煎熬獨自站在月下，賞著明月的同時，痴痴想著如玉美人。

次日清晨，鄭德璘與鹽商的船同時出發，暮色裡，兩艘船又都泊在了洞庭湖畔，只是這一次，鄭德璘並未見那划船賣菱角的老翁。

趁著韋家小姐在船頭垂釣，鄭德璘悄悄取出一尺紅綢，在上題寫了這首〈投韋氏〉。然後尋得一個機會，把綢布丟給了小姐。這一丟，更是丟出了自己的一顆忐忑不安心。不明就理的韋家小姐打開紅綢看過詩以後，臉上泛起了紅暈。

一見鍾情，二見傾心。到了這裡，這段愛情故事也算是畫上了句點。郎有情女有意，世間還能有多少阻擋得住這份癡情？

後來又有傳說提到，韋家小姐當日並非不解風情，她手上也恰有一首情詩作為回贈拋給了鄭德璘。只是第三日再起航的時候，洞庭湖上起了大風浪，整條商船被風浪捲進了波濤中，世人再也沒有見到貌美如花的韋家小姐。

也有人說，鄭德璘遇見的那個老翁是洞庭府君。這方水神本有意是促成這場露水姻緣，只因著前世的一場愛恨情仇，今生的愛情終究再沒有續下去。多少神話傳說，自此也全都偃了旗鼓。人們大概也都再不願提起這段淒豔往事了！愛情也只是被深鎖在記憶深處，再經不起半點陽光撩撥，否則又要斷了心腸。

・心有靈犀一點通

這是發生在宣宗年間的故事。那該是一個風和日麗的春天吧，一個正值青春年少的讀書人名叫盧渥，苦讀了數年聖賢書，終於等來了盼望已久的科舉考試，只因考試一過，中榜不中榜都再不是他能決定的事情了。既然如此，暫時也就沒有了什麼煩心事，倒不如尋一個幽僻之所，好好散一散心。

也不知是走到了哪裡，只見宮牆深深，滿園的花朵競相綻放，不遠處還有著一座拱橋，橋下流水潺潺，這竟是人間仙境一般。再提起鼻子一聞，群花在風中散發出來的香氣，把人醺得微醉，怕是連水中的魚也因此迷失方向，只會在原地打轉。而因為這些景致而迷了方向的遊人，大概只有詩人自己吧。

恰在他不知所措之時，一位衣著華麗的宮女從轉角處翩翩走來。只是從這女子的臉上卻看不到絲毫笑意，滿院子的美景都掩飾不了她臉上的憂愁。清風拂過，像是故意要惹起這女子的傷心事。當那片紅葉落在她腳下時，只見女子俯身撿了起來卻又折回房中，提筆在紅葉上寫起了秀字。

盧渥有些不明所以，卻又見女子再次來到溪水邊，把這寫滿了娟娟筆跡的紅葉輕手滑落水中。她呆呆站立目望，直到紅葉隨水消失，這才斂起愁容轉身離去。

這一舉一動讓盧渥感到甚是不解。他急忙忙到宮牆外，順著溪水的方向找到那片寫滿了閨怨的紅葉。細細一看才曉得，這娟娟秀跡的背後，竟然還藏著一顆不敢向人訴說的春心：

流水何太急，深宮盡日閑。
殷勤謝紅葉，好去到人間。

流水太急，哪裡有心思停下來聽人講起心事？深宮太閑，哪裡有事情消磨掉滿腹慌亂？慌張的是什麼呢？不是被人奴役，更不是爭寵鬥心，而是眼看著大好的青春隨著流年一點點散去，卻依舊沒有一個知心人，陪自己說上一兩句話。這樣的日子，過一日似是要過一年了。流水之急，哪裡急得過歲月刀刀催人老！滿腹的心思也只有寫在這片紅葉上，順著水流，一直漂到遠方吧。唯望有一個懂得這些心思的人，能讀懂這幾行字句背後的心情。不敢奢求終生相許，只要有人能夠明瞭自己的寂寞，便已經知足了，身在宮中，心卻已經找不到歸處了。

後來也有人傳，盧渥曾作詩一首作為回贈，再之後大概還要演繹出一段淒美的情事吧。只是這些終究已經無法考證了，只當做茶餘飯後的談資，便也足夠。

而唐代還流傳著一個梧葉題詩的故事。據《雲溪友議》、《本事詩》等書記述，天寶年間，洛陽宮苑中的一位宮女在梧葉上寫了一首詩，隨手放入御溝，流出宮牆，詩云：

一入深宮裡，年年不見春。
聊題一片葉，寄與有情人。

此詩在民間傳播甚廣，其說的也是宮中婦人的寂寞春心。如此一來，如果真得某個有情郎甘冒風險回贈詩一首，這個女子大概也是要衝破世俗的牢籠以身相許。所幸，這位宮人比上一位宮人幸運許多，她寫下的這首詩，還曾得到詩人顧況的和詩一首：

愁見鶯啼柳絮飛，上陽宮女斷腸時。
君恩不閉東流水，葉上題詩寄與誰？

這分明是示愛的意味，如此直白問到那滿腹的心事究竟是說給誰聽，待到宮女看到此詩時，也早就明白顧況的心思了。自此，又要在心中多留出一個人的住所，後來之事，果不出顧況所料。十幾天後，他又在御溝流出的梧葉上，見詩一首：

一葉題詩出禁城，誰人酬和獨含情。
自嗟不及波中葉，蕩漾乘春取次行。

這一首詩在《全唐詩》中，被題作〈又題洛苑梧葉上〉。到了這個時候，早已經不是單單的哀怨了，這分明已經是兩個有情人之間的私語。女子還在悲歎命運，只願情郎能夠早一天把自己救出這片苦海。她的身上妝點了無限浮華，卻終難掩飾心底落寞和希冀。既然那片載著滿腹心思的梧桐葉已經流出宮中，心也不留在這裡了。可是這身皮囊呢，又將要作何處理？明明知道這樣的情感是虛幻的，卻又已經陷入，難以自拔了。

年年春不見，獨坐淚眼人。遙遙兩地的猜測與相思，使彼此的真情更加撲朔迷離。彷彿有一肚子的話終究不敢開口，卻又怕對方猜不透滿紙背後的深意，反倒使他人笑話。

這樣的情愫恰恰命中了情種李商隱的心，又成就了一首〈無題〉。後人對於李商隱寫就的詩句也多是猜測，不明白其究竟要向世人傾訴什麼。或許他不曾寫明白，只是因為這段感情若是念得太過直白，終會毀掉殘留在心中如同珍寶一樣的記憶，那些片段是再也碰不得。

昨夜星辰昨夜風，畫樓西畔桂堂東。
身無彩鳳雙飛翼，心有靈犀一點通。
隔座送鉤春酒暖，分曹射覆蠟燈紅。
嗟余聽鼓應官去，走馬蘭台類轉蓬。

星辰漫天，偶有輕風，情人私語，相會畫樓。這該是一場幽會的序幕吧，要不故事中的男女主角，怎麼會趁此許下雙宿雙飛的誓言呢？或許二人誰也不曾多言，只要彼此脈脈含情守望，就足以心心相通了。

這樣的夜晚總是顯得短暫，雖說是因遊戲而耗去了大半時間，可即便只是緊緊依偎在一起，也地守望地久天長。燭光搖曳，似是因為晨鼓而驚動了魂魄。這也意味著如此幽會總是要被俗事生生打斷。只是縱然已經騎馬上路，匆匆行色之下依舊難以掩飾回眸的衝動。心就像是路邊隨風搖擺的野草一樣，一邊想著政務，又一邊想著放不下的心上人。

只怕後會再難有定期，所以才把這回憶密密包裹，只在另一個夜深人靜時分，輕輕思念一下，以確保有些過往還是溫熱，還滲透著紅酥玉手的氣息。這份癡情的回味竟如此珍貴，以至於無論如何都是不能同別人講起。

可憋在心底又實在過於難受，也就只好欲說還休。欲說還休的感情，哪裡需要言說呢？一陣清風吹過，散落的是滿地情殤，只需有情人輕輕撿起，這份情思就有了寄託。

‧誰人甘寂寞？

情愛中最沒有發言權的人，便是那些宮人了。明明是貌美如花的年紀，更是懷著一腔春情的歲月，偏偏卻要在這冷冷宮牆中熬過這些華年，任誰來說都是辛苦。一入宮門，便失去了自由身。宮外的父母究竟有沒有老去容顏，兒時的夥伴現在也都已經有了歸宿了吧，唯獨剩下自己，在皇城中苦苦等著，是在等著有朝一日皇帝的臨幸，還是在等著年老色衰被逐出宮門？或許前一種選擇更讓人期待吧。只是等待總是煎熬，更沒有人能夠說得清，最後等來的結果究竟是喜還是悲。

這怕是最痛苦的一件事情了，明明孤獨，卻還要假裝歡娛；明明寂寞，卻偏要假裝滿足。到頭來也只得自己撫平心中的糾葛，隨著長夜一點點冷下去，待到天明看日出，或許才能稍稍暖和。

玄宗開元年間，皇帝曾經起了仁慈之心，讓宮女們縫製棉衣，賞賜給守衛邊疆的戰士，以示皇恩浩大。有一名戍守邊疆的士兵從分給他的棉衣中，發現了一首無名的情詩。這首詩的字字句句都寫得纏綿動人，甚至一度讓這個年輕士兵臉紅心跳。他大概也是一個正年少的男兒，隨軍打仗吃盡了苦頭，現如今一旦看到有人如此癡情，心思哪裡還禁得住翻湧？只是眾人都知道，這些棉衣是從皇宮中來，縱是有再大的膽子，也不敢再有所隱瞞。於是士兵最終把棉衣連帶這首詩上交給將軍：

沙場征戍客，寒苦若為眠。

戰袍經手作，知落阿誰邊？
蓄意多添線，含情更著綿。
今生已過也，結取後生緣。

每寫下一個字，似乎都是要極盡哀怨之能事。沙場作戰的士兵哪一個不是好兒郎？若能夠許得芳心於他們，也算是終身有所託了。一邊想著戰場辛苦，沒有自己手中的棉袍，將士們又怎麼能夠睡個好覺；一邊又想著每一個針腳都要細細縫好，以免這片相思情被別人察覺，否則也就辜負了意重情深。

這終究是宮女的一廂情願，她哪裡曉得，邊疆的男兒會把自己的滿腹幽怨呈給上級，進而再一級級地呈報到玄宗手中。原本不想就這樣荒度一輩子光陰，原本只求有個人懂得自己的心思，哪怕他依舊在疆場作戰，自己也算是有依託。或者果有緣分的話，即便今生做不了結髮夫妻，來世也一定要修得同床共枕。

這故事聽起來很感人，最後的結果，卻更出人意料。

唐玄宗看到此詩後大為震驚，任誰也想不到宮中還有如此不甘寂寞的人。玄宗命人把做棉袍的宮女都召集起來，他一定要找到作此詩的宮女。只是人人都震懾於皇威，誰也不敢指認是哪個人做了這樣一首詩。最後玄宗答應絕不降罪，那名宮女這才從隊伍中站出來。

玄宗果然沒有食言，他當即下詔，竟把這個宮女指配給了邊疆的少年郎。當消息傳到戰場上時，這個血性男兒一時淚如雨下。他怎麼也想不到，若是姻緣來時，無論如何也是擋不住，於是夫妻二人恩恩愛愛，共同經營起心中的幸福美滿。

這已經算是奇蹟一般的結尾了，當所有人都不再相信愛情能夠撼動心靈時，它再一次讓所有人見證了奇蹟。且不用去管究竟是不是郎才女貌，只要二人彼此心滿意和，這不就是最大的滿足嗎？

人生一世，有此等情事，也足以驚豔許多後人了。

只是在現實生活中，這已經算是極為幸運的例子了。大多數情況下，女子的一生都是要依附於男子。

若是不幸遇到了只懂得尋花問柳的達官顯赫，也就只有被販賣的命運了。這樣的女子一輩子也脫離不了侍妾的名號，明明是個貶稱，卻還要當成是珠寶一般，天天掛在眾人面前，直待再沒有值得炫耀的青春。

那時有一個名叫崔郊的秀才，只因家裡貧困而寄居在姑姑家。可巧姑姑家中正好有一個婢女叫翠蓮。翠蓮不僅人長得漂亮，且還略略通曉音律。崔郊和翠蓮二人長久廝磨，漸漸互生愛慕之情。這一天晚上，姑姑發現了侄兒同婢女翠蓮的私情，在封建禮教的家庭中，這是斷不能夠容得下的事情。於是她強行做主，把翠蓮賣給了當地的軍政大臣于頔。縱使傷心，面對此情此景，翠蓮也再沒有其他辦法。原本你情我願的兩個人，就這樣被硬生生分開了。

後來，翠蓮趁軍政大臣不注意時逃了出來，和崔郊在一棵大柳樹下約見。當又一次見到有情郎，翠蓮再掩不住悲傷而大哭，這聲聲啜泣，也讓崔郊百感交集。可翠蓮終究還是要回去，她始終沒有和崔郎私奔的勇氣。即便自己脫離了苦海，可年邁的父母呢？想到這裡，所有曾為愛情付出的努力都化成了泡影。臨別時，崔郊寫下了這首〈贈婢〉，以示自己也對這份感情念念難忘：

公子王孫逐後塵，綠珠垂淚滴羅巾。
侯門一入深如海，從此蕭郎是路人。

侯門深似海，她這麼一個弱女子又哪裡知曉其中的危險呢？每走一步，可能就會踏進被人提前挖好的陷阱中，如果再有緣見到情郎，大概也只能夠當成陌路人。縱然王侯將相爭相為美人揮金入土，卻也難以拭去她眼角落下的幾滴相思淚。

歌舞昇平不足貴，惟願不見心上人。越多不情願的親熱，也就越把這個女子往絕路上逼近。若她是個剛烈女子，怕是塵緣也所剩無幾了。或許在若干年之後，那落滿了荒草的墳塚前，只有一個破落書生每年都會前來憑弔兩聲。除他外，誰還記得起曾有一縷芳魂，留戀過人間？

人們多是喜歡傳唱這樣的女子，為了本不屬於自己肩上的膽子，她們卻硬要迎風挑起。或者也有撐不住的時候，那就不妨縱身躍出這片慾海，連行跡都不曾留下，灰飛煙滅，也算是極為忠貞了。

再沒有人記得起曾經的情郎了，似乎那一段愛情從來都沒有發生過，至此也泯滅了所有回憶，以及與此相關的所有味道。

・一生只聽機杼聲

又是因為封建禮教，那個時代讀過詩書的女子可真少之又少。可在男子的眼中，無才的女子總是美麗，風流雅士更喜好醉眠春花巷中，由此也生出了多少描述女子之美的詩句。只是這樣的字句說起的，終究不是現實生活，唯有那些平凡到幾乎被人們忽視的婦人，她們一輩子都秉持著相夫教子的倫理，平平淡淡走完一生後，竟可憐得連個名姓都不曾留下。

那時的婦女多依附著男子生活，便注定她們一生悲劇性的結局。若是丈夫被徵調去戍守邊疆，想要再相見，怕是難過登天了。又或者也許會再釀出來一個孟姜女哭長城的傳說，這總歸也會變成詩句。然而這樣的孟姜女也只是文人筆下的一種情懷，一旦到了上有老下有小的年歲，再沒有幾個女人能拋棄身邊的一切，單獨尋找丈夫。

或許紅顏薄命而嫁給了一個負心郎，這應該算是最悲苦的生活了。她們胸無點墨，這樣的不平又能怎樣訴說？一旦失去了生活的依附，等著她們面的人生到底還有幾多坎坷？

所幸，這個時代中還有一些詩人，記得這些發生在身邊的悲苦。這樣的故事並不淒美，但正是因為有了人肯在黑暗的角落發出幾聲吶喊，才讓這些女子的生命因此而銘記。

這一切，都是要從唐代實行的府兵制開始講起。

府兵制規定，從事農業生產的人在農忙的時候按時耕作，農閒的時候便要隨軍訓練，並且還要在每年的固定時間被徵調去戍守邊疆。男子到了二十一歲就要被徵召，一直到六十歲時才能免除徭役。不但如此，每一個被徵調去戍邊的農民都要自己帶上衣服、兵器和糧食。倘若是在盛世，幾個月的分離或許還可以忍耐；若是到了亂世，這一別，很難說是不是果真就成了永別！

後來，府兵制度逐漸敗壞，而被募兵制代替。募兵原本都是自願入伍的，到了唐朝中期，因戰爭頻繁，更常常遭遇全軍覆沒的可能。即便打著保家衛國的旗號，老百姓也再不願意參軍了。為了湊足軍隊的數量，強行徵兵更是屢見不鮮。尤其是遇到政治腐敗時，青春少年這一去，便在軍隊中花白了雙鬢。

家庭中的支柱再也回不來了，剩下一個女子維持全家生計，背負在她們肩膀上的重擔並不比戍守在邊疆的丈夫輕。長期的離散，使李白的這首〈子夜吳歌．秋歌〉分外淒涼：

長安一片月，萬戶擣衣聲。
秋風吹不盡，總是玉關情。
何日平胡虜，良人罷遠征？

月亮還是一如往常掛在半天空，不曾因為人間的戰事而憂傷。月亮終究不解風情，越是如流水一般的月色，也就照得人間萬戶更加憂愁。可哪裡又有時間去想這些煩心事呢？手上的征衣還沒有完成，卻總是想著穿上這身衣服的丈夫，到底還能不能回來和自己團圓。

秋天總是淒冷，瑟瑟秋風吹不停，既撩人愁緒又惹得心傷。整個長安城的婦女似乎都把目光放在了玉門關外。在那裡，有她們日夜思念的良人。她們不關心戰事到底如何，只要心中所想的人還活在世上，這就是最好的願景了。月朗雲清，何日才能平定胡人的侵犯呢？若果真有這麼一天，便是丈夫歸來的好日子，這才是真正能把心中的石頭放下。

只是誰也保證不了，這一日一定會到來。假如留給她們等待的終是一場空，這樣的故事又要惹得許多淚水橫流。

淚水再多，也難以填滿心中的溝壑，剛剛洞房花燭，卻要被這份離別硬拆成一地的感傷。若是沒有歷經過此等事情，又哪裡寫得出婦人心聲？偏偏就有杜甫這樣一個詩人，生在太平光景偏要遭受亂世紛爭。他眼見的一幕幕不平，最後也都只能化成這一首〈新婚別〉：

菟絲附蓬麻，引蔓故不長。嫁女與征夫，不如棄路旁。
結髮為君妻，席不暖君床。暮婚晨告別，無乃太匆忙。
君行雖不遠，守邊赴河陽。妾身未分明，何以拜姑嫜？
父母養我時，日夜令我藏。生女有所歸，雞狗亦得將。
君今往死地，沉痛迫中腸。誓欲隨君去，形勢反蒼黃。
勿為新婚念，努力事戎行。婦人在軍中，兵氣恐不揚。
自嗟貧家女，久致羅襦裳。羅襦不復施，對君洗紅妝。
仰視百鳥飛，大小必雙翔。人事多錯迕，與君永相望。

菟絲把低矮的蓬草和大麻緊緊纏在手中，它的藤蔓怎麼還能爬得遠？愛情被亂世阻隔，最後是否還能夠衝破重重障礙，獲得重生？這該是每一個人心中都留有的希冀吧！可希望並不一定會實現，尤其是在戰亂的年代，把女兒嫁給那些就要去當兵的人，還不如早在嬰兒的時候，就丟棄在大路旁邊任她自生自滅！也許有人會說，天下哪裡有這樣做父母的！可這卻明明是對女兒最好的打算了，明知成人後的苦難，反倒不如早早了卻柔弱的生命。

這樣的年代中，每一對結髮夫妻都沒有安心覺可以睡，而杜甫筆下的這對夫婦卻更要可憐了。就在前一天，他們兩人還相信著天長地久的誓言，僅僅只一個晚上的時間，這一切都變成了虛幻。草草成親本就是為了圓一場愛情夢，偏偏做夢的人卻都不願意醒來的。當要匆匆告別時，才悔恨不應該有這場婚事。當初若沒有你情我願，現如今又怎麼會有如此心傷呢？

為什麼要用這樣短暫的愛情，換取來遙遙無期的等待？這本是拋給上天月老的疑難，現如今怕是月老也因為人世間過多的質問，而再不會去回答了吧。

這一對新婚的小夫妻還沒有舉行過拜祖大禮，甚至連公婆都還沒有正式拜見過，生活就已經以最殘忍的方式鋪陳在他們面前。人都說，嫁雞隨雞，嫁狗隨狗，這婦人也頗懂得這些道理。戰亂的年份中也只祈求父母康健，這是已經為人婦的最大使命，更是出征男子心上放不下的重擔。

雖然前線並不遠，可戰爭如此恐怖，誰又能許下平安歸來的承諾呢？若不是規定婦女不能隨軍作戰，這新婚的女兒家也早就收拾行裝了。只是又可憐了這一身綢緞嫁妝，窮人家好不容易才置辦起來的一切，只在人前走了一個過場，現如今卻要收拾成壓箱底的思念了。只願有朝一日能夠像是天上的鳥一樣，自由自在入隊成雙，兩地相結同心，一生共盼團聚。

如果有一天，再沒了征戰，人世間的愛情才會顯得美滿。再不讓一個女子受這樣的相思苦了，哪怕少卻了書本裡的幾處佳作，也不要看到離人的眼淚再打濕了征人的心。

權把這樣的願景當成是每個人心中共同祈禱的未來吧！

・誰解其中味

自古至今，總是有這樣一群女子，她們一個個貌美如花，卻偏偏在最好的年紀被選入宮中。本以為這將是一場風花雪月的纏綿，最後的結局又總是讓人忍不住淚下沾襟。不是年老色衰依舊盼著皇帝親臨，便是只能苦苦對鏡貼花黃，總也是無人欣賞。

「宮女」這兩個字，在民間是尊貴的象徵，可在她們自己的心中，在被歲月沉澱之後，寫滿的也只有苦難二字，而這樣的故事，並不只是從唐代才開始傳說。

驪姬是春秋時期，驪戎族首領的女兒，西元前六七二年被晉獻公擄回晉國為妃。然而驪姬並沒有因此成為相夫教子的好妻子，中原的禮教在這位異邦女子身上顯得有些水土不服。她先後離間了晉獻公與申生、重耳、夷吾父子兄弟之間的感情，並設計殺死了太子申生，製造了駭人聽聞的「驪姬傾晉」。

當人們還在對一入宮門百事不憂充滿想像時，驪姬的故事卻從深宮中傳來，告訴人們這裡其實是一個龍潭虎穴，稍不留神就有送命的危險。岑參曾作一首〈驪姬墓下作〉，說的便是這一段古事：

驪姬北原上，閉骨已千秋。澮水日東注，惡名終不流。
獻公恣耽惑，視子如仇讎。此事成蔓草，我來逢古丘。
蛾眉山月苦，蟬鬢野雲愁。欲弔二公子，橫汾無輕舟。

澮水是澮河的一條支流，同時也是黃河的支流，與兩條河流都是在山西境內匯合。當時與驪姬墓相隔十三里之地，便是夷吾和重耳的墓。身在驪姬墓邊，卻並沒有渡船讓人橫跨澮水，因而詩人想要憑弔夷吾和重耳墓地的願望也就無法實現。人世間最令人感到氣憤的事情，是自己身處在一片惡名之中，明明有著心向光明的赤誠心，卻終因為腳下的阻隔而再邁不開步伐。

這樣的遺憾總是能夠浸透肌膚，一點一點滲入血液中，流遍全身。

可光明和黑暗又怎麼能夠分得清楚呢？不論這究竟是歷史故事還是現實，也都沒有去計較清楚得失的必要了。怕是越計較，也就越在黑暗的泥潭中陷得更深。這本是一潭沼澤，哪裡尋得到出路？所幸，深宮中的王妃並不都如驪姬一般惡毒。如是這樣，泱泱中原早就成了不毛之地。

同是在春秋時期，樊姬留給後人的卻一片美名。楚莊王即位後，常因沉溺於狩獵而耽誤了政務。他的夫人樊姬也曾規勸，只是楚莊王頗有些大男子氣概，哪裡聽得進一介婦人的言語。為此，樊姬一賭氣便再不食肉，尤其是楚莊王獵殺回來的野物。莊王最後終於被妻子的行為感動了，這才留下一段耐人尋味的故事。

一天，莊王退朝很晚，回宮時恰好遇樊姬出門相迎。樊姬問莊王何以如此晚才退朝，楚莊王回答說是因為和一位賢臣聊得甚久，才耽誤了退朝時間。樊姬繼續追問這位賢臣究竟是誰，楚莊王回答說是虞丘子。

沒成想，樊姬聽到這個名字竟然掩口而笑。這讓楚莊王有些不解，難道身為一國之君，同朝中大臣聊一些國家政事，果真值得這樣發笑？

樊姬的回答讓楚莊王震驚不小。她說，虞丘子最多也只能算是一個賢者，若是把他當成是忠臣來看待的話，恐怕是要鬧出大笑話。聽完這番話，楚莊王更陷入了迷惑。樊姬這才解釋說，虞丘子做了十多年的楚相，他所推薦的人，不是他自己的弟子，就是他是同族的兄弟，沒聽說他舉薦賢者，或罷免那些不稱職的人。身為朝中大臣只會用人唯親，這樣的後果自是可想而知的。楚莊王這才如夢初醒。

更難得的是，第二日楚莊王把樊姬的話說給了虞丘子聽，虞丘子自感慚愧，主動讓出相位，並推薦了一位真正的賢能之人孫叔敖。

這番故事自是要流傳千古的。人人都說，賢妻良母旺夫婿，有樊姬這樣的女子做妻，更是要被世人多多歌頌一番的，例如周曇這首〈春秋戰國門樊姬〉：

側影頻移未退朝，喜逢賢相日從高。
當時不有樊姬問，令尹何由進叔敖。

這是一出極為少見的夫因婦貴的故事。直到後世出了一個「金屋藏嬌」的故事，人們這才曉得，不管是盛世還是亂世，也不論是文人秀才還是鄉野之民，每個男人的心中都藏著一個有關於女人的夢想。一旦落地生根，必定會開出一朵燦爛的花。

相傳，漢武帝幼時，他的姑姑館陶長公主，想把自己的女兒阿嬌許配給他，於是便半開玩笑徵求他的意見。童稚的劉徹當場說，若得阿嬌作婦，當作金屋貯之也。長公主聽到如此回答便很是高興，遂力勸漢景帝，促成了這樁婚事。

劉徹的回答一方面贏得了長公主強有力的政治支持，另一方面也注定了西漢王朝未來幾十年的奢靡。但可憐的阿嬌並沒有等來劉徹許諾給她的「金屋」，貴為皇后的她也只是在劉徹的心中居住了一段珍貴時日，此後這裡再沒有了她的空餘之地。

元光五年，漢武帝使有司賜皇后書，以「惑於巫祝」為由奪其璽授，一場以阿嬌終身幸福為籌碼的賭博式政治婚姻結束了。幾年後，阿嬌鬱鬱而終，這場愛情也才以悲劇收尾。

各人有各自的悲歡離合，留給陳阿嬌的故事已經終結，可留給後人的歡喜或哀歎才剛剛開始，看看李商隱的〈茂陵〉吧：

> 漢家天馬出蒲梢，苜蓿榴花遍近郊。內苑只知含鳳觜，屬車無復插雞翹。
> 玉桃偷得憐方朔，金屋修成貯阿嬌。誰料蘇卿老歸國，茂陵松柏雨蕭蕭。

世事難料，唯獨只有松柏依舊，蕭蕭雨落，打濕了心箸，也總該是要留下一些憾事的吧！若沒有了這些遺憾，生活也才顯得過於蒼白。

‧玉露瓊漿逗青春

每年的七月初七日，任誰都忘不了牛郎和織女的愛情，唐代也流傳著一則類似的故事。

太原府有一個二十多歲的年輕人叫郭翰，長得一表人才。他不僅善於言談，且還寫得一手好字，只是這年輕才子的生活卻很清貧。一個夏夜，郭翰正在院子裡乘涼。是時，天上明月照人間，地上涼風沁人心。偶然間不知道哪裡飄來一陣香氣，只見從空中緩緩墜落一個人影。郭翰睜大了眼睛細看，才發現竟有一年輕貌美的女子來到自家院中。他忙起身問女子是從何處來，這女子卻回答說自己來自天上。

郭翰雖是半疑，卻也想到了此女子或許正是天上的仙女下凡人間。女子繼續說到，她本是天上的織女，只因羨慕人間生活，這才偷偷跑下來尋找愛情。

自此，就像是所有流傳後世的美談一樣，織女和郭翰兩人過上了幸福的好日子。可幸福最後也都是要被代表著權威的玉帝打碎。無奈之下，織女含淚離去，只留下人間的郭翰一人默默守著彼此間殘留的餘溫。

第二年的這一天，郭翰依舊在院中乘涼。偏又有一位仙女從天而降。她並不是織女，而是代替織女送信給郭翰。郭翰急忙把信打開一看，上面卻只有兩首詩：

河漢雖雲闊，三秋尚有期。
情人終已矣，良會更何時。
朱閣臨清溪，瓊宮銜紫房。
佳情期在此，只是斷人腸。

天上的銀河雖寬，但牛郎和織女每年的七夕還是有得見一面的機緣。可現如今同樣也是一個織女，縱然郭翰不是牛郎，也不應就這麼分別了，只有遙遙相盼，卻無期再相會。織女在詩中還提到，她住在銀河邊上的紅色樓閣之中，仙宮雖然被珠玉裝飾成了代表祥瑞的紫色，卻仍無法把天人之間的情愛連接。茫茫銀河水，日夜不停流，揮刀斬不斷，令人碎腸肝。

原本想要效法牛郎織女的愛情故事，縱然也知道最後或許也會被天庭強行分開，可哪怕是每年有一次的期會也值得期待。只是這兩人之間的愛情卻成了最悲慘的故事，甚至連書信都要找人代為轉交。天人之隔，想要謀面，難上加難，見字又怎如見面？

郭翰看了這兩首詩後，兩行淚流下。現如今，只有紙上的文字成了唯一的寄託，於是他也提筆寫了兩首詩託付仙女，帶給遠在天上的織女：

人世將天上，由來不可期。
誰知一回顧，更作兩相思。
贈枕猶香澤，啼衣尚淚痕。
玉顏霄漢裡，空有往來魂。

人間和天上難以相見，誰能想到這段純潔的相戀，卻成了悲涼的兩地相思。想起當初兩人相贈的定情秀枕上面，還殘留著織女的餘香，越是睹物也就越要思情且思人了。離別總要流眼淚，可人的一生有多少眼淚，經得住這樣的相思？一個在高高的銀河邊上寂寂相守，一個卻在人世間只得苦苦相望。若要相見，也只能夠夢中纏綿，亦或者等到百年後的魂魄飛升時才能一了心願。只是這人間的等待，怕是要熬白多少癡情人的青絲。

再去追究，這樣的故事終歸還是要影射到人間情愛。那遠在天上的「仙女」，或許也正是因為帝王的選秀而入到宮中，從此只消一堵宮牆，就隔斷了兩個相思人的愛情。

在人間，還有一個叫張雲容的美人，只因長於霓裳羽衣舞而深得貴妃欣賞。然而張雲容卻獨愛好長生不老的仙術，並常向一位申姓天師求道問藥。或是見此女一片赤誠，申天師便送給她一粒絳雪丹，說是在百年之後把此丹含在嘴裡，再加上一副好棺材，人的身體就能夠永世不腐。此後，尚需要再歷經整整一百年的時間，便會有一個年輕人出現。兩人需結成夫妻並白頭到老，張美人才能夠得道成仙。

許多年後，張雲容香消玉殞在連昌宮，她嘴中含著那顆絳雪丹，葬在連月宮附近。時間默默流轉到了唐憲宗元和末年。這一年，平陸縣的縣尉薛昭，私放了一個為母復仇而殺人的犯人，這才因罪被流放到海東。只是薛昭並沒有乖乖就犯，他在被押解的路上逃跑躲進了當時已經荒廢的連昌宮。這日晚上月朗風清，不知何時殿門竟然輕輕打開了。三位姿容姝麗的女子走進院子中，趁著如此夜景同薛昭談天飲酒。後來細細一問才得知，這三位女子中年齡最大的那一位便是張雲容，另兩位女子分別名喚肖鳳台和劉蘭翹。

談話間，不由得又提起了當年的申天師。張雲容若有所觸，再睜眼一看，眼前的薛昭竟然生得和申天師一模一樣。肖鳳台和劉蘭翹也看懂了姐姐的心思，於是便有意做媒，讓這兩個前世便已注定姻緣的情人當夜成就這樁美事。

於是肖鳳台舉杯向張雲容和薛昭祝賀，並吟出了一首詩：

臉花不綻幾含幽，今夕陽春獨換秋。

> 我守孤燈無白日，寒雲隴上更添愁。

肖鳳台開始回憶起許多年來在宮中的煎熬日子。縱然得以長生不老，可自己的好姐妹張雲容的臉上沒有多少笑容。曾經有多少煩心事，在現如今的陽春三月都付之東風了。該祝福的，自然是有情人終成眷屬。只是再想一想自己的身世，依舊只能守著孤燈不見天日，寒雲籠罩荒原，愁緒竟找不到擱置的地方。

劉蘭翹聽了肖鳳台的詩，又看見她淚流滿面，不由得也想起了自己同她的身世，於是也流淚吟出了一首更為淒涼的詩歌：

> 幽谷啼鶯整羽翰，犀沉玉冷自長歎。
> 月華不向扃泉戶，露滴松枝一夜寒。

再幽暗的山谷，也有啼叫的黃鶯。縱然沒有人欣賞，黃鶯也要時時打理身上的羽毛，哪怕只是對鏡自憐，也願意為這份美麗付出終生。可自己身邊雖然有如此多殉葬的玉器，伸手摸去，也只能夠感到一片冰涼，這又怎麼會不使人感到悲歎呢！月光冷冷照著這片墓穴，寒露一滴滴從松枝上墜落，縱然已經將要是春天了，和暖的春風怎麼竟化不掉心中的冰？這塊冷冰已經在地下深埋了若干年，只因遇到眼前的喜事，卻又惹得自己愁緒萬千。

新婚夫婦張雲容和薛昭明知是因為自己的喜事觸動了姐妹的心弦，於是也各附和了一首七絕，以示安慰：

> 韶光不見分成塵，曾餌金丹忽有神。
> 不意薛生攜舊律，獨開幽谷一枝春。

時間越久，故事也就越容易散化在風中。美人本應做塵土，所幸有那一粒仙丹含在口中，這才有了今日的美好姻緣。有情郎歷經人世到此地，必定也是命中早有安排。這山谷已經被荒棄多年，恰逢今日有這等喜事，大家何不好好地開心一番，為什麼偏偏要去尋那些苦日子呢？姊妹心心相連，一人開花，自是要多人同賀。能夠等來今日著實不易，好好高興一番才是正理。聽到新婚的妻子如此說，薛昭也自是要寒暄兩句：

誤入宮垣漏網人，月華靜洗玉階塵。
自疑飛到蓬萊頂，瓊豔三枝半夜春。

他從自己的身世開始講起。他說的是自己這個誤入連昌宮的漏網之魚，竟然陰差陽錯來到了玉階上灑滿月光的勝地，眼前的景況讓他一度懷疑自己是不是飛升到了蓬萊山頂，這才能於夜半時分看見眼前三枝美麗「春花」。既然春天已經來了，只要一朵花盛開便標示著有一片燦爛的光景等在前面，何苦還要再去想寒冬季節的那些苦楚呢？

於是這一晚上，四個人必定是酩酊大醉。縱然各自心中有著不同的緣由，但春宵一刻，若不歡娛豈不是果真白白地浪費掉了這場輪迴姻緣？開心也罷傷心也罷，一切都化成了杯中酒，一飲而盡後，他們各自的故事到了這裡也是該有個盡頭了，留下的神話讓後世人慢慢去琢磨吧。

・流水無情，落花有意

這是一個與李延年有關的故事。

李延年是中山人，父母皆為優伶。生在那樣一個年代，這樣的出身注定是要背負上幾分重擔。李延年自小精通音律，長大後因事犯了法才被處以宮刑，從此他只能在皇宮中做一位養狗的太監聊以度日。然而上天終不會如此草草虧待了他的一身才藝，只因李延年擅長歌舞，漢武帝便對此人滿心歡喜。他的身邊若是少了李延年代影子，怕是又要多出幾分寂寞了。

這一天，李延年正在為漢武帝唱曲，偏偏這位君王被歌中唱到的女子吸引，偶然動情，不由得感歎起人世間是否真有這般女子。侍奉在一旁的平陽公公不失時機，上前說到，歌者李延年的妹妹便是這樣一位美人。聽得此話，漢武帝或許是半信半疑，卻也掩飾不住心中的興奮，他忙命人把此女召進宮中。及至見到真人，這才果信確是一位姝麗，又因為她同樣能歌善舞，漢武帝心中喜歡，便封作夫人。

然而此李夫人卻沒有享這份榮華富貴的命，在為漢武帝生下一個孩子後，終究還是潦草走完人生。眼看著自己貴為天下君王，竟連身邊的美人都留不住，漢武帝不覺悲上心來。歲月留給他的，也只有思念這兩個字了。

這段故事，卻也感動了多少後人。詩人曹唐寫了一首〈漢武帝思李夫人〉，削去了故事的來龍去脈，單單只記錄下兩人的你儂我儂，也足以撼動各自心靈：

> 惆悵冰顏不復歸，晚秋黃葉滿天飛。
> 迎風細荇傳香粉，隔水殘霞見畫衣。
> 白玉帳寒鴛夢絕，紫陽宮遠雁書稀。
> 夜深池上蘭橈歇，斷續歌聲徹太微。

漢武帝篤信道家成仙之說，在他內心深處，自是希望心上人能夠飄升到天上仙境。只是可憐皎皎星河，隔斷了兩地人的相思。再美的白玉帳，也只能人單影隻一片寒。

所幸李夫人雖命短，但在有生之年還是幸福的。女人最終能夠有一個如此歸宿，也算是善始善終。只是天底下的美人總是薄命，曾被巨富石崇看中的綠珠便又是一個先例。

綠珠本姓梁，合浦人士。只因此地是有名的珍珠產地，且其父親還是個採珠人，這才有了綠珠這一名字。後來父親被人誣陷私運珍珠而遭了重刑，孝心深重的綠珠卻自願替父受刑。據傳，當地方官目睹了綠珠的美貌後，便完全免去了對她的刑罰。又因擅長歌舞，綠珠遂被當作了官府的歌妓。

一次偶然的表演，綠珠贏得了石崇的歡心。

石崇用三斗珍珠贖得了綠珠自由。這石崇雖是搜刮了不少民脂民膏，可他對綠珠卻是切切實實恩愛有加。他和綠珠常在洛陽城中的一處府邸玩樂，此處名叫「金谷園」。於此，綠珠也算是好命了，這份美人終於尋得歸處的佳，話總要惹得同病相憐的人一片心傷。

後世的杜牧在遊覽金谷園時，只是因為走到了石崇別墅的遺跡，心中不覺湧上些許情感，這才寫下〈金谷園〉：

繁華事散逐香塵，流水無情草自春。
日暮東風怨啼鳥，落花猶似墜樓人。

後世相傳，綠珠對石崇也是一片癡心。可這個女子最後還是淪為了權勢鬥爭的犧牲品。他人藉著索取綠珠的名號來為難石崇，當初信誓旦旦的男子，此時竟把所有的怨氣都歸結到了女子的身上。可歎綠珠滿腔義氣，寧可以身赴死，也絕不背上莫名的黑鍋。就在石崇來不及反應的剎那，一縷芳魂便墜落了。

時間已經過去了多少年頭，當初爭名奪利的人們也早已經化作了黃土。只是流水依舊，春草自生，除了偶有鳥兒藉著日暮東風的時候悲啼兩聲，誰還記得當年從這裡墜落下來的那個如花美人，以及那一顆堅貞之心呢？

命運隨風，不能把控的，怕也不只有綠珠一個。寫詩人怕的就是，自己的心思被人揭開，曬在大太陽底下，這樣的故事沒有人再願意說透。眾所周知的是，詩人杜牧身上的風流韻事也並不比古時少了幾分。

那是他去洛陽赴任的時分，當時城中名士李司徒遍請了各界好友，唯獨把杜牧一人遺漏。杜牧也並不是個會做些人情世故的主人，他仗著自己是朝廷派來的監察員，便命人向李司徒說明自己也要參加宴會。李司徒礙於情面，只好答應了下來，遂馬上派人去請杜牧赴宴。

然而杜牧早已經在自家醉意朦朧了，等他來到李司徒住處時，酒宴早已經開始。偏偏是站在兩側的歌女吸引了他的注意。李司徒卻要因杜牧的多情而說上一番風涼話，說什麼此地雖是美女如雲，可哪一個也比不上紫雲。杜牧自然要追問紫雲是誰，李司徒這才召來一位身穿白紗的妙齡少女。只消一眼，杜牧再也沒有禁得住眼前的誘惑，他竟不顧體面，向李司徒索要這位紫雲。旁邊的客人以及眾歌女聞聽此言，全都癡笑起來。杜牧這才知道自己失態，忙自飲一杯，作了一首〈兵部尚書席上作〉：

> 華堂今日綺筵開，誰喚分司御史來。
> 偶發狂言驚滿坐，三重粉面一時回。

杯酒下肚，杜牧笑的哪裡是自己的癡狂，這字裡行間寫盡的分明是那女子的美貌，這個皇帝親派來的監察史也被笑於大方之家了。可為了美人而惹人笑，對杜牧來說也總是最值得的事情吧。杜牧看上的人，哪管她是不是歌妓，或許動人的只是一個回眸，但記下的乃是那一面清澈容顏。

而說起歌妓多少事，卻總不離一個人，她叫蘇小小。

蘇小小是南齊時期錢塘名妓，芳華十九歲時便因咯血而死，終葬於西泠橋畔。蘇小小祖上曾於東晉朝為官，後家道中落而流落於錢塘，靠著留下來的祖產經營家業，日子過得倒也富足，因父母只有這麼一個女兒，所以更是疼愛有加。

可憐蘇小小於十五歲的年紀時父母雙亡，此後便不得已變賣家產，協同乳母棲居在西泠橋畔。沒有了父母的管束，自己又寫得一手好詩，蘇小小便也常常藉著這點積蓄和當地的文人雅士多了些來往。更有許多風流倜儻的少年因愛慕蘇小小的美貌，而和她日日纏綿在山水之間。

蘇小小的美名也自此傳開了，甚至還要遠被後世。直到豔骨入土，也禁絕不了文人墨客的追思。詩鬼李賀曾在蘇小小葬身之處寫下了一首有名的〈蘇小小墓〉：

> 幽蘭露，如啼眼，無物結同心，煙花不堪剪。
> 草如茵，松如蓋，風為裳，水為珮。
> 油壁車，夕相待。冷翠燭，勞光彩。
> 西陵下，風吹雨。

鬼雖異類，可情亦猶人。若人能得鬼之半分情，也不枉眼前好風景了。這字字寫景，可是聲聲都是在說著那段令人痛惜的往事。人世間尋一紅顏知己不易，偏偏既有了這樣的女子，卻還要落得一番短命的下場，這樣的情緒還沒有開始醞釀，就已經悲戚起來。

人們所求的，唯獨不過是個可以永結同心的人，怎奈就如此難了。

只聽悲歌一聲，揉碎了心腸。夏雨落，秋風起，冬雪掩芳骨，待到春日再相許。

・一世貞觀

西元六二六年，李世民繼位，次年便是「貞觀元年」了。從這一年開始，百姓的生活也終於有了指盼。李世民當時絕對想不到，整個中華大地在自己的手中會變成一場千古絕唱。更兼當時戰亂剛剛結束，又有著連年自然災害，看似每一件事情都是不好的預兆。第二年是蝗災，第三年是黃河氾濫，人們都說大災必定預示著凶兆。盤旋在渭河一帶的二十萬突厥大軍單等著一個合適的時機，企圖能夠一舉殲滅唐王朝。

這一年，李世民的龍騎坐得並不安穩。

真正讓百姓放下心的事情，是貞觀三年太宗派大將李靖率兵征討突厥一事。然而這一戰，可謂大勝。李靖不禁俘獲了眾多的人口和財物，更活捉了突厥首領。這真是大快人心的好事情，在百姓看來，自然災害尤可以舉全國之力共同抵抗，可一旦被突厥攻占了城池，國將不國，哪裡還有和平日子可言。因而這一戰，真正的意義反倒是在戰爭之外了。

這一勝仗更為唐太宗定下了天下。百姓的歡呼聲更多地給了這位英名的君主，李白的這首〈塞上曲〉便是最鮮明的頌歌：

大漢無中策，匈奴犯渭橋。五原秋草綠，胡馬一何驕。
命將征西極，橫行陰山側。燕支落漢家，婦女無華色。

轉戰渡黃河，休兵樂事多。蕭條清萬里，瀚海寂無波。

這首詩還是在懷古，即便是如同李白一樣的文人，也不願意如此赤裸裸誇讚君主的豐功。只是從詞句中，我們看到的分明正是唐王朝時期的邊疆往事。那突厥的鐵騎橫行在邊關，更有猖狂者一度侵犯到渭河。若再往前走一些，怕是連長安他們也不放在眼中了吧。青草茂盛，這本應該象徵著大唐王朝的茁壯生命力，但卻有如今橫行的胡馬亂了這番景致。若不征討，君王的顏面豈不掃地？

好在有眾多熱血男兒願意為國家灑出一腔忠誠。人們都喜歡勝仗，儘管並不是每個人都曉得打一場勝仗需要付出多大的代價，可結果是人人都看得明白的。只要在遼闊的大漠上再看不見突厥軍隊的影子，才能把懸著的心放下。

這不只是說給百姓聽良言，而是說給唐太宗本人聽的警戒。

普天之下，莫非王土。治理一個國家不容易，更難得太宗把這個國家治理成了千古難遇的盛世。假如當初沒有唐太宗，歷史究竟會向哪一個方向邁進？他說，百姓才是載著君王行走的小舟，航行的船哪裡有不依戀水的道理呢？離開了這汪清泉，他的這個皇帝也只剩下一場虛名。

於是上天開恩，還給唐王朝一場「貞觀之治」，太宗的名號也自此留了下來。

史書上的那一筆，必定是濃墨重彩。可若依著太宗的心思，他還是更看重百姓心中的皇帝的模樣。一直到唐肅宗至德二年，杜甫到鄜州（今陝西富縣）探親路過昭陵時，遙遙想起了當年的盛世，這才有了下面的〈行次昭陵〉，表達對太宗當年的念想：

舊俗疲庸主，群雄問獨夫。讖歸龍鳳質，威定虎狼都。
天屬尊堯典，神功協禹謨。風雲隨絕足，日月繼高衢。
文物多師古，朝廷半老儒。直詞寧戮辱，賢路不崎嶇。
往者災猶降，蒼生喘未蘇。指麾安率土，蕩滌撫洪爐。

壯士悲陵邑，幽人拜鼎湖。玉衣晨自舉，鐵馬汗常趨。
松柏瞻虛殿，塵沙立暝途。寂寥開國日，流恨滿山隅。

整首詩，只需看「天屬尊堯典，神功協禹謨」幾個字便足以讀到靈魂。古往今來，有幾人能夠和堯舜禹並列？杜甫在這裡或許有故意拔高的意圖，畢竟在一場大動盪後，人們都是願意想想之前的美好光景。對於杜甫本人來說，這更具有一番別意。

唐太宗登基後，一大治國措施便是任用賢才，也正是因此，才使所有大臣全都忠心耿耿地報效國家，這才有了國富民強的盛世。可對比起當下，賢才縱然不能說已經尋不到，只是天底下再也沒有能明眼辨出赤兔馬的伯樂了，這終歸是一件可悲的事情。杜甫他自己究竟是不是一匹千里馬，也因此沒有了定論。

而有關於太宗的傳言，鑒於歷史的原因，大多都流傳下來都是善事。人亦是有陰陽，那些生長在他背後的故事卻總是被當政者刻意忽略，從而塑造了太宗的完美。至臻至善的美，卻恰恰成了一種虛假。

太宗是一個文治武功都屬於一流的人物，他對王羲之的書法更是倍加喜歡。他也曾經大量收集王羲之的書畫，對《蘭亭集序》這一真跡更是仰慕已久。相傳，太宗曾用重金懸賞全國，只為能得蘭亭真跡。可也一直都沒有遂心。直到有一天，有一個叫辯才的出家人出現在這份名單上。

太宗下令召辯才和尚入宮，一邊熱情款待，一邊想要讓他主動獻上手中的《蘭亭集序》。辯才和尚早就鐵了心思，他至死也不會把《蘭亭集序》拿出來。太宗不知道的是，這真跡本是辯才的師父臨死之前交給他的遺物，臨終所託意義自然重大。此時交出《蘭亭集序》的真跡，怕是再也落不回自己手中了。

辯才和尚也明白，既然入得宮中，不交出《蘭亭集序》也是不可能的事情，於是在入宮前成詩一首：

初醞一缸開，新知萬里來。
披雲同落寞，步月共徘徊。
夜久孤琴思，風長旅雁哀。

非君有祕術，誰照不燃灰？

這夜晚有雲有月，本是最好的山外清修日。卻沒想到會因為手上的一幀字畫而引來許多故事。然而當政者始終看不透徹，縱然駐顏有術，最後一樣也要落得黃土成灰。唯有醉一場，或許才是人生得意處。

還要說起太宗的另一個故事：當年秦始皇曾派人到東海去尋仙問藥，最後耗盡了畢生的氣力也沒有等仙人回來。漢武帝更是癲狂，為了長生不老，他甚至把女兒都嫁給了煉丹藥的術士。最後術士的騙術被揭穿，漢武帝一怒之下殺了此人。這分明是太宗講給臣子的故事，怎奈自己上了年歲後偏偏也中了邪，只知一味貪戀著生時榮華，更要服下不少「仙丹」以求長生。

故事的最後，太宗以中毒身亡的結局為故事畫上了終點。再想起來這些往事，不覺發現辯才和尚的詩句似乎隱隱說出了一些不尋找的預兆。只是當時太宗的眼中只有《蘭亭集序》真跡，此後的事情早顧不上多想了。

太宗招待辯才和尚的那次宴會上，辯才和尚百般裝瘋賣傻，最後卻惹得皇帝滿是氣憤，乾脆想要一刀殺了了事；而若不是旁邊的太監提醒著還沒有到手的《蘭亭集序》，太宗的殺念怕也早已經變成了現實。最後的結局其實不用多思慮，太宗自然得到了想要的東西，手段對他來說更是次要。當目的實現的時候，人們心中必定滿是狂喜，哪還顧不了對方的憂傷？

這個故事結尾是，太宗臨終之際，囑託身邊的太監一定要把《蘭亭集序》的真跡隨葬，好讓自己在天國也能獨享這人間的珍品。從此，世上人再也沒有見過《蘭亭集序》的真跡。

至此，顛覆的不僅是太宗的形象了，或許世人對書上寫的歷史也該懷著多一份謹慎了。

・只因醉太平

百姓最喜歡看到太平盛世，他們的身上沒有那麼多的政治理想，妻兒團聚便是最好的生活。可即便是這樣簡單的理想，也往往因著君王的家國天下事，而被毀得了無蹤跡。在大唐王朝，如此迴圈也從來沒有停止。

唐王朝的邊疆上一共設有六座軍事重鎮，而安祿山一個人就擔當了其中三座的把守要職。天子日日沉溺於酒色之中，歹人哪裡不會心懷叵測？安祿山自認為奪得天下的大好時機已經到來，他一邊在范陽積極招兵買馬，另一邊還在和胡人暗中勾結，以排擠漢人軍官。一場政變眼看就要顛覆掉整個唐王朝的命運了。

其實在當時，安祿山的賊子之心早就有人已經察覺，只是玄宗手握著呈上來的一封封勸諫書，卻依舊抵不過美人的誘惑。甚至被後人認為是大奸臣的宰相楊國忠，也奉勸皇上說安祿山有了起兵造反的意圖，然而這個昏庸的皇帝是再聽不進去此等忠言了。他下令說，凡再有敢說安祿山要造反的人，必定全都捆綁起來送到范陽，讓安祿山親自處置。

天寶十四年，楊國忠獻計要把安祿山召回朝廷當宰相，另派其他三員得力的幹將到邊關鎮守，實則是想要奪了安祿山的兵權。玄宗明明同意，可寫好的詔書卻遲遲不發。相反，他卻派宦官帶了不少慰問品去邊關「看望」安祿山。這一次看望，多少也帶了一點玄宗的試探心思。安祿山哪裡不明白這些小心思呢？他只稍微賄賂了一下被派來的宦官，所有的事宜便全都在掌控之中了。

這一年的十一月份，安祿山果真起兵叛亂，玄宗這才後悔莫及。一場改變了所有人生活的安史之亂，在帝王的手中，生生由可能變成了現實。

後來杜牧從華清宮經過，又想起了這段往事，這才作〈過清華宮（其二）〉：

新豐綠樹起黃埃，數騎漁陽探使回。
霓裳一曲千峰上，舞破中原始下來。

此地依舊綠樹成蔭，不像是因為一場戰亂而有絲毫改變。想當年，那個宦官被派出京城的時候，大概也應該是如眼下的這一幅光景。恍惚間，似乎依稀能夠看到大道上因為馬蹄亂踏而起了陣陣塵土。這大概是前去打探安祿山是否忠心的人已經回來了。帝王心中沒有了家國，華清宮中依舊在跳著霓裳羽衣舞，整個驪山都能夠聽得見這動人的音樂。若不是後來安祿山真的攻打進來，這樣的假祥和真不知道還要持續多少年。

回想起來，也果真難以說清楚這場戰亂對於百姓來說究竟是好是壞了。玄宗的生活中只剩下酒色，軍權攥在安祿山的手中，連政權也全都交給了宰相楊國忠，這一個皇帝只是單單地看著眼前的豐腴美人，然後醉倒在一整日的歡娛中。

忽有一天，玄宗心血來潮問高力士，自己這些年都不處理政務了，還真的不知道邊疆的將軍以及朝中的宰相究竟把國家治理成了什麼模樣。高力士是個只懂得諂媚的人，尤其是在此刻，越多的好話也就越能博得皇帝的歡心。他忙上前回答，只用了「國泰民安」四個字就讓玄宗安心。

但高力士也算是一個有些良知的人，朝中的宰相他不敢惹，邊疆的將領卻要另當別論了。更何況，一旦安祿山造反，他的這份好差事怕也不會長久。於是他這才壯著膽子對玄宗提起了安祿山兵權過大的問題。玄宗或是早已經厭倦了，他只略微揮了揮手說了句自有安排，便把進言之人打發。

當唐玄宗只能驚慌失措帶著楊貴妃逃往四川時，他的心中究竟有多少悔恨，誰也猜不透。當年的花天酒地全都變作了滿目瘡痍，甚至連貴妃也要因此搭上一條性命。至此若是再不落淚，也實屬罕見了。當那一滴沉重的男兒淚滴下的時候，誰人還能說清這滴淚水背後的幾多深意？杜牧在華清宮，也把這些過往寫進了〈過華清宮（其三）〉裡面：

萬國笙歌醉太平，倚天樓殿月分明。
雲中亂拍祿山舞，風過重巒下笑聲。

可怕的永遠都不是萬國笙歌，更不是天下太平，而是這聲色犬馬醉了的人心。華清宮在月光的映照下顯得分外輝煌。當安祿山終於把此地納在懷中的時候，他曾一度高興，於宮殿中獨自起舞。那疾疾的步伐連打節拍的人都被亂了陣腳。同樣是宮殿，同樣是歡歌，同樣是一份愜意的心情，只是時日不同了，一切竟都顯得如此諷刺。

清風吹過，這樣的歌聲和笑聲，也都只能夠從山上輕輕飄過，再不著一點痕跡。

後世人們責怪起玄宗的時候，更容易把質問的重心轉移到楊貴妃的身上。玄宗確實寵幸貴妃，儘管貼身寵臣高力士曾經力勸過玄宗，但這樣的結果是再也避免不了的。空留給後人的，只有不停的感歎，感歎世事並不該如此，奈何君王左右不了天下事，反被叛臣拿走了帝王之態，由此有了李商隱的〈思賢頓〉：

內殿張弦管，中原絕鼓鼙。舞成青海馬，鬥殺汝南雞。
不見華胥夢，空聞下蔡迷。宸襟他日淚，薄暮望賢西。

帝王永遠都希望天下太平，而看在他們眼中的，也永遠都只有「太平」二字。透出一場歌舞，他們總是猜不透這場粉飾。連做夢都不會去想如何治理國家的唐玄宗，只懂得訓練青海運來的名馬跳舞，又或者是為死去的鬥雞歎息。除了貴妃，他眼中再容不下別人。他終究不會想到，自己有一天也會坐在望賢樹下憂傷老去。這對他這只是一場虛幻，是一場不真實的夢境。

許多年後玄宗才真正領悟到，虛幻的竟然是自己當時看到的太平光景，是在華清宮上演的那一場場歌舞，以及當年掛在自己臉上的甜膩笑容。現如今落在了泥潭中，才知道是再也難以拔出雙腳前行了。

身為帝王又怎樣，終歸也只是一個敗家子，順帶還毀掉了多少百姓的美滿日子。這樣的帝王亡國也就罷了，可他偏偏不知道有家才有國，最終竟以百姓的夢想來為自己的過失祭奠，給他再多的咒罵，也終不解愁恨，世事也就只能夠這樣過下去了。悲歎的時日總會過去，就像是曾經的歡樂也總要離去一樣，這是一場反覆，更是一場輪迴。看透了，也就不再會有心傷。只歎世間幾人能看透，半是清醒半是醉，且過得一生樂逍遙。

‧ 聲聲彌陀往淨土

一提到修行之人時，所有的故事便都換了一種顏色。這是不濃不淡的色彩，每個人的身上都披著五彩霞衣，或是朝陽或是落日，靜靜行走於深山老林中，不染塵世的一點風霜。世人都只是以為他們僅需要餐風飲露，卻不知道每一個出家之人背後都有著一段難說的辛酸。

畢竟有時候，出家也只能稱之為一種選擇，究竟有多少緣由是他們口中說的「因緣」，總也沒有再追究的必要了。而上自皇家下至百姓，人們心中的那份虔誠卻多半是出自於人倫。唐高宗為其母親建造的慈恩寺便是最好佐證，只因「慈恩」兒子，這顆孝心也才讓世人一覽無遺。

話說這一天，有兩位談笑風生的文人走進慈恩寺。一人身穿白衫，從略略有些發福的身材便可猜知其生活的安逸。另一人身穿藍衫，相比起前者則要瘦削許多，眉宇間似乎還有一股散不去的憂愁。兩人一路指指點點，藍衫人聽著白衫人的講解不時點頭。及至到了慈恩寺門下，兩人在一塊題詩板前停下腳步。看著上面早已經寫得密密麻麻的詩作，白衫人突然指著其中一首說，若要論起精髓，單單這一首就可以勝過其他了。藍衫人走進一看，這首詩原來是章八元寫就的〈題慈恩寺塔〉：

> 十層突兀在虛空，四十門開面面風。卻怪鳥飛平地上，自驚人語半天中。
> 回梯暗踏如穿洞，絕頂初攀似出籠。落日鳳城佳氣合，滿城春樹雨濛濛。

十層高的大雁塔高聳入雲，四面的風從塔上四十扇門吹進來，恍惚間便以為這裡真的是仙境了。人站在這裡，四周皆是白雲，自是該有幾分飄飄欲仙的感覺。若是從塔頂再往下看，便有人開始驚奇於鳥兒好似都像是在走平地一般，平平穩穩從眼前飛過，絲毫沒有因為高度而變得緊張。在這樣的高度，總是不敢高聲說話，否則塔下的人單單只聽到了聲音卻看不見人影，豈不是要生出更多怪事來。

遊人在塔中迴旋的樓梯上攀登，就好像是在穿越山洞一樣，越是迴旋也就越有著想要早些爬到頂上的衝動。及至攀登到了那高高的塔頂，這種感覺又像是飛出籠的小鳥一樣，一抹清亮便驅走了籠罩在心頭的黑暗迷茫。再崎嶇的道路，也總是有個盡頭，登山是這個道理，爬樓是這個道理。若是再碰到幾個心思縝密的人，大概也要從中悟出一番人生道理吧。

從塔上望去，長安城在淡淡的暮靄中若隱若現，濛濛的細雨也在不斷滋潤著滿城春樹。這一派迷人的景色像是一杯清酒，雖不濃烈，可醉掉的人哪裡是因為這杯酒，他們醉的完全是自己的心，一顆因為脫離了凡塵反而越顯得率真的心性。

這詩這情，和慈恩寺是分不開的，更是同佛門清淨有著扯不清的糾葛。遊人們看到這一白一藍兩人在題詩板前面指指點點，便覺納悶，早有人把這事情報告給了慈恩寺的方丈。方丈出門一問才知道，此二人正是赫赫有名的白居易和元稹。有兩位大詩人在眼前評詩，方丈自是聽其決斷。後來，方丈命人把題詩板上的所有詩句都擦掉，單單留下了這首〈題慈恩寺塔〉，也算是對白、元兩人極大的尊敬了。

但於此處題詩的不僅僅只有這兩人。天寶十一年的秋天，杜甫也登上了慈恩寺塔，他同樣作〈同諸公登慈恩寺塔〉一首：

> 高標跨蒼天，烈風無時休。自非曠士懷，登茲翻百憂。
> 方知象教力，足可追冥搜。仰穿龍蛇窟，始出枝撐幽。
> 七星在北戶，河漢聲西流。羲和鞭白日，少昊行清秋。
> 秦山忽破碎，涇渭不可求。俯視但一氣，焉能辨皇州。
> 回首叫虞舜，蒼梧雲正愁。惜哉瑤池飲，日晏崑崙丘。
> 黃鵠去不息，哀鳴何所投。君看隨陽雁，各有稻粱謀。

開篇第一句就氣勢磅礴，再不用去細數這座塔到底有多高了，只需要抬頭看一看天空，就明白了十分。天底下哪裡還有能跨過蒼天的巨物呢，似乎連烈風都想要把這座高塔撫摸一番。越是高，也就越覺得是到了天界。左右一看，仿佛那北斗七星就在身邊，果真是伸手就能夠碰觸到。若是再側耳傾聽，大概也能夠聽得到銀河水流的嘩嘩聲吧。

傳說太陽是由六條龍拉著的車架奔騰向前，又有羲和趕著太陽跑。他嫌太陽跑得慢，還不斷用鞭子鞭打太陽催它快跑。站在如此高的地方，不知道會不會擋了羲和的道路，甚至還會讓太陽多遭受一些不必要的苦難。

相隔此地不遠便是終南山和秦嶺。在平地上望過去，只能看到眼前的一片青蒼；而在塔上遠眺，卻見群山大小相雜，高低起伏，大地好像被切成許多碎塊。這般景致，也只有大自然這個造物主有如此鬼斧神工的妙處了。涇水濁，渭水清，這在地上看是百般鮮明的事情，然而從塔上望去卻又分不清哪是涇水哪是渭水了？清者不再清，濁者也不再濁，清濁混淆了，人世間的其他事情哪裡還能再分得清楚。既然站在了高處，一切也都模糊了，誰又能說這不正是最好的境界！

再看皇城，依舊只看到朦朧一片。這是另有含意的故事了。山河破碎，清濁不分，京都朦朧，政治昏暗。在杜甫的眼中，登得越高，卻恰恰是越把這些事情看得更清楚。本想做個糊塗人，竟只因著清醒而多了幾分痛楚。

回首一望，年華數千，古有堯舜，近有貞觀，但這又能改變什麼？走進了佛門清淨地，若是連清淨都還尋不到，這豈不是莫大的悲哀？再回首，只看得見「蒼梧雲正愁，不見月朗星更稀」。

當晨鐘暮鼓響起的時候，能夠靜下心來看雲淡風輕的人，才真正知曉了何為放下。從來沒有放不下的概念，只有願意和不願意。

一切因緣，只是起於心。不管是風動還是幡動，最終還是要算作看客的心動了。

・是隱非隱

又見玄都觀。

詩人實在繞不開自己的心緒，終究還是要和在玄都觀種桃花的那妙齡少女聯繫在一起。如此風情的道姑，只消一個回眸，就足足帶走了遊人的心魄。

大和二年的春天，劉禹錫再一次遊覽玄都觀，只見這時的景色早已經和十四年前大不一樣了。詩人自己前前後後歷經兩次回京任職的歷程，觀舊時景，不禁在感慨之餘作詩一首，權且當作是找個可以說說心事的人，倒出滿肚子的故事，像劉禹錫的〈再遊玄都觀絕句〉：

百畝庭中半是苔，桃花淨盡菜花開。
種桃道士歸何處？前度劉郎今又來。

當年的百畝庭院一分未減，可現如今竟有一半長滿了苔蘚。大概是因為過了季節吧，桃花都已經凋落，只剩下路邊的菜花還在努力盛開，像是要向人們證明此地還有些微生機。然而屬於這份生機的，也只剩下了無情感的植物。當年那雙栽種下這片桃樹的纖纖玉手再也尋不到了，看遍整個道觀，竟連一個道士的影子都不見。只記得上一次劉郎來看花，還能遇到一個妙齡女子；這一次劉郎沒變，桃花也是依舊，而那女子呢？果真是隨著歲月散掉了容顏，還是因念念不忘當初的一面而生出許多嫉妒？

每一份猜測都引起心中多少糾葛。當初的怦然心動不在了，就像是回頭看著自己的年華一樣，如同流水般靜靜從眼前漂過，多少歡娛，多少荒蕪，都成了往日雲煙。本有心掬起一捧，卻發現流水最終都是要從指縫裡悄悄溜走，自己的每一次挽回都是徒勞。

當年的玄都觀，桃花盛開的時候可以說是一處絕景。人人爭相而來，一是為了看花，一是為了燒香祈福。那辛勤種桃樹的道士看護的桃園，又和詩人在官場上看護的國家有什麼區別？只不過是兩個不同的範疇罷了，大概全都在於自己是不是用心做好了本職。只是年頭一過，當年的故事便都做了陳年爛穀，再沒有人願意去嘗。當年的官場人，現如今死的死、亡的亡，世道已變，唯有求著長生的道士還執著於自己的信仰，可是他們卻忘記了流落在人間的這片桃花。道人一走，滿地桃花也就無主了。幾年荒蕪後，誰還有再心思看這些景致？

除了玄都觀外，似乎整整一個盛唐，再沒有道觀可以留得下名號了。不是因為各地道觀均沒有見聞，更何況唐王朝本是一個崇道的國度，又兼國君和道祖同姓，哪裡有理由只提及到玄都觀呢？唯獨李白寫就的一首附會之作，這讓後世人知曉了一個生於人世間的玉真仙人。

這是開元十八年的事情。李白前來拜訪唐玄宗的妹妹玉真公主，這一次的拜訪，可真正謂之是無事不登三寶殿。李白本想透過玉真公主的推薦進入仕途，於是也就難免對玉真公主大肆褒揚一番。不管是不是出於真心，這件事情也終歸是非做不可的。

> 玉真之仙人，時往太華峰。清晨鳴天鼓，飆欻騰雙龍。
> 弄電不輟手，行雲本無蹤。幾時入少室，王母應相逢。

李白的〈玉真仙人詞〉可真的是費盡心思，他把玉真公主當成是一位仙女來寫了，甚至還要讓位高權重的王母娘娘禮讓玉真仙人幾分。這就像是一首量身訂做的佳作一般，豈有不得玉真公主開心的道理？大唐國風崇尚仙學，玉真公主更是對長生不老、尋仙求道之說有著濃厚興趣，一聽到自己果真成了天上的仙人，自然也十分受用。再看詩中的一番描述，有哪一個字不是依照著仙人臨駕的場面來寫？與其說這是李白的一場讚美，反倒不如說是他為玉真公主生動描繪了一幅羽化之後的畫卷，正因為有了如此鮮明的景象，才使這份溢美越發顯得真實可信。

於是，玉真公主也果真給李白引薦了不少王公貴族。在一場宴會上，他還有幸結識到了當朝宰相的兒子張垍。一來因為有公主引薦，二來也因為自己著實喜歡李白的詩歌，張垍便口口應承要帶著李白去見自己的父親。這可樂壞了這位大詩人，在他面前所能看到的，正是一片光明燦爛的仕途畫卷。

然而李白卻並不曉得張垍的人品。當他只因聽到李白對自己的幾句不敬時，當日宴會上的諾言，卻都變成了對李白的惡語相向。而且他說壞話的對象不是別人，正是唐玄宗。

這段故事就這麼不經意畫上了句點。只留給李白滿眼的希望，以及留給後人無盡想像的玉真仙人，除此外再沒有值得言說的事情了。若不是那碎成滿地的理想再也撿不起來，怕也成就不了李白這一位篤信道家的詩人了。

這樣的結果是喜是悲，任何一個後人都再沒有評判的權利。只有李白自己過著屬於自己的生活，再不因人世間的這些糾纏而落寞。大醉一場，泛舟幾許，清風戲微波，或許也真的飄飄成仙了。

・一時悲苦，一世愁腸

杜甫算是唐朝的縮影了，盛唐時期，他也有著安定的日子可以過活，但一場動亂改變了大唐的命運，也改變了他的人生。個人在家仇國恨面前似乎總是微不足道，對於整個國家來說，這猶如大海中多撒上了一把鹽，根本就分辨不出究竟是鹹是淡。可對人杜甫本人來說，短短幾十年的人生便是他的全部。

若是能夠在這幾十年的光景中，遇一兩個知心的好友，也算是不枉走過這一趟。哪怕前路再艱辛，也會因著身後友人的祝福而顯得不再落寞。嚴武曾經寫了一首〈巴嶺答杜二見憶〉，表達的便是他和杜甫之間的這份深情：

臥向巴山落月時，兩鄉千里夢相思。可但步兵偏愛酒，也知光祿最能詩。
江頭赤葉楓愁客，籬外黃花菊對誰。跂馬望君非一度，冷猿秋雁不勝悲。

在杜甫的後半生中，嚴武是他特別倚重的一個人。雖然杜甫要大嚴武十四歲，但時運不濟的杜甫，卻常常要靠著這個忘年交來周濟過活。杜甫和嚴武的交情中大概並沒有摻雜太多這樣的思緒，只是天長日久依託著對方照顧，也終歸說不過去。因而即便嚴武年歲小，杜甫也都是以「嚴公」、「嚴鄭公」、「嚴中丞」等尊稱，嚴武卻因為杜甫在家中的排行而直呼其「杜二」，言語外的直接可見一斑。

雖然嚴武名譽不佳，卻是一個「能人」。詩人高適雖然能將李白投靠的永王李璘打得一敗塗地，但他在四川任職時卻遭到吐蕃屢屢進犯，一籌莫展的高適因此被不少人奚落。隨後，嚴武被朝廷任命前來抵禦吐蕃進攻。廣德二年秋天，嚴武帶兵擊敗吐蕃軍七萬大軍人，收復了不少失地，吐蕃也嚇得短時間內再不敢再侵犯唐朝邊境。

因為嚴武的這番勇猛，杜甫曾寫詩稱讚說「已收滴博雲間戍，更奪蓬婆雪外城。」大概嚴武也是一個愛才之人，因此才同老時無所依的杜甫有著惺惺相惜之情。而嚴武寫起詩來也有些氣魄，「江頭赤葉楓愁客，籬外黃花菊對誰」的句子還頗有幾分名士風味。這一文一武的友情，卻在見字如面的歲月中沉澱，後人或許早已經不再知曉曾經有過這樣一段故事，但在杜甫的年華中若是沒有了嚴武，怕是連正常日子都過不下去了。

人終是需要另一個同類相知相守，杜甫需要的是讚美、是理解、是在自己一意孤行的時候還有人能夠拋棄一切，與他攜手同行。短短數十年的光陰中，得遇到此等人的機會並不多。晚年的杜甫有了嚴武一個知心人，也足夠了。

只是在他們各自的心中，都還懷恨著那一場安史之亂。若不是戰亂，兩人也許依舊天各一方，但這絲毫沖毀不了他們心中曾經的夢想。這一次戰亂，改變了太多，多少人們來不及細數自己究竟丟失了什麼，就被時間的洪流匆忙地沖進下一個輪迴中，毫無準備迎接著陌生的人以及陌生的生活。這不只是一場回憶，或者更確切地說，往事已經變成了一場鏡花水月，只能遠遠觀之而剩下無限思念。

安史之亂已經過去了十多年，玄宗和他的兒子肅宗也都相繼離開人世。這似乎預示著一個時代的終結，即便曾經輝煌無限，任誰也都逃脫不了宿命。當年宮內侍奉玄宗的人也都已經四處流散，老的老，死的死，偶遇一兩個舊友，於冬夜圍爐而回憶起往昔，竟總是要眼淚不斷。

可憐這世道光景，卻讓人生出這麼多莫名的悲傷。

代宗大曆三年，杜甫由蜀地坐小船沿著長江東去，本意是回中原投靠親友，可親友也都已經不知道下落。最後他也只能沿著長江一帶漂泊，妄圖尋得一個可以安身的角落。時間斷斷續續走掉了兩年光景，這年春天杜甫遊走到潭州（今湖南長沙），不曾想竟然在此地偶遇了舊時好友李龜年。原來李龜年也早已經在此地飄零多年。兩個滿腹哀怨的人一見面就雙雙說起陳年往事，最後果真還是要引得一首滿是惆悵的〈江南逢李龜年〉消解心頭的愁苦：

岐王宅裡尋常見，崔九堂前幾度聞。
正是江南好風景，落花時節又逢君。

遙想當年，在岐王和崔九的家中，兩人也是常常相見的。一者以文字做歌詠，一者以歌詠做心聲，那也是一段歡樂的歲月了。現如今世事變遷，寫字謀生的人過著朝不保夕的日子，一代聲優也幾近淪為街頭賣唱，再說起這番心緒必定滿是悲涼的色調。或許你之歌聲我之文字還是和以前一樣能說盡心中無限事，可江南風景再好也改變不了這身命運了。故友相見，也只能說上一句「好久不見」，便再沒有了後文，留下來大面積的空白，卻比說透徹了還要讓人心傷。

當年杜甫初逢李龜年時，是在「開口詠鳳凰」的少年時期，也正值所謂「開元全盛日」，王公貴族中有不少附庸風雅之人愛杜甫的才情，也愛李龜年的歌藝。年少時期的兩人也都是對未來充滿了期望，尤其是彼此相重的這份友情更顯得更加珍貴。

只是現如今，回憶都像是夢了。人道江南風景好，不如好風景中再見舊時人。落花時節雨，只惹得故友淚如絲線，以及無可避免的黯然。此時若再一別，可真的不知道何時再能相見了。名人又怎樣，還不是和勞苦大眾一樣受著歲月蹉跎，逃不出宿命的輪迴。

這樣的情節，怎麼越說越悲傷了？還是收拾起眼淚，好好過活吧。不管當下的日子如何，下一步也總該是要走好的。揮手一別，說出口的竟只有祝福，再不見了當初的戀戀不捨，以及滿口盛世光華。

・錯貶人間的仙人

有關於李白的故事實在太多了，這總是讓人不知道該從什麼地方開始講起。他注定是一個傳奇人物，從他出現在人們視野的那一刻起，後世便再少不了他的名聲。更難得的是，他每走一處，都會留下些許痕跡，空讓後人仰望著脖頸，卻追尋不到仙蹤魅影。

那一年他在長江遊玩，當行船駛過安徽當塗西北的牛渚山時，夜色已經籠蓋了四野。停船於此，卻可以從夜色中看到江面上隱隱約約地透出十色五光。李白這才恍然明白過來，原來這裡就是當年謝尚聽袁宏講史的地方，一段更古來的傳奇便由此誕生。

相傳東晉時代，有一個出身孤貧的青年袁宏，是極會做詩的一個人，他有五首詠史詩，可以稱之是自己的得意之作。然而這樣一個才子賴以謀生的職業，卻是為大地主家運送收上來的租稅。有一天夜裡，他的米船停在牛渚磯下。因實在閑得無聊，便吟誦起自己的詩作。恰巧此時值守牛渚鎮西將軍謝尚從此地經歷，而謝尚是當時相當有名氣的大詩人。聽到袁宏的吟詩聲，謝尚便派人查問是誰在高聲誦讀。得知是袁宏後，謝尚便請他上了自己的大船，他和這位窮酸書生長談了一個通宵。此後，謝尚便請袁宏在自己幕府中擔任參軍。而更以後的事情是，袁宏的名氣一天比一天響亮，他一直官至東陽太守。若是沒有當初那一段夜來詠史的機遇，他又怎麼會有後來的飛黃騰達？

此時的李白有些思緒萬千。透出時間的長河，他似乎看到了當初的那兩個人在船中對飲，一個侃侃而談，另一個側耳傾聽。這一來一往，竟是羨煞旁人。再看看自己身邊的空寂，不覺產生一片怨意，便寫下了這首〈夜泊牛渚懷古〉：

> 牛渚西江夜，青天無片雲。登舟望秋月，空憶謝將軍。
> 余亦能高詠，斯人不可聞。明朝掛帆去，楓葉落紛紛。

牛渚山下的西江夜應該是極為孤冷，天空中沒有一絲雲彩，縱是有著夜色籠罩也能看得清頭頂上的這一片青天。本有心上船順水而流，有著清風和明月作伴也算是一番愜意了。可此等風景只能使人憶起前朝舊事，不覺又對當下多出些悔恨。為什麼是一樣的景致，為什麼也是一樣有著滿腔才情和抱負的人，卻唯獨不見當時的伯樂再與千里馬邂逅呢？夜色哪裡容得下等待，若是再沒有知我心思的人出現，怕是就真的要揚帆起航了。楓樹的葉子窸窸窣窣落下，究竟是為著什麼緣由而嗚咽？月下的長江還是靜靜聽著古人說古事，也縱容著遊人訴過往。

這是一個暫時脫離了塵囂的世界。月還是那輪明月，水卻不是當年的流水。人生匆匆如過客，自古悲秋總多情。

如此一來，還不如去尋成仙長生之道，反倒能得一份自在逍遙。

世人皆知道，李白對道家文化有著濃重的興趣。天寶元年，他和道士吳筠一起在浙江剡中時，便結識了唐玄宗的妹妹玉真公主。吳筠和玉真公主二人對李白的文筆讚賞有加，尤其是玉真公主，她的金口一開，李白寫得一手好詩的名號直接傳到了玄宗耳裡。不多久，玄宗便下詔要召李白進宮為官。雖然並不清楚自己究竟會受到什麼樣的待遇，但能夠得到當今皇上如此賞識的人，普天下怕是再找不出第二個了。李白歡喜和妻子告別，又寫下了這首〈南陵別兒童入京〉以表歡欣之態。在他的眼中，大好前程正一點點鋪陳開來。

白酒新熟山中歸，黃雞啄黍秋正肥。呼童烹雞酌白酒，兒女歌笑牽人衣。
高歌取醉欲自慰，起舞落日爭光輝。遊說萬乘苦不早，著鞭跨馬涉遠道。
會稽愚婦輕買臣，余亦辭家西入秦。仰天大笑出門去，我輩豈是蓬蒿人。

這是一件大事情，大到一聽說有如此好事便要拿出過新年的氣象來慶祝一番。有新釀造的美酒，有剛剛宰殺的家雞，只消尋個溫酒的容器把酒壺中的佳釀暖起來，人生便一片太平了。兒女知道父親有了喜事，一個個都歡蹦在他的周圍載歌載舞。似乎在這些小孩子的眼中也看到了他們未來生活的改變。這樣的大好日子，若是不多喝幾杯，是再也對不起妻子的這番好廚藝了。

酒到酣處更要把劍舞。那與落日爭輝的劍光恰似這一身才情，明明很耀眼，卻只有等到日落西山的時候才能被人識出，不覺又有一絲惋惜。但不管怎麼說，好日子終是要來。如今正要跨馬遠行，讓那些不痛快的事情隨著杯中酒一起醉在昨日吧。

古時有個叫朱買臣的人，他的妻子只因家窮便嫌棄了他，豈止此人日後卻是要大富大貴的。再回首看，自己的妻子正默默站在門外，攜著子女，雖是滿眼不捨，可也脈脈含情留給自己許多祝福和牽掛。人生難得糟糠妻，一份癡守幾多情。

出門前，放肆仰天大笑了一番。想起往日的光景，不自覺地自豪說起胡話。說的是自己又怎麼會是湮沒在荒草中的種子呢？若不展翅高飛，便果真是要浪費掉滿身才情了。

普天下敢說出這句話的人也沒有幾個，泱泱幾千年文明，因著這一句話，而給後世留下一個詩中仙人。或許在百年之後，那個曾經一心想著天上仙境的人，早已飛升到九天銀河外，獨自去尋那一片凡塵中終不得的逍遙了。

・一車木炭歎伶仃

很難在詩句上分得清楚，這究竟是有關於白居易的故事，還是有關於賣炭老人的故事。

王朝中的宮殿一樣也有著煎熬的冬天。只是達官貴人不像老百姓一樣，只能用性命維持溫度，他們可以肆無忌憚燒起炭爐，溫暖偌大的宮殿。而建造起這份溫暖的人，卻要在寒冬中受盡苦難。

宮廷中所需要的一切使用之物，都有專門的官吏到市場上購買。只是一邊是辛辛苦苦養家的百姓，另一邊卻是有著整個王權撐腰的耀武揚威的犬馬，這樣的買賣中從來就沒有平等的概念。得遇官老爺高興了，或許還會打賞幾兩銀子；若是碰到晦氣時候，怕是連性命都要擔憂。

律令上規定的是，出宮購買物品的官吏，要和販賣者平等商議最終的價錢，所謂買賣不成仁義在，這也算是一項極大的愛民之舉了。當時間推進到唐德宗年間時，所有的採購行徑都由宮中宦官把持。在這些人心中上沒有皇親國戚，下沒有百姓黎民，只要進入他們腰包的金銀就是屬於他們自己的。因而在價格上再沒有了平等商的倫理，即便這些物品僅僅只是宦官們自己的喜好，他們也總是藉口說是皇帝所需，哪個百姓還敢伸手向當今聖上索要報酬？不僅如此，賣主還要親自把物品送到宮中，稍有怠慢便會落得血本無歸。

這一年的冬天比往常都要冷上幾分，宮內需要大量木炭來生火取暖，宦官們為了在自己的主子面前極盡諂媚之能事，一個個都跑到市場上來搶購木炭，背後還藏著他們不肯輕易說出口的賊子野心。每多購進一斤木炭，他們就能從中多漁利幾兩銀子，這樣的美差事有誰不願意去做呢？

那是一個地上結滿了凍冰的上午，有一個白髮蒼蒼的老人趕著牛車來到街上賣炭。這時只見前面來了兩個騎馬的宮人，一個穿白色綢緞，一個穿黃色綢緞，單單憑這身模樣打扮就知道這場買賣必定是有賠無賺了。老人有心轉身就走，可這樣做只能讓自己及全家人再多餓一天的肚子。可如果上前招呼，也明擺著是要虧掉本錢。這樣的選擇對於冬雪中蜷縮在角落避寒的老人來說，做得異常艱難。

迫於生計，老人只好選擇了那條最不願意走的方向。

最後的交易結果是淒慘的。老人用整整一車炭只換回來「半匹紅綃一丈綾」，這些代價也只能夠用來繫在牛頭上做一番裝飾，在這樣寒冷的日子中沒有絲毫裨益。而整個交易的過程卻被一位詩人看到並寫下〈賣炭翁〉，這才讓我們能夠管中窺豹，得見當時社會上的種種奇聞，這個人便是白居易。

> 賣炭翁，伐薪燒炭南山中。
> 滿面塵灰煙火色，兩鬢蒼蒼十指黑。
> 賣炭得錢何所營？身上衣裳口中食。
> 可憐身上衣正單，心憂炭賤願天寒。

夜來城外一尺雪，曉駕炭車輾冰轍。
牛困人饑日已高，市南門外泥中歇。
翩翩兩騎來是誰？黃衣使者白衫兒。
手把文書口稱敕，回車叱牛牽向北。
一車炭，千餘斤，宮使驅將惜不得。
半匹紅綃一丈綾，繫向牛頭充炭直。

老人滿身灰塵，臉上和手上都是炭火燻烤的顏色。兩鬢已經灰白了，卻還要整日在終南山中砍柴燒炭，為的只是能夠吃上一口飽飯，再給身上多添一件保暖的衣服。可憐在這數九寒天的日子裡，連地上的大雪都要比身上的穿戴厚出幾分。雖然已經極為淒冷了，但心裡卻是更願意讓天氣再冷一些，只有如此這車辛辛苦苦燒成的木炭才能賣出一個好價錢。

清晨出門時，看到厚厚的積雪，老人心中曾經是歡快的。那一瞬間，他似乎看到了最後交易達成時的場景，更看到了全家人圍坐在火爐邊上飽飽地吃上了一口熱飯。這大概是他在這個冬天中最大的願景了。

然而一直到日近中午、人困牛乏之時也沒有賣主前來詢問價格。百無聊賴之際，也只得把車停在一片爛泥中稍作休息。可左等右盼，最後出現的卻是為宮中賣炭的宦官。即便想要逃離，也再來不及了。他們手中拿著公文，口口聲聲說這是奉了諭旨，不由老人開口便要強行拉著牛車往皇宮走去。

老人只得亦步亦趨跟在後面，心中暗暗祈求這些人能發一發善心，可憐可憐他這個孤苦無依的老人。然而他的願景還是破滅了。宦官繫在牛頭上充當炭，值的不過是一匹紅布而已，除了拿到當鋪去賤賣幾個銅板，再沒有了其他用處。

當初的希望之火燃得越是熾熱，此時也就越感到寒冷，甚至冰凍到刺骨。

人人都有家，何苦非要把人逼到如此絕路上？這個王朝已經病入膏肓了，曾經滿是夢想的白居易，也只看到了滿地泡影，獨自哀歎一番。看著眼下苦難，想著未卜前程，不覺總是要再多出一份悲傷。為了這個老人，為了自己，也更為了這個王朝，而自己竟也做不了什麼。

唐憲宗元和十年，白居易被降職到江州（今江西九江）任司馬。這一年的白居易，看上去比實際年齡要老了很多。他滿頭白髮，心事沉重，當聽到妻子在屋外洗刷碗筷的聲音時，白居易不無深情勸說起內人，是該早點進屋休息了。

夜已經深了，窗外的雨還在淅淅瀝瀝下個不停。這麼多年過去了，屋內的鋪蓋依然破舊不堪。妻子哪裡肯就此入眠，她從旁邊拿來針線又開始縫補棉被。可調皮的孩子卻不斷叨擾母親，白居易也甚是心疼，不斷催著妻子上床休息。然而妻子總回答說，眼前秋過就是寒冬了，若是再不抓緊時間做些針線活，怕是這個冬天又要在煎熬中度過了。

這無心的一句話，恰恰觸動了白居易的心弦。許久之後，看著已經漸漸熟睡的妻兒，他自己卻在床上輾轉反側，再無心睡眠。於是起身寫下了一首〈贈內子〉，以表自己對妻子這些年的感謝及愧疚之情：

白髮長興歎，青蛾亦伴愁。寒衣補燈下，小女戲床頭。
暗澹屏幃故，淒涼枕席秋。貧中有等級，猶勝嫁黔婁。

春秋時期有一個叫黔婁的人，因為有些才能，齊魯兩國的人都想要請他去做官。可他只因為看不慣官場上的爭名奪利而拒絕了所有邀請，最終只落得窮困潦倒地了卻了殘生，甚至連死的時候都還是衣不蔽體。

想起這個故事的時候，白居易似乎也看到了自己的結局。可憐自己和妻子都已經是滿頭白髮，卻還要妻子如此操勞著，甚至連兒女們早睡的心願都滿足不了，這該是給自己這個大丈夫多大的羞恥呢！縱然知道妻子是不會因此而責怪自己的，可自己又能去責怪誰呢？

唯有看著滿頭白髮，留下一地長長的歎息，這樣的世道，遲早是要毀滅的吧。

・天下之大，哪裡容身？

王勃在初唐時期可算作一個傳奇人物。他是絳州龍門（今山西河津）人，字子安。因與于龍以詩文齊名，所以才並稱「王于」，也稱「初唐二傑」。又因也與楊炯、盧照鄰、駱賓王齊名，又稱「初唐四傑」，王勃更居「初唐四傑」之冠。

王勃是隋末大儒王通的孫子，也是王績的侄孫。王通是隋末著名學者，號文中子，王通生二子，長子名福郊，次子名福畤。福畤即是王勃的父親，曾出任太常博士、雍州司功、交趾縣令、六合縣令、齊州長史等職。以家世來論，王勃是出生在道道地地的書香門第了，這也早早注定了他日後的人生。一來才華橫溢，二來恃才而孤傲，正像是一把寶劍的鋒利兩面，每一面都給了人們難以平復的傷痛。

十四歲時候，王勃參加科舉考試，一舉中第，這更加使得他鋒芒畢露。乾封初年，他在沛王李賢的王府中侍讀，兩年後因不經意寫就的一篇〈檄英王雞〉，被唐高宗一怒之下趕出了府院。此後他便開始出遊巴蜀地區，過上了浪跡天涯的漂泊生活。

人人都喜歡出遊，以為遍遊天下美景是再好不過的日子。可誰人知道在這份閒心的背後，究竟埋藏著多少外人所不曉得、也不願意參悟明白的故事。

咸亨三年，王勃擔任虢州參軍，但卻因擅自殺死一名官奴而犯了死罪。上天有好生之德，偏偏在他入獄之際又遇到了朝廷大赦，這才保住一條性命。此後的王勃，再沒有心思在官場中尋些功名了。他本想南下探親一解這些年的苦悶，不想在途經滕王閣的時候，因那篇〈滕王閣序〉而讓自己名留千古。但這已經是絕唱了，短暫停留之後的再次起航，年僅二十六歲的王勃連人帶船都被驚濤吞進口中，人世間又少了一個文曲星君。

這個在短短的人生中卻飽經了歲月滄桑的人，在生活面前，也必定是多愁善感的一顆種子。又兼心高氣傲，難得遇到一兩個知己，因而又總禁不住離別的愁緒。當那首〈送杜少府之任蜀州〉被寫下來的時候，人們不禁記住了他的詩句，更記住了兩人依依相別。距離豈能成為情感的阻隔，唯有相思才能長出飛翔的翅膀，伴著友人上路，寸步不離。

城闕輔三秦，風煙望五津。與君離別意，同是宦遊人。
海內存知己，天涯若比鄰。無為在歧路，兒女共沾巾！

秦末項羽曾把長安一帶分成三國，所以後世稱之為「三秦」。古代的三秦之地，拱護著長安城垣宮闕，遠遠望去只看得到風煙滾滾，卻望不到蜀州岷江的波濤。這裡正是友人要去的地方，只可惜在自己立足之地，斷不能看到友人在那邊的活動了。於是只得感歎，雖然都是天涯遊子，卻能得你我這一份情誼也算是命運的垂青。揮手道別，卻仍有著心心相印。四海之內只要知道有個人在遠方思念，不管他過得是好是壞，都還有人保留著一份真誠的祝福，這便是人生的一大幸事了。既然如此，何必要在分手的時候哭哭啼啼，反倒把這番光景變得悲涼！

同是為求官飄流在外的人，離鄉背井，已有一重別緒；彼此在客居中相互話別，又多了一重別緒。可人生得意，又怎麼能夠讓離別的愁緒來支配自己呢？不如大筆一揮，寫下幾句贈別，只祝願在前路有著更順意的發展，而不是單單留戀在自己的身邊。這才是男子漢大丈夫所應該做的事情，即便人生不如意又能怎樣，我們控制不了命運，難道還控制不了對待命運的那顆真心嗎？於是各自歡喜，這一醉，只為了心中的豪情。

此後的王勃，繼續在仕途上謀求發展。直到他因著各種際遇而看透所有後，這才想明白，人生並不應該拘囿在如此框架中，等待他的還有大自然的鬼斧神工，還有古人和來者的妙筆生花。這個世界從不因為任何一個人的飛黃騰達而欣喜，也從不因為任何一個人的失魂落魄而哭泣，所悲所喜的人永遠都只是自己。一場歡笑或哭泣後，只留給觀者一番癲狂的形象，而那癡瘋的人早已經準備要踏上新的征程。

只是王勃怎麼也想不到，那篇讓他收盡無數美譽的〈滕王閣序〉竟會成為自己的絕唱：

（節選）

……披繡闥，俯雕甍，山原曠其盈視，川澤紆其駭矚。閭閻撲地，鐘鳴鼎食之家；舸艦彌津，青雀黃龍之舳。雲銷雨霽，彩徹區明。落霞與孤鶩齊飛，秋水共長天一色。漁舟唱晚，響窮彭蠡之濱，雁陣驚寒，聲斷衡陽之浦。

……

嗟乎！時運不齊，命途多舛。馮唐易老，李廣難封。屈賈誼於長沙，非無聖主；竄梁鴻於海曲，豈乏明時？所賴君子見機，達人知命。老當益壯，寧移白首之心；窮且益堅，不墜青雲之志。酌貪泉而覺爽，處涸轍以猶歡。北海雖賒，扶搖可接；東隅已逝，桑榆非晚。孟嘗高潔，空餘報國之情；阮籍猖狂，豈效窮途之哭？

……

山川有變化，歲月有增減，連人的情感都不免要被這些事情蒙上一些悲喜的情緒。人們在窮途末路的時候大概總是要自我嘲諷幾句，然後便是抱頭痛哭。人世間有幾個人能夠做到老當益壯且還要窮且益堅？言語之間，王勃並不甘心自己當下的處境，他著實還是很年輕，未來本應該還有漫長的路途在鋪展。他想要做的事情太多了，多到自己竟無法一一細數清楚，最後也只能夠用「理想」這樣一個單薄的詞彙來掩蓋一切。

可古往今來，有多少有志之士在面對艱難險阻時，總能執著追求自己的理想，即使在長時間不得志的逆境中也不曾消沉放棄。現如今，他自己果真能放棄嗎？

然而，縱然王勃心中有再多的不情願，上天還是太妒忌人世間的這個英才了。當波濤湧上航船的時候，王勃眼中的淚水或許早已經和汪洋匯成了一片。這個從來不肯向命運低頭的男兒，最終還是落下了一滴無可奈何的淚水。是苦是鹹，也只是化成了大海中的浪花，只等波濤起時，歎一場可笑人生。

閑雲潭影日悠悠，物換星移幾度秋。
閣中帝子今何在？檻外長江空自流。

這是一首寫在〈滕王閣序〉前面的序詩。在那場生死劫難之後再讀起來，不禁讓人感慨起流水無情。除了再多出幾分悲傷外，也只好相互攜手互道珍重。命運的玩笑實在太過詭異，你我安好，便是最大的幸福。
當年的長江水，現在應該還在兀自流淌吧？

驚破霓裳羽衣

說不盡的唐詩，不過是歌舞昇平一場

唐代民俗生活卷

民間文化是人民創造出的最古老的生活情趣，它的根源可以追溯到人類發展的初始階段；民間文化同時也是最年輕的流行文化，因為它仍然活生生存在於各時期的日常生活中。民間文化同時也是整個社會文化的基礎，具有極強的生命力。

「百里不同風，千里不同俗」，對於幅員遼闊、歷史悠久的中國來說，各地的風俗習慣蔚為大觀。每一種民俗都有它的歷史淵源、美味傳說、獨特情趣以及廣泛的群眾基礎，經過千百年來一代代的演繹和發展，中國民俗日益呈現出獨特的魅力，從而形成一幅描繪百姓生活的民俗畫卷。

・浸泡出來的日子

中華民族最喜歡飲茶，茶葉這種特殊的飲品成就了多少雅士的一番情思。作為茶的故鄉，茶葉更在很早時候就被定義成為「國飲」了。只因中華民族又被稱之為「詩國」，茶和詩之間這才架起了密不可分的淵源。

要論起茶詩妙品，自然也和盛唐脫不了關係。君子之交本是淡如清水，卻只因為放進一兩片茶葉，而使味道變得清香。眼看著白水的顏色一點點被浸染出些微茶漬，這份友情也在歲月的磨礪中變得渾濁，或是歷久彌堅，或是如同泡久了的茶水一般且清澈，直到彼此再沒有瓜葛。

但同友人相聚，把酒話別算是一種意境，品茶聽曲也總是有著很多情調在其中。李白也曾經和友人一邊啜飲著茶水，一邊吟唱各自的心聲。這樣的場景，若是放到時下，怕也算是最清閒的生活了。

常聞玉泉山，山洞多乳窟。仙鼠如白鴉，倒懸清溪月。

茗生此中石，玉泉流不歇。根柯灑芳津，採服潤肌骨。
叢老卷綠葉，枝枝相接連。曝成仙人掌，似拍洪崖肩。
舉世未見之，其名定誰傳。宗英乃禪伯，投贈有佳篇。
清鏡燭無鹽，顧慚西子妍。朝坐有餘興，長吟播諸天。

在這首〈答族侄僧中孚贈玉泉仙人掌茶〉中，不得不再次提到李白的神仙崇拜。只要是他愛上的事情，只要稍加想像力的發揮，就會顯得如此俊秀，哪怕只是深山種茶之地，在李白的筆下也化作了仙氣騰騰的勝境了。雖然經常聽人說起玉泉山，說是在山洞裡還有很多鐘乳石倒懸，初入洞中便能感到寒氣逼人。這樣的山洞總是要成為蝙蝠的住所，但這裡的蝙蝠卻有些大不相同。它們全都長得像是白色的烏鴉，偏偏和人世間的現實相反。甚至連天空中的明月，也都成了地上湖水中的倒影。

走入此地，常人哪裡能不多出幾分驚訝之情呢？

此時所喝的茶便產生在這裡。正是這些聚集了天地之靈秀的奇石，才能孕育出如此不同於一般的飲品。山泉水尋不到源頭，卻經年流著從未停歇。經過此水滋潤過的山中植物，大多也都有了卻病延年的功效。據說，此地常見到的植物縱然並沒有響亮的名字，但其根卻可以潤肺止咳，哪怕只是在身上隨便擦一下，也可以好好保養肌膚，這果真是珍寶了。

眼前綠叢中的葉子都已經卷了起來，枝條相互連接，像是仙人掌一般，但卻要比人的肩膀還要厚實幾分。縱然已經雲遊天下數年光景，如此奇特的茶葉李白也是生平第一次見到。有關於此茶葉的種種傳聞，更給他打開了一扇驚異的大門。沒有人知道此茶叫什麼名字，恐怕這還得去翻閱那些早已經被灰塵覆蓋的古籍，才能尋到一些蛛絲馬跡。

然而這些終歸都是無關緊要的事情。此生得此佳飲，若不趁此良機好好品嘗，卻還要去想著這些鬧人心的事情，豈不是最浪費了大好飲品？最應該感謝的人自然當屬贈茶的禪伯，恍惚間便看到鏡子中的你我二人對飲，再看看對方寫得一手好詩句，這又讓詩人想起了自己東施效顰的行徑了。人生得遇一知己，是多麼難得的事情。眼下茶味無窮，也只有引吭高歌才能說盡這些意境了。

這一日，醉掉的不是烈酒。縱然只有清茶，也讓人忘掉了南北西東。

所幸這個世界上、這個國度中、這個年代裡，品茶的不只有李白一個人，寫詩的更不只有他一人。白居易也曾寫下許多有關於品茶的詩歌，如今讀來，更覺得啜飲之妙。可白居易終是和李白有著不一樣的風骨，就連寫字這件看起來極小的事情也都有著萬千差別。李白是為能得以飲到人世間的極品之茶而高興，可在白居易看來，所謂的快樂總是因為生活無擾、身體無憂，心裡面坦蕩了，才能夠憶起昨日的種種。於是提筆，寫就了這首〈睡後茶興憶楊同州〉：

> 昨晚飲太多，嵬峨連宵醉。今朝餐又飽，爛漫移時睡。
> 睡足摩挲眼，眼前無一事。信腳繞池行，偶然得幽致。
> 婆娑綠陰樹，斑駁青苔地。此處置繩床，傍邊洗茶器。
> 白瓷甌甚潔，紅爐炭方熾。沫下麴塵香，花浮魚眼沸。
> 盛來有佳色，咽罷餘芳氣。不見楊慕巢，誰人知此味。

白居易毫無牽掛，開篇便說是自己喝了太多的酒，這才導致了一場昏昏之夢。這份灑脫情，哪裡是凡夫俗子所能體會到的呢？得以飲酒之時，也不多想，放開肚皮飽飽喝夠；得以吃飯之時，同樣也不多想，既然肚餓了也自然要好好吃個痛快。酒足飯飽，再睡上一場春秋大夢，人生樂得如此逍遙，哪裡還有其他苛求？

只是當睜開惺忪睡眼時，眼前的一切全都恢復了常態。若是再努力回憶，大概還記得昨夜杯盤狼藉的場景。但一場大睡後，一切都變作了夢境。起來獨自繞著池邊散步，一邊享受著這份閒情，一邊更享受著眼下的風景。綠樹婆娑，青苔斑駁，眼見大好的日光，又怎麼能白白浪費掉？索性安置好床榻，連洗茶用的器皿都一併搬過來。瓷甌白淨，炭火正旺，當菊花的香氣隨著開水的注入，而從茶葉中一點點散發出來的時候，看到的是茶葉翻滾，聞到的卻是沁人心脾的芬芳。只需要淡淡一口，便覺餘香無數。只是這茶水，也終是要和知心的人對飲，才能得其真味。

白居易曾寫過一首〈和東川楊慕巢尚〉，他說：「我是知君者，君今意若何。」今日若見不到楊慕巢，誰還能同自己品嘗出這杯淡淡茶水中的味道呢？

睹物思人，思人又更念物，一杯接著一杯的菊花茶，卻說不盡對故人的思念。如此悠閒的好日子，便總是想要有朋友在身邊共用。說起這些事，不覺又開始心傷。

但即便只有自己一個人，也同樣不能辜負掉眼下的好時光。一啜一飲，不也算是一種情調嗎？一個人，更要有一個人的瀟灑，這才像是生活的態度。菊花茶悠然，人淡如菊又似茶。悠悠飲下，味道卻是散在心裡最深處。

・一觴又一詠

茶罷，卻更要有酒才能助興。

早在晉代便有一個叫江統的人寫過一篇〈酒誥〉：「酒之所興，肇自上皇，或云儀狄，又云杜康。有飯不盡，委余空桑，鬱積成味，久蓄氣芳，本出於此，不由奇方。」簡單兩句話，就說出了酒的釀造之法。雖說是來自於剩飯之釀，但卻獨有芬芳。也正因為這句話，才讓江統成了中國歷史上第一個提出從穀物的自然發酵中釀酒的人。

只是愛酒之人，大概也是不太會去關心這酒是怎麼釀造出來的。歷經千年，這杯清液已經蘊含了數不盡的文化。或是因著名人，或是因著名地，又或者是因著各種各樣不同的際遇，才讓這碗酒成了心中佳釀。最美豔的，莫過於女子出生之日埋在地下的女兒紅，一十八載後，當老人親手揭開封在壇口的紅布時，濃香飄出，是要醉倒在場的所有人了。

整個唐王朝中，要論起飲酒作詩來，第一個應該提及的人便是李白。李白飲酒詩百篇，如是沒有了這杯五穀佳釀，他究竟能夠口吐多少錦繡，恐怕果真值得後人懷疑了。然而詩句中記下的，總是在眾人面前大碗暢飲的詩人，是那個不拘一節卻可以胸懷天下的志士。誰還知道在這些浮華的表面背後，竟然還隱藏著一個落寞的靈魂。那是對著月亮孤獨飲酒的影子，甚至一度寂寞到只能自說自話，連隨風搖曳的舞姿也只能自己欣賞。

花間一壺酒，獨酌無相親。
舉杯邀明月，對影成三人。
月既不解飲，影徒隨我身。
暫伴月將影，行樂須及春。
我歌月徘徊，我舞影零亂。
醒時同交歡，醉後各分散。
永結無情遊，相期邈雲漢。

〈月下獨酌〉中的李白，身邊沒有親友，可是愛酒的人哪裡又顧得上這些客套?環境再困苦，也終是要飲上一杯，以此證明在這個世界上還有人不曾遺忘了自己，哪怕那個人本就是自己本身。一邊自斟自飲，一邊舉杯向天。盛情邀明月，卻依舊只能和影子相對。明月雖皎潔，也終是個不解風情的物件，對著它戚戚然又有何用?反倒不如轉身向著影子說說心事，起碼它還能常伴在自己左右的，比人世間某些虛假的情意還要忠心幾分。

有花有月、有酒有情，此等良辰美景本是值得歡娛的大好時候。人一高興起來，就容易忘我。忘我又怎樣?月下只有自己一人獨飲，連自己都完全忘卻了那才是最好的事情。對月高歌，不在乎聽者能否動情，而更關心的是唱者是否舒心。攜影翩躚，哪管得了人輕影重，只不過是一場淩亂舞步，歡喜了幾分心情。

酒越喝越多，也就有些不知道身處何境了。剛剛還記得身邊好似有人懂得這份快樂，頃刻間卻又把整個世界忘在了腦後。若是果真有永恆的情誼，在未知的某個時日，再於浩淼的雲漢之天相遇，必定還要大醉一場以解相思。只是今後的歲月，是否還能再找得到痛飲之人呢？想太多，也終是毫無意義的愁緒，倒不如再喝完杯中酒，獨自醉臥桂樹下，等著明日緩緩而來的甦醒。

蘭陵美酒鬱金香，玉碗盛來琥珀光。

但使主人能醉客，不知何處是他鄉。

李白在〈客中行〉大醉一場後，明日又會做出何種姿態來迎接自己呢？

蘭陵是出產美酒的好地方，每一口酒下肚都有著鬱金香的醇厚芬芳。尤其是盛在玉碗之中時，更像是滿手皆是琥珀的光芒，甚至連自己的心腸都因此晶瑩剔透起來了。更值得歡喜的是，主人願意陪著客人一醉方休，能得如此，便是醉臥他鄉也無所求了。只要有酒，也總是能夠把他鄉當成是故鄉。

這恰恰是一壺美酒的功勞了，它可以使旅人在頃刻間卸下了所有的防備，只是為了遇見心中的自己。在這趟人生的旅程當中，有太多人忘記了自己，忘記了當初選擇的方向。當心被蒙上了塵垢的時候，一杯清酒足以洗刷所有。

所以在玄宗天寶十年的三月份，在歷經了漫漫的軍旅之苦後，只消一家路邊的小店，就足以讓岑參忘記了過去的憂傷和激情。老人安然坐在店中等著客人前來沽酒，偶有日光斜下來，靜靜灑滿衣襟。那顆曾經奔波的心剎那間覺得累了，再也經不起浮世的侵略。春光無限好，哪堪寂寥心？於是寫下了〈戲問花門酒家翁〉：

老人七十仍沽酒，千壺百甕花門口。

道傍榆莢仍似錢，摘來沽酒君肯否？

看老人的年歲，也已經七十有餘了。這是一個古來稀的年紀，當老人笑容滿面地問起客官是不是想要來一碗酒時，誰還能夠禁得住比美酒還要誘惑的人間真情？又或者，歷經了各種戰爭和死傷的詩人，心中最渴求的只是這樣一份寧靜。他經受不了的誘惑乃是如此恬淡的一幅風情畫，連飲酒都成了一場樂趣。這裡沒有視死如歸的氣概，更不需要把飲乾的酒碗狠狠摔在地上以示豪壯。人們僅僅只是摘下路邊新長出來的榆錢當作下酒的小菜，一抬手飲乾杯中酒，看著兒孫滿堂，獨享了這份天倫。

詩人也動了凡心。他笑著問老人家，摘下路邊的榆錢可否當成是酒錢？這自然是玩笑話，然而老人也未必並不答應。這酒家也只是一處維持生計之所，偶爾捨給路人一碗，不正是心之使然嗎？你若有意，我自當奉陪，生活本就是在你來我往中多出幾處感情，何必要計較那麼多的擾擾紛紛？睜眼閉眼都是一輩子，樂得膝前孩童繞，也不枉了這一季的好春光，這才真正得了飲酒的樂趣。一杯酒中見人生，飲罷還夫復何求？

・可憐出淤泥

文人對荷花的感情總是複雜，這一株植物一到盛夏，就忙不迭綻出自己的容顏，似是要努力博得萬千人的好感。可它並沒有因此而自命清高，人們看中的是它出淤泥而不染的妖嬈，哪怕再多上幾分的嫵媚，也是鉤心奪魄。若是得一落日，又或是偶得雨後初晴，在池面上一朵朵並排，接天蓮葉，一直綠到了無窮盡，妙就妙在花與葉的交相輝映。紅花總要綠葉配，這世間少了哪一樣，都再不能稱得上完美。

李商隱在〈贈荷花〉一詩中，就簡簡單單闡釋了這一份哲理。人們總是愛紅花，卻不知道再美的花，也只有在綠葉的映襯下才顯得嬌美：

> 世間花葉不相倫，花入金盆葉作塵。
> 惟有綠荷紅菡萏，卷舒開合任天真。

此花此葉長相映，翠減紅衰愁殺人。

在人世間，花和葉子所得到的待遇不可同日而語。愛花之人自然懂得應該如何去照料這一抹嬌豔，然而普天之下還是不懂的人居多。他們依舊戀著開在枝頭的紅花，單單只是把花供養進金盆，卻要把綠葉埋歸到塵土中。只是綠葉對花有多少情誼，是這些局外人永遠都看不明白的事情。當青青荷葉襯著雨露荷花，不管是卷是舒，總是要有一份和諧在其中。

這是長久來的耳鬢廝磨所達到的默契，硬生生把它們分開只能使彼此更心傷。何苦非要為了滿足自己一個人的願想，而強行拆散這一對鴛鴦情侶呢？

待到綠色稍減的時分，分明也能看到枝上的紅花也愁掉了容顏。隨著時間漸漸放走了盛夏，當秋風吹過，滿池塘都是一片凋零。隨著綠葉一片片葬下去的，即便不是紅花之身，也終是要因此而把身心付之一炬的癡念，唯不會徒留著殘敗的容顏寂然聊此一生。這份情感也是要引得許多眼淚了。

偏偏誰也逃不脫這樣的命運。在歲月面前，也只能落得你儂我儂，一邊留下一腔悲歎，一邊卻還要和這辛苦的日子煎熬著。縱是死了心，也無法讓這份感情白白隨著水流凍結，以至於再生不得半點憐愛。

這是滿地憂傷的故事，而更讓人覺得滿是溫情的故事，卻要發生在並蒂蓮上。通常情況下，荷花都是一莖一花，偶出現一根莖上開出兩朵花的奇景，便要惹得不少人驚歎。在古時候這是最吉利的象徵了，尤其是對於熱戀中的情侶來說，一生一世能得此並蒂蓮花，彼此手中握著的愛情也終不會再放開。

芙蓉池裡葉田田，一本雙花出碧泉。濃淡共妍香各散，東西分豔蒂相連。
自知政術無他異，縱是禎祥亦偶然。四野人聞皆盡喜，爭來入郭看嘉蓮。

姚合的這首〈詠南池嘉蓮〉約是唐文宗大和年間寫就，當時他正在杭州任刺史。杭州是個好地方，在這片人間天堂再幸得並蒂蓮花，雙重美事都被他遇見了，真可謂是春風得意。如此場景，又怎麼會不以詩來詠志呢？

蓮花池中的荷葉在水面上面漂浮，靜靜不染一絲塵垢。遠遠看去，很難分不清到底哪裡是綠水哪裡是青葉。若不是那朵並蒂蓮偶然間闖進了視野，人們的腳步大概也就匆匆走過了。再細看，只見同一根莖上的兩朵荷花卻濃淡有別，微風徐徐，倒也顯得彼此愛憐有加。花香聞起來總是相似的，遊人並不擅於因為花的顏色和氣味不同而分辨出優劣。對於塵世間的人們來說，這一生能夠得見一次如此奇景，已經算是莫大的幸運了。更何況，在這片池水的兩端竟然都生有並蒂蓮花，這若不是上天的眷戀，還能做其他何種解釋？

人人都說，並蒂蓮是吉祥如意的象徵。若不是偶然，想必也是上天對自己的政績功德略有讚賞了。看看城裡城外的老百姓都競相來此欣賞荷花，如此太平光景便足以說明一切。當那花開得正豔的時候，不也正是太平盛世嗎？

這還要從詩人姚合的身世說起。姚合與賈島同歲，也生於大曆十四年。在三十八歲之前，姚合究竟落過多少次第已不可計數。他曾經寫過一首〈下第〉的詩，來表述自己沒有考中進士無顏回鄉見父老的羞窘。「枉為鄉里舉，射鵠藝渾疏。歸路羞人問，春城賃舍居。閉門辭雜客，開篋讀生書。以此投知己，還因勝自餘。」所幸上天從不辜負有心人，姚合最終還是考中進士，儘管這份榮幸來得實在過晚。進士及第約兩年後，姚合被授予正九品下階的陝西武功縣主簿，從此才真正便開始了仕途生涯。

歷經磨難的人，更會懂得個這份功名的來之不易，因而也就更知道要勤政愛民。只是這也僅僅算一個方面，自然也會有人會因此而加快自己斂財的腳步。所幸，我們看到了姚合做出了前一種選擇，這也是並蒂蓮花要盛開在杭州城的原因所在吧。

由此可以略窺一斑，荷花總是被喻作美滿的象徵。唐代的傳奇小說中，曾提到一段藉著詠荷詩而成就美滿姻緣的故事。而這則故事卻是那曾經感動了河神的愛情傳說，那首〈投韋氏〉便是於此故事中作就的。只是在這裡，因為荷花的緣故，故事的主人公鄭德璘卻是聽得路過的一條小舟上，有個叫做崔希周的秀才作了一首〈江上夜拾得芙蓉〉，他有心把此詩記下來投給了韋氏。雖說是借來之作，也算是表達了思慕之情。

物觸輕舟心自知，風恬浪靜月光微。
夜深江上解愁思，拾得紅蕖香惹衣。

此後的愛情故事悲悲喜喜都不再算是重點了，只因為這一刻的思緒便讓整個故事有了令人遐思的結局。人們愛戀的是此等故事中的纏綿情緒，更因有了荷花作寄託，這才綿遠流長。

雖說當年傳奇不再，但荷葉依舊碧意無窮，荷花依然燒紅半邊天，倘若還存在著邂逅的心緒，哪裡還怕不能在此等豔陽天下，結識一輩子的相知相守呢？

・長滿了落寞

在唐朝長安城中，最名貴的是玉蕊花。傳說在唐昌觀的玉蕊花下總是有遊仙出現，這個傳說遍及整個長安城，人人都想見一見仙人的真面目。只是這本是一件可遇不可求的事情，若真能夠得見仙容，便是極為有幸的事情了，這可從王建的〈唐昌觀玉蕊花〉中窺見一斑：

一樹蘢蔥玉刻成，飄廊點地色輕輕。
女冠夜覓香來處，唯見階前碎月明。

然而觀花的自在之處並不是為了要尋得仙人。擇一個風和日麗的早晨，約上三五好友，或者美人伉儷，一同到唐昌觀看看正盛開的玉蕊花。遠遠只看得見一樹繁花，可偏偏又多出來幾分玲瓏剔透，恰似是用和田美玉精雕細琢而成。及至走到近處，或是因為借助了風力，那片片玉蕊花瓣懶懶鋪陳在長廊中，行路的人哪裡忍心用腳去踩踏？若是再遇上一兩個真正愛花之人，怕也要學著他人做出些姿態，用錦囊輕輕掬起，找塊乾淨的地界葬下。

這滿樹的鮮花也不知道究竟是什麼時候開放，或許有人曾經問過住觀的女道士這個問題，但她也不知道具體的時辰。大約是睡到夜半的時候，只因著淡淡的香味透窗飄來薰醒了睡夢中人，她披衣來到階前，卻只被夜色籠住了視野。無奈之下，也只看得階前明月光，竟有一片片碎月散落在人間。這果真是奇異的景象了。待到低頭細瞧，才發現原來是風吹了玉蕊花的花瓣，那一片片還沾染著生的氣息的花瓣，更是因為月光的浸染而愈顯得白潔，恰似山中無影蹤的清風一般，再沒有塵垢可以穿透它的內心了。隱隱中，懂得賞花之人也總是要有了這一番心性，才能遇見花下仙子吧。

關於唐昌觀玉蕊花下的遊仙傳說，聽起來也十分美豔。

據說這裡的玉蕊花，不僅吸引了整個長安城的人前來觀看，更把天上的神仙引誘到了凡間。那是唐文宗大和年間的一個春天，唐昌觀的玉蕊花開得正豔，京城的人們或騎馬、或乘車、或徒步都來這裡欣賞美景。這一日，來了一個穿著綠色繡花衣服的女子。看年歲，也不過十七八的光景，只這一番容貌卻足以驚豔到所有前來賞花的人們。女子身後隨有三兩位女道姑及三個僕人。看此陣勢，眾人也都知曉了此女子絕對不是平民百姓家的兒女。

只見女子下了車馬後，一邊用摺扇遮住容顏，一邊徑直來到玉蕊花下欣賞起眼前美景。據當時在場的人回憶，凡是女子走過的地方，都留下了一片奇異清香。這香味完全不同於樹上的花香，隨著微風甚至還傳到了數十步遠的地方。

人們紛紛猜測女子的來歷。有人說這必定是大戶人家的少女，更有人大膽地說她也許是皇宮裡的公主。然而所有的猜測也只能僅僅限於猜測，沒有人敢於上前去問個究竟。最後，只見女子輕折下幾朵花瓣後便上馬便要離去。她端坐在馬上對身後的女道姑說，前日約定的玉峰相會莫要忘記了。人們還在猜測著究竟還有什麼樣的機緣能夠再見到此女子一面，只見忽然騰起一陣煙霞，女子和她的僕從早已經到了百里之外。又忽然吹過一陣涼風，那女子已經升在了半空中。

人們這才意識到，原來自己是得見了天人下凡之事。及至回過味來，想要再一睹仙子芳容時，那女子早就於天空中消失不見了。而這位仙女留在唐昌觀中的餘香整整回蕩了一個月的時日，人們對其美貌的談論更持久到每年玉蕊花開的時節。

詩人嚴休復也聽過這樣一段傳說，他也專門跑到唐昌觀去觀看盛開的玉蕊花，這番目的中自然也包含著想要得見仙人的願景。然而來來回回幾多次，終不得如願。他一邊感歎著自己的機緣未到，一邊寫下了這首〈唐昌觀玉蕊花折有仙人遊，悵然成二絕〉，期望能夠以詩文再引得仙人下凡：

終日齋心禱玉宸，魂銷目斷未逢真。
不如滿樹瓊瑤蕊，笑對藏花洞裡人。
羽車潛下玉龜山，塵世何由睹蕣顏。
唯有多情枝上雪，好風吹綴綠雲鬟。

不僅詩人如此，怕是每一個聽說過如此故事的人，到此地來看花時也總是想要再見一見仙人之面的。有人每天都懷著無比虔誠之心向著仙人居住的方向祈禱，可即便已經望眼欲穿，也並沒有再看到了神仙的身影，更沒有聞到傳說中奇異的香味。有時候想一想，甚至覺得自己還不如那滿樹的玉蕊花，它們尚且有吸引仙人下凡的資本，可世間的人卻拿什麼來作為賭注呢？

傳說中的仙女們總是會坐著能夠飛升的車馬，悄悄下了玉龜山，即使是要賞花，也總是要化成凡人模樣。塵世間的平凡人即便真正見到如花般美麗的仙女，也不一定能夠認得出來，更何況這樣的機緣果真是難求。眼前只有那些潔白如雪的玉蕊花瓣，在被一陣陣的風吹落時，恍惚間就好像是偶然飄落的仙女的雪白髮髻一般，是人間還是仙境也因此而分不清楚了。

人人都盼著仙女會再次降臨，即便有許多人明知道這只是一個傳說，仙人或許永不會再在唐昌觀出現。但沒有人願意去毀掉自己心中的美好念想。每一年的春天，他們仍舊三五成群相約上山，不只是為了賞花，更為了那個還未曾實現的仙人夢。

元稹曾經為嚴休復和了一首〈和嚴給事聞唐昌觀玉蕊花下有遊仙〉，他開玩笑說嚴休復根本不知道仙女降臨人間是一件很正常的事情，為這樣的事情大驚小怪就有些不值得了：

弄玉潛過玉樹時，不教青鳥出花枝。
的應未有諸人覺，只是嚴郎不得知。

仙女悄悄地來到玉蕊花樹的旁邊時，並沒有叫她們的使者青鳥來到花枝前提前昭告。在沒有任何預兆的時候，自然也沒有人知道仙女會降臨。人們苦苦追求著天仙的容貌，卻唯獨不懂得欣賞眼前的美景和身邊的美人，這不正是真正奇怪的事情嗎？

所謂美景終須良宵配，美人也需知心郎。不懂得欣賞美景的人，單單為了美人來，也正是丟掉了這難得的一份美好？

因而白居易以一首最含蓄、卻最直白的〈酬嚴給事〉，說出了世人尋仙背後的緣由：

嬴女偷乘鳳去時，洞中潛歇弄瓊枝。
不緣啼鳥春饒舌，青瑣仙郎可得知。

仙女偷偷乘著鳳凰來到人間，大概也都是因為貪戀人間的美好。當年採回到神仙洞中的花枝現如今也早就看膩了吧，再想起人間一遊的故事，或者又要動些心思了。如果不是春天裡的小鳥喜歡多嘴，天宮中的仙郎又怎麼會知道仙女下凡了呢？

不是仙女不戀郎，偏偏是因為凡間有更有值得嚮往的東西。可惜世人不曉得身邊的千般好，只求著仙界卻終無所得。

不明就裡的，不只是普通大眾，那些在朝為官的文人秀才同樣也執此迷而不悟，想來著實可笑。

在長安，才子薈萃的官署集賢院和翰林院裡，也都種有玉蕊花，本意是要表明這些文人的志向高潔。雖說因為種植地的不同，而使得彼此對玉蕊花的寄託也有著些微差異，然而花語總是無言，錯讀的只是人們自己各自的心境。世間萬物哪一樣不是我們強加的理解，最後又反過來感動了自己？

唐憲宗元和二年，白居易因懷念起在長安集賢院任校理的友人王起以及集賢院中的玉蕊花，於是才寫下了這首〈惜玉蕊花有懷集賢王校書起〉：

芳意將闌風又吹，白雲離葉雪辭枝。
集賢讎校無閑日，落盡瑤花君不知。

春天眼看著就要消逝了，恰如你我的年歲一樣。，一天天地被歲月磨礪著，直到終老時才忽然發現，一生竟過得如此匆忙。東風輕輕吹著，玉蕊花也已經紛紛凋落，就好像白雲離開葉子一般，積雪似的花瓣辭別了樹枝，而落得一地華白。花是美的，只可惜不得長久；人也思念，也只可惜不得相守。所幸花落還會有花開，人散卻不見得會再有相聚之日了。

集賢院中的官員們整日忙於政務，身邊的玉蕊花都已經凋零，他們沒有心思賞玩。遙寄思念的友人，你又是否知道，此時此刻有個人因為春日將盡，而想起了你我之間的點滴呢？

只無奈的是，流水落花春無意，寂寂寥寥故人心。花落了，春散了，就請還能強撐多少時日？

・桃花下的往事

不曾言語的桃花，總是被人們拿來當作是美滿姻緣的祝願。桃花年年開，佳人卻不見得年年有，每當再看到大同昨日的花枝嬌豔欲滴時，賞花人心中又怎麼能平靜下來？

唐德宗貞元初年，崔護在長安城參加了一場科舉考試，只是結果很讓人不滿意。縱然人人都希望最後能皇榜有名，但這也只能算是一個美好的念想。倘若果真如此，天底下也便是滿布才子了，那該是怎麼樣的一個盛世才能夠承載起來的夢想！

考場失意的崔護在清明節這一天出城散心，他一個人在城南遊走了很長時間，最後連身處何處也有了一些迷惘。只是因為口渴，他才走進一家農戶。四周的幽靜恰恰襯托出農家生活的安逸。遠遠就望見了這戶人家的桃花開得正豔。桃花樹下大概是應該住著桃花仙吧，若沒有仙子的暗中相助，這一段豔遇怕是也輪不到正失意的崔護頭上。

敲門後，有一位女子從門縫中露出半面。崔護忙著解釋自己的莽撞拜訪，不想女子卻是好客的。她急急請崔護坐在院中，一邊忙給他倒茶，一邊也就打開了話匣子。談話間，女子站在桃樹下脈脈含情看著眼前的這位書生。待崔護還來不及放下水杯，女子就早早提起茶壺，又幫著他重新蓄滿了。此時崔護才意識到，眼前的這個女子雖然年紀不大，卻已經出落成了一個貌美如花的女子，更因有著嬌紅的桃花映著她雪白的面龐，如此美景竟然比畫卷中的筆墨還要真切幾分。

崔護的心一時也動了。他匆匆喝完茶水，急著和女子告別後就要離開。只是兩人在目光對接時，彼此又深深對望了片刻。似乎各自心中都有著說不盡的故事，只因尚不熟識而羞於啟齒。

誰知這一錯過，竟有整整一年的光景。

第二年的清明節，崔護又特意故地重遊，期望能再見到人面桃花相映成趣的場景。內心中，他對那位女子是多出來幾分想念的。只是到了那家農院前面時，只見得桃花依舊盛放著，似乎一切都還是昨日模樣。可透過深深的庭院再往裡面看，已經是大門緊鎖，此地早就沒有人居住了。

這樣的結局，讓崔護生出許多惆悵。縱然如此，他依舊戀戀不捨。心不死的崔護便在大門上題詩一首，以表自己的相思：

去年今日此門中，人面桃花相映紅。
人面不知何處去，桃花依舊笑春風。

此時的崔護早就沒有心思精雕細琢這些詞句了，他心中滿滿地將要溢出來的想念隨著桃花香一陣陣遠去，只是再尋不到當初的方向。春風過處，也讓這份情心散落了一地。縱然春光好，也難免更惹得人心傷。

桃花依舊，但願那女子也只是因為有了一個好的歸宿而離開此地。這必是最後的結局了，如此質樸的女子，又怎麼會得不到命運的垂憐呢？

雖然自己再沒有薄幸一睹芳容，但這大概也算是一個好結果吧。畢竟一切都有了終結時的味道，不偏不倚灑落在桃花樹下，只要有著春風細雨的澆灌，同樣也是要開出滿樹花朵。

只是花自飄零水自流，再美豔的桃花也禁不住春風吹落的結局。這就像是人的宿命一樣，一旦被逼上了旅途，也就不再歸自己掌控了。杜甫晚年在顛沛流離之際，也曾經以落花來寄託自己漂泊的身世。他寫了一首〈風雨看舟前落花絕句〉，讀罷讓人滿生滄桑之感：

江上人家桃樹枝，春寒細雨出疏籬。

影遭碧水潛勾引，風妒紅花卻倒吹。

世間花再好，唯獨可惜的是春風卻要妒紅花。人世間再有多少情思，也禁不住這一份猜疑。世態炎涼，即便是在萬物復甦的春天也會讓人產生無限悲意。是誰曾說秋天才是離別的季節，又是誰說過愁恨只有在秋風吹起的時候才更人撕人心腸？若不是因為在這一片大好春光中勾起了若干思念，這樣悲傷的故事又怎麼會被書寫下來呢？

要怪，就怪這場春風；要怪，就怪這一樹盛開的桃花。然而唯有賈至一個人卻還是明白，睹物思人不正是人自己相思嗎，又與物何干？即便是在春天裡相思，也只是人們自己的意動，卻和春天沒有任何關係，因而寫下了〈春思〉：

草色青青柳色黃，桃花歷亂李花香。

東風不為吹愁去，春日偏能惹恨長。

人們在心煩意亂、無可奈何的時候，往往會遷怒他人或遷怒他物。可是又怎麼能把愁恨責怪到與自己毫不相干的東風、春日的頭上？既怪東風不解把愁吹起，又怪春日反要把恨引長，這不總是顯得我們自己有些無理取鬧了嗎？

莫道萬物了無情，只怪多情人總會生出許多多情事，最終卻還是要苦了自己。這一片盎然生機隨著春日的消散而越發顯得茂盛了，可心中的煩惱也就因此越顯得濃密，徒占了你我半壁心房。

原來，即便是如同賈至一般的人，也只是口頭上看得開，一旦涉及到心中念想的時候，還是有著太多限制而束縛住了手腳。唯獨李白在寫下這首〈山中問答〉後，才讓所有人豁然開朗。人們這才開始明白，這個世界本就是這樣，不因我們的悲喜了增減幾分姿態。天地萬物自顧自生長，我們是不是也該自顧自過活，從此再不去想那惱人的故事了？

問余何意棲碧山，笑而不答心自閑。
桃花流水杳然去，別有天地非人間。

離開了塵世，哪裡還需要那麼多的源頭？笑而不答或許正是最好的回答。不因誹謗而生怨，更不因讚賞而生了諂媚和傲慢。生活的態度理應像是桃花終要隨流水一般，僅僅只是簡單生長著，就足夠成就一番自由的天地了。

原來所有的答案其實都在我們心中，甚至連困惑和喜樂都是被深深包裹，一旦穿透迷霧澄心了性，才不會因為執著而失望，更不會因為失望而動了更深的情殤。

這可真是悠然心會處，妙妙難與君言說了。

・富貴背後的清苦

任何一種花都比不上牡丹花的地位。花開富貴，牡丹花的綻放，不僅僅是貴族階級願意看到的場景，連廣大平民都不願意錯過如此境況。這怕是不分貴賤，只願意為懂得欣賞的人盛開的唯一花事了吧。

牡丹花原產於秦嶺和大巴山一帶的山區中，陝西漢中則是最早研發出人工栽培移植牡丹花的福地。只是這樣一種花雖有誘人的外表，對栽培技術的要求卻也頗為嚴格。所幸人們並不關心這些背後的故事，他們想要看到的僅僅是綻開的那一個瞬間。就像是人們從來不關心一個人究竟吃了多少苦頭一樣，世人要的僅僅也只是一個結果，或者成功或者失敗。成王敗寇是唯一的真理，在它前面，那些本就毫無情感的植物，也被籠罩上了深深的情思。

或許牡丹花通曉人性，又或者它的盛開本就是要為了迎合人們的喜好，這才以最濃郁的顏色盛開在人間。刻意掩飾起自己生時的艱苦，只用最豔麗的瞬間博取許多掌聲。如果把這算作是一個傳奇故事的話，人世間如此劇情已經上演了太多，最後的結局也無非只有好與壞的分別。可是好壞究竟依靠誰來做出定論？這還是後世人說了算的事情，留給當世的傳奇只需要顧著自己的角度去書寫而已。牡丹花也只是按照自己的方式盛開，喜好與否自然會有人做出決定，這已經不它所能左右的事情了。

況且，花無百日紅，再嬌羞的花朵也終會迎來凋零的時辰，再美豔的傳說也終要走向屬於自己的終結。故事一旦畫上了句點，也就如秋風掃落葉一般，品起來是再沒有味道了。人們只是會胡亂嚼上兩口，然後便隨便吐在某個角落，任由它風乾腐化。即便如同牡丹一般的富貴，也只是在命運的輪迴中多撐上幾個時辰、多迎來幾聲讚許罷了，唯一逃不脫的便是彼此相合的命運，任你生前飛揚跋扈或者恬淡安逸，終也逃不過黃土埋身的命運。

想想看，人世的浮華也就終結於此了。

曹雪芹先生作《石頭記》的時候，曾寫道「壽怡紅群芳開夜宴」一事，那府中的公子丫鬟坐一塊喝酒玩樂，偏偏寶釵第一個抽籤，又偏偏抽到了一個牡丹花的籤。只見上面分明寫著「豔冠群芳」四個字，下面還緊緊附了一句唐詩寫作「任是無情也動人」。只這一句話，就說出了牡丹花的風骨。

據說唐時，牡丹花在長安城最為風靡，家家戶戶都栽種有牡丹，這幾成了習俗。失眠上又有人買賣牡丹花成風，且不管價格究竟幾何，只要是自己看上眼的花，也都寂寂掏出銀錢買下，生怕動作稍慢一點就被人搶先。有詩句寫道：「帝城春欲暮，喧喧車馬度。共道牡丹時，相隨買花去。」這說的便是當時牡丹花被人們大為喜愛的盛況。

既然如此，文人墨客齊聚在一起的時候，也總是少不了拿牡丹花來作詩題。而唐人羅隱的一首〈牡丹花〉，更是跳出了世人的格局，將牡丹和眾名花一番比較：

> 似共東風別有因，絳羅高卷不勝春。若教解語應傾國，任是無情亦動人。
> 芍藥與君為近侍，芙蓉何處避芳塵。可憐韓令功成後，辜負穠華過此身。

羅隱是餘杭（今屬浙江）人，也有人說他是新登（今浙江桐廬）人。羅隱曾經十次參加進士考試，但是每次都以落榜而終結。最後因實在看破了功名利祿，這才把名字改成了一個「隱」字，也算是明喻了志向。因而羅隱眼中的牡丹花，最閃耀的恰是背後的風骨，這偏是其他花兒無法比擬的。

他說，如果牡丹花能夠開口說話，那她一定早就是傾國傾城的美人了。即便她並不通人情，即便她並不曉得是故，但只要隨風搖曳一番，這樣的姿態也就足以令人心神俱動。如果這樣的幻想成為現實的話，那芍藥花也只能夠做她的侍從了，甚至那芙蓉花在見到她時也要退避三舍。只消東風一吹，牡丹也早早地知道是春臨近了，自此便開始醞釀著屬於自己的華麗。然而功成名就的人卻總是會忘記當初花開的故事。他們眼中單單只有名利，再不見患難真情。

最後追求來的結果，果真是你我的終結嗎？若是牡丹花只屬於兒女私情的見證，那不也是愜意的日子了？

可想要等來牡丹花的盛開卻並不容易。在群芳鬥豔的季節中，牡丹花往往是姍姍遲來的一個。她不急不徐，單單等春光將要盡了的時候才露出一抹嬌羞。一旦花謝了，世間便再也沒有了春花之事。因此也難免會讓人起一些傷春的味道。牡丹花一落，整個夏天便火辣辣鋪陳在眾人面前，躲閃都不及。這不正是那一去不復返的青春之題嗎？尚來不及回味就讓你我莽撞闖進了生活的歷練中，再找不回當初的容顏。

花如其人，人更像是花的一生。白居易的一首〈惜牡丹花〉，究竟是說出了多少世人的無奈啊！

惆悵階前紅牡丹，晚來唯有兩枝殘。
明朝風起應吹盡，夜惜衰紅把火看。

階前的牡丹花已經殘敗不堪了，偶有兩枝花朵因為忘記了季節或者是沿途誤了腳步，這才遲遲露出了一點嬌羞的容顏。可是一旦明日再起了灼熱的夏風，這一夜的火紅也終將變作衰敗。縱然贏得今日千般好，也難敵一夜風來襲。

或許未必會起風，但這樣的花瓣卻還能夠堅持多少時日呢？終有一天是要凋落的，縱然淒涼，也只是無法再回頭的命運。這結局徒令人傷感了花，又傷感了自己。

這樣的味道總是讓人深陷其中，縱然清苦，也毫無解脫之道。時間總像個無止境的漩渦一樣，一旦被捲入其中，再沒有了轉身的可能。原來你我的日子都只是單程，錯過後便只能鑄成一生的憾事。

・莫言求利莫求名

在任何朝代，商賈之人都是社會生活中最不可缺少的一部分。雖然人們口口聲聲叫嚷著無商不奸，但假若失去了他們，百姓的生活究竟會變成什麼模樣？正是因為有著他們的操持，才有這城市的繁華，才使得每一個百姓能感受到生活的便利。然而商人終歸只是商人，他們若是不唯利是圖，怕是連自己的身家都難以養活了。

老百姓一邊羡慕著商賈日子的繁華，一邊卻又自我哀歎，且還要順嘴詛咒一兩聲。他們恰恰忘記的是，假如有個機會讓他們也從事這份買賣，並不見得一定比當前的商賈經營得更好，人們只是見不得同生天地間卻有如此差別的命運而已。

但命運垂青的，永遠都只是一顆靈活的腦袋，和懂得奮鬥的心靈。

因為在錢財上並沒有太多的憂愁，商人的生活自然和普通百姓大不一樣的。尤其是在遠通國境之外的絲綢之路上，當一片片衣著似錦的商人旅隊經過時，又怎麼能不引起人們的無限遐想？駝鈴聲遠去又回，一匹匹絲綢換回來千奇百怪的特產。百姓歡呼雀躍著，為這些從來沒有見過的東西而癡迷。此時的他們，早已經忘記了商人唯利是圖的本性，他們不管關心自己手中的錢財是不是最終全都溜進了商人的腰包，只要能夠把這些珍奇之物換回家中，花再多的銀錢也是心甘情願。

偏偏是這些平頭百姓，用自己辛苦的汗水來換來一點點自以為是的虛榮心，到最後卻還要反怪商人的刻薄。這不才真正是可笑的事情嗎？

商人的生活因有著幾兩銀子而富足起來，這正是引起他人妒忌的緣由。一個巴掌拍不響，商人都是有罪。若不是你的奢華，又怎會引起我的謾罵？元稹在〈估客樂〉一詩中，就說起了唐代商人的富貴生活：

官商句營霸市操，假貨充真暴利高。買賣攸關百姓事，大吏眼瞎耳塞毛。
貞觀遺風亦如此，詩人攄憤筆嗔毫。莫言求利莫求名，名利都是刮錢刀。

這詩中的句句之言，都像是一把鋒利的刺刀插在了社會時弊上。縱然已經鮮血橫流，卻依舊無法改變世風。官商勾結早就不是新鮮趣聞了，以假亂真的商賈買賣甚至都成了習以為常的事情。只是老百姓不懂得這其中的要害，白白花了辛苦錢不說，最後卻得不到絲毫好處。在盛世貞觀年間，這樣的事情都屢見不鮮，更不要提及世風日下的當下了。

商人重利士人求名，說來說去其實都是一樣的道理。偏偏有些文人為了成名而對社會之風刁鑽一番，最終卻忘了自己也深陷在其中，想要抽身早已不可能。

或許是看著經商實在有利可圖，中晚唐時期有不少農民棄耕而做起了小買賣。雖然有些人也出於迫不得已的生計只算，但在城市中以小商小販的身分出現時，更有著他們難以想像到的困難擺出了兇惡的姿態。經商的生活依舊清苦，卻只因為能夠吃上一口飽飯，艱苦的日子中卻也多出來幾分溫情。

晚唐詩人劉駕寫過一首〈反賈客樂〉，說的就是在市井中在努力謀生的這群人。他們或許是很多人身邊的過客，卻只因詩人的這一首詩作而被世人重視。你我的生活中如果缺少了他們，該是少了幾多溫暖啊！

無言賈客樂，賈客多無墓。
行舟觸風浪，盡入魚腹去。
農夫更苦辛，所以羨爾身。

在世人的眼中，商人們總是過著吃喝不愁的日子，好似本這便是幸福快樂的象徵。可是卻沒有人知道，有些經商之人是連自己的墓地都尋不到。一旦在海上遇到大風浪，這屍身怕是再沒有人能找到。相比起農民的艱辛，商人們或許果真有著一些安逸的日子可以過活，但卻要因此遭受的風險也必得算在其中。但在當下的社會中，農耕已經無法果腹了，若是再單單拘於此等安穩，那才是對人生的浪費。人人都有追求幸福快樂的權利，只要能活得自由自在，即便最後葬身魚腹中，也算是一種生活態度了。畢竟在社會中謀生，人人都有著難以言說的苦難。命運總是悲慘，世人唯一可以選擇的是以何種態度去面對。最後所剩下的，也只有對生命的這份真誠了。

然而政府重商輕農的姿態，卻造就了大批百姓的痛苦。他們明明有土地可以耕種，又因為在這片土地上再也尋不到生計，而不得不遠離故鄉。這是整個社會的憂慮，甚至讓每一個生存在其中的人都對看不到未來的希望。畢竟，人們連黃土都不要了，又還能到什麼地方去尋求根本呢？

客行野田間，比屋皆閉戶。借問屋中人，盡去作商賈。
官家不稅商，稅農服作苦。居人盡東西，道路侵壟畝。
採玉上山顛，探珠入水府。邊兵索衣食，此物同泥土。
古來一人耕，三人食猶饑；如今千萬家，無一把鋤犁。
我倉常空虛，我田生蒺藜。上天不雨粟，何由活烝黎！

在姚和的〈莊居野行〉中體現出商富民窮，試問以後還會有誰來買走商人的物品，這不恰恰是一個閉環？可憐當朝不自知，依舊還把這虛假的繁榮當成是夢幻盛世。

若是有機會出門走一走，到田野中看一看，而不是空坐在華美的宮殿中享受著有專人烹調好的美食，這才可以了解到什麼叫民生疾苦。村莊中的左鄰右舍都緊閉門戶，這些人家都早早放棄田地，學著別人經商了。人們各奔西東，卻只剩下了無人行的道路，一點點侵占了許多良田，這又怎麼是用「可惜」二字就能夠形容的情景呢！

假若官府不曾徵收如此沉重的賦稅，又或者農耕的人們不再受到官府的欺壓，誰還願意登山涉水，只為了能取到一塊足以賣出好價錢的玉石，而甘冒著生命危險呢？上好的珍珠都潛藏在最黑暗的海底，為了能吃上一口飯，這條老命也是要豁出去了。即便再沒有到水面上透出一口氣，這一拼也是非做不可。

當朝者從來都想不明白，百姓用生命做代價換來的奇珍異寶，除了用來點綴之外，再沒有其他用途了。如果有一天真的打起仗，送往軍隊中的一石糧食或者一件棉衣，其價值也都遠遠要高於如今賞玩的珍珠翡翠。只是再沒有人去耕種了，連國庫中都沒有存糧。眼看著良田中長滿了荒草，再風調雨順的好日子也只能是一場虛空。長此下去，這個國家即便不亡，也只剩下一具空空的軀殼，內心早已腐爛不堪。

很多時候，不是百姓不願意做，只是因為他們實在太過於卑微了，在生活面前他們沒有人強大到能抬起腦袋驕傲過活。一切都是被逼出來的，即便是王朝消亡，也和百姓再沒有半點關係。不論經商還是農耕，他們只是想要吃上一口飽飯，除此外的故事，也不是這些人願意關心的了。

那太平盛世的光景卻不是時時常有的，一生的光景倏忽掠過。是商是農，也都成了前塵往事。只恨不得明主，所有的夢想最後也只能苦成了一腔怨恨和悲憂。還來不及讓世人回味這一輩子的名利，所有的故事便都化作了塵埃，隨風而散。

‧百姓百姓

國家興亡，匹夫有責。這匹夫，說得最多的也就是平民了吧。唐王朝的轉捩點是在安史之亂，這場戰亂使普天下俱都起了紛爭。軍士各效其主，他們一心只想著攻城掠地，卻睜眼看不到城裡城外的百姓，因為這場毫無來由的戰爭而遭受了怎樣的苦難。在饑寒中苦苦掙扎的平民越來越多，未來的日子究竟是何模樣，再沒有人去考慮這些問題了。果真有一些閒暇，倒還不如到寺廟裡燒香拜佛，祈求天上的神仙能給自己一處庇佑，好在亂世到中苟生一回。不求聞達於諸侯，只是希望每一天都能夠填飽肚子，每一天都有個安穩覺可以睡。然而即便如此簡單的願望，在中唐後的年代裡，竟也全都化作了奢望。

百姓們看得到的是達官顯貴居住的華美宮殿，可是貴族卻看不到破敗茅屋中衣不蔽體的饑寒之人。夏天還可以熬得過去，只是每一年的冬天，卻成為窮苦百姓集體赴黃泉的季節。越是大雪天，人們越愁苦，哪裡顧得上瑞雪兆豐年，暫且把當下的光景熬過去，才是唯一的解脫。

白居易是個有心人，天下百姓的痛苦他看在眼中，卻苦於無力去掙脫套在他們身上的枷鎖。他唯一所能夠做的事情，也只有寫下兩句詩歌，算是給當權者的一個提醒，或者是給後來者的警戒吧。

八年十二月，五日雪紛紛。竹柏皆凍死，況彼無衣民！
回觀村閭間，十室八九貧。北風利如劍，布絮不蔽身。
唯燒蒿棘火，愁坐夜待晨。乃知大寒歲，農者尤苦辛。
顧我當此日，草堂深掩門。褐裘覆絁被，坐臥有餘溫。
倖免饑凍苦，又無壟畝勤。念彼深可愧，自問是何人。

這首〈村居苦寒〉，寫於元和八年的十二月。大雪一連下了數日，連那些本就不怕冰寒的松柏都被凍死不少，更何況要提起城牆根下衣不蔽體的百姓呢？他們究竟需要多大的耐力才能熬得過這個冬天啊！回頭想一想老家，十家中卻有八九家是窮苦的。像是刀子一樣的北風整夜吹著，怕是連茅草屋頂都被掀翻了。

再看看他們身上裹著的破衣服，好似只要出門走一遭，就會被風多撕裂幾道口。實在沒有辦法抵禦嚴寒的時候，就不得不把從路邊撿回來的蒿草和荊棘點燃，希望能藉著小小的火苗取得一絲溫暖。可是身上的溫暖總也驅不走心中的嚴寒。這樣的夜晚總會過去，明天白天是不是會豔陽高照，沒有人知道。但唯一可以確定的是，這樣的日子必將還會持續，根本看不到終結的希望。

白居易不禁動了一些惻隱之心。再想想自己的日子，院門深深，早就把嚴寒拒在門外了。身上穿的和炕上蓋的都是皮毛，屋中不論什麼何時都是恆溫。又所幸自己是個讀書人，不用受耕作之苦，也不用背上沉重的賦稅，這才有了如今這般愜意的好日子。但上天有好生之德，同樣是上天的子民，為什麼要如此不公允對待人世間的生靈呢？

假若給白居易一個機會，他必定會對每一個窮苦的百姓伸出援手。只可惜他永遠都只是一個凡人，在龐大的政治體系面前他的力量是如此渺小，甚至都不足以傳到當權者的耳朵中，一首詩作所能起到的作用又有幾何？

元和六年到八年，白居易在家鄉為母親守孝。因暫時離開了高高在上的官場，這才得以見到民間疾苦。這段日子中，白居易也是多病之身，若是不得好友元稹的救助，怕是也難以熬過這個冬天了。因而在他的詩中，雖是口口可憐著老百姓的苦日子，又有哪一句不是在哀歎自己的命運呢？

只是當時的唐王朝外有異族入侵、內有藩鎮割據，可以用來耕作的土地大量減少，卻偏偏還要供給軍隊比往常多的糧草。國家早已經失去了生計命脈，如此繁重的責任及後果，最終都還要草草散到百姓頭上。千年以來以耕作土地為生的百姓，忽然在一夜之間發現，他們日日廝守著的黃土地，到頭來竟然成了最致命的毒藥。唯獨高高在上的官吏依舊對百姓的苦難不聞不顧，他們甚至還在用百姓的鮮血，換取自己的位高權重。那穿在身上的大紅蟒袍，不正是平民百姓一點一滴染紅的嗎？既然身為父母官，做的卻不是服務勞苦大眾的事情。

每遇到如此官員時，有些氣度的文人也都是要憤慨一番。詩人杜荀鶴便曾作〈再經胡城縣〉，說的就是這樣一個欺壓百姓的典型：

去歲曾經此縣城，縣民無口不冤聲。
今來縣宰加朱紱，便是生靈血染成。

這是個極度悲慘的故事。前一年到此地的時候，詩人縱然也看到了遍地都是尚沒有得到解決的冤情，但老百姓還是保持著一份虔誠。他們願意等待，願意留出足夠的時間為這位縣太爺去處理案情。可是他們的等待被當成了懦弱，他們的善良最終被邪惡所欺壓。一年的時間過去了，時間並沒有為百姓們換來好的結果。當杜荀鶴再來到此地時，只能看到遍地生靈塗炭，民不聊生。那縣官卻因政績卓越而受到了朝廷的賞賜。這簡直是天大的笑話了。那朱紱上的豔麗，分明正是百姓的鮮血浸染的，一點點訴說著當權者看不到的幽怨。

只恨生逢末世，百姓也只被當做是一介小卒，進退都不由自己，生死也全不在掌控。或是逆來順受，或是起兵造反，這兩種選擇哪一條都不是最好的結果。但現實留給他們的道路也別無其他，生或者死竟然都不是一件容易事。

・富貴榮華終是空

這個王朝的命運衰落，是要從唐中期算起。此時的王朝再也不見當初盛世，朝廷政治日益腐敗，豪門貴族在權貴的庇蔭下，不但奢侈成風，更有著普天之下無不敢為的膽氣。亂世出英雄，李德裕便是在武宗時期坐到了宰相的位置上。從政績上來說，李德裕算是一個好官。他對外抵制回鶻的侵略，對內著力削除各地藩鎮。然而宰相這個位置就像是一條針氈，任何人想要在上面坐安穩，都不是一件容易事。李德裕曾經寫過一首〈長安秋夜〉，說的便是自己當朝為官所要歷經的辛苦事。再看看李德裕一生的歷程，更可以體會到當時的爾虞我詐。

李德裕，字文饒，真定贊皇（今河北省贊皇縣）人。自小就懷有一腔壯志，又多加勤奮，這對任何一個少年來說都是難得。因而李德裕比起身邊的同伴，也就顯得更為出眾。他早早就精通了《漢書》、《左傳》等典籍。穆宗時期曾經召集大臣編纂典冊，李德裕便是當時的主力人員。此後他歷任翰林學士、浙西觀察使、西川節度使、兵部尚書、左僕射，並在文宗大和七年和唐武宗開成五年兩度為當朝宰相。李德裕主持政事期間，對於軍事和邊防尤為重視，又十分贊成削弱藩鎮以鞏固中央集權。他宣導的這些措施，使得晚唐時期內憂外患的局面得到了暫時的安定，然而卻也因此為自己惹來不少禍端。那場「牛李黨爭」，也最終結束了李德裕的仕途。

於是在數次被貶後，大眾四年的正月，李德裕死於崖州。後雖被追封為太尉，並贈與了衛國公的稱號，但這些死後的虛名，也只是對當朝者多了幾分諷刺而已。斯人已去，空餘白雲悠悠千載。原來在政治中想要澄清這一灘渾水，竟是這麼不易。而在〈長安秋月〉中，李德裕只是寫了生活的一個片段，甚至連絲毫感情都沒有帶進。

內官傳詔問戎機，載筆金鑾夜始歸。
萬戶千門皆寂寂，月中清露點朝衣。

當天夜晚，內官傳來皇上的聖旨，召見他進宮商談軍事，這場徹談使得人們忘記了時間。等到從宮中出來時，這才發現早已經萬戶俱寂，唯獨天上的月亮還在守著自己的職責，為夜歸人照亮回家路。

然而月亮所能夠做到的事情也僅限於此了，王朝中的黑暗不是一兩句問話就能解決清楚的，再皎潔的月光也照不亮人世間的渾濁。縱然此時的李德裕還是滿腔抱負，但他就像是朝政中的月光一樣，也僅僅只能保得自己不被浸染。儘管也在著力發光，可最後留給人間的故事也只能被毫無感情傳唱著，卻沒有絲毫實質作用。

這麼說來，總是有一絲悲哀在其中。可憐當時的人看不到未來，他依舊只能盡自己的全力，做著自以為正確的事情，哪怕早已經月夜朦朧，哪怕秋露也已經沾濕了衣服。可是他當下顧不上這些瑣碎，他的心中滿是當夜與皇上的探討，天底下有太多的事情需要他去操心了，因而直到回到家後才發現，衣服早已被晚上的露珠浸濕了。於是不禁笑笑，是笑自己的癡傻還是笑自己的春風得意，這都是無關緊要的事情。唯一值得記住的事情是，即便在亂世中，也終有一輪明月照著故鄉。若有人抬頭仰望，看到的再不是一片黑暗。然而明月最害怕的事情是烏雲遮天，即便它有再大的本事，月色也終是穿不透重重黑暗。

唐王朝曾出了一位太平公主，她一心想要學母親武則天把持朝政。這片烏雲更是高高生在皇宮中，從而也使宮闈中一片黑暗。

為了當女皇，太平公主便存心想要加害太子李隆基。可大唐國的命運還沒有走到衰竭的時日，李隆基依舊安穩登上了皇位，但從此後他和太平公主之間的矛盾也就進一步激化，甚至一度發展到了武力對決的程度。

在太平公主的計畫中，本是要借用羽林軍的強攻發動政變，殺死玄宗李隆基。所幸這一陰謀早早被玄宗識破，他先發制人，於開元元年下令將太平公主以及她的黨羽數十人全都處死。此後，玄宗又將太平公主名下的田莊，分別賜給了寧王、申王、岐王和薛王，此事這才算告一段落。

太平公主到底有多少家產？這是一個難以計數的概念。把這一份家產分成了四份後，單單岐王一家便有多少年可以肆意揮霍。這場政變過去一百多年後，詩人韓愈曾遊覽太平公主的故地，眼見到當下此地雖已經不復往日的光景，卻依舊還能夠從中看出當年的奢華。不禁有感而發，這才寫了一首〈遊太平公主山莊〉：

公主當年欲占春，故將台榭壓城闉。
欲知前面花多少，直到南山不屬人。

只一句話，就寫出了太平公主的野心。明明是一季安好的春天，太平公主卻想要一人獨占了這個季節。她甚至把亭台樓榭都修建到長安城外的曲城下，大有占盡所有春之地界的欲念。放眼望去，盡皆是她當年命人栽種的鮮花。從長安城一直到終南山下，這裡所有的田地都被太平公主粉飾成自己的春天。一路看花花不盡，最終也贏不來自己一生的願景時節。

這場願景對天下百姓來說，恐怕應該算是一場最可怕的夢境了。若太平公主果真得了天下，老百姓連春天賞花的權利都將被剝奪走了。從此，四季再不屬於天下，天下也再不屬於人民。於黑暗中活久了，總是要努力尋得一處光明。就像是這片滿是鮮花的山莊已經再不屬於太平公主一樣，整個春天依舊是要還給到百姓手中。那場霸占天下的欲念，最終也灰飛煙滅，賞花之時也再沒有人會提起。

原來一切欲念皆是魔，又可笑如此魔障在毒害他人之前，往往最先害死了自己。這果真是天底下最為可笑且最值得可悲的事情了。

・為他人做嫁衣

這是一個風氣空前開化的時代，女子無須抱有那麼多的舊禮儀，她們中間一度還出現了效仿男裝的風俗。但這些欣喜和意外，都改變不了村野之中婦女們生就悲慘的命運。生活壓在她們肩膀上的擔子，有時候比男子還要沉重許多。

除了生兒育女，這些女子白天要種田勞作，晚上回到家還要養蠶繅絲，只可惜自己日日夜夜都是在為了別人的嫁衣而忙，明明是自己一寸一寸織出來的綢緞，這一輩子恐怕都沒有機會穿在身上。

孟郊曾寫過一首〈織婦辭〉，說的便是這些整天操勞在機杼旁邊女子的心聲：

> 夫是田中郎，妾是田中女。
> 當年嫁得君，為君秉機杼。

筋力日已疲，不息窗下機。
如何織紈素，自著藍縷衣。
官家榜村路，更索栽桑樹。

她們也是風華正茂的年紀，她們也都曉得穿上綾羅綢緞會更加漂亮，只是因為自己生在農村，一來沒有傾國傾城貌，二來家裡也沒有銀錢權勢，因而也只能一生悲慘。丈夫是個老老實實、勤勤懇懇的莊稼漢，妻子也勤儉持家。為了能夠讓家境比較殷實，他們天天操勞，到了晚上也不肯早早歇下。可是再看看自己身上穿的那件藍布衫，為什麼整日都在織著絹布，到頭來卻還是換不了一丈做新衣的布料呢？

官府又在命令讓農家多種桑樹養蠶了。告令說什麼，只要百姓勤勞，就一定能夠多買上幾畝地，再也不會用受這般日夜操勞的苦難了。百姓都是願意懷有這樣美好的念想，可為什麼詔令已經更改幾次，他們的日子卻還是如此清貧？唯一多的，卻是政府的稅收。除此外，百姓的日子再無半點改變了。

然而他們的心緒其實並不在吃穿上。哪怕以天為被，以地為床，他們需要的也僅僅只是心口上的一點溫暖。就像是母親親手織出來的布料，一定要穿在孩子身上一樣，無論孩子一生漂泊到什麼地方，只要撫摸起身上的衣服，念想就已經穿過千山萬水，飛回到生長的故鄉。

慈母手中線，遊子身上衣。
臨行密密縫，意恐遲遲歸。
誰言寸草心，報得三春暉。

這是孟郊作下的一首〈遊子吟〉。對於百姓來說，這大概就是一生的期盼了。尤其是對於一個相夫教子的農村婦女來說，她這一生中，丈夫和孩子幾乎就已經是她的全部了。自己再操勞一些又能夠怎樣？如果能用有限的年華為孩子換來半生福祿，這位母親也是會毫不猶豫簽下這份賭注。

所幸，這裡沒有更多的悲劇。除了淡淡的思念外，母親與孩子也都是彼此相愛，雖然這份愛意在那個時代並沒有人會主動表達。母愛無言，但那穿在身上的布衣中的每一條經緯，不都是對這份深情的最好表達嗎？

那個年代的婦女，多半是要學著養蠶織布，這是最基本的女紅。據說唐代時候，還在絲織重鎮設有專門負責紡織的官吏，以監察由農村收上來的紡織品。可在這些婦女背後，隱藏著的悲慘命運很多人看不見。詩人元稹曾見過一位專以織綾為生的女子，她這一生都端坐在織布機前面，歲月熬白了頭髮的時候，也沒有為她送來一個如意郎君。

元稹頓生同情之心，他想不明白，為什麼會有人一生都只是在給他人做著華美的衣裳，自己只是想要一點點卑微的幸福竟是如此困難，因此作了一首〈織婦詞〉，希望能夠用自己的言語來勸解世人。然而，詩人的語言依舊撼動不了當下的局面，甚至連這首詩作都成了百姓苦難生活的犧牲品。如同千百萬個農村婦女的命運一般，詩人的聲音只被時間的長河草草沖走，不曾留一點痕跡。

織夫何太忙，蠶經三臥行欲老。
蠶神女聖早成絲，今年絲稅抽徵早。
早徵非是官人惡，去歲官家事戎索。
征人戰苦束刀瘡，主將勳高換羅幕。
繅絲織帛猶努力，變緝撩機苦難織。
東家頭白雙女兒，為解挑紋嫁不得。
簷前嫋嫋游絲上，上有蜘蛛巧來往。
羨他蟲豸解緣天，能向虛空織羅網。

織線的婦女總是忙碌，她們要根據蠶吐絲的季節調整自己的作息。只是蠶聽不懂人話，如果略懂人情，就會早早吐出絲線了以備官府的收繳。可當年政府下的稅令比往年任何時候都要早，養蠶人卻不能逼出些蠶絲。如此，也只能多擺上一些貢品，祈求蠶神多一點的庇佑，能讓今年的日子好過一些。

可是官府也有自己的論調。他們說這並不是想要故意為難老百姓，他們當官的人也不願意看到百姓受苦。無奈皇上今年又派兵打仗了，在前線受傷的士兵要用絲帛包紮傷口，那些立了功勞的將軍也要受到皇上的賞賜，更換新的絲織帳篷。雖說繅絲織帛的人天天都在忙碌，可總也趕不上朝廷的用度。更何況朝廷今年還有更嚴格的命令，她們要在每一匹布帛上都挑出花紋，這樣複雜的工藝更不是一兩天就能完成，偏偏會這種工藝的人少之又少。為了滿足朝廷的要求，官府怎麼會放那些懂得如此手藝的女子回家婚配嫁娶呢？

婚姻是一生中最重大的事情。可百姓的事情再大，也大不過皇帝的喜好，分明有著現實的例子擺在眼前。東邊鄰家的那一對會挑花的女子，她們是何時開始做這份工，怕是連她們自己都記不清了。人們唯獨知道的事實是，現如今她們兩人的頭髮全都白了，可是依舊還在為朝廷做同樣的事情，一輩子都不曾變過。找個老實人家嫁出自己一生的幸福，這樣的事情對她們來說或許曾經還是奢望，只是現如今連這份奢望都不再有了。在歲月的長河中，她們早已經默默走到了生命的最後，怕是連最後一點氣力都是要耗在織布挑花上了。

偶有閑餘時間，坐在簷前本想要曬曬太陽，不經意的抬頭卻看見了正在空中織網的蜘蛛。想想這一生的命運，不恰如蜘蛛一般，用生命的力量織出一場華麗嗎？然而人們終究沒有蜘蛛一般於空中紡織的本事，更沒有蜘蛛自織自用的命。羨慕之餘，再看看自己垂落的白髮，不禁滿是感傷。生活的艱難到底幾何，誰還有心思去細數？

唐德宗時頒布了《兩稅法》，規定每年夏季和秋季徵收賦稅。在唐憲宗元和十一年六月的詔書中又規定「諸縣夏稅折納綾、絹、紬、絲、錦等」，即在夏季才開始徵稅。後來，因為戰亂頻繁，加上統治者奢侈浪費過度，朝廷財政入不敷出，因此也就只能對老百姓加緊搜刮，把收稅的時間一再提前，甚至一出正月就要來催交新絲。可是二月尚且天寒，哪裡又有新絲呢？唐代末年詩人唐彥謙的一首〈採桑女〉，說的就是這些養蠶農婦的悲歎：

春風吹蠶細如蟻，桑芽才努青鴉嘴。侵晨採桑誰家女，手挽長條淚如雨。去歲初眠當此時，今歲春寒葉放遲。愁聽門外催里胥，官家二月收新絲。

二月，在北方還是寒風呼嘯的日子。縱然有春風，也是要多出幾分料峭。然而採桑女卻顧不上逼人的寒氣，她們一如既往勞作著，只是為了能夠交上當年的賦稅。這些勞苦大眾的心中也埋藏著深深夢想，他們期望能有一天再不拖欠任何人的銀兩，到了那春暖花開的季節，或耕或閑也都是只隨了心情，真正過上一段自在愜意的好日子。

然而她們無法把新釀出來的桑芽變作桑葉，更無法使只有螞蟻般大小的蠶，變成馬上就可以吐絲的桑蠶。可上門收繳賦稅的官吏，早已經如同惡狼一般守候在門前了，一想到上一年辛苦攢下來的積蓄，卻被用來充當了今年的賦稅，在心中整整埋下一年的願景頃刻間就被打碎了，不知道再重新聚起來這些夢想還需要花上多少時日？只怕不消一年的光景，就又要等來下一場稅收了。如此循環往復，她們心中的願望恐怕再也沒有實現的可能。

這些老百姓，這些勤勞善良的農村婦女，她們想的僅僅只是為自己和丈夫孩子做上一兩件新衣服——用自己養的蠶吐出來的絲、自己親手織出來的布帛，這本是不靠天不求人的簡單的願想，如今卻被當朝者逼成了一場破滅的奢望。

日復一日，年復一年，老了年華，荒掉容顏。再對鏡貼花黃的時候，是終究也無法回頭去看年輕時候的夢想了。那些尚沒有實現的念頭，恐怕也會隨著自己的肉身腐爛在荒墳中，再也不會向人提起。

・寒食背後的忠與孝

最難熬的節日便是寒食節了。

寒食節也稱「禁煙節」、「冷節」、「百五節」，是在夏曆冬至後的第一百零五日，往往就追算到了清明節的前一兩天。這一日從太陽初生的時候起，家家戶戶都要禁煙火，只允許吃冷食。這本是一種原始的祭奠和虔誠，發展到後來卻就逐漸演化出多種多樣的風俗習慣。人們把祭掃、踏青、盪秋千、蹴鞠等等遊玩的活動都加入，使寒食節少卻了幾分淒涼，更因大家湊在一起的歡聚而顯得熱鬧。

寒食節前前後後綿延了兩千多年，可稱得上是民間最大的祭日了。是時，每年的春祭都是在寒食節舉行，只是因為後來曆法改變，這才逐漸取消了寒食節，而單單演變成了後世祭奠的清明節。

相傳，寒食節是為了紀念春秋時期的名人介之推。當時介之推和重耳流亡國外，因饑寒交迫，介之推為了能讓主公填飽肚子，不惜從自己的腿上割下來一塊肉。此等恩情，重耳也絕不會忘記。後來重耳復國，史稱晉文公，他本有心請介之推來幫著自己執掌江山，但介之推卻是一個不愛功名利祿的人，儘管晉文公三番五次邀請，卻始終無法打動介之推的這顆恬淡之心。無奈，重耳想出了一則逼君出山的妙計。他命人焚山，想要用煙火把介之推從山裡面逼出來。不想，下定決心的介之推死死抱著一棵大樹，最終葬身在這場大火中。

晉文公已經欲哭無淚了。事後，他厚葬了介之推，為之修祠立廟，並把介之推焚死之日定為禁火寒食，以表達哀思，後世因逐漸沿襲而成了風俗。

這個節日背後的故事如此淒涼，每次讀起來總要惹幾個文人傷心落淚一番。縱然哀傷已經被豐富多彩的娛樂活動沖淡了，卻終也難以避免會因為點點滴滴的懷古，而引出一些愁思。唐玄宗開元十一年，王昌齡到并州做客，恰逢寒食節祭祀活動。他越看也就越從眼前的熱鬧中覺出幾分悲涼，不覺寫下了這首〈寒食即事〉：

晉陽寒食地，風俗舊來傳。雨滅龍蛇火，春生鴻雁天。
泣多流水漲，歌發舞雲旋。西見之推廟，空為人所憐。

寒食節的習俗自古就有，不僅僅只是晉陽之地。只是千百前已經過去，當年逼著介之推出山的那場大火，也早就被無數次的驟雨澆得不留痕跡。春天已經來了，連天上的鴻雁都一排排向著北方飛去。人們在這樣一個草長鶯飛的季節中哭泣，憑弔逝去的先人。臉上的淚水一滴滴墜落腳下，甚至連河水都因此漲起。這樣的悲傷總是顯得過於形式化，只消一段動人的歌舞，就足以化解各自臉上的哀愁。這就像是天上的浮雲一般，僅僅一陣春風拂過，就得大片晴天。

汾水西面的介之推祠堂裡，聚集了不少前來弔唁的後人，有人正在默默訴說著對古時聖賢的紀念。然而後人除了紀念，還能做什麼？

這樣的傷感總是顯得有些多餘。節日本就是應景的，何苦還非要因為如此行徑，而白白念叨一回？就像是各個季節都有著各自不同的風景，不一樣的節日也僅僅只是為了表達不同的情思罷了。如此一來，好好享受節日帶給人們的歡娛，才應該是正經事。斯人已去，後世的百姓還是想要安居樂業，總也不能因先人的遭遇，而忘卻了當下的日子。

相比起王昌齡的莫名，中唐時期有一位叫王濯的詩人寫了一首〈清明日賜百僚新火〉。他單單只是記敘起清明寒食的種種應景之行，終也不去追究這背後到底有幾多深意了。畢竟這個節日一過，人們還是要回到自己的正常生活，節日也僅僅是節日，嬉戲或愁苦，都只是留在了這一天自生自滅。

御火傳香殿，華光及侍臣。星流中使馬，燭耀九衢人。
轉影連金屋，分輝麗錦茵。焰迎紅蕊發，煙染綠條春。
助律和風早，添爐暖氣新。誰憐一寒士，猶望照東鄰。

寒食日斷了煙火，這一日一過，是又要重新接續起新火種。火在百姓的勞作中具有特殊的意味，只因為有了它，我們才從荒涼跨入光明。寒食節一過，皇帝要親自從宮中傳出新的火種。凡是被新火種照耀到的人們，無不因此而覺得喜慶萬分。

傳送新火的皇家使者快馬加鞭，好似流星，燭火如同明日一般，照耀著長安城裡面的老百姓。權貴之人的房屋被新火照得陰影相連，甚至連房間中的錦繡地毯都要比先前亮了幾分，這不正是盛世的號召嗎？新的一年中，這顆火種也一定會驅走冬日的嚴寒，為普天下的百姓帶來更多的溫暖，以及深埋在心底的美好希望。

隨著火種傳遞的方向望去，路兩邊的鮮花也都一簇簇開始綻放，原本蕭條的柳枝也逐漸抽出了輕煙似的嫩芽。整個季節在火種的映照下瞬間輪換過來，百姓心中也早就暖起來，對於接下來的一年他們都寄於了更多厚望。

只是詩人似乎有些不安。鄰家已經點燃了新的爐火，再看看自己這個貧困之人，該拿什麼維持生計？俗話說，車到山前必有路，船到橋頭自然直。有時候，人們害怕的僅僅只是未知而已，是對未來不可測的把控。既然新火已經點燃，哪怕自己家的爐火並沒有燃起，也終是要感謝這個季節。春天來了，世間萬物都到了復甦的時候，甚至包括你我的真心。

在豔陽高照的時節中，只要你我安好，便是晴天。因而即便在蜀地的生活異常艱苦，杜甫和妻兒也始終保持著對生活的豁達。寒食節本是有不少禁忌，可看著春臨大地，他的心中不禁升起了更多柔情。縱然生活給了自己許多磨難，好在身邊還有樸實的老農為伴。即便在再辛苦的歲月中，也始終該是像他們一般對未來抱有更多的期望。在明日沒有到來之前，沒有人會知道它究竟會是何種滋味，且看看杜甫的〈寒食〉吧：

寒食江村路，風花高下飛。汀煙輕冉冉，竹日淨暉暉。
田父要皆去，鄰家問不違。地偏相識盡，雞犬亦忘歸。

寒食節的時候，在通向村子的江邊小路上，春風把落在地上的花瓣吹得到處亂飛。江水中間的小洲，被水中上升的暖暖水氣籠罩，岸邊青翠的竹林卻把陽光析成了絲絲縷縷，仿佛是用河水洗過一般乾淨，這樣的好日子豈能虛度？恰好隔壁老農盛情邀請去他家做客，左鄰右舍的人家也都過來相互問好。雖然在蜀地沒有一個親人，可彼此間的這份情感不勝似親人嗎？

這裡地處偏僻，人與人之間也沒有那麼多的隔閡，甚至連彼此家養的雞犬也往往分辨不清，但人生不正是難得這一份糊塗嗎？甚至連回家的路都不用記得，醉了便睡倒在鄰居的床上，一覺就到了第二日早上。且做一回心中毫無糾葛的生靈，只活這一份簡單吧。

然而人生並不總是如此愜意，這段日子中，杜甫的生活已經到了極其艱難的地步。在臨去世半年左右的時間中，杜甫的生活已經貧困交加。他一方面感歎著自己年老體弱，另一方面卻還在心憂國家的命運，因作了一首〈小寒食舟中作〉：

佳辰強飲食猶寒，隱幾蕭條戴鶡冠。春水船如天上坐，老年花似霧中看。
娟娟戲蝶過閑幔，片片輕鷗下急湍。雲白山青萬餘里，愁看直北是長安。

小寒食是指寒食節的次日，清明的前一天。從寒食到清明三日禁火，所以首句便說起「佳辰強飲食猶寒」。有病之人怎麼耐得了酒力呢？但他還是要強飲兩杯，只是因為過節，即便身在漂泊，也不能因此而冷落了節日氣氛。可人力終也勝不過天算，他的一生都是在動盪漂泊中度過，朝廷若不認，縱有萬丈美名也終是虛妄。可憐這一個老人至死，心中都難以放下家國事，卻也只能冷眼看花花自憐。

春來水漲，江流浩漫，舟中的漂蕩起伏猶如坐在天上雲間。只因年邁，又兼體衰，甚至一度連岸邊的花草都分辨不清楚。霧中看花，縱是朦朧也多情。岸邊的花如是，當今的政局不也如是嗎？窮盡了一輩子的氣力，也看不清這潭迷局。可縱然看清了又能怎麼樣，不也照舊會因此老淚縱橫？空餘著雲白山青無人識，這份落寞是該屬於何人？至老時，再也沒有氣力追究了。

一場風花雪月後，一切都成了虛妄。

・端午節的燒灼

每年農曆五月初五日便是端午節了。民間的說法是，這一天要吃粽子、喝雄黃酒，在南方還有賽龍舟。有些地區還流傳著一些更古老的習俗，如用雄黃酒在孩子們的頭上寫一個大大的「王」字，並且還要為每一個小孩都縫上五色絲線做的小荷包避邪。據說過了五月初五日的端午節，南方的夏天也就多了蚊蟲叮咬。不論是雄黃酒還是避邪的荷包，在即將到來的炎炎夏日中，父母們心中的願望只有一個，那便是膝前的孩子能茁壯成長，就像是初生的豔陽一般，有著更燦爛的明天。

但在後世的演變中，端午節被人們賦予了更多的紀念意義。吃粽子和賽龍舟，都和當年奮不顧身投入汨羅江中的屈原息息相關。百姓開始祭奠起這一位愛國詩人，祭奠在現世中再難尋覓到的一腔忠君愛國心。可憐斯人已逝，也只能夠剩下這一份英雄氣短的悲歌流傳後世。

只是百姓向來喜歡歡娛，這一份傷心也早就在歲月的磨礪中變得平淡。有些事情，只消記在心中便可，何必非要年年拿出來，惹得眾人散了遊玩的興致？於是不管是吃粽子還是賽龍舟，百姓們也都更願意先飽，這一個又被稱之為「詩人節」的日子便有了些民間情調。

唐代時，廟堂之上的人過起端午節，也別有一番味道。每年這個時候，皇帝都會選取一些腰帶或扇子之類的吉祥物，贈送給當朝官員，一是也用來避邪，二來更要以此顯示皇恩浩蕩，在百忙中還記掛著為國為民的每一個臣子。而官員收到皇帝賞賜的這些禮物後，也總是要感恩戴德一番，也算是表示了作為臣子的一腔忠心。唐代宗時期，詩人竇叔向便寫就了一首〈端午日恩賜百索〉的詩作來感謝皇恩：

仙宮長命縷，端午降殊私。
事盛蛟龍見，恩深犬馬知。

餘生倘可續，終冀答明時。

當朝者是一個有心的皇帝，否則也不會以長命縷來作為饋贈的禮物了。官員也是一個有心的臣子，否則也就不會有如此一篇詩文來說出心中的感激了。只是讀罷這些文字，各人心中究竟是什麼滋味，是再難以下定論了。

這一年的端午節，皇帝賞賜給百官的是長命縷，這一份特殊的恩情，自然也有著特殊的意味。長命百歲，這是多麼好的祈願啊！在如此盛大的節日中，甚至連難得一見的蛟龍都現出了真形，這不正是盛世的象徵嗎！皇恩浩蕩，不要說是百官和百姓，那些不懂得感情的犬馬也都知道該怎麼來報答主人的恩情。於是詩人許願，在自己的有生之年，一定要盡全力報效君主。

君臣相愛，這該是多麼和諧的一幅畫面。唯願這樣的抱負不是只寫在紙張上，若真正寫到了百姓心中，那才可真正稱得上是一場歷史，也才不枉了這一年的端午。

然而這個世界上「屈原」再多，可當朝皇帝是只有一個。後世人所能夠做的，也就只有憑弔了。

端午節賽龍舟紀念屈原的習俗，在唐代就已經廣為流傳。唐德宗時期，詩人張建封任武甯軍節度使，當時駐守徐州。徐州位於汴水和泗水交匯的地方，因著地理便利，每年端午節都要舉行龍舟比賽。張建封是此地地方官，自然也受邀觀看。於是，也就為後世留下一場最直觀的競渡現場：

五月五日天晴明，楊花繞江啼曉鶯。使君未出郡齋外，江上早聞齊和聲。
使君出時皆有準，馬前已被紅旗引。兩岸羅衣破暈香，銀釵照日如霜刃。
鼓聲三下紅旗開，兩龍躍出浮水來。棹影斡波飛萬劍，鼓聲劈浪鳴千雷。
鼓聲漸急標將近，兩龍望標目如瞬。坡上人呼霹靂驚，竿頭彩掛虹蜺暈。
前船搶水已得標，後船失勢空揮橈。瘡眉血首爭不定，輸岸一朋心似燒。
只將輸贏分罰賞，兩岸十舟五來往。須臾戲罷各東西，競脫文身請書上。

吾今細觀競渡兒，何殊當路權相持。不思得岸各休去，會到摧車折楫時。

在這首〈競渡歌〉中，端午節是一個好天氣。徐州城的百姓多半都出城到江邊看這場一年一度的龍舟比賽，否則也就空對不起這一場天朗日清了。

江邊楊花飄飛，更有早起的黃鶯依轉啼鳴。這樣的好光景中，誰人還能耐得住節日的騷動呢？

徐州刺史還沒有走出府邸，就遠遠聽到了江邊傳來的吶喊聲。於是由紅旗儀仗隊開路，刺史也命隨從加快腳步，好在龍舟比賽開始前準時到達現場。一路上，春光漸暖，守在兩岸的婦女們薰在衣服上的香味幽幽傳來，髮髻上的銀釵也閃著太陽的光澤，一時間晃了遊人的眼睛。百姓早就聚集起來，迫不及待等著刺史一聲令下，接下來便是萬眾期待的龍舟比賽。

只聽得鼓過三巡，又見紅旗揮動，兩條龍舟便像是從水中浮上來一般，眾人還來不及去分辨每條龍舟上划船漢子們的身形，這兩龍便相互展開了競賽的架勢。

遠遠只看見河水中有無數支船槳上下翻飛，卻又像是數不清的銀劍一般飛舞，一招招刺向敵人的咽喉。每條龍舟上的鼓手都在賣力擂著戰鼓，一時間鼓聲如雷，每一槌落下去都能激起更高昂的熱情。岸邊的百姓也早就分不清楚自己究竟是要為哪一支隊伍加油助威了。他們聲嘶力竭吶喊著，不論是哪條龍船行在前頭，都會把這場比塞推向更高潮。

漸漸，鼓聲也密集起來，兩隊的輸贏也明朗了幾分。終點處掛在高竿上的彩色錦標近在眼前了，贏在前面的龍舟也已經勝利在望。一場比賽總是要有輸贏，贏者總歡喜，輸者也總是不甘心。可最後的獎勵是要以輸贏為依據，因而輸掉比賽的船隻也就輸掉了獎賞。最後究竟誰輸誰贏，只因著兩條龍舟之間些微的差別，極不易分辨，最後雙方還為爭名次而動手。一時間，兩岸各自的船隻在河流中穿梭不停，人們在各條船上跳來逃去，一場歡慶的比賽眼看就要變作相互慪氣的爭鬥了。

若不是刺史坐鎮，雙方早就已經打得頭破血流。好在各自也都只是為了一個名次，至於賞賜，終不會再提。既然比賽已經結束，兩岸觀眾也都已經各奔東西，龍舟上的划手也都乾脆脫掉比賽的服裝，而相互約著去紋身刺字以示紀念。剛才的爭鬥早就被忘在腦後，河水也依舊靜靜流著，似乎那場混亂從來沒有發生過一樣，再沒有人願意記起。

百姓不會記得這一場爭鬥，他們的太平日子和鄰里之間的和睦也不會因此而有所改變。然而這場意外卻觸動了詩人的心思。他是歷經過官場爭鬥的人，眼見到百姓只為了一場名利而你爭我奪，不禁也就想到了朝廷上彼此相持不下的境況。原來高在廟堂之上的官員，歸根結底和平頭百姓也沒有區別。人為財死，鳥為食亡，竟成了不變的定律。

只是官場上的人，又哪裡有百姓這般坦蕩心境。爭鬥只是爭鬥，龍舟比賽後他們或許還會相互約著去喝上一杯雄黃酒。可是在官場背後的黑暗，曾有幾人看透？若是看透了，當年的屈原大概也不願意葬身在汨羅江中了吧。安安心心做一介平民，卻也成了如此難得的事情。

・九月九日望鄉台

這個傳說多少帶有一些神話色彩。據說曾有一個汝南人名叫桓景，他一心想要跟著懂法術的費長房學習仙術。忽然這一日，費長房把桓景叫到跟前說，不久後的九月初九，其家中會有大災難，若想要避開此災難，桓景必須馬上回家，命家人每人做一個紅布袋，在其中盛滿茱萸繫在手臂上，並於當日全家登高飲菊花酒，只有這樣才可以避過這場災難。聽完費長房的話，桓景再不敢有所遲疑，他急急忙忙回到家中，並按照費長房的指示一點點做了。等九月初九日全家從附近山上回來後，竟看到家中的雞犬牛羊四種牲畜全都死了。桓景把這件事情告訴費長房，費長房這才把天機洩露出來。他說，這四種牲畜是代替了桓景一家的性命，由此才躲過了一劫。

這件事情逐漸傳開，家家戶戶也都把九月初九日遍插茱萸、登高飲酒的風俗傳承下來。且因為「九」

自古便被視之為「陽」，九月初九更是「重陽」，因而才有了「重陽節」這一風俗。

重陽節這一天最為重要的一件事情便是登高了。金秋九月，風清氣爽，遍邀親人好友相遊深山，不但可以豁達心骨，更能祛病延年。更何況這是秋菊盛開的好季節，若是在大一點的城市中，每年也都會舉行賞花會。遠近百姓傾城出動，只為了能夠一賞當年的新菊。於是王昌齡也作〈九日登高〉一首，在秋風的應和下，靜靜說著長安城的重陽日，或是賞花或是思鄉，都被浸染了一層濃郁的油彩。

青山遠近帶皇州，霽景重陽上北樓。雨歇亭皋仙菊潤，霜飛天苑御梨秋。
茱萸插鬢花宜壽，翡翠橫釵舞作愁。漫說陶潛籬下醉，何曾得見此風流。

這是一個雨後天晴的好日子。秋雨恰似是要洗淨整這個世界一般，雖說已經到了九月九，可這也只能作中秋。每一場秋雨都逐漸退去了夏熱，人們的心情也因此明朗起來。遠處的青山顯得更加俊秀，彼此連綿，像是飄帶一般伸向遠方，卻又不知道是從哪裡繞了回來，緊緊踞守著長安城。

這場雨分明也知道九月九日是賞菊花的日子，這才急急忙忙落下一地濕潤，這才讓初開的菊花顯得更為嬌羞。只是天氣果真有些冷了，皇宮的庭院中也隱約可以尋覓到一點昨夜落下來的秋霜。也正是因為這些不經意的水氣，才讓枝頭上的黃梨顯得更加誘人。這些都是這個秋天的好景色，又恰逢九月九日重陽節，誰還願意把自己緊閉在屋子中不出門呢?只見人們紛紛在髮髻上插著茱萸，且還相邀喝著菊花酒，共同祝願彼此能夠長命百歲。

在這樣的時光中，即便是活了上千年，也只會覺得很短暫。

遠處早已經起了宴飲聲，歌妓頭上都帶著用翠鳥羽毛做成的裝飾品，輕歌曼舞，大有展翅欲飛的姿態。有人還在羨慕陶淵明有著自斟自飲的樂趣，可是那樣一個歸隱的人，又怎麼能體會到這般集會的盛況呢？

所謂在山樂山、在水喜水，生在塵世中，也僅僅只為了這一套俗事而高興幾分吧。人生能如此消遣，不也正是莫大的樂事！

不但百姓，就連見多識廣的皇帝，也對九月九日的活動產生不少興趣。

唐朝晚期，藩鎮割據，唐德宗李适（ㄎㄨㄛˊ）對天下局勢的變遷沒有絲毫辦法，整日於宮中苦臉愁眉，可終究也解決不了任何問題。這一年的重陽節，德宗想要出宮散散心情，於是便命人計畫好行程。泛舟在昆明湖上，因見到秋高氣爽的好天氣，原本聚在心頭的一團怨氣也散去不少，於是他也學著當時文人，賦〈九日〉一首：

禁苑秋來爽氣多，昆明風動起滄波。
中流簫鼓誠堪賞，詎假橫汾發棹歌。

不只是在秋天的禁苑中，普天下都有著同一片明澈的天空。只是皇帝目之所及，也僅僅只限於宮闈牆上的四角天空了。天下局勢不定，縱有多少好日子，在他看來也總是陰霾。不曾想今日的泛舟，竟然見到了如此清爽的天空，也頗算得上是一場意外了。

秋風起處，湖中水泛起了微微波浪。不遠處正起著簫鼓聲，雖說這也是為了應景所作出的姿態，但卻不乏賞心悅目之攻。然而同大自然的造化比起來，人們自作聰明而奏響的樂曲，卻顯得拙劣許多了。

若是果真明白清真無為的道理，如今江山也不會淪落到步田地。帝王終歸只是帝王，他做不了才子，更成不了傳奇。若不是因為當朝者的身分，這樣的自說自話怕是一輩子也沒有人願意再去傾聽了吧。

而重陽節另一個最為重要的概念，便是思鄉。王勃曾作〈蜀中九日登玄武山旅眺〉一首，寫的便是這個異鄉客於九月九日登高回望家鄉，卻終也不得歸去的心緒：

九月九日望鄉台，他席他鄉送客杯。
人情已厭南中苦，鴻雁那從北地來？

那一日，一個俊朗的書生站在望鄉台上苦苦癡守，哪怕能夠等得來一隻從故鄉飛來的大雁也好。然而留給他的，只有越往高處走越覺得淒冷的秋風。即便裹緊了身上的衣服，也終也抵不過這場嚴寒。

更何況，重陽日並不是每一年都是有好天氣。長安城的秋天本就是多雨的季節，若遇到了連綿十多天的陰雨，不要提登高，連上街會友都變成難題。秋天的雨水不似夏天那般容易流失，它們被塵土一點點吸進了土壤中，更造成滿地泥濘。行路的人稍不留神，就糟蹋了一身乾淨的衣裝。

這一年的重陽節便遇到了如此糟糕的天氣。杜甫正住在長安城中，看著屋外陰雨綿綿，人的心情也總是好不起來。他想起了好友岑參，可憐這樣一個佳節竟，無法同好友一起登高賞菊飲美酒，因此只能滿腹遺憾。無奈下，也只有寫一首〈九日寄岑參〉來寄託相思情了：

出門復入門，雨腳但如舊。所向泥活活，思君令人瘦。
沉吟坐西軒，飲食錯昏晝。寸步曲江頭，難為一相就。
吁嗟呼蒼生，稼穡不可救。安得誅雲師，疇能補天漏。
大明韜日月，曠野號禽獸。君子強逶迤，小人困馳驟。
維南有崇山，恐與川浸溜。是節東籬菊，紛披為誰秀。
岑生多新詩，性亦嗜醇酎。采采黃金花，何由滿衣袖。

本已經出門了，卻因為這番天氣又不得已返回家中。街角一片爛泥阻擋了友人的團聚，一旦念想起這件事情，就多少顯得有些無奈。只是思念情深，怕是連身體都要瘦削幾分。雨不停下著，不分白天黑夜，就像自己心中的這點思念一樣，連吃飯的時間都在下個不停。

當時，岑參就住在離杜甫家不遠處的曲江頭，一場秋雨讓這短短的距離變成了不可能。人人都說上天有好生之德，卻為何在這樣的好日子，偏偏落下這些沒來由的無根水，甚至連田地裡的莊稼都被毀掉不少。暫且不去憐憫兩個友人之間的感情，普天下的老百姓早就因為這場秋雨而叫苦不止。他們一年到頭來的辛苦，現在都浸泡在雨中，這果真已經是叫天天不應、叫地地不靈的苦難日子了。只可惜沒有一個勇士能上雲霄，殺死那些掌管雨露的神仙。又或者有能工巧匠，登上高處把天上的漏洞一一補上，把天陽和月亮也全都遮起，讓他們的光輝再無法照耀人間，讓曠野中的野獸再不敢對著有人居住的地方嘶嚎。

這是平民的力量，若是上天繼續肆虐下去，此等幻想就有可能成為現實。偶有達官顯赫坐著車子，在雨中勉強趕路，或者還有幾個不得不出門的百姓正沿著牆根，一步一步小心翼翼往前挪。這場雨究竟下了多長時間，也算不清楚了，若不沖垮面前的終南山它便永不會停止，這該是和人間結下了怎樣的仇恨啊！

然而那些開得正豔的菊花，卻顧不上這些惱人心的事情。它們自顧自開著，即便沒有人欣賞，也從不願意錯了一年一次的花期；即便依舊不得撥開雲霧見青天，它們也只是想要開出一朵鮮花而已。只是靜靜在風中搖曳，不曾因為誰人的愛憐或仇恨而變了容顏。

想必是應該摘下一朵菊花送給岑參這個好友。以他的性格來論，不也正是在這樣惡劣的天氣中，還要硬生生綻放的菊花嗎？有酒、有詩，便已經足夠撐起一段生活了。日子總是應該知足，縱然這個社會上的陰雲依舊不散，卻也不能因為邁不動腳步，而誤了花開時節。

想到這裡早該棄筆了，哪管道路泥濘，只管起身上路，見了好友後再把滿腹的心事說與他聽吧。生活本來就是這個模樣，我們又怎麼能夠因為有了陰雨而再不願意走出心房？只做人生中的那一抹淡菊，因為有了風雨，才更顯得豔出十分。

・又是輪迴一場

每一年的冬至，北方的人們都要舉行特定的禮儀祭奠這個節日，以迎接新一年的輪迴。或許此時早已經是白雪遍地了，家中的孩童總是喜歡這樣的好日子，甚至連堆雪人都能玩出一些新花樣。百姓們也都是歡喜的，瑞雪兆豐年，越大的雪也就越蘊含著來年的更大豐收。可普天下都在慶賀的時候，總是還要有幾個困頓在旅途中的文人，遙望著雪月相輝，或者還應該有一碗隔壁好心鄰居剛剛端送過來的熱餃子，這卻又要惹得對故鄉的百般思念了。往往在全家歡慶的日子，也總是容易使人悲傷。

冬至時節，北方多有宰羊、吃餃子的風俗。餃子是最少不了的美食，原名「嬌耳」，相傳是醫聖張仲景所發明。

相傳張仲景任長沙太守時，因懂得醫術，常為百姓除疾醫病。一年當地瘟疫橫行，他在衙門口疊起大鍋，捨藥救人，深得百姓愛戴。後來張仲景從長沙告老還鄉，正好趕上冬至這一天，走到家鄉白河岸邊時，見很多窮苦百姓正忍饑受寒，兩耳在寒風中更已經凍得不堪。張仲景心裡記掛著這些耳朵被凍傷的百姓，於是他便搭起了醫篷開始治病。張仲景所用之藥名叫「祛寒嬌耳湯」，是總結漢代三百多年臨床實踐而成，其做法是用羊肉和著一些祛寒藥材在鍋裡熬煮，煮好後再把這些東西撈出來切碎，用麵皮包成耳朵狀的「嬌耳」，下鍋再煮熟後分給乞藥的病人。每人兩隻嬌耳、一碗湯。人們吃下祛寒湯後只覺渾身發熱，血液通暢，兩耳變暖了許多。老百姓從冬至一直吃到除夕，這才抵禦了傷寒，最終治好凍耳。

大年初一日，人們開始慶祝新年，同時也為了慶祝凍耳康復，就仿嬌耳的樣子做過年的食物。人們稱這種食物為「餃耳」、「餃子」或「餛飩」，在冬至和年初一吃，以紀念張仲景開棚捨藥、治病救人的日子。

而吃餃子的故事，甚至被回溯到了更悠遠的年代。

傳說，餃子和中華民族的祖先女媧娘娘，有著密不可分的淵源。女媧摶土造成人時，由於天寒地凍，黃土人的耳朵很容易凍掉。為了使耳朵能固定，女媧在人的耳朵上紮一個小孔，用細線將耳朵拴住，線的另一端放在黃土人的嘴裡咬著，這樣才算把耳朵做好。老百姓為了紀念女媧的功績，就開始包餃子，用麵捏成人耳朵的形狀，內包有餡——此便是「線」的諧音，用嘴咬著吃。

但冬至這一天吃什麼，總是在其次，真正讓人們惦念的是家人團聚。只消在親人前面張望，就足以消融掉心中整整一年的勞累。

可人在江湖，身不由己。縱有一千個不情願，也是要起身上路。於是也就只剩下了一地哀傷，伴著寒夜，面著家鄉的方向，倍感思念。

唐德宗貞元年間的一個冬至夜，白居易正居住在邯鄲。這是一個萬家團圓的夜晚，白居易的親人此時卻遠在渭河之邊。再看自己身邊，除了一盞孤燈，房間內再無他物了。於是，才有了〈邯鄲冬至夜思家〉：

邯鄲驛裡逢冬至，抱膝燈前影伴身。
想得家中夜深坐，還應說著遠行人。

旅人思鄉並不是很新鮮的故事。這一邊的遊子正在聲聲念著家中的妻兒，另一邊的家人也應是在苦苦想著遠行的人，不知他現在身在何處，也不知在這個團圓夜，他的身邊是不是有人照顧，更不知他在異地他鄉，能不能吃上一碗熱氣騰騰的餃子。餃子一定要吃，哪怕只是一個人，也是不能夠淒冷了這場節日氣氛。

每逢佳節倍思親，年年都盼著節日多一點，團聚的日子也才能更多。然而在每一個這樣的日子中，卻都要比他人倍感煎熬，此時就更糾結不清，這樣的日子究竟是多還是少，才更讓人心靜？

枯燈伴孤影，這豈是能夠寫得出來的寂寞？最怕旅夜念不足，半是搖影半月冷。

唐代宗大曆二年冬至，詩人杜甫也是旅居在外。只因碰到了團圓日，對長安的思念便油然而生，於是才寫下這首〈冬至〉：

年年至日長為客，匆匆窮愁泥殺人！江上形容吾獨老，天邊風俗自相親。
杖藜雪後臨丹壑，鳴玉朝來散紫宸。心折此時無一寸，路迷何處望三秦？

杜甫的故事說起來，卻又多出不少辛酸。

漂泊自古就是煎熬人的事情，像是永遠都不著地的落葉一樣，稍有風吹就不得已改換自己的方向。那些尚且擱置在心中的夢想，究竟要到什麼時候才能實現！即便這些夢想小到只是尋得一個安定的住所，不為他人，僅僅只是為了妻子兒女能平平安安過上一段好日子。可即便是如此卑微的念想，對杜甫來說都是一種奢望，這樣的煎熬成了他生命中的唯一。

又是到了冬至，記憶中已經模糊不清，這究竟是第幾個獨自在外的日子了。客居外地的時候，心情也多是不好。掬起一捧長江水，卻從中看到了日漸老去的容顏。歲月果真像是一把把刺刀劃過臉頰，留下這些再也抹不去的痕跡給誰看呢？只怪當地民風太過淳樸，他們越是對思鄉的人多情，這個心中長滿了故事的人，也就越講不出這麼些心事。

然而心事若是不對人講起，獨獨把它們憋在心裡，才是最委屈的事情。

雪還是沒有錯過這個季節。待到雪停後，拄著拐杖到山谷中眺望，只見滿目都是當地褐紅色的石頭，就像是長安城中的皇家宮殿，滿是俯瞰天下的豪情，於是不禁又要回憶起一些往事了。想當年下朝的時候，各路官員身上戴著的玉珮迎風作響。清脆的聲音像是再被寒風從記憶中吹醒了，這讓每一場回憶都變成了對時下的諷刺。心酸又能夠怎樣呢？舉目四看，除了這些類似皇城的石頭外，哪裡還能看到回京城的跡象呢？

人啊，越是尋得苦，也就越在這座圍城中癡迷，徘徊不前。

這樣的愁緒，在這樣一個節日中，若是不得一場飄零落地的結局，是再也解不開這場死結。無奈落地恐怕也只能是一場空歡喜，被寒風吹下來的葉子，又怎麼會在大地上生根呢？當春風又起，卻還是要被再吹到不知名的遠方，開始下一場了無終結的輪迴。

這大概也要算是一種命運了，你我卻都沒有和命運抗爭的氣力。

・盛世光年好佳節

古時帝王家均有春祭紅日、秋祭月的傳統，中秋節便是在此基礎之上形成的好日子。論起淵源，「中秋」早在《周禮》一書中就有了記載。每當秋高氣爽之時，百姓田中的耕作也終於告一段落。這一年不論豐收與否，都應該感謝上天對人世間的恩賜。這也使得中秋節的習俗，逐漸從帝王家走進平民百姓的生活中。

可一直到了唐代，中秋祭月的風俗才真正開始被人們重視，中秋節也才成為一個固定的節日。《唐書．太宗記》中便有「八月十五中秋節」的記載。此後，中秋節真正興盛於宋朝，到了明清時期才逐漸和辭舊迎新的新年相比肩。

是夜，月朗星稀，秋高氣爽，最適合全家團坐院中賞這一份秋景。在中國人的情思中，團圓總是一件好事情，即便是在慌亂的歲月中，也總讓人捨棄不得。於是在八月十五這天晚上賞玩明月，也成就了一首〈八月十五夜玩月〉：

天將今夜月，一遍洗寰瀛。暑退九霄淨，秋澄萬景清。
星辰讓光彩，風露發晶英。能變人間世，攸然是玉京。

今夜月色如洗，天地間的一切，都被月色的皎潔滌蕩。再不見盛夏時分難熬的暑熱，萬事萬物都因此換了另一番景致。秋色澄明，凡塵清麗，連滿天星斗都是像是羞了容顏，而悄悄躲起來，唯獨留下一年中最難得的月色遍灑人間。在人群冷落的地方，偶有一兩株草葉上沾濕了露珠的晶瑩，夜風吹過，隨即摔碎在這片生養的大地上，折出這一生最璀璨的光芒。

天上的這輪月亮，自古以來便年年念著人世間的場場夢回，卻不似人間早已歷經了幾場興衰變遷，在那片晴朗的夜空中獨守著桑田滄海，這邊是故鄉，另一邊卻是掛肚牽腸的思念。

一提到月亮，又要引出幾多思鄉之情了。這一觴一詠，又使得中秋節蒙上了一層略帶感傷的薄紗。詩人王建的一首七絕〈十五夜望月〉會引得多少遊子無端淚下。這不只是要責怪這一年的中秋團聚，更是要責怪天上那輪不知人間冷暖的圓月，何故要招惹人們心底的情殤。

中庭地白樹棲鴉，冷露無聲濕桂花。
今夜月明人盡望，不知秋思落誰家？

月光總是把庭院染成一片銀白，又是快到深秋的時節了，不知就理的人，或許還會以為地上鋪著的是薄薄一層白霜。這樣的深夜裡，連老樹上的昏鴉都已經進入了沉沉夢鄉，唯獨天上落下來的這片月光孤單清冷，不管地上的人心中是否裝得下這份思念。

明月不知人心苦，獨撒秋冷落凡間。

單有冷月也就罷了，偏偏還有一場重重秋露，不失時機驚擾了桂花的香夢。月色總是幽幽，像是這一腔思鄉的心情一樣，不染半點雜陳。只是月光無情，全家團聚的人們看到的滿是歡喜，唯獨漂泊的遊子看得自己滿是酸楚。

一整個秋天的思念，今夜是要散落在誰人家呢？

再窮苦的人家，再流浪的心，也是要過節日。如果尚還不把中秋看做是一場歡聚的話，那場代表著舊的結束以及新的開始的除夕夜，確確實實是普天下再沒有理由避開的大日子了。過了這一天，又該是一個新的人生紀元。有些心志的人也會數數過去一年，究竟有哪些得失是可以算計到明年。這一晚上，圍爐夜話便是最好的情調。這終歸是一個值得歡慶的日子，年關一過，再窮苦的歲月也總得換上一場新顏。哪怕僅僅是在這一天，也得過一日忘憂的人生，也不枉一年的終結。

除夕夜不僅僅屬於天下百姓，連皇家貴族都免不了俗而要開懷暢飲一番。

在唐王朝的宮殿中，每年除夕皇帝都要大擺筵席，且還要邀請群臣一併參加。人一多起來，酒也就容易多喝掉一些。這些官宦都是文雅的，或者是假裝文雅，賦詩助興也總是免不了的事情。只是群臣再多文采，也比不過當今聖上玉口一開來得更有氣勢。於是這首由李世民親筆寫下的〈除夜〉，便成了除夕夜難忘的一道佳餚：

歲陰窮暮紀，獻節啟新芳。冬盡今宵促，年開明日長。
冰消出鏡水，梅散入風香。對此歡終宴，傾壺待曙光。

一年的時光說過去也就過去了。人們雖然總是歎息著天長日短，可在臨告別的時候，卻又總是免不了有著太多留戀，甚至一度留戀到再捨不得向明年的新春邁出半步。不是不捨得離開，只是一整年的歲月，又怎麼能在一夜之間就會變成回憶呢？

回憶的幸福，偏偏就是曾經的苦澀。唯希望在新的一年之中，這樣的苦難更少一些，這樣的快樂更多一點，這樣的日子更要悠遠流長，甜如蜜糖香如花。

遇了這樣的佳節，再有這樣的美酒，誰人心中還有忘不掉的憂愁呢？冬天總是寒冷，除夕雖短，卻有足夠驅散嚴寒的溫情。只要今夜一過，便又是一個新的開始，不管願不願意，都是要邁入新的紀元了。就像是湖面即將要消融的寒冰一般，只因著季節到了，就全都需要改頭換面，將人們的新生照得閃亮，將東風吹出來的梅花香流送到每一處紅塵人間。

這是一段好時光，舉杯斟酒靜待東方新曙光，飲去的是一年悲歡，空杯斟上的是新一年的人情故事。

唐太宗是一個愛民的好皇帝，和前朝的隋煬帝比起來，太宗簡直是人間的慈悲佛爺了。甚至對隋煬帝的皇后蕭氏來說，太宗也絕對是一位愛國愛民的好皇帝，只因他更懂得包容的大氣度。

隋朝滅亡的時候，蕭氏輾轉逃入突厥國。唐太宗即位後，突厥被滅，蕭后被接回長安居住。這一年的除夕夜，宮中如同往常一樣舉行起盛大的宴會，並且還張設了各種花燈。一時間整個皇宮顯得光彩奪目，把宮廷照耀得如同白日一般。

或是不忍蕭氏一人孤冷過了這個除夕節，唐太宗便把她也召來一起賞景。宴席上，太宗曾問蕭氏，如今宮殿中的美景和煬帝時候比起來相差幾分，蕭氏起先只是笑而不答。待到太宗再三追問，蕭氏才開了口說，太宗實在過於節儉了。太宗不解，放眼四望，亮如白晝的花燈妝點起來的宮廷，怎麼還能算是節儉呢？太宗於是又請蕭氏講起了煬帝在位時的境況。待到蕭后講完，太宗這才真正知曉了煬帝亡國的原因所在。

蕭后說，隋主在時，每逢除夕，在大殿前與諸宮院各設火山數十座，每山焚燒沉香數車，火光若暗，則澆上甲煎，火焰甚至可以冒到幾丈高，香味更能飄到數十里。這一夜燒的沉香足有二百餘石，甲煎也有二百餘石。此外，殿內各宮中，均要燃點起用油脂製成的燈火，且共計懸著一百二十粒大珍珠照明，那光亮更勝過白日的光景。

隨後，蕭氏又很謹慎提醒太宗，這些表面的奢華，是隋王朝一步步陷進亡國的泥沼中，再爬不出來的原因所在。隋主所做的是亡國事，現如今也就只當成是警戒之事來聽吧。

後來李商隱在他寫的七律〈隋宮守歲〉中，就追述起當初隋朝宮廷在除夕夜的宴會場景和行樂大貌：

消息東郊木帝回，宮中行樂有新梅。沉香甲煎為庭燎，玉液瓊蘇作壽杯。
遙望露盤疑是月，遠聞鼉鼓欲驚雷。昭陽第一傾城客，不踏金蓮不肯來。

早有值守的太監傳來消息，說是已經從東郊迎接回春之神木帝了。一年的春天也因此有了眉目。宮中還正在舉行著盛大的娛樂活動以歡慶這一佳節，甚至連梅花都禁不住人世間的誘惑而紛紛綻放。每一個宮殿前都有用沉香和甲煎為燃料而堆起來的火焰，一來為了取暖，二來更可以十里飄香，甚至連飲起獻壽用的瓊漿玉液都覺得香濃幾分。

遠處鼓聲不斷，好似雷神早就醉了身形。遠遠放著承露盤，像是天上的明月一般，連清醒的人都極容易把它們混淆。那些早就有了些醉意的王宮貴族，怕是早就分辨不出究竟是天上月明還是地上人美了。

若要論起美人，偏偏還有一位最為驚豔的美嬌娘沒有出現。宮女太監們正準備著用金蓮花鋪地，好待這位居住在昭陽殿的妃子輕移蓮步，踏來當朝皇帝的一場歡喜。

原來，如此奢侈最後卻只是為了一個女人。這已經是一場悲傷至極的故事了。今日有酒今朝醉，哪知明日是再沒有酒喝了，更不知道自己究竟還能夠再生著看到幾次除夕團圓。生生死死，只在平時的一念間；因小積大，終要斷送幾場春秋夢。

既然如此，生在皇城中吊膽提心，卻還不如委身於平民百姓家過上一場安穩日子。幸福大概如此，人生也大概如此，歲月便也因著大概如此的故事，而滿滿地留下了回憶的味道。

．春鶯啼囀綠腰舞

人們只是記住了視聽上的歡娛，甚至只讓那霓裳羽衣的身形流傳下來，實不知，在這樣一個盛世王朝，卻有更多人在手舞足蹈的行列中，侍弄著名利二字。這些舞者留給自己的，或許是一時的榮華；留給觀眾的，卻是一生難忘的記憶。

唐時最為流行的舞蹈，叫綠腰舞。綠腰亦作六么、錄要、樂世，是唐代創制的著名軟舞，屬唐、宋大麯的一種。到了南唐時期，此舞更是盛極一時。南唐亡國後，北宋民間教坊中均有教授綠腰舞的課程，開封府一度成為綠腰舞最為流行之地。

只是風景總是相似，唯獨看風景的人卻各有不同的心事。唐時的綠腰舞雖是初創，但也夾雜了大量的歡快。演員舞得賣力，百姓看得高興，這便已是最好的結果了。偏偏有一個叫白居易的詩人，在眾人的狂歡中竟不免感歎，且看這首〈樂世〉：

> 管急弦繁拍漸稠，綠腰宛轉曲終頭。
> 誠知樂世聲聲樂，老病人聽未免愁。

印象中的白居易，從不會如此感傷。又何況是在歌舞氛圍中，人們都只忙著推杯換盞，演員也正忙著踏準節奏，擺動腰肢，沒有一個人顧及到詩人的情思。只聽得管樂吹得越來越急切，弦樂也彈得越來越歡快，舞蹈演員踏上著的節奏如同驟雨一般擊打在高台上。人們歡呼著世間竟有如此動聽的樂曲，再沒有人去理會家事國事，只要此時這一份難得的愉悅，哪怕暫時迷住了心性，也總是禁止不住心中的激情。

然而白居易還是憂傷了，他自認為上了年歲，又因為身體多病，這種歡樂的故事再不屬於他這般年老體衰的詩人了。他也曾有過青春年少，也曾在青台碧瓦堆裡睡過風流覺。可歲月給自己留下的，只是一副蒼老的軀殼，眼看著舞台上的歡快，自己卻再動不得身。心有餘而力已不足。留在心底的悲苦有誰知曉呢？還是暫且把這些快樂都留給眼前的人們吧，心事終歸只是屬於自己的，任何人來了也分爭不了，卻還要惹得他人憂愁。

在白居易之後，有一位叫李群玉的詩人，曾在長沙欣賞完綠腰舞蹈之後，也寫下了一首詩作〈長沙九日登東樓觀舞〉。不同的是，雖是在觀舞，白居易早就沒有高興；李群玉卻不相同，他生性豪放，哪裡肯如此輕易錯過這樣一場盛世歡歌？因而在他的詩中，卻極詳細地描述了綠腰舞者的舞蹈服裝。自古隱士愛風流，在李群玉的筆下，眼下的光景便是賦詩作樂的最好光景了。

南國有佳人，輕盈綠腰舞。華筵九秋暮，飛袂拂雲雨。
翩如蘭苕翠，婉如游龍舉。越豔罷前溪，吳姬停白紵。
慢態不能窮，繁姿曲向終。低回蓮破浪，淩亂雪縈風。
墜珥時流盻，修裾欲溯空。唯愁捉不住，飛去逐驚鴻。

跳著綠腰舞的這個女子，來自南國。生在南國的女兒，不止有一副姣好的容顏，更生得一身軟骨，隨著樂曲聲飄搖在看台上，這便醉倒了浮世百生。這是一場秋末時分舉行的盛大宴會，舞者不少，看者更多。偏偏只這一個跳綠腰舞的女子顯得出眾。遠遠看去，她身上的盛裝像是天上的浮雲一般，只消清風拂過，就足以帶動腰肢搖曳，恰似一株青翠的香蘭在努力生長。

人們都知道吳越之地盛產能歌善舞的女子，可那些吳越的歌女們見到了今日這個女子的綠腰舞後，也都驚訝萬分。她們從來沒有見過，這世上竟有人能像是游龍戲水一般，舞起管弦之聲，她們更沒有想到在這世上還有人能在整整一首樂曲中，不斷變幻著身姿，低垂慢轉好似浪中荷葉，細碎零落的舞步像是飛雪飄揚，如此舞姿哪裡還是人間找得到的傳奇！

當樂曲漸盛，舞者也已臻癲狂，她身上繾綣的絲帶再不著地上的半點塵埃。像是要飛起來一般，只為了脫離俗世的困擾，回到太虛幻境中的本真。

終於，樂曲驟停，舞者降息。人們不覺眨著眼睛想要在舞台上再尋覓出一些痕跡，卻只發現眼前早已經空空如也，只似大雁飛過的太空，清淨得幾近透明。

在這場綠腰舞中，舞者和觀眾都已經進入了另一片天地。此時，他們的腦海中再沒有了現世的慌亂與安穩。一切都已經和你我無關了，只消一場綠腰，便足以歡娛了心志。

更歡娛的，一定是那些寫出這些樂曲以及舞出如此意境的人了。

高宗皇帝是一位極曉音律的君王。據傳，他只消聽風吹樹葉的聲音，或者是鳥兒的婉轉啼鳴，就能夠隨手做出一些動聽的樂曲。這一年的春天，高宗於微風中偶得幾聲鳥叫，隨即便著人做出一首《春鶯囀》。後又為詞曲配上了軟舞，命一名舞女站在席子上進退旋轉，直到一曲終了，也不曾見舞者的腳步離開席子半寸。

後來，詩人張祜做了一首〈春鶯囀〉，說的就是當年宮中盡興觀軟舞的光景。在張祜的眼中，看盡的還是玄宗和楊貴妃時的奢靡。這樣的故事都快要被人榨乾了，人們還不忘再多加嘲諷一番。

> 興慶池南柳未開，太真先把一枝梅。
> 內人已唱春鶯囀，花下傞傞軟舞來。

興慶池岸邊的柳樹還沒有完全變綠，楊貴妃就已經先折了一枝梅花。不待無花空折枝，這怕是楊玉環最終的宿命了。宮人們為了討得玄宗和貴妃的歡心，也全都學著唱起了《春鶯囀》，並在花下跳起了沉醉的軟舞，一場盛世歡歌就此拉開序幕。

只是再華美的綠腰舞，也只能用來娛樂一時的心性，留待給這片江山的只有千載餘恨。一曲綠腰舞罷，不見了少時你儂我儂，只剩白雲空悠悠，猶在念著當年萬戶侯，歡樂過後的悲傷，竟是痛徹心扉。

・腰肢間的誘惑

柘枝舞在唐朝時，可以稱得上是一種傳奇了。

在所有詩歌中，有關於柘枝舞的語句要比其他舞蹈多很多。似乎人們對此種藝術形式極為偏心，不論其服裝、造型還是姿勢、動作，在觀者的眼中都漸漸成了不滅的形態。儘管是從少數民族流傳到中原的一種舞蹈形式，柘枝舞卻以奇異的姿態盛開在唐王朝，成為這片王國中的奇葩。

相傳，柘枝舞是從西域石國（今蘇聯中亞塔什干一帶）傳入中原。初時為一女子獨舞，因為舞姿矯健且節奏多變，吸引了不少人的眼球。後來又逐漸演化成了更具有表現力的雙人舞，名「雙柘枝」，且以鏗鏘的鼓聲為伴奏，使得原本就源自肅殺之地的舞蹈更具有殺傷力。雙柘枝舞動時，有二女童藏身於蓮花中。當音樂聲起，花瓣徐徐開放，只見帽施金鈴的女童恰如仙子一般，旋轉於舞台上，柔美之態偏偏和胡風的詭異相襯，使得柘枝舞在當時技壓群芳，再沒有其他舞蹈可以與之相提並論了。

再發展到後世的兩宋，雙柘枝又演化成了多人舞。只是舞者越多，原本只把目光聚於一人之身的光彩便再也尋不回來了。舞台上的光景僅僅只剩下人數堆砌起來的齊整，哪裡還有當初胡地的風采可言？

要看柘枝舞，終須夢回大唐一場。

在白居易的五律〈柘枝詞〉中，寫的就是身為將軍的官員，又打馬球又看柘枝舞的玩樂景況：

柳暗長廊合，花深小院開。蒼頭鋪錦褥，皓腕捧銀盃。
繡帽珠稠綴，香衫袖窄裁。將軍拄毬杖，看按柘枝來。

這是一個春意盎然的季節。

柳枝已經密密遮住了整條長廊。院子雖然不大，卻已百花盛開。人世間的一切都爭先恐後向著主人報告春天的喜訊。這樣的季節中，即便有再多的事情要處理，也總是能騰出閒暇時間看上一段歌舞，又或者可以打一場馬球，舒活了一冬天的筋骨。

僕人總是很懂主人的心思，就像是花總是很懂春雨的風情一般。主人剛剛打完馬球回來，小院中早就已經鋪好了表演柘枝舞的錦褥了。走廊兩邊站滿了侍女，她們全都手捧著裝滿美酒的銀盃，等著為主客斟滿。這一場盛會中，有百花有春光，又有美人舞柘枝，也就差杯中美酒來助興一場了。

跳柘枝舞的女子，頭上帶著綴滿珍珠的繡帽，身上穿的是窄袖的胡服，只等著將軍一聲令下，鼓聲響起，她們便要開始這一場表演了。

不只是客人們，連主人自己也迫不及待想要看看這場源自胡地的柘枝舞。主人甚至連打馬球的球杆都顧不上收起，坐都不願意坐下，乾脆站在一邊拄著球杆看這場舞蹈。

人們被柘枝舞的舞姿驚豔，卻也更對舞者的容貌更加賞識。跳舞的女子總是貌美，由此才更襯得舞姿脫俗。白居易一次和劉禹錫觀賞了一場柘枝舞，只因舞者令人心動，他便當即作〈柘枝妓〉一首，以表心中感歎：

> 平鋪一合錦筵開，連擊三聲畫鼓催。紅蠟燭移桃葉起，紫羅衫動柘枝來。
> 帶垂鈿胯花腰重，帽轉金鈴雪面回。看即曲終留不住，雲飄雨送向陽台。

紅毯早已鋪就，大幕即將拉開，只等待鼓響三下，萬眾期待的柘枝舞就要上演了。為了讓客人更好欣賞這一場表演，主人的妃子特意挑選上好的紅蠟燭照明。再偷眼看一下幕後，跳柘枝舞的女子們全都穿著紫色綢衫，肩並肩站在上場的入口處，等待為眼前的客人們表演一場難得一見的華美。於是在眾人的期待中，這場柘枝舞終於露出了真容。

只見舞者隨著鼓聲的節奏扭動腰肢，她們身上垂下來、裝飾有花鈿的腰帶，卻比風還要飄搖，帽子上的金鈴鐺更是響個不停。在紅燭的映照下，這些女子面龐更顯潔淨。偶然一次的四目相對，竟要把觀者看得面紅耳赤。她們在舞台上跳著，完全顧不得舞台下響起了多少掌聲，甚至樂曲都已經終了了，她們也還依舊在舞動身體，只為看客尚不曾滿足的心性。

只是再美的事物，也終得有結束的時候。當舞者退下台之後，各人也都從剛才迭起的高潮中退回到現實。再張眼四望，面前的杯盞還沒有動一下，可舞台上卻已經空空如也了。剛才的歡娛再無處去尋蹤影，只恰似雲清雨淡般掠過了天空，留給觀者的也只有回味起來的絕美，和這一紙說不盡的詩詞。

看罷白居易對柘枝舞的讚賞，劉禹錫也耐不住言說的欲念。他隨即和一首〈和樂天柘枝〉，也說出了自己眼中這場柘枝舞表演的盛況：

> 柘枝本出楚王家，玉面添嬌舞態奢。鬆鬢改梳鸞鳳髻，新衫別織鬬雞紗。
> 鼓催殘拍腰身軟，汗透羅衣雨點花。畫筵曲罷辭歸去，便隨王母上煙霞。

劉禹錫不似白居易那般猶抱琵琶半遮面，他直白地說起了有關於柘枝舞的前世今生，更毫不遮掩地欣賞著柘枝舞的舞者。畢竟她們才是整場舞蹈的靈魂，少卻了這一份嬌媚的面龐，真不知還有幾人願意回頭再看一看柘枝舞的表演。

柘枝舞原是出自楚國，舞女的面容各個美豔，也因為這些面龐而使舞姿更顯得優美，且極盡誘惑之態。為了這場表演，她們一改平時挽著的蓬鬆髮髻，將頭髮挽出一個更具有吉祥意味的鸞鳳髻。人靠衣裝，舞者身上穿的服裝自然也不能忽視。這些女孩子都穿的是鬬雞花紋的薄紗製成的新綢衫，當那如同楊柳一般的軟腰扭動起來的時候，只消些微汗珠就濕透了身上的薄衫。如此反倒又多出幾分嬌柔，幾分嫵媚。舞者用心，看者也動情，誰還會去在意衣服是不是已經濕透？人人都只盼著樂曲不停，舞步才會一直跳下去，只舞得人連心都要跟著一起飛升到天庭中。

當樂曲再也沒有了下文的時候，舞者也是該離開腳下這片紅毯了。可美人雖然已去，留在觀者心中的記憶卻要永駐了。又或者，人人都想著她們可能是王母娘娘派來人間的仙女，只因這一場盛宴，才做出這些喜人的舞姿。既然已經終了，她們必定也是要回到王母身邊，又或者回頭訕笑起看客的百態。再兼三兩杯酒下肚，人人也都你我各自譏諷一番，這才悻悻忘了剛才的光景，遂又為了酒肉歡呼起來。

看客們忘不了的，終是舞者的容顏。柘枝舞極重視舞者妝容，她們的眉毛要濃重描出來，並且還要在兩眉間放上花鈿以盡誘惑。腳上穿的是極為柔軟的紅錦靴子，頭上戴的則是卷簷高胡帽，在舞蹈時臉上還要呈現出各種不同姿態的豐富表情。這一番打扮與中原之風截然不同。人們不僅訝異於柘枝舞的舞步，他們總是先被這種奇異的裝束吸引住匆匆的腳步，進而口口相傳，這才有了柘枝舞在唐王朝時的風行。

於是，再美的舞蹈，此時也只淪為了一場男人和女人之間關乎情與愛的遊戲了。難怪唐末的詩人徐凝在〈宮中曲〉一詩中，輕描淡寫帶過了拓枝舞演員化妝時的模樣，偏偏是把王公貴族的爭風吃醋諷刺了一番：

身輕入寵盡恩私，腰細偏能舞柘枝。
一日新妝拋舊樣，六宮爭畫黑煙眉。

這是一位善於跳柘枝舞的妃子。每當她起舞的時候，皇帝必定會被他的輕盈舞態吸引。可他的眼光卻是只落在了美人扭動的腰肢上，哪裡還顧得上這場異域的舞蹈，是不是真的如同傳說中那般驚豔？

這一天，妃子又為自己畫上了濃重的舞妝，只為了能夠再一次吸引住皇帝的目光。皇宮中的故事，說來道去也總是一個男人和數不盡的女人之間的風流豔事。一朝得寵幸，必會淪為萬人眼中釘。只是其他宮妃並不敢過多聲張，她們私下裡也都偷偷學著這位妃子的模樣，為自己畫上柘枝舞的妝彩，只是為了求得皇帝的一眼鍾情。

可憐的是，曾幾何時，胡地的裝束竟然在中原大地流行。這個民族什麼時候又甘於向著茹毛飲血的方向俯下身軀？

再美的柘枝舞也失去了魂魄。人們依舊如同往昔一般，陷入了對美人的狂熱中，早就忘記了當初幾近亡國的教訓。太平盛世果真最容易消磨心志，柘枝舞跳得再好又怎樣，匹夫都已經忘記了亡國恨，歌女也只想著看客的寵幸之態，這又是一片奢靡的光景了。

於是世事輪迴，再說不盡這場風流事。

・霓裳羽衣憶往昔

再極盛的歌舞，怕也奪不過霓裳羽衣的名號。普天之大，又能從何處再尋一個君王可以做得如此歌舞？雖然後世人多願意把玄宗的亡國事安置在楊貴妃身上，可若是沒有了眼下的美人，若是沒有了這場曠古的情事，大概也就再沒有霓裳羽衣的誕生了。

天底下的情事，總是要從嬌豔動人開始說起。

或許只是因為在茫茫人海中多了一次回眸，才注定了今生的糾纏不休。玄宗得見楊玉環，是在咸宜公主的婚禮上。當時，咸宜公主的胞弟壽王李瑁，對楊玉環一見鍾情，並在武惠妃的幫助下，讓玄宗冊封楊玉環為壽王妃。歷史似乎想要開盡玩笑，此時的楊玉環竟然和李瑁成就了一對美滿婚姻。

然而自打第一眼看見如此美人，玄宗的心裡就再沒有了家國，甚至連子嗣和倫理都拋到了一邊。只為了這一場傾國傾城貌，玄宗便也暗地使了一些手段。後來，楊玉環以出家道士的名義被玄宗招入宮中。直到天寶四年，玄宗才真正冊封其為妃。

二人之間的愛情也終於有了結果。不論過程如何，在他們倆看來，當下的結果才是最重要的。於是，盛世王朝便開始圍著一個豐腴的女人打轉，普天下的人再不知道當今君王的姓氏，而只記得雲中飛騎送荔枝的豔談。

玄宗是極曉音律的一位帝王，楊玉環也有著非一般的歌舞之技。貴妃身邊有一個叫張雲容的侍女，不但天生麗質，在貴妃的調教下更舞得一身好姿態。這一日，玄宗和貴妃兩人出遊，席中偶發了興致，便要張雲容舞一段霓裳羽衣。她們主僕皆知道，霓裳羽衣是君王最愛的舞蹈，貴妃有意為之，張雲容自然也不敢懈怠。一曲舞罷，楊貴妃偏偏來了興致，她隨即作〈贈張雲容舞〉一首，以盡玄宗尚未消退的綿綿之情：

> 羅袖動香香不已，紅蕖嫋嫋秋煙裡。
> 輕雲嶺上乍搖風，嫩柳池邊初拂水。

楊玉環為張雲容寫詩，這件事情實則也只是藉著主人嘉賞侍女的名號，卻還是在向著玄宗邀寵。君王高興的是，眼下有人舞霓裳，更有美人讚霓裳。這一唱一和，楊玉環和張雲容也都各得其所，真個是兩全其美的好事情。

值得一提的是，在楊玉環的眼中，張雲容的舞姿偏偏和男人眼中的霓裳羽衣不一樣。她也是女人，她也擅於歌舞，張雲容更是她親手調教出來的舞者，明著看是風光無限，這一曲終了的背後到底有多少辛酸往事，只有楊玉環最清楚。因而當君王眼醉之時，自己為侍女奉上再多的飾美也都不足為過。更何況，張雲容的身段早已經出神入化，那搖曳的舞姿就像秋天裡的煙雨芙蓉，若隱若現；又如峻嶺上的風雲，飄渺不定；更像是柳絲拂過水面，婀娜多姿；再加上羅袖拂香，怎能不勾走男人心魄？

當水袖舞起來的時候，只覺得陣陣香風撲鼻而來。羽衣背後的美豔像是秋日輕煙中的荷花一般搖曳，連湖面都被劃開了一道裂紋。遙想起日暖生煙的光景，嶺南之上的白雲被偶然經過的清風拂動，水池邊的綠柳靜靜躺在湖面上，這是人們都願意住在其中的仙境。偏偏眼下的舞者只一人，就做出千百種勝過大自然的姿態，看了這場羽衣霓裳，怕是也沒有幾人願意捨棄掉眼下的美妙了吧？

也難怪玄宗會捨得張雲容一直留在貴妃的身邊。煩悶的時候，只消一身舞動就足以驅走所有憂愁。有了她，他和貴妃之間的情事才能日日消磨在秋日的好光景中，再不用去想這個世界上還發生著怎樣的愁苦。

若一場霓裳羽衣果能舞得一場太平盛世的光景也就罷了，偏偏這只是君王的自我沉溺，他的眼中除了身邊的美人外，再沒有了家國百姓。如此，再華美的舞蹈也只是算是一場障眼法。它遮住的是百姓的饑寒，遮住的叛軍的作亂，而玄宗看在心裡的依舊只有美人媚態，以及醉酒歡歌。

所幸，霓裳羽衣舞在很長的一段時間內，只於宮廷內演出，民間雖然也早聞其名，卻也終沒有機會一飽眼福。在千百年後再回顧這場歷史，不覺得也開始慶幸起來。若是連民眾也陷進了對美人姿態的癡戀中，又怎麼還會有這個王朝的中興？

直到後來，宮廷之事日漸衰落，霓裳羽衣舞也漸漸向民間傳播，但終因流傳出來的並不是完整的橋段，這一藝術奇葩才由此凋落。更諷刺的是，霓裳羽衣舞在誕生百年後的開成年間，曾有一個叫尉遲璋的人，仿古自作了一首《霓裳羽衣曲》呈獻給唐文宗。文宗皇帝竟下令把此作為了進士科的考試之題，要普天下的讀書人皆通曉此音律，方可入朝為政。

雖是如此，帝王之力終也沒有抵住，任時間的洪濤淹沒了歌舞之聲。後世的人們也只是聽得前人的盛讚，卻再不聞當初的絲竹管弦。

然而霓裳羽衣曲的作者到底是誰，其實仍是一個爭議之題。劉禹錫曾作〈三鄉驛樓伏睹玄宗望女幾山詩，小臣斐然有感〉一首，隱約提到此乃出自玄宗手筆，這也是後世的一致觀點了：

開元天子萬事足，唯惜當時光景促。三鄉陌上望仙山，歸作霓裳羽衣曲。
仙心從此在瑤池，三清八景相追隨。天上忽乘白雲去，世間空有秋風詞。

三鄉驛，舊址在宜陽（今河南省宜陽縣）西南洛河北岸的三鄉鎮，地處古長安（今陝西西安）至東都洛陽的驛道上。三鄉驛附近有座女兒山，相傳唐玄宗在三鄉驛曾望此山而作了霓裳羽衣曲。

那個時辰的玄宗皇帝，心底了無牽掛。這是一個好年代，以至於人們最大的心事便是如何尋歡作樂。唯一的遺憾是時間過得太快，想要長生不老卻是如此不易。既然得了這般盛世，哪有不多加幾分留戀的道理？於是在經過三鄉驛回頭眺望女兒山的時候，或許是不經意的一夢，玄宗自覺飛升到了王母娘娘的瑤池邊，於此他見識了天上神仙遊玩時的光景。玄宗心貪，他把三清勝境和八景城全都遊覽了一番，更有心記下了這裡的一草一木。及至醒來後，又苦於無法做出天上人間的一般光景，只得把所有的情思都寫進了樂曲中，稱之為「霓裳羽衣」，最後也只能一生嚮往。

可即便是把霓裳羽衣曲當成仙樂來聽，也終免不了要經歷人世間的生離死別。當玄宗的魂魄乘著白雲倏忽遠去的時候，留給後人的也只剩下有他當初的詠歎，逆著秋風，唱不盡這場悲涼。

原來當初所有的欣羨，都只是空夢一場，像極了無根的浮萍，縱是美豔，終也尋不到落到實地生根發芽的結局。當人老色衰，浮華不再，這樣的幻想還有多少值得言說的味道？帝王又怎樣，反倒不如百姓更容易知足。只是越貪戀，失去的也就越多。霓裳羽衣背後的華美，竟藏著一段一生不得滿足的悲苦心腸。

・胡地歌舞迷情

最動人心弦的，要數胡騰舞和胡旋舞了。

和其他舞種不同的是，胡騰舞偏偏是要一個胡地男子站在托盤上起舞。當日光斜斜在男子賁起的肌肉上流過時，所有的流轉都像是帶有幾分醉意。醉翁之意不在酒，這雄奇奔放的舞姿說的是胡地男子的一身本領，他們總是樂天，因而胡騰舞中更多出幾分諧趣。生活的艱辛，造就了胡地男子的態度，他們或許撐不起這片藍天，卻依舊可以在盛世王朝的國土上贏來盛讚。不論舞蹈還是生活，只因從來不懂得服輸，才使漢人們嘖嘖稱奇。

而同樣從胡地經由絲綢之路傳到中原的胡旋舞，與胡騰舞相輔相成，雖是女子之舞，卻也聲聲踏出胡地女子的不同一般。胡旋舞節奏明快，且多為旋轉踢踏之姿，這更把胡地女人的巾幗之風展露無遺。

詩人岑參在趕赴西域任職時，途徑一個州郡，當時他受到了地方官的熱情招待，並請他看了一場自己家中舞女表演的北旋舞。有感於胡旋舞的壯闊像極了自己沙場征戰時的場景，情從心來，便做出一首〈田使君美人如蓮花舞北旋歌〉：

> 如蓮花，舞北旋，世人有眼應未見。高堂滿地紅氍毹，試舞一曲天下無。
> 此曲胡人傳入漢，諸客見之驚且歎。曼臉嬌娥纖復穠，輕羅金縷花蔥蘢。
> 回裾轉袖若飛雪，左旋右旋生旋風。琵琶橫笛和未匝，花門山頭黃雲合。
> 忽作出塞入塞聲，白草胡沙寒颯颯。翻身入破如有神，前見後見回回新。

> 始知諸曲不可比，採蓮落梅徒聒耳。世人學舞只是舞，姿態豈能得如此。

岑參一改往日的姿態，對這場北旋舞極盡盛讚。在他的眼中，北旋舞蹈美得像是盛開的蓮花，雖然人人耳聞，可真正觀賞過的卻在少數。這場胡旋舞的出場甚是隆重，大堂裡早就鋪上演出用的紅毯了，來此地做客的漢人，全都是第一次見到如此光景，不禁對緊接下來表演的舞蹈充滿了期待。

舞女一出場，人們的驚訝聲便不絕於耳。舞女體態豐滿、身材勻稱，身上穿著用金絲線密密繡著花朵的輕薄羅衣，每當飛旋時就像是北風刮起了半空中的雪瓣，飄飄蕩蕩，只要樂曲聲不停，這片掛在山頂的黃色雲彩就永不會掉落。

忽然間，樂曲的聲調大變。舞者更是如同有仙人在暗中相助一般，每一個舞姿都變幻莫測，再沒有人能預測到她下一個姿態是何種樣子了。樂曲聲越是激昂，觀者也越是動情，似乎是在一瞬間穿越到了戰場上，耳邊盡是颯颯寒風，眼下全是茫茫白雪蓋住的草原以及永遠都看不到邊際的漫天黃沙。於是不禁驚歎起來，這樣的場景又怎麼是自己在中原十分常聽的《採蓮曲》、《梅花落》等豔曲可以比擬的！果真是一方水土養一方人，只有曼妙的舞姿才是最適合征戰之人觀賞，何苦再把那些靡靡之音從記憶中翻找出來？一曲胡旋舞，幾場秋點兵。縱然戍邊總是辛苦，但有了胡地的這些歌舞，也算是找到了一個可以傾訴的知心人，再苦也依舊能找到希望。

漢族的子孫不知西域地界的風貌，那裡的生活有著怎樣的艱辛難以想像。現如今，他們只是看了一場胡地的男子和女子各自舞出的奇藝舞蹈，便再不敢空講一些大話了。這些舞蹈一招一式都少了柔美，卻只出幾分肅殺。鼓聲急，腳步忙，只看得人眼花撩亂。人們早就為這般舞姿陷入了癡狂，進而紛紛想要學上一招半式，甚至連皇宮中都開始盛行胡風。可他們看不清的是掩藏在胡風背後的陰謀。儘管胡人也多是好的，卻仍抵不過賊人的包藏禍心。原本平平安安的漢族，只因一陣胡風闖入而自亂了陣腳。

也難怪元稹在〈胡旋女〉一詩中說道：「天寶欲末胡欲亂，胡人獻女能胡旋。旋得明王不覺迷，妖胡奄到長生殿。」百姓更都願意相信這些舞者是善良的，相信他們只是安安心心跳舞、賺錢、養家而已。可一旦胡風吹進了皇宮，一旦單純的藝術被政治浸染了，這世上就再沒有了風平浪靜的時日。

後來，白居易為元稹和〈胡旋女〉一首：

胡旋女，胡旋女，心應弦，手應鼓。弦鼓一聲雙袖舉，回雪飄搖轉蓬舞。
左旋右轉不知疲，千匝萬周無已時。人間物類無可比，奔車輪緩旋風遲。
曲終再拜謝天子，天子為之微啟齒。胡旋女，出康居，徒勞東來萬里餘。
中原自有胡旋者，鬥妙爭能爾不如。天寶季年時欲變，臣妾人人學圜轉。
中有太真外祿山，二人最道能胡旋。梨花園中冊作妃，金雞障下養為兒。
祿山胡旋迷君眼，兵過黃河疑未反。貴妃胡旋惑君心，死棄馬嵬念更深。
從茲地軸天維轉，五十年來制不禁。胡旋女，莫空舞，數唱此歌悟明主。

這是一位極妖豔的胡旋女，一旦登台，她的心中就只有樂曲聲了。聽到鼓聲，她便開始舉著雙袖旋轉起來，好像是風吹稻浪一般，胡女在舞台上甚至比那飄揚的飛雪還要輕盈幾分。人們已經不知道她究竟轉了多少圈，似乎駿馬拉著的飛奔的車輪也不及胡旋女旋轉的速度，甚至連那疾風也都要落後幾分。毫無疑問，這個女子的舞蹈功力絕非一般，因而在一曲終時，坐在舞台下觀賞的皇帝也禁不住微笑著表示讚賞。

舞技到了如此地步，怕也算是極致了。可胡女歷經千山萬水前來京城，究竟是有著怎樣的緣由？如果是為了名利，那麼現如今能在皇宮中舞上一曲，已經算是名利雙收了。除此外，還能有什麼希冀？身在胡地的人，總是以為胡旋舞是自己的專長，她哪裡知現如今的漢地也早已經盛行起了胡旋舞，且舞技比她高的舞者大有人在，為什麼再沒有人願意於皇宮中為帝王呈上這一絕技？

原來，這些不得言說的現狀背後，還有著更悠遠的故事。

當年玄宗皇帝的身邊有美人楊玉環相伴，他的臣子中更有大將安祿山忠心耿耿。楊玉環和安祿山都極愛胡旋舞和胡騰舞，並且兩個人也都能舞得超凡脫俗。楊玉環用胡地的舞蹈迷住了玄宗的心性，甚至連國家的戰亂都再也不聞不顧；安祿山卻用胡地的歌舞蒙上了帝王的眼睛，只要悄悄起兵便顛覆了整個朝代。可憐玄宗至死都不明白，自己的家國竟是葬送在這場娛樂當中。

後世人總是責備楊玉環美人誤國，如果現在這位跳著胡旋舞的女子懂得這些往事，那就趁機唱給帝王聽吧。歌舞昇平不是好光景，國泰民安才算太平大道。哪怕教化了這一個君王，也算是普天下的大幸了。唯願看胡騰與胡旋的人，也能看得到舞姿背後的百態社會，這才不枉了這些舞者們的台下十年功。

．廟堂上的旋律

隋唐時期的歌舞大麯中，必不可少的是「法曲」這一橋段。甚至在宮廷宴會中，法曲也總是占據著至關重要的位置。這是一曲優雅的清樂，不曾沾染人世間的點滴塵埃。儘管也總是被用來歌頌著盛世太平，但在法曲幽幽怨怨的傾訴中，仿佛能聽得到它的不齒。它不屑於和世間的這些塵俗同流，更不屑於為五斗米而折了腰身。法曲又名「法樂」，最初見於東晉《法顯傳》，這也就決定了它的態度。只因原是佛教法會之用而得了此名，這才讓所有的傾訴都有了淵源。

加在法曲身上的傳說，卻要比人們的記憶古老許多，且看元稹這首〈法曲〉：

吾聞黃帝鼓清角，弭伏熊羆舞玄鶴。舜持干羽苗革心，堯用咸池鳳巢閣。
大夏濩武皆象功，功多已訝玄功薄。漢祖過沛亦有歌，秦王破陣非無作。
作之宗廟見艱難，作之軍旅傳糟粕。明皇度曲多新態，宛轉侵淫易沉著。
赤白桃李取花名，霓裳羽衣號天落。雅弄雖云已變亂，夷音未得相參錯。
自從胡騎起煙塵，毛毳腥膻滿咸洛。女為胡婦學胡妝，伎進胡音務胡樂。
火鳳聲沉多咽絕，春鶯囀罷長蕭索。胡音胡騎與胡妝，五十年來競紛泊。

人們大概都知道這些傳說。在尚未開化的年代，皇帝就已經用七弦琴彈奏出了《清角曲》，只憑著幾個音節的幻化，就足以把猛獸馴服，足以令身邊的仙鶴翩翩而舞；舜帝主天下的時候，為了使反叛的苗族歸順，在舞蹈大會上，所有人都要拿著斧頭和盾牌彰顯自己的威風；更不知，堯帝只彈奏了一曲黃帝甚是喜歡的《咸池》，就能夠招引來天上的鳳凰鳥在閣樓上築巢；後來大禹、商湯以及周武王時期的音樂，多是用來表現武力征戰，卻可以震懾敵人之功，並且還可以將帝王的卓越功績寫進樂曲，以供後世緬懷。

再把時間拉近一點，漢高祖劉邦也曾唱過《大風歌》以表達自己的志向，而太宗皇帝親作的《秦王破陣樂》更是魄力十足。這些都是在大典上可以經常聽到的樂曲，子孫也都可以從中了解到先人立國的艱難，由此才會更珍惜當下的幸福。

然而，這些終歸只是典禮上的頌歌，再隆重的儀式、再恢弘的樂曲也都是形式而已。若是把這些曲調用在行軍打仗的時節，怕是根本無法激勵人心。可宗廟祭祀和行軍作戰卻完全不同，在如此氛圍下，必當有這種足以把人的思緒拉回到久遠年代的樂調響起，才足以配祖宗恩德，以警後世兒孫莫要為了貪欲而誤了國家。

只是如此具有教育意義的法曲，至此也走到了轉捩點。及至玄宗時候，他卻寫下不少婉轉的樂調。在宗廟祭祀典禮上，再聽不到當初的莊嚴和深沉了，人們甚至忘記了先祖創業時的不易。只因現實太過安逸，這才泯滅了內心中的霸王之氣。

於是如同《赤白桃李花》之類的曲名，雖是極盡浮豔之態，卻也依舊成了如今法曲的主流。而那首《霓裳羽衣曲》更被世人傳頌成是仙人之樂，這其中究竟包含著多少媚上的心態，也總是不值得再去多加追究了。世道本就已經變了，人們甚至都已經把莊嚴的樂曲和日常小曲完全混淆了，這樣的王國還能夠在世道上再矗立幾多時日？

像是再逃不出預料一般，安祿山領導的那場戰亂爆發了。自此後，普天的樂曲更是別有不同。只因安祿山是胡人，胡地的曲風也因此在中原盛行起來。不僅如此，胡人的服飾、食物等，在長安和洛陽城中更是隨處可見，漢族的婦女也都開始學著胡人的樣子，舞起了胡地的樂曲。整個王朝像是換了一種風貌，再聽不到當初曲調的激昂，更不見後來樂曲的婉轉，只有羌笛幽咽，只有如《春鶯囀》這樣的曲子一遍遍迴響，唱到結尾的時候更讓人悲傷不已。

在長達五十年的時間中，胡風完全成了漢地的主宰。如此改天換地的模樣，究竟是好是壞，也只能留給歷史評說。只要百姓安居，唱什麼樣的樂曲，不都是有著同樣的心情嗎？

就像是法曲原本只是寺廟之中祭祀所用，雖然後來被作為國家在宗廟之上祭祀祖先的禮儀，卻仍少不了說盡當世人的生活。時代在變，世人自然也在變，不同的只是各自的口味，不變的卻是心底最深處的渴望，一份對美好生活的希冀。

只是安史之亂後，胡樂於中原地區大盛的狀況，引起了很多人的不滿。這總是要和大唐國勢日漸衰微的情形聯繫。一個連自己的文化都保不住的國度，又憑藉什麼去安保天下百姓？因而，白居易也寫了一首〈法曲〉詩，一字一句都在傾訴世道衰微，控訴著盛世再不逢明君的淒涼：

法曲法曲歌大定，積德重熙有餘慶。永徽之人舞而詠，法曲法曲舞霓裳。
政和世理音洋洋，開元之人樂且康。法曲法曲歌堂堂，堂堂之慶垂無疆。
中宗肅宗復鴻業，唐祚中興萬萬葉。法曲法曲合夷歌，夷聲邪亂華聲和。
以亂干和天寶末，明年胡塵犯宮闕。乃知法曲本華風，苟能審音與政通。
一從胡曲相參錯，不辨興衰與哀樂。願求牙曠正華音，不令夷夏相交侵。

看到當今天下形勢，人們便不自覺追訴起唐高宗永徽年間的往事。那年節盛行的法曲是《一戎大定樂》，每一個曲調都在說著朝廷恩澤廣博、太平天下、百姓樂業安居。即便是後來玄宗極為推崇的《霓裳羽衣》，也總是可以算作是政治清明、社會安定的典範。到了唐中宗以及肅宗時期，國家迎來了難得的中興，那時盛行的法曲是《堂堂》，雖沒有當初開國平天下的氣魄，卻也有著祝願大唐王朝千秋萬代的美好。唯獨一曲胡樂從西域傳來，整個王朝都被它酥軟了身形。

直到胡人安祿山引發的戰亂，顛覆百姓的家國，人們至此才明白，法曲的背後承載的原來是中華民族的悠遠傳統，這些曲調無不是在講著政治的得失和國家的興衰。屬於漢族的事情，現如今卻被胡樂給攪亂了，如此還如何從法曲中去辨別祖先的往事、遙想民族的未來？只可惜，現世再不得如俞伯牙、師曠等通曉樂律的人來改變現狀，這才使得胡樂在中原之地肆意橫行，人們怕是這一生都再難聽到自己的歷史和傳統了，這難道還不應該是一份悲哀？

悲哀的是，人人都尚且以胡樂為喜好，卻不知自己早已經丟下了背後的千年歷史。這就像是把自己的身影丟棄一樣，再搖曳的身姿終也只能一片孤單。世人忘記的，是記憶中最寶貴的往事，即便有再多的回首，也終不會重新撿起。

一個王朝的國君如此，整個王朝的百姓如此，未來還能留下多少期待值的有心之士心仰望？廟堂上的法曲如同一位老人般，不急不徐講著往事，只是世人再沒有停下腳步耐心聽一聽的心情。故事至此便斷了，只催得懂得這些風塵的人落下更多淚珠，可終也再澆不開盛世繁榮花。於此，也就更催得人淚下幾多。

・一場自修事

世人無正心，蟲網匣中琴。何以經時廢，非為娛耳音。
獨令高韻在，誰感隙塵深。應是南風曲，聲聲不合今。

有關於琴的故事，多多少少已經被世人蒙上了一層灰塵，在歷史的長河中再尋覓不到它原本的模樣。

七弦琴是最古老的樂器，相傳為伏羲所創。《史記》記載，七弦琴的創生不晚於舜禹，這一歷盡了人類歷史風霜的樂器，更像是一位滿肚子都是故事的老者，每當彈奏起來，總是如泣如訴。就連《詩經》中也說道：窈窕淑女，琴瑟友之。在琴的身上，承載著多少華夏兒女的胸懷和志向，只可惜，世人再也聽不懂幽幽琴聲中的故事了。

不僅琴聲再無人聽，甚至連那些琴聲背後的道德準則都已荒廢。古有伯牙摔琴為子期，可現如今的世道，上哪裡還能尋得到聽得懂琴聲的鍾子期呢？既然如此，反倒不如把這張心愛的七弦琴放到匣子裡，任憑蟲子結上了網，也不會有重新彈奏的心情了。再動人的樂曲，於茫茫人海中也尋不到知音，這該是怎樣的一種孤寂！

更何況，本不是人們聽不懂琴聲幽咽，而是世人根本沒有心情嚮往這一份清幽。人們不知道，自己的心坎上早已經被蒙上了厚厚的塵垢，他們反倒回過頭來譏諷彈琴之人處處不合今制。既然如此還是罷了，縱有再高的技藝也不要撥動琴弦，否則也只是讓自己傷心。

這份心情竟是如此落寞，一個尚且守著古制的人，卻被世人當成是異類。他們看不慣他的風月，他們聽不懂他的高雅，他們甚至都不明白這個人為什麼不會為生活忙碌。或許果真是世風日下了，人們的眼中只剩下功名利祿，再不見山高、雲清、輕撫琴的好日子，書本裡面的古事也只能變作毫無情感的方塊字，徒徒說著自己的一生，卻和這個世道再無半點瓜葛。

於是，彈琴之人也絕了心性，只因尋覓不到半個知音。

這果真是一場淒涼事。想當年，只消一曲《鳳求凰》，便足以成就卓文君和司馬相如的悱惻愛情。哪裡有什麼門當戶對，哪裡有什麼媒妁之言，偏偏就因為動了心，即便前面是火海刀山，也絕不會遲來。

彈琴之人得一知音，便是一生之幸了。

詩人李治曾聽過蕭叔子彈了一曲《三峽流泉》。這是晉代阮籍作的曲子，當初彈奏的時候，他的侄兒阮咸卻是百聽不厭！當蕭叔子一曲終了，李治也已深深被打動。她作了一首〈從蕭叔子聽彈琴賦得三峽流泉歌〉，以述這首曲子為她留下的點滴意境：

妾家本住巫山雲，巫山流泉常自聞。玉琴彈出轉寥敻，直是當時夢裡聽。
三峽迢迢幾千里，一時流入幽閨裡。巨石崩崖指下生，飛泉走浪弦中起。
初疑憤怒含雷風，又似嗚咽流不通。回湍曲瀨勢將盡，時復滴瀝平沙中。
憶昔阮公為此曲，能令仲容聽不足。一彈既罷復一彈，願作流泉鎮相續。

李治本是道士，又身為女子，因而也就能更真切感受到曲子中的故事。且不論是否各人聽得不同滋味，單單只因為得了一個知音，李治和蕭叔子兩人也都俱是受益匪淺。

這曲子說的是一個婦人的心事。若要找到她的住處，就要動身前往雲遮霧繞的巫山深處。在這裡，可以時常聽著泉水流經巫山之石而發出的叮咚聲，就像是用這張琴彈奏出來的樂曲一般，每次夢回都覺得異常空遠。

琴弦撥動，卻似三峽之中正在流動的江水一般，輾轉千里才最終落在了閨房中，不敢吵醒屋裡的夢中人。大概是不小心碰掉了什麼，這一聲乍響，又像是江水激起千層浪，憤怒著想要吞掉山上的巨石，可終因為流水無力阻青山而放棄了希望。剛剛的激情變作了嗚咽，擾得人再無心睡眠。前途漫漫，怎捨得下就此別離了心上人？

於是果真就靜下去了。剛剛那場洶湧的波濤現在卻寂寂地伏在沙灘上，莽撞的掙扎已經耗去它大半氣力。那婦人還在閨房中等待著，等著她的情郎溯流而上，回到當初相約的地方。可是這份希望，也只能夠留給眼前的三峽水去裁奪了，但願它們能順著水流尋到一個落腳地，安安穩穩過了現世，也不枉在心中珍藏了輪迴若干。

巫山水流長，不及念情郎。

誰人不知，這個許身道門的女子也動了心，因而才會在曲罷後說出了這些傷心事。但曲子是不能再聽了，否則若果真惹起了成片的思念，又該作何處置？

曲高總和寡，這多少也成了一種無奈。

及至初唐，琴曲在民間還有著和一定的社會基礎。後來卻因為西域文化的漸入，人們也紛紛投入到琵琶的懷抱，再沒有人願意靜下心來聽一首古調了。世事變遷，總叫有心人多出幾分無奈，就像劉長卿這首〈聽彈琴〉：

泠泠七弦上，靜聽松風寒。
古調雖自愛，今人多不彈。

若是有人再彈起，七弦琴依舊會泠泠作響，不曾因為人們的冷落而變了音色。但彈琴的人都知道，自己手中的這張琴越彈越有靈性。長久不碰觸，即便聲音如故，在情感上也會覺得晦澀許多。一曲《風入松》作罷，雖然技藝還算熟練，可風吹松林陣陣濤的意境已經清冷許多了。就像是曾經圍坐在身邊聽人彈琴的光景似的，早已變作了昨日的斜陽，一去不復返。再高雅的曲調，也禁不住這等寂寞。

知音少，弦斷有誰聽？

倒還不如草草把琴收拾起來，再也不碰它了。或許在人生終年的時節，就把此等往事情懷隨著黃土一併埋葬，也省得在俗世中沾汙了心。再奏一曲，當成是最後的悲歌吧！一曲絕響，斷了心腸。

・畫外詩情

唐朝畫作有一個空前改革。此前，一幅畫作最多也只能算得上精美，除此外再無其他言辭可以修飾；唯獨到了這一個盛世，人們漸漸喜歡上在畫作旁邊偶附小詩。又或者，因為看到了某一得心的畫作，單單於他處另作詩一首，以表自己對紙上山水的動情。

人們再不滿足於眼界被一紙丹青局限，縱然身被困住，卻唯有思想還能自由馳騁。或許只需要一處不經意的點睛，就能讓觀者的心緒飛躍過萬重青山，只因畫者和觀者的心神交會，這才於世間覓得了知音所在。

這是最難得的事情。懂得欣賞的人，總是不會用單純的「好」或者「不好」來評斷一幅作品。眼前的佳作展現的不只是山水，更是執筆人心中的另一個世界。在那裡，或是了無征戰，或是黃髮垂髫怡然自樂。懂得這一番心境的人，在他們的心底自然也有著一個未知的去處和這裡相通。及至眼神交匯，從彼此那汪清澈的眸子中看到的倒影，竟也都在說著各自心底的滄桑。

其實不是人無情，只因被紙漿浸染過的水墨上，沒有觸動心底最敏感的那根弦，這才假裝毫無表情掠過了對方的一片用心。也許此後會找一個背人的角落，靜靜寫下一些字句，說不盡的總是心底的那些往事。畫者怕人知曉自己心中的嚮往，這才默默把它作在紙上，不曾發一語；詩者自是也怕人知曉了自己心底的憂愁，這才一字一句吐露衷腸，兀自欣賞。

一個沉默，一個癡笑，這正是應了彼此心中的景致，於是再多幾杯美酒下肚，也不會覺出醉意。又或者，醉了的豈止是杯中酒？

王昌齡便曾因著一幅江淮山水名勝的畫作而動心，他作了一首〈觀江淮名勝圖〉，聲聲真切，念起了心中的舊夢。這樣的詩作，是只敢於拿給畫者看。他人更不解風情，唯獨還會訕笑作者是個癡人。

刻意吟雲山，尤知隱淪妙。
遠公何為者，再詣臨海嶠。
而我高其風，披圖得遺照。
援毫無逃境，遂展千里眺。
淡掃荊門煙，明標赤城燒。
青蔥林間嶺，隱見淮海徼。
但指香爐頂，無聞白猿嘯。

沙門既雲滅，獨往豈殊調。
感對懷拂衣，胡寧事漁釣。
安期始遺舄，千古謝榮耀。
投跡庶可齊，滄浪有孤棹。

只因畫作有關於吟詠雲霧山水，這才使人對隱士的生活多了一份嚮往，以及幾分留戀。那是一位出家修行的僧人，沒有人知曉他為什麼總是要來到陡峭的山崖邊，每日只觀望著茫茫無際的滄海。從那雙灰色的眸子中，總是能看到一個人的心性。在如此環境下生活，又怎麼會惹上世俗的塵埃呢？只因畫者技藝高超，更使人們極力想要把每一個細微之處都看在眼底。可那僧人卻偏偏獨立山頭，不曾為身邊的一草一木歡喜悲憂。他繞過了這些擾人心的細小之處，只是把目光投放在奔流不息的江水上，透出一層薄霧遠觀青山，隔著幾重水氣近看歲月。

再順著山嶺上密密麻麻的樹林往上看，隱約可以瞧得見長江和淮河的入海口。又有廬山的香爐峰被籠罩在一片翠綠下，彷佛又聽得見猿猴的鳴叫聲從這張薄紙背後傳出來了。

看到此，詩人再禁受不住心中的折磨了。於亂世之中做隱者，總是一件極難的事情。隱修之地好尋，難得的是那一片閒情。再不理人世間的糾葛，再不管塵俗中的憂慮，每天只是垂釣為樂，便足以盡了人生之興。

想當年，仙人安期生謝絕了秦始皇賞賜的金銀珠寶以及絕世榮譽，只留下來一雙赤玉鞋後便再無蹤跡。如果有機會能與安期生再相遇的話，一定跟著他要乘著這片孤舟，離開人世間；又或者哪怕只是如同畫中僧人一般，只需矗立一望，也足以忘盡了前世今生的輪迴苦事。

山水本清淨，何苦擾自然！這果真是遇到了知心人了，否則又怎麼會從簡簡單單的一幅畫作中，讀出這樣許多故事呢？但岑參卻不明白，畫作終歸只是畫作，即便滿是悠遠的情調，終也脫不開俗世人的追捧。

隱者留名，不也正是一種諷刺？這個世上，沒有人不需要觀眾，哪怕孤芳自賞，自己也會是唯一的觀者。

清修之事，也只是圖得一片心靜罷了。就像是作畫之人，他雖是繪出了如此景象，卻依舊癡戀在紅塵中，與各自的紅顏卿卿我我。這本是一幅畫，也只是一時的心境，何必要當真？

看得真切的，恐怕只有畫中的那位出家人了。不識真面目，大概是因為身在山外不識山。盛唐時期的景雲僧人寫了一首〈畫松〉，從他的字眼中人們卻並沒有大不同。世界本就如此，何必還要他多說上幾句無用話？然而人們是不明白的是，偏偏如此笨拙的姿態才是本真。

> 畫松一似真松樹，且待尋思記得無？
> 曾在天台山上見，石橋南畔第三株。

只是一眼，就愛上了這棵青松。

於記憶中追尋一番，彷彿真的在哪裡曾邂逅過如此光景，但又著實想不起來了。只是話已出口，若不找出個緣由，怕是難以捨得下這面子。人都說出家人總愛雲遊四方，那就且把這棵松樹當成是曾在天台上見過的那株吧。若有人再要細問，便答說是石橋南面的第三株。

說罷，自己都忍不住要大笑起來。

其實誰又能記得準確呢？這本就是一棵松樹，這也本是一幅畫作而已，你我眼中看的豈會相同？無非只是各自品味一番，有心者說說自己的心事，有情者念念自己的情事，他一個出家修行的老人也就信口胡謅一番，樂得大家開懷。何必非要把這畫作、這言談都當成是一件正經事來對待呢？生活中的閒雜事情太多了，唯有吃飽飯後再大夢一場，才是唯一要做的正經事情，修行也在你一言我一語中念叨開了。

於是，再好的題畫詩也終成了各自的絮語，白白念叨一番，恐也說不清到底是作詩人的故事，還是做畫人心底的夢語。

・字字揭人心

若想要於寫詩之人中，找出一個懂得些丹青之道的人，此人必定非王維莫屬了。又兼他本是一個信佛之人，所以畫作中也多以神佛像為題材，後世還流傳著一段有關於王維畫人物的趣聞。

這件事發生在他途徑潁州（今湖北鍾祥）的時候，偶然間心血來潮，王維便在刺史亭中繪製了一幅肖像畫，所畫之人並非他人，而是自己的好朋友孟浩然。因見到王維所畫極為傳神，他的內弟崔興宗便也央著要求墨寶一幅。王維兀自訕笑一番，還沒有提筆作畫，便有了一首〈崔興宗寫真〉：

畫君少年時，如今君已老。
今時新識人，知君舊時好。

王維自是很認真完成了這幅畫，畫中的男子卻是一位風度翩翩的美少年。崔興宗雖只比王維小幾歲，但在長者的眼中他卻依舊年輕。因而這才在紙上畫出了一幅和當時模樣完全不同的肖像。完筆後，不待他人追問為何要做如此作畫，王維先自我戲謔起來。他說，雖然現如今大家都已各自老了，但每個人都有難以忘懷的青春往事，就像是畫中人的模樣一般，人人都希望永遠這樣年輕。但歲月總是不饒人，老了也就老了，反倒不如各自重新認識一番，便如是當年的初見一樣，只需記得你我相好的時光就足夠了。

年紀總會長，難得的是要始終保持著心底最美好的歲月。若連心都被生活鋪滿了皺紋，便也再難得當初相識相知的好光景了。

趁著年歲正好，總是應該要記錄一番。就像是代宗大曆年間的「十大才子」一樣，只因因緣際會，就必定要找一個畫師把這相聚的場景描繪出來，才不會空枉得遺憾滿腸。這十個人分別是李瑞、盧綸、吉中孚、韓翃、錢起、司空曙、苗發、崔峒、耿湋、夏侯審。多年以後再見到這幅畫作的時候，不只是畫中人，那些仰慕者也都要感歎幾分吧。

當時有人把這幅畫贈送給了詩僧齊己，他隨即寫下一首〈謝人惠十才子圖〉作以表感謝：

丹青妙寫十才人，玉峭冰稜姑射神。醉舞離披真鸑鷟，狂吟崩倒瑞麒麟。翻騰造化山曾竭，採掇珠璣海幾貧。猶得知音與圖畫，草堂閑掛似相親。

可以推想而知，齊己對這十個人也尊崇有加。單單看著畫作上冰如美玉的十張面龐，就已經讓人心中忍不住激動起來。這是一次酒後的狂歡，才子們大概總要恃才傲物，這才完全顧不得自己的形態而彼此醉起。有人不覺翩翩起舞，就連仙鳥鸑鷟也一起伴舞。你看這一雌一雄的鸑鷟，只為著眼前的恣意，尚不知自己的羽毛早已經淩亂了幾分。又有人詩興大發，獨自在一邊高聲念誦著什麼，其這口吐繡章的模樣，使得天上的麒麟都自愧不如。甚至於盛世祥和之氣也只有借助於他們的玉口說出，才足以折服人們的心性。於是，連大自然都被驚醒了。他們的才情堪比這世上所有高山大川的幾世精華，更要比深海中尚不見天日的珍珠還要光彩許多。如今得了一幅《十才子圖》，便再也沒有心思去做其他事情。每日只坐在屋中呆呆看著畫中人物，恍惚間也覺得自己好似走進了畫境中和他們一起飲酒作詩，再也不用去尋思生活的愁苦了。

齊己雖然並沒有明提，卻也藉著自己在觀畫時的思緒飛揚之語，誇盡了作畫人的高超技藝。但觀者再通達，也必定和畫者心中的世界有著不同之處。或許只有畫者自己才是最了解自己的人。但同樣的道理，畫者眼中雖看到了眼前人物的千百姿態，但作出來的畫卻也不一定便是畫中人的心情。最後無非總要落得一個子非魚的結果，各自嬉笑一番，再沒有其他故事。

於是這些作肖像畫的人們，竟不如那些專工鳥獸的畫者了。鳥獸是沒有情緒的，即便有，世間也沒有一個懂得的人。如此一來，作畫之人便可以肆意在畫作中描摹著自己的心事，偶然起了心性，隨處添上一筆便可，管他人再從中揪出一兩處不妥。

韋偃便是唐朝時期以畫馬而知名的畫家，相比之下，他的堂兄名氣更大，那便是詩人韋應物。大概也因為這一層關係，韋偃和杜甫的私交甚好。這是肅宗上元元年的一天，韋偃正要離開蜀地，臨行前特意到杜甫家中作別。他知曉杜甫也是一個極愛字畫之人，因念到下一次相見竟不知究竟到何時，這才於杜甫的草堂中當場揮毫畫了兩匹馬。杜甫早被韋偃的真情打動了，更兼他的畫作著實奇駿，於是便為這幅畫題下一首〈題壁上韋偃畫馬歌〉：

韋侯別我有所適，知我憐君畫無敵。戲拈禿筆掃驊騮，欻見騏驎出東壁。

一匹齕草一匹嘶，坐看千里當霜蹄。時危安得真致此，與人同生亦同死。

這兩匹馬畫在牆上，故交相別，也顧不上許多光景了，只見白牆空蕩蕩，於是便隨手畫了起來。轉眼工夫，兩匹形態不同的駿馬便完成了。一匹正在吃草，一匹卻在鳴叫，若是眼光再黯淡一點，隱約間便見得兩匹千里馬像是要從牆上飛奔出來。

只是千里馬再好，也終需要有一個懂得賞識的伯樂。人世間的「千里馬」窮盡了一生也沒有尋得明君聖主，更何況那畫在牆上毫無生氣的動物呢？只歎不得一個好主人，可以共同征戰沙場，同生同死也抵不住心中的這腔氣概。

韋偃本是好心，卻不曾想到激起了杜甫的心傷。為了這份抱負，杜甫一生都折在了其中，至老也不懂得悔改。還記得那一日，只因看到一幅以白鶴為題材的舊畫作，他就又被勾引出這些情緒。可那個時節的杜甫還在說著「赤霄有真骨，恥飲洿池津。冥冥任所往，脫略誰能馴」的壯語。普天之大，何苦非要留戀於世間的功名？做一隻閑雲野鶴，雖不得世人欣羨，卻是獨自擁有整片藍天。

無奈世事多磨難，生活竟然把詩人的滿懷抱負，全都磨成了棄婦一般的抱怨。他抱怨在這個世界上不得明主，甚至也在抱怨上天不睜開眼睛，看一下所謂的太平盛世。百姓都已經苦得填不飽肚子了，為什麼還不待他這只有著沖天之志的白鶴展翅翱翔一回？

然而再多的抱怨又能怎樣？杜甫放不下的只是自己的心志。說得多了，反倒惹得友人不快。不如學著牆上的兩隻馬，若有氣力或可以縱橫馳騁一番，若是再無心於這個世界了，低頭吃上一頓嫩草不也樂得逍遙嗎？不知韋偃作這樣一幅畫是否別有用意，但杜甫看在眼中，卻已不是當初韋偃提筆時的寄語了。

到最後，怎麼竟把友人的希冀擱置起來了呢？

一畫一生人，一筆幾回春。看懂後也就別再多言語了，若是不懂，也只學著做個欣賞者吧，更不要硬著頭皮尋思背後的深意。殊不知，世間的這一些煩惱都是自己找來，最後也只是煩了自己的人生，同他人無礙，更與眼前的畫作無關。

・山水入畫來

古人的手中從來少不了扇子。天氣熱的時候，扇子自是納涼所用。而那不冷不熱的時節，也有不少文人墨客是把扇子當成裝飾品。拿在手中隨便搖上兩下，翩翩風度也呼之欲來。只是若單拿一個扇面，未免顯得單調了許多。人們這才想起於扇面上作畫的事情。又因扇子是隨身攜帶之物，便也不會草草兩筆敷衍過去。文人對待扇子上的畫作，堪比得上自己的臉面。

唐末極流行在扇面上作畫。詩人羅隱曾做了一首〈扇上畫牡丹〉，配的就是手中扇上的畫作：

為愛紅芳滿砌階，教人扇上畫將來。葉隨彩筆參差長，花逐輕風次第開。
閑掛幾曾停蛺蝶，頻搖不怕落莓苔。根生無地如仙桂，疑是嫦娥月裡栽。

這是一個牡丹花開的時節。只因對眼前這些豔豔的花朵太喜愛了，這才尋得一個會作畫的人細心把牡丹描摹在扇面上。所幸畫師的技藝超群，隨著他手中畫筆的走動，一片片嫩綠的葉子便生長出來。好似只要輕搖一下扇面，那嬌豔的花朵便會撲簌簌落下。可反過來再一想，卻又是不對。於是便把扇子拿在手中，盡最大的氣力搖動，仍不見有花瓣墜地，這才忽然想起扇面上的牡丹花終歸只是畫上去的，哪裡又是這個季節正在盛開的真花呢？人雖懂得，可翩躚的蝴蝶卻不明其中的緣由。本想把剛剛作好畫的扇子掛起來風乾，不想卻因為扇面上開得正豔的牡丹花而引來無數彩蝶。看到此情此景，人們的神思不僅也恍惚起來。

想想那掛在半天空的月宮中栽種的桂樹不用澆水、施肥便可年年常青，眼下這扇面上的牡丹花卻也有著相似的景致，想必它也是月上嫦娥親手栽種的仙物了吧。人世間又該從哪裡去尋得如此光景！

這自然是在說畫師的畫工高超了。能得如此佳品，一來是因為畫工心中也對盛開的牡丹有著一份屬意，二來卻更說明畫工和扇子主人之間的心心相印。這邊只消一個眼神飛過，那邊便已經知道該用什麼樣的畫作來展示主人的品格。正因為扇子的特殊性，才使得人們對畫在扇面上的畫作百加斟酌，一筆一畫都馬虎不得。

原來作畫也是要看性情，否則主人又怎麼會單單看中了牡丹的富貴呢？然而天下之大，有人愛榮華也有人愛清淡，有人喜歡鬧也有人喜寡居，這些本都是無可厚非的事情。只是總有許多人，身享榮華卻一心想著清淡，人處低處卻硬要往上走。既如此，得之便是最好；若是不得，卻又要讓自己生出許多傷心事。最典型的例子，莫過於安史之亂後逃亡蜀地的杜甫。

那是杜甫剛到成都的第二年，他結識了一位名叫王宰的畫家。王宰以畫蜀地山水著稱。杜甫曾多次到他家做客，因見到王宰家中客廳的白牆上畫了一幅山水，他這才知曉了蜀地風景的奇秀，不禁為自己整日閉足家中略感到遺憾，而寫了一首〈戲題王宰畫山水圖歌〉：

十日畫一水，五日畫一石。
能事不受相促迫，王宰始肯留真跡。
壯哉崑崙方壺圖，掛君高堂之素壁。
巴陵洞庭日本東，赤岸水與銀河通，中有雲氣隨飛龍。
舟人漁子入浦漵，山木盡亞洪濤風。
尤工遠勢古莫比，咫尺應須論萬里。
焉得并州快剪刀，剪取吳淞半江水。

這幅畫畫得極其不易，不禁因為面積太大，更是因為畫者精益求精的態度。只眼下的一塊怪石就整整花了五天的時間，那條貫穿眼界的小河，更花十天的時間才完成。這恰是王宰作畫的風格，只有慢下來，才能有更多的心思打磨，哪怕一個邊角的毛躁都不應該出現。更何況，山水中傳達出來的神韻也需要琢磨一番時日，哪裡是簡單把自然界臨摹下來就算了事？

及至畫作完畢，人們才得以窺得全貌，這一看，可把杜甫的心性震懾住了。只見這幅山水高高懸在半空，於近處抬眼望開，從洞庭湖到日本東海的所有景色都盡收眼中。再往上看，長江的源頭像是要和天上的銀河連接起來。所謂天水一色，也不過就是這番景致。

視線一點點抬了起來，這才發現原來天空中更有一番不同。雲團如飛龍，狂風卷波濤，山上的樹木都忙彎著腰，急忙尋一個躲避之處，大海中的小漁船更像是失了轡繩的驚馬一般，在做最後的拼搏。

想當年晉朝索靖觀賞顧愷之的畫作，因見其絕豔而不禁讚歎說，只恨自己沒有帶著一把剪刀，否則便要把眼前的景色剪去半幅帶回家珍藏。看到如此浩瀚景觀，王宰必定是偷偷剪了自然界的一段風月貼到這裡。若遇到愛才之人，怕是也想要把這幅山水從牆上剪走吧。

只因這一看，杜甫也終於明白了一些事理。原來不是國亡山河破，而僅僅只是自己的眼睛早已被輾轉奔波的愁苦蒙蔽，再看不到身邊的美麗了，這該是多麼大的一場悲哀！

所幸他在成都又結識了韋偃，兩人雖是一個作詩一個作畫，卻也總是能從彼此的心境中找到各自的心事。大概又是因為看到杜甫常陷入莫名的感傷中吧，韋偃這才畫了一幅《雙松圖》送給杜甫。情理上略覺過意不去，又因為韋偃的畫工實在太好，杜甫這才作了一首〈戲韋偃為雙松圖歌〉以表回饋：

> 天下幾人畫古松，畢宏已老韋偃少。
> 絕筆長風起纖末，滿堂動色嗟神妙。
> 兩株慘裂苔蘚皮，屈鐵交錯迴高枝。

白摧朽骨龍虎死，黑入太陰雷雨垂。
松跟胡僧憩寂寞，龐眉皓首無往著，
偏袒右肩露雙腳，葉裡松子僧前落。
韋侯韋侯數相見，我有一匹好東絹，
重之不減錦繡段。已令拂拭光淩亂，
請公放筆為直幹。

畫松並不是一件容易的事情。古松奇駿，練得幾年水墨工筆的人，或許也可以描摹出一點模樣；但若想要畫出松樹的精神，可就不是一件容易的事情了。現如今天底下敢於在人前畫松的人，也再沒有幾個了。以前知名的人，也都漸漸老去，唯獨韋偃一個人尚且年少。但他的筆觸卻並沒有因年齡的問題而顯得生澀，這更是讓人賞識的資本了。

只見韋偃作畫的時候，筆鋒雖移動緩慢，但每一筆都有入木三分的力度，好像是從莫名處起了一場大風一般，只刮的人再看不見歸處。看畫的人紛紛讚歎起來，杜甫也因為有這樣一個好友而稍稍有些驕傲。他口口說著自己家中還珍藏著一些絹布，便非要韋偃再在絹布上給他再作一幅上好之作。

聽到此話，韋偃自然高興。不是為了誇讚，而是當再看到杜甫即便於貧賤中也再不捨掉對書墨的喜愛時，便知道他此時已是忘卻了人世坎坷。此生不要廣廈千萬，不需利祿功名，只要這一幅賞心悅目的畫作掛在家中正堂，只把心性怡然，豈不是得一樣逍遙？

縱然明知這些話也都是杜甫的一時興起，韋偃也不捨點透。人生能有幾何，此時忘形了才是最快樂，何必還要苦苦念著昨日的憂愁？

杜甫也自知其中滋味。自來到蜀地後，雖說生活並不如意，但好在多少也結識了懂得一些丹青之道的朋友。天下紛亂，自是出門不得，但從這些人的手筆中卻也可以看得到另一番天地。如此，也算是不幸中的大幸了。大環境是改變不了了，可若是能在細微中換一種心態過活，也正可以起到以小博大的奇效。這麼算來，生活好似也容易許多。

本就是換個角度看問題的事情，偏偏你我都執拗在各自的視線中，誰也不想站出身來擁抱這個世界。於是世界留給俗塵的，只有各自蒼老的軀殼，而世人再和凡間的美輪美奐無緣相守。

‧造字之難

中華民族的子孫寄予最多情思的，便是自己一筆一畫書寫下來的方塊字。漢字的壽命已經有六千多年了，從半坡遺址上語意不清的符號，到現如今工工整整的表達，它整整承載了中華兒女數千年的夢想。

漢字開始有系統，是在殷商時代的事情。那一時期，這些象形文字都是刻在龜甲或者獸骨上，主要用來記錄君王在占卜時的點滴故事。現如今，人們認得的甲骨文也只有一千多字，縱是如此，卻也大致可以了解到當時社會的風貌。只是那是君王的天下，百姓永遠都是蒙昧，他們沒有權利掌握文明，甲骨文的傳承，更是被占卜之士牢牢控制，甚至連君王也都成了神明的奴隸。

雖是如此，甲骨文還是為後世漢字的發展打下堅實的基礎。此後，漢字又經歷了金文、小篆、隸書、楷書等形式，並一直沿用至今。尤其是在楷書誕生後，橫、豎、撇、點、捺、挑、折的筆劃，被寫字人傾入了感情，各人經歷不同，所作之字也千差萬別。世人都說，字如其人。單單從寫在紙上的字跡就可以推斷出寫作者的個性，這也算是一樁奇談了。

有了如此悠久的傳承，於是不覺又要追溯起漢字起源的傳說了。

相傳，倉頡當年在黃帝屬下做工，負責圈裡牲口的數目以及屯裡食物的多寡，是不需要費多少心，但卻又關係到全族生存大計的事情，倉頡雖聰明，卻也免不了要在數字上出一些差錯。尤其是當牲口的數量和種類越來越多，單靠人腦去分辨已成難題。倉頡開始犯愁，究竟有沒有一種恰當的方式，能簡便計算牲口數量的變化呢？

他日思夜想，終於找到了一個好主意：在一根繩子上打結。有多少數目，便結幾個結，數字變化時，繩結也容易增減。初時這也算是不錯的計算之法，但人們很快就發現，此法也只能用來計數，且是較小的數位，一旦牲口和糧食的數字過於龐大，想要在繩子上打上足夠的結就又成了難題，於是倉頡再一次煩惱了。

後來他改進了打結的方式，改用在繩圈上掛貝殼。如此一來，既不需要太長的繩子，且貝殼也是易尋之物，所有的問題似乎終於得到解決。

由此，倉頡也得到了黃帝的重用。但隨著所轄之事越來越多，部落人丁數目也在年年增加，並且每歲祭祀所用典制也都錯綜複雜，掛貝殼的方式再也滿足不了當下的需求了。怎麼樣才能保證不出差錯？倉頡又陷入了難題中。

這一天是集體狩獵的日子，當走到一個三岔路口的時候，幾位老人因對方向的不同選擇而爭辯起來。一個老人堅持要往東，說有羚羊；一個老人要往北，說前面不遠可以追到鹿群；一個老人偏要往西，說有兩隻老虎，不及時打死就會錯過了機會。倉頡走上前追問緣由，老人的回答如同醍醐灌頂一般，讓他醒悟過來。原來，三位老人都是根據地上野獸留下來的腳印而做決定。倉頡心中大喜，既然一種腳印便能代表一種野獸，為什麼不能用一種符號來表示自己所轄之事呢？他再顧不得打獵之事，轉身飛奔回家，由此便開始了創造各種符號來表示世間大事小情的浩繁工作。

成功造字後，黃帝對倉頡的功績大加讚賞，並命他到各個部落去傳授此種記事方法。隨著倉頡的腳步走遍了大江南北，漢字也便在炎黃子孫中流傳開來。這該是多麼偉大的功績啊！只因他的造字之功，才有了後世的繁華，因而人們在各地建了許多廟宇來祭奠倉頡。

唐長安城西南面二十公里處的宮張村，曾有三個會寺，這裡便是倉頡當年的造書堂。在此地祭拜，難免要想起先人當年的偉績。在一個冬天的黃昏裡，岑參遊覽了業已經冷落的三會寺後，便寫下了這首〈題三會寺倉頡造字台〉：

野寺荒台晚，寒天古木悲。
空階有鳥跡，猶似造書時。

傍晚時分遊景，免不了顯得孤寂。又因看到了鳥兒留在空地上的爪印，也才想起當年倉頡造字的傳說。冬日裡的太陽也都下山早，枝頭上的寒風依舊勁吹，鳥兒早就回巢去了，只留下一串難以辨出心路的印記，供散心的遊人妄自猜測。及至下山的時候，回頭看看自己的來時路，大概也留下了腳印一串串。不知道後人再來此地的時候，看到自己的腳印會作何感想。只是腳印容易被時間抹滅，而自己寫下的這幾句詩文，便正是所能留下的最好痕跡了。

如此想來不覺有些淒涼，再明智的後世人，怕也不會有如此心境去追尋古人舊事。眼下僅剩的白日光景瞬間即散，此刻的心情又能被尚未乾透的墨跡保留多久？

這便如當年倉頡造字，本是要解決多少生計，他是不曾想到這些方塊字此後會成為科舉考試的工具的。只可憐了普天下苦讀了一輩子詩書的人，只因為在考場上不成文的幾個字句，就草草斷送了一生的前程。這樣的感慨，在這首汪遵的〈倉頡台〉恐怕更加濃烈：

觀跡成文代結繩，皇風儒教浩然興。
幾人從此休耕釣，吟對長安雪夜燈。

想當年，倉頡造字是因為受到了野獸腳印的啟發，這才把結繩記事的舊俗劃歸到歷史的行列中。但倉頡所造之字，本也只是用於農業生產，哪像是後世這些愚人的自作聰明，兀自生發出許多專為皇家選拔人才的科舉考試。若是不曉得浩繁的文字，又或者只能作得一竅不通的文章，哪裡又能在官場上飛黃騰達？有多少人因讀了幾卷詩書，而再不願意委身於農田中的耕作，他們不分晝夜地苦讀，只是為了將來能謀得一官半職，更能好在長安城中的元宵燈會上附庸一番風雅。

文字什麼時候成了這些人賴以謀生的勾當？當年的百姓依舊只顧著耕作，後世的浮華似乎和他們永世也沒有關係。即便滿紙的文字說不盡古往今來多少傳說事，可終是也抵不過春種秋收在他們心底的重量。他們的故事是寫在黃土中，文人的筆墨豈能說得清楚？

只待來年春，再種下一年的念想，月月歲歲得溫飽，如此生活便也富足了各自的心腸。管他多少帝王將相或者文人墨客的雪月風花，於冬夜中溫一壺自家甘釀，再睡一個來日歲月長。他們用不得這些方塊字，那銘刻在心的小美好，即便任歲月沖刷，也只會愈顯得真切。這才是不曾被歷史記錄下的好日子。

・草字不草心

在所有書法藝術中，最銷魂的便是草書了。只因其筆劃連綿，所以才頗得寫字人的心意。每當宣紙鋪陳開來，也不需多想，只消跟著心意舒展，哪管他人是否懂得。這一份瀟灑便只是寫給自己看的。若果得一兩個人看得明白，也自是要高興一番。不得也就不得了，寫字本是情致，哪裡是為了討得他人的喜好？

所以古往今來草書寫得好的人，多半有著豁達的性情。像是漫卷詩書一般，看似草草，實則哪一步不是早就預想好的呢？只因著灑脫，這才不願意極盡工筆的能事，雕琢起一筆一畫的走勢。儘管知音甚少，也總算能自娛自樂，這可也不失為於一種心胸了！

草書初成於漢代，是在隸書的基礎上演變而來，後又逐漸分為章草、今草和狂草等三種不同風格的書寫之態。其中最貼近世俗的便是章草了。只因章草之書的筆劃皆是有章法可循，因此才得了世人的歡喜。偏偏愛狂草的人總是不屑於此。唐時分以張旭和懷素為代表的狂草一派，筆勢狂放不羈，他們一味只是想著自己，哪管後人說三道四？與這二者相比，今草則要顯得溫和許多。它雖也不拘章法，但一筆一畫都行雲流暢，讓人看後不覺愛從心生。即便是不懂得草書的人，也多願意求得一兩幅墨寶掛於廳堂，哪怕單只是為了附庸風雅，也足以盡娛一番。

只是草書實在太過於奇駿了，後世學此之人實在寥寥。因此若能見得寫字人當場揮毫潑墨，那該是極大的幸運了。詩人顧況曾經為草書書法家蕭鄆寫了一首〈蕭鄆草書歌〉，說的便是蕭鄆作草書時的灑脫清俊之態：

> 蕭子草書人不及，洞庭葉落秋風急。上林花開春露濕，花枝濛濛向水垂。見君數行之灑落，石上之松松下鶴。若把君書比仲將，不知誰在淩雲閣。

蕭鄆寫的草書可以說是一絕，他的筆勢雄勁，就像橫掃過洞庭湖面的秋風一般，只刮得落葉紛紛，只吹得湖水漸皺。不知不覺間，字已成型。再看去，仿佛是在紙上盛開了一朵春花，春露沾濕了園林的繁華，一點點從花瓣上滴落下來，隨著水流飄向不知名的遠方。及至幾行草書已畢，整幅畫面卻又不一樣了。剛剛的私語早已變作矗立的青松。那石頭縱是堅硬，也終是抵不過青松倔強向上的姿態。松樹下面還應該有一隻白鶴，不需展翅，只是靜靜梳理羽毛，偶向雲天之際嘶鳴一兩聲，也便隱隱有了些味道。

只是世上的人都喜歡對比，若是把蕭鄆的書法同另一知名的書法家韋誕相比，卻又不知道究竟誰高誰低了，不論是把誰的作品展示在淩雲天上的樓閣中，都是對另一方的不公。

其實，哪裡又需要相互比較了，這終歸也只是世人百無聊賴時候的自娛，大家各自安好，不是最完美的結果嗎？寫得一手好字終是難得，更難得卻是普天下交到的朋友。若真是得了不分伯仲的好友，哪怕就此擱筆再不碰紙墨也是值得的。

又或者，只因為有人從字裡行間看出了自己的心，於是不免又要舉杯對飲一番。人生苦短，尚不趁著可以尋歡的年紀好好作樂，空等著歲月熬白頭又是作何？人間自有真情在，只是即便把鐵鞋踏破，也不見得能尋出蛛絲馬跡。

得了這樣的一場情愫，是再難捨了。便如孟郊和一位出家修行的僧人之間的交情一般，只因僧人擅草書且又要離此地回到廬山舊居，他便作一首〈送草書獻上人歸廬山〉：

狂僧不為酒，狂筆自通天。
將書雲霞片，直至清明巔。
手中飛黑電，象外瀉玄泉。
萬物隨指顧，三光為迴旋。
驟書雲霮霨，洗硯山晴鮮。
忽怒畫蛇虺，噴然生風煙。
江人願停筆，驚浪恐傾船。

出家人不願惹塵俗，也就不必再說一些傷離別的話了。若是有緣，自會再見。若是無緣，也祝各自好走，何必要因分離而悲傷不已？僧人還有個別稱——狂僧。可見他也不是喜於拘束的人了。雖說不是因為愛喝酒才得了這麼一個名號，但從那別具一格的草書中，總也能窺得一二之處的豪情。

及至回到了廬山舊居後，又該過起仙人的日子了吧。每日閑來無事，只坐在高高的山峰上把白雲當了紙張，運筆如飛的是那黑色的閃電，墨跡便是山間的潺潺清泉。如此造化，只消隨著心意作下去即可，更不用在意有沒有人歡喜這場結局。心境到了，連天地日月都要黯淡幾分。奮筆疾書，那便是濃雲遮蓋住大地；提筆收尾，這又是雲開霧散的好光景。若是起了心性做一些更恣意的草書，怕是風雲煙霧都要匆匆聚攏，直擾得長江水面上的船夫大呼停筆，以免呼嘯的風浪傾覆了他們的行船。

讀罷此詩，人們不禁嬉笑起來。有人問，那僧人所作草書果真如此？這哪裡又不是詩人自己的想像了！但一幅書法到底還是能惹起心性，若自己心中沒有了卷起狂風巨浪的氣魄，又哪裡能在區區一張紙上作出這些？若要再尋得一兩個有如此出神入化功底的人，則非張旭和懷素二人莫屬了。

張旭，字伯高，一字季明，吳郡（江蘇蘇州）人。早年考中進士後擔任常熟尉，後官至金吾長史，人稱「張長史」。史料載，張旭的母親陸氏是初唐書法家陸柬之的侄女，即虞世南的外孫女。陸氏家族世代以書傳業，這才有了張旭這一輩的傳承。

張旭為人灑脫不羈，又因才華橫溢而與李白、賀知章等人交好，杜甫還曾將他三人列為「飲中八仙」。據傳，張旭極好飲酒，但又常常大醉。一旦酒至酣處，他便狂走呼號，又或者落筆成書。興起時，還曾用過頭髮蘸墨汁作字，因而也就得了一個「張顛」的稱號。

又傳，張旭因看了一場公孫大娘的舞劍，而得了草書之神。這一些似有還無的傳說越來越給張旭披上了傳奇色彩。詩人李頎作一首五言古詩〈贈張旭〉，說的便是他在宴會上寫字時的狂放之態：

> 張公性嗜酒，豁達無所營。皓首窮草隸，時稱太湖精。
> 露頂據胡床，長叫三五聲。興來灑素壁，揮筆如流星。
> 下舍風蕭條，寒草滿戶庭。問家何所有，生事如浮萍。
> 左手持蟹螯，右手執丹經。瞪目視霄漢，不知醉與醒。
> 諸賓且方坐，旭日臨東城。荷葉裹江魚，白甌貯香粳。
> 微祿心不屑，放神於八紘。時人不識者，即是安期生。

世人也都知道，張旭愛飲酒且性情豪爽，唯獨不知道他卻是一個不會理家的人。從小到大，甚至到白髮爬滿了頭，他都一直在鑽研書法，從沒有算計過自己手中的銀兩應該怎麼花。每當喝醉酒的時候，他都會把帽子脫掉，盤腿坐在椅子上大喊大叫。又或者是來了興致，只要看到潔白的牆壁便伸手在上面揮筆如流星，絲毫不顧及主人家樂不樂意。好在人人都知道他的性情，因此也都笑稱他是太湖中的精靈轉世，並不曾多加責怪。

只是他的生活實在過於艱苦。屋子四處漏雨，院子裡已經長滿荒草，家中再難找出一兩件值錢的物件了。可張旭卻對這樣的境況一點都不在乎，每當人們想要規勸他的時候，都只見他左手拿著下酒的蟹螯，右手拿著煉丹的經書，一雙眼睛直直望著夜空，半是清醒，卻更像是醉了八分。

當官所得的俸祿實在少得可憐，卻從不見他為此憂愁過。太陽剛剛照到他在東城的家院中，張旭就一定已經把剛從江水中撈上來的魚用新鮮的荷葉包著端上桌。客人都已就坐，白瓷盆中的香稻米卻還不知道夠不夠吃。只管此時醉了，哪還要去理會下一刻的清醒。

天地間生就了這樣一個奇人，也真的是難得的造化。不認識他的人若是第一次見到如此光景，怕是一定會認為他是神仙轉世了。

啼笑皆非的是，與之齊名的懷素不僅繼承並發展了張旭的書法，更把他這一副不羈的性情學過來，世人也便合稱他二人為「顛張醉素」。

懷素自幼聰明好學，十歲時竟忽然間有了出家為僧的念想。父母自是要一番阻攔，卻終是放歸他到深山老林中去落得清靜。相傳懷素的家中也很是清貧，甚至連練字用的紙張都買不起。無奈下，他就找來一塊木板和圓盤，每日塗了白漆在木板上用作練字的「紙張」。只是漆板太滑不易著墨，懷素又在寺院附近的荒地中種了一萬多株芭蕉樹。等芭蕉長大後，他便每日摘下蕉葉鋪在桌上當作紙張。

可時日一長，連蕉葉都剝光了，因再不捨得摘那些尚且嫩小的蕉葉，懷素便每日帶著筆墨站在芭蕉林中在鮮葉上寫字。夏日時陽光曬得人煎熬，冬日時北風又刮得刺骨，懷素像是毫無感知一般，日復一日，年復一年，也終得了天道酬勤的好處。這便是知名的懷素芭蕉練字的故事了。

在長安，懷素的聲譽很高，歌頌他所作草書的詩作有三十七篇之多。唐末的書法家兼詩人楊凝式，在觀賞了懷素的草書《酒狂帖》後，便被這位草書大師變化多端的筆觸吸引，因而寫下了這首〈題懷素酒狂帖後〉一番感歎：

十年揮素學臨池，始識王公學衛非。
草聖未須因酒發，筆端應解化龍飛。

懷素自己說他從學習書法到當時成名已經有十年光景了，正是因為每日不輟，才能今日的小有成就。詩人於是想起了當年，王羲之向衛夫人學習書法的故事。書法之事哪裡是從別人處學來，至於那些只有酒肉之後才能放開性情的傳言，更是妄談。想要使筆觸如同飛龍一般飛舞，也終是要在自己的心中先有了這一腔化境。豈知，化境又怎麼會在一朝一夕成型？若是沒有十年苦練，現如今的筆觸也就不會如此傳神。真正的書法只在於平時的體悟中，不是做他人態，更不是做非常態，偏偏正是於普通生活中的堅持，才是這一藝術手法的精髓。

自古以來，天道酬勤，這句話什麼時候欺騙過世人？只是人們總願意羨慕天上飛的鳥，卻從不願意想一想當初學翅時跌落的疤痕。這世上哪裡有捷徑可循！唯一的快捷之法也就只有苦學了。若是連時光都無法打磨，又怎能寫出這些傳奇？這樣的話，還是留給世人共勉吧！

・絕世書法換白鵝

書法最好、又寫的一手好文章的人，大概只有王羲之。那篇《蘭亭集序》不知羨煞了多少後人，只因流觴曲水的幽情，便早已抵得過風清日朗的美色。王羲之，字逸少，號澹齋，原籍琅琊臨沂，後遷居山陰（今浙江紹興），曾官至右軍將軍、會稽內史，因寫得一手好字而被後人尊為「書聖」。不僅如此，在王羲之的教導下，他的兒子王獻之的書法也稱得上是一絕，人們也總是並稱他們父子兩人為「二王」。

在評論王羲之書法藝術成就時，有人總結說「天質自然，豐神蓋代」。這已是最高的讚譽了，人世間哪裡還能再找得出第二個如此境界的人？即便經過是人工雕琢的字跡，也比得上大自然鬼斧神工的精巧，不只是在當時的年代，再往後推上數個時代，怕也再沒有能超越他的人。

尤是那篇《蘭亭集序》，更被稱之是「天下第一行書」。相傳，那一天王羲之和朋友們相邀到一座涼亭飲酒作樂，藉著酒興寫下了那篇《蘭亭集序》。及至完筆後再一細看，雖偶有別字且因醉酒而寫得字稍有零亂，但字裡行間透露出來的飄逸之感卻是極致。這總是一時的神來之筆，事後想要重作一幅如此佳品也再難得了。真是越看越喜愛，就好像天然的璞玉一般，正因為有了些微瑕疵才襯得其更加晶瑩，連王羲之自己都有些歎為觀止。

這總是要和王羲之率真性子聯繫起來。那一日，當著眾人可以放浪形骸的人，該是有著怎樣的風骨！千金難買今宵醉，得了自己所愛，即便是醉了又怎樣？難得能和這麼多相好之人聚在一起，也是要逍遙一番了。

後世還傳著一段「王羲之書換白鵝」的故事。說王羲之喜養鵝，他自覺養鵝不僅可以陶冶閒情，更能從鵝的體態悟出些書法上的道理。單是這些言論就夠令人驚奇了，偏偏這一天他和兒子王獻之在遊歷紹興山水的時候，在村莊附近看到一群極討人喜愛的白鵝。只見這些鵝一隻隻全都如白雪一般，搖搖擺擺從面前走過，把王羲之完全吸引住了。動了愛慕之情的他，打聽到這群鵝原是附近一名道士所養，他於是便向對方提出要把鵝買回家去的念想。道士也並不是不答應，只是他不要王羲之的銀錢，要求只有一個，只要王羲之代書一部道典《黃庭經》。王羲之聽了大喜過望，欣然應允了道士的要求。最後的結果，自然是王羲之帶著白鵝回家，而那道士也遂了心願。

這些故事一代代流傳，每個人口中的王羲之都有著不一樣的豪情。人們總是對他倍加讚譽，不論其行徑有多麼出人意料，後世人卻總是多出一份包容之心。同樣豁達的李白，更是對王羲之這份直率的性格賞識有加，他還專門作一首〈王右軍〉：

右軍本清真，瀟灑出風塵。山陰遇羽客，愛此好鵝賓。
掃素寫道經，筆精妙入神。書罷籠鵝去，何曾別主人！

王羲之曾經官封右軍，因而也被人成為王右軍。李白讚賞的是他身上隱隱流透出來的超凡神韻，還是要提起那段寫字換鵝的故事。世俗人總是要斟酌幾分彼此的輕重，一部親筆寫下的《黃庭經》必定超過這些鵝的價錢，可王羲之並沒有去算計。在他看來，能得到自己的心愛之物，已經是上天最好的恩賜了。大概也是因為遇見了天外來客，及至得到白鵝後，那道士拿著《黃庭經》，頭也不回消失在轉角處，甚至都沒有給王羲之言謝的機會。

天下的事情，總是要遇到一個懂得自己心腸的人，才能激發出許多情緒。當年王羲之遇見這位修仙之人的時候，他也曾把身上的玉珮解下來相贈，希望對方能把這群白鵝送給他。但白鵝乃是道士心愛之物，玉珮對王羲之來說卻是可有可無的東西，以它來換對方的心上物，不免有些失禮。因而當道士提出只要一部《黃庭經》時，王羲之也就爽快答應。若不是遇到這麼一個忘記紅塵事的道人，王羲之也總是要流於世俗吧。而若不是有著王羲之的這一段傳說，李白又哪裡能從古事中，尋到自己心中的影子呢？

這一份從骨子裡透出來的神韻，也是再難改變了。甚至在婚姻大事上，王羲之也總是對自己的性情毫不掩飾，以最真的形態來示人。那年他二十歲，有個叫郗鑒的太尉因知曉王家有才子，派人上門來選女婿。太尉提親，得知此消息的王家兒孫，全都把自己打扮得光鮮亮麗，希望能在來人面前好好展示一番，以期能做一個乘龍快婿；唯有王羲之一人依舊躺在竹榻上吃著燒餅，對眼前的熙熙攘攘毫不關心。

來人見到此景，也甚覺奇怪。回到府上後，他原原本本把自己所見之事報告給太尉。不想太尉雙手一拍，說此人正是他要找的女婿，於是也就因此成就了一段美滿姻緣。只因當時王羲之是躺在院子東邊的竹榻上，後世也才有了「東床快婿」的典故。

發生在王羲之身上的故事還有很多。據說有一次，他把字寫在木板上，後又拿給刻字的人照著雕刻。刻字人人用刀削下木屑後才發現，原來王羲之的筆跡已經印到木板中三分之深處，這也就是「入木三分」的由來。

更有些勵志意味的，卻是王羲之用來洗筆的水池。當年王羲之也曾四處為官，但他心底藏著的，卻是要遊歷名山大川，以尋前輩書法家遺跡的夢想。每到一處，他都不停練字，於是便在身邊的水池中洗毛筆和硯台。時間一長，他用來洗筆的池水全都變成了墨黑色。後世人們便將王羲之曾經洗過筆和硯台的池子稱之為「墨池」。

天底下有多少人需要這樣的故事，繼續激勵著夢想啊！前途總是未卜，現如今的操勞也未必能得見光明。若是再沒有人用自己的故事，補給他們繼續走下去的念想，人生便也都就此枯寂了。中唐詩人劉言史曾寫了一首七絕〈右軍墨池〉來詠歎此事，一邊讚歎著古人的意志，一邊也還要繼續為自己打氣：

永嘉人事盡歸空，逸少遺居蔓草中。
至今池水涵餘墨，猶共諸泉色不同。

王羲之當年是在永嘉一帶活動，只是歲月變遷，人們再也難尋覓到他的行跡了。甚至連王羲之的故居現如今都已經長滿了荒草，只剩殘留著當年墨汁的墨池了。只見這汪黑水和旁邊水池的顏色完全不同，可是誰人還願意去了解它背後的故事呢？

只因當初一句有關於夢想的話，這才注定了這一生都要漂泊。這果真是最苦的日子，可誰又能說不是甜蜜呢？或許有一天，心中的夢想終會實現；又或者那些不曾告訴人的故事，一輩子也只能埋在心底。但那又怎樣，回頭看看自己的曾經，不也一樣滿是溫暖的味道嗎？只因曾付出了努力，結果才顯得如此微渺。墨池依舊，那些故事卻都散了。也許後人記住的，永遠都只是有人也曾如同自己一般，不顧歲月風刀而繼續努力，即便他們再不懂得自己的心情，也是會被這些磨礪出激情的傳說感動。

你我缺少的，總是那些不會滅的激情，只消輕微觸碰，就能燃燒出夢想。

・賀知章的點睛筆

即寫得一手好詩文，又作得一手好筆墨，此人便是賀知章了。賀知章，字季真，號四明狂客，唐代越州會稽永興（今浙江杭州市蕭山區）人。只在很小的時候，他便以詩文聞名，後於唐武后證聖元年得中進士，自此也走上了仕途。

只是後人皆知賀知章的詩作好，卻不曉得他還擅長草隸。雖每次為人題字也不過十數個，但當世人若有幸得了賀知章的字，一個個都如獲珍寶一般。且賀知章又常常與張旭、李白等人一起飲酒作樂，於是也被杜甫列為「飲中八仙」了。

當年賀知章初看到李白的詩文時，便因其字句中透露出來的豪情，稱之為「謫仙人也」。他自己本也生性豁達，且又愛飲酒，這才和李白成了忘年之交。若不是他的引薦，李白得見玄宗的時日，恐怕不知道要被推到什麼時候。

後來人不知曉賀知章書法家的身分，其實也並不奇怪。他留下來的墨寶甚少，存世也僅紹興城東南宛委山南坡飛來石上的〈龍瑞宮記〉石刻，和流傳到日本的《孝經》草書。

唐文宗大和初年，劉禹錫在和州擔任刺史的任期已滿，遂與白居易結伴回洛陽。偶遊洛陽洛中寺時，他二人在北樓上見到了賀知章於玄宗開元年間，題寫在牆壁上的草書。這字跡靜靜躺在牆壁上已經有整整一百年的光景了，雖然已經覆滿了塵土，從筆劃的走勢中依舊可以尋出龍騰虎躍的氣勢。眼見筆鋒不凡，劉禹錫不僅暗暗讚歎，更在心底升起不少敬意，這才作一首〈洛中寺北樓見賀監草書題詩〉：

高樓賀監昔曾登，壁上筆蹤龍虎騰。中國書流尚皇象，北朝文士重徐陵。
偶因獨見空驚目，恨不同時便伏膺。唯恐塵埃轉磨滅，再三珍重囑山僧。

當年賀知章登上這座高樓的時候，不知是何事觸發了他的心緒，這才在牆壁上留下了有如此氣魄的字跡。遠遠觀去，就好像真龍在牆上幾欲騰空而起，又恰似猛虎於地上卻要撲食。如果非要和古人做個對比的話，三國時期人們都傾慕於皇象的草書，北朝的文人又都對南朝徐陵的作品百加賞識，但賀知章寫在牆上的這些字卻更是令人驚訝。於是不禁哀歎自己和他不是生在一個時期，否則定要尋個機會前去拜訪。又看看四周，只可惜這麼好的作品卻長在了曠野間，只怕終有一天會被灰塵覆蓋，後人再也看不到本來的面目。

於是在臨行前，劉禹錫百般叮囑住寺的僧人，一定要好好保護賀知章的作品。雖說其寫在牆上不能販賣，但真正的藝術價值哪裡可以用金錢來衡量？

要說賀知章的真跡到底有多少價值，這在當時也算得一絕。是時，祕書省內有「四絕」。《唐詩紀事》載：唐祕書省內落星石，薛稷畫鶴，賀知章草書，郎餘令畫鳳，相傳為四絕。賀知章的書法便堂而皇之地在這「四絕」中占了一席之地。後憲宗元和年間，祕書郎韓公武，曾用彈弓射中仙鶴的一隻眼睛，從此才又加了一絕，此時便有「五絕」了。在這五絕中，於祕書省內任職的權德輿，對賀知章的書法尤為推崇，並作過一首〈祕閣五絕圖賀監草書贊〉頌揚：

> 季真造適，揮翰睨壁。酒仙逸態，草聖絕跡。
> 與涵雲海，詞韻金石。傳於祕丘，永永無斁。

人們談起賀知章書法的時候，總是喜歡先要說上一番他的個性。這是一個生性豁達、不拘小節的人，正因為胸中不存拘泥，所以才能如同行雲流水，揮出手中墨跡。他面對牆壁，眼睛有意無意望向遠方，似在尋覓究竟哪裡才是下筆之處。又因早已喝醉幾分，如此形態更像是仙人臨凡了。忽然間他靈光一閃，便馬上來了興致。所有的筆墨走勢早已在他心中有了梗概，就連寫在牆上的這首詩歌的內容也都成竹在握。他像是能包藏萬物的雲海一般，縱有萬千頭緒，也從不向外人露得分毫。

及至提筆，人們才驚訝於這一幅作品的酣暢淋漓。唯願祕書省能把如此珍品永久保存，畢竟賀知章也終會有老得再拿不動筆的年紀，到了那時可就再也找不到這麼好的作品了。

這也只是他人的妄自擔心罷了。依賀知章的性子，只要一時高興，誰人前來相求，也都會毫不吝嗇揮上幾筆。他看重的不是自己手上的這點功夫，更不是用幾個字換來幾兩銀錢，在他心中，真正重要的是有人能懂得他在形骸放浪之外的曲高和寡。人人都知高處不勝寒，卻不知身在高處的人，究竟該如何抵得過刺骨嚴寒。

如此，李白和賀知章最終成了忘年交，也就不足為奇了。他們相重的不只是各自的才情，更是因為各自心底的寂寥不經意間碰撞，從此再難離分。

兩人相遇，是在天寶元年的長安城。當時李白四十二歲，而賀知章已經八十四歲了。據載，李白初到長安，因尚無定居之所而客居旅店，賀知章聞訊後第一個前去探望。兩人相見第一眼，賀知章便被李白的清俊傾倒。隨後，李白把自己的〈蜀道難〉一詩奉上。賀知章接過手來，全詩還沒有讀完，便已經拍案四次。

當日，賀知章盛情邀請李白共飲，不巧的是他身上卻並沒有帶足酒錢。只因於晚年得一如此知己，再貴重的物品也終是身外之事了。他隨即解下了身上佩戴的金龜交與店家，只求濁酒一壺，得與眼前的後生不醉不休，從此二人便成了莫逆之交。

兩年後，賀知章告老還鄉，李白也自是情深難捨，這才作了一首送別詩〈送賀賓客歸越〉：

> 鏡湖流水漾清波，狂客歸舟逸興多。
> 山陰道士如相見，應寫黃庭換白鵝。

賀知章在朝廷官居太子賓客，故也稱賀賓客。他本是越州會稽永興人，早年曾遷居山陰（今浙江紹興），因而才說是「歸越」，鏡湖便是紹興的鑒湖了。當年賀知章自稱為「四明狂客」，這便有了「狂客歸舟逸興多」的由來。

鑒湖的水永遠是那麼清澈，不因歲月流轉而變了自己的身形。聽說有久離家鄉的親人要從外地歸來，這片湖水也再忍不住寂寞而蕩漾起來。那一聲聲細微的波浪拍擊，正像是最美的歡歌，喜著舊人的歸程。人生苦短，縱是癲狂了一世，也終要在故鄉尋一處安家之所。雖說尚沒有見到百姓鄉親，但只要一聽到這汪清水的歡歌，自己心中便也多出不少雅致。在外奔波了一輩子，也是該安享山間歲月長了。

或者哪一日於山間也偶遇個修行的人，不妨同樣學著當年王羲之以書換白鵝的故事，不僅自娛一番，還能給後世人留下幾多傳聞。

人生到了晚年，有一些這樣的小情致也已知足了。

只是此時的李白還無法預知，他所敬重的賀老在歸鄉後不久，便要病死在家中。若能知曉此事，便是再不會離他半步。只是上天總是容易妒賢，哪裡又捨得有著如此才華的賀知章在人世間多逗留一些時日？

當魂歸九天的時候，他留給世人的也只剩下二月春風裁出的細柳，說著這些一幕幕閃過的片段，全都攪拌著辛酸的甜蜜。原來，你我都只不過是人世間的匆匆過客，只因曾經情動了一場，才總有許多故事留在身後，只待來年春風吹又生。

・馬球與戰爭

既然稱之為盛世歡歌，閒暇之餘必少不了尋出一些作樂的手段。尤其是在軍隊中，征戰的士兵日日都是要把生命都當成是身外物，因此也就更需要有一種消遣的方式能讓他們暫時放下心靈防備，哪怕只是一時歡娛，也足以讓那顆疲累的心再次充滿征殺的勇氣。

於是既被當做是娛樂，又被當做是軍事訓練的馬球便流傳開來。馬球，又叫擊鞠、擊球或打球。唐代時分，每年三月都要在大明殿前舉行一場賽球典禮。是日，皇帝會親自乘馬到球場，百官依次上馬，先由皇帝擊球，只待進了第一個球後，教坊鼓樂齊鳴，這場比賽才真正開始。晚唐詩人魚玄機曾寫了一首七律〈打球作〉，描寫唐代打馬球的情景：

> 堅圓淨滑一星流，月杖爭敲未擬休。無滯礙時從撥弄，有遮欄處任鉤留。
> 不辭宛轉長隨手，卻恐相將不到頭。畢竟入門應始了，願君爭取最前籌。

堅實滾圓的馬球像是天上的流星一般，竄動在人們的視野中，稍不注意就會讓對方把這顆球從眼皮底下搶走。用來擊球的球棍像一彎新月，無時無刻不在大睜著兩隻眼睛緊趕流星。天上是流星趕月，人世間的這場馬球比賽，卻人人都執著新月試圖抓住流星。但看似簡單的擊球卻內藏玄機。若是沒有人防守，任憑怎麼揮動球棍，也都能好好控制住馬球。只是這是一場比賽，恰似戰場上你生我死的殺奪一般，人人都想要把馬球控制在自己的球棍下，人人又都想著如何才能把對方的進攻攔截住從而保證後方的陣地不會失守。只有馬球打進了球門，才算是贏了一仗。這場比賽才剛剛開始，哪一方先取得一個開門紅，便足以壯大軍威，接下來更要一鼓作氣戰到底了。

軍中的男兒又哪裡會為對方留下反擊的機會呢？

這不僅僅是一場比賽，更是一次軍事訓練，甚至是一場必不可輸的戰役。豈是比賽不可輸，真正輸不起的是各個軍士心中的鬥氣。

有如此男兒，大唐王朝哪裡還愁不來一片太平盛世？

這是馬球極盛的年代。上至皇宮大臣、下至征戰士卒，沒有一個人不擅長馬球。這和唐王朝長期的征戰密不可分。縱然天下一片太平，卻也總和軍隊的戍邊脫離不了關係。唐太宗李世民還曾親自改良過騎兵裝備，使之完全變成了具有快速機動且擅長遠端奔襲的輕騎兵。因而，唐王朝自建國起便倚重於騎兵部隊保家衛國的艱辛。而馬球中的你爭我奪，卻恰好是對騎術訓練以及馬上砍殺技能的最好演習。

可是隨著王朝興盛，馬球卻也逐漸演化成了貴族化的專屬。為了打馬球，達官顯赫不惜花費大量金銀建造馬球場。大唐大和年間，曾在大明宮內修建了一個馬球場。史料又載，唐中宗時的駙馬爺楊慎交，本住在長安靖恭坊，他曾於坊西築馬球場，並且灑油在地面，只是為了讓球場場地更加堅硬平滑，這竟是如此奢靡的事情。詩人楊巨源的一首〈觀打球有作〉，說的就是馬球場的實景：

> 親掃球場如砥平，龍驤驟馬曉光晴。入門百拜瞻雄勢，動地三軍唱好聲。
> 玉勒回時沾赤汗，花騣分處拂紅纓。欲令四海氛煙靜，杖底纖塵不敢生。

這是新鋪的一個球場，遠遠看去，平坦得就像是用來磨刀的砥石。選一個天氣晴朗的早晨，威武如龍的賽手，騎著駿馬早早入場。他們向著坐在各方的觀眾行禮，舉手投足間透露著必勝的氣魄。比賽還沒有開始，彼此間便已經展開了廝殺的氣場。及至一球得分，三軍將士無不齊聲喝彩，那氣勢連山河都能震裂。

這樣的比賽總是難分伯仲，雙方誰也不肯認輸，甚至到了終結的時候，也都還在拼盡全力要多得一分。及至休息時分，連馬兒都已經累得汗流浹背了，只見馬鬃全都散亂披在兩旁，馬鼻子在大口噴著氣，然而卻唯獨不見比賽的人有一聲抱怨。不管最後的結果是輸是贏，他們每個人都想要在這片球場上奉獻出最壯麗的表演。想要在比賽中大獲全勝，不僅需要高超的球技，更要有團隊協作精神。這和上戰場殺敵沒有兩樣，單兵作戰必定會功虧一簣，只有團結起來，才能夠攻無不克戰無不勝。

比賽總是要有輸贏，但勝負如何早已經不重要了。比賽已經結束，觀眾也都盡娛了一場心性。再回頭看看馬球場上，卻是連一絲塵土都不曾飛起。如同從沒有發生過戰事一般，一場廝殺竟如此平靜銷聲匿跡。

然而，剛才的比賽終歸只是屬於達官貴人。只有他們才用得起如此奢華的球場，也只有他們才有紀律嚴明、球藝高超的馬球手。可這並不能阻擋民間的孩子們對馬球的喜愛。打馬球已然成了最流行的娛樂，即便沒有上好的條件，也要約上三五個夥伴盡興一番。自己的比賽無所謂輸贏，只要彼此都玩得高興了，也算是達到了目的。詩人李廓就在他的〈長安少年行（其二）〉中，說的就是長安少年的這些毫無掛記的心性：

追逐輕薄伴，閒遊不著緋。長攏出獵馬，數換打球衣。
曉日尋花去，春風帶酒歸。青樓無晝夜，歌舞歇時稀。

人在少年的時候總是逍遙，每天閑來無事，也不穿紅戴綠，唯獨只喜歡那一身打馬球的服裝。他們整日都和自己的馬兒在一起，生怕因照顧不周，而在球場上輸了比賽。哪一天得了一個好日子，便又要相互約著到野外，隨便找一處空地比上一場。不論輸贏，賽後都是要再找個酒館喝得半醉。若是有一兩個風流少年夾雜其中，迎著春風正盛，這些少年郎又必定要流連在煙花之地，眠一場歌舞昇平，再不管晝夜輪迴。人不輕狂枉少年，趁著年輕時分虛度一場，本是無可厚非的事情。可偏偏卻有人一味沉浸在馬球比賽中，甚至連政務都擱置在一邊不顧了。

唐德宗貞元年間，韓愈在張建府中為幕僚。張建極愛馬球，相反倒把自己身上的公務放放在其次了。見到此情此景，韓愈不禁有些悲憤，於是便寫詩一首，半是諷刺半是規勸，試圖想要讓張建明白，馬球再好也終不是走馬殺敵，且不可因一時歡娛而誤了家國大事。

汴泗交流郡城角，築場千步平如削。短垣三面繚逶迤，擊鼓騰騰樹赤旗。
新秋朝涼未見日，公早結束來何為？分曹決勝約前定，百馬攢蹄近相映。
毬驚杖奮合且離，紅牛纓紱黃金羈。側身轉臂著馬腹，霹靂應手神珠馳。
超遙散漫兩閒暇，揮霍紛紜爭變化。發難得巧意氣粗，歡聲四合壯士呼。
此誠習戰非為劇，豈若安坐行良圖。當今忠臣不可得，公馬莫走須殺賊。

在韓愈的〈汴泗交流贈張僕射〉中，徐州城外汴水和泗水的匯合處築有一個馬球場，這個場地的面積有千步之闊，平整的地面猶如刀削過一般。場地只有一面瀕臨汴、泗合流處的河水，其餘三面均是被矮牆環繞包圍著。整個馬球場的形狀被三牆一水清晰地勾勒了出來，又因喧天鼓聲和林立的彩旗，而使得這片地界熱鬧非凡。

這一切，都是因為張僕射在日出前，便冒著秋天早晨的涼氣來到了馬球場。不知道張僕射愛好的人，哪裡曉得他裝束如此整齊是要做什麼。可既然來到了馬球上，又見如此聲勢，再不知的人也能猜出八九分。

這一天早就約好要馬球比賽，張僕射更要親自上場和對方一決輸贏。只見球場上駿馬飛馳，密密的隊伍中，怕是連馬蹄子都要緊緊撞在一起。又見用長牛毛製成的紅色馬纓在風中舒展開身姿，用黃金製成的馬籠頭，在陽光的照耀下更是熠熠生輝，球棍揮舞，馬球飛走，好一派酣戰的場面！

人們無不讚歎擊球者的高超技藝。駿馬飛奔，他們卻還敢於斜側過身子，緊緊貼在馬肚子上，只為了爭搶飛走的馬球。若不是聽到了如同雷鳴一般的擊球聲，人們或許早就忘記了這是一場馬球比賽，而不是遠在天邊的戰爭。一時間，球場上也硝煙四起，看客們更是自覺眼花撩亂，大有應接不暇之態。忽然間，有人遠遠散開了，好似再不關心這場比賽的輸贏。然而這一切都是錯覺，不知是哪個擊球人揮動了球棍，剛剛明朗一些的場面再次陷入了紛爭。

這場比賽中，也只有張僕射的技藝最超群。雖多次遇到險境，但他每次都能巧妙化險為夷。偏偏他又是一個不知疲倦的人，整場比賽中他都意氣風發，更感染觀賽的士兵歡欣鼓舞起來，一時間吶喊聲響徹雲霄。

但再高超的馬球技藝，也終不是在戰場上殺敵的本領；再多的歡呼吶喊，終也抵不過戰鼓齊鳴。自古以來忠臣總是難尋，卻又要何必把一身的本領，都消磨在毫無意義的歡娛中呢？

商女不知亡國恨，猶且有情可原；若是堂堂一個張僕射也不懂得效力國家，便是要讓人恥笑了。唯恨的是，球場不是戰場，因此也就難看到張僕射殺敵的英姿了。

在這片國土上，缺的從來不是忠君愛國的將士，卻原來是負了天下的君主和大臣。這何嘗不是一種悲哀！只願這樣的遊戲終歸只是遊戲，家國需要的將士更不會沉湎在遊樂中，從而忘記了肩負的使命。他們身上背著的，不僅有帝王的期盼，還有父母的囑託，以及百姓的念念不忘。丟下球棍到戰場上，灑一腔男兒血，換一片太平山河，也算了了心中祈願。若被歡娛迷了心性，留給青史的，怕只剩下了謾罵。

・浮光掠影的故事

雜耍之事，自古以來便是百姓心頭最愛。在歷經了魏晉南北朝長達一百多年的大動盪後，各民族的文化融合也達到了新的高度，雜技藝術在這一段時期，同樣也大大發展。到隋唐時期，雜技更成了宮廷和民間共用的一種藝術形式。

唐朝時期依舊把雜技稱之為雜耍，言語中總帶著些輕蔑的成分。而此時最為突出的特點便是出現女藝人。這是一個社會風氣空前開化的年代，技藝高超且美豔動人的女藝人，為雜耍行當贏來不少喝彩聲。而雜耍的雜技種類也逐漸豐富多彩，不僅有「爬竿」、「頂竿」、「車上竿戲」、「掌中竿戲」等傳統內容，又因為馬戲和幻術也很受歡迎，所以唐王朝時期的雜技藝術巧妙地將多種表演形式雜糅，這更能充分展示雜耍之人超凡入聖的技藝。

不論是宮廷表演，還是街頭賣藝，雜耍總是無處不見。詩人陸龜作了一首〈雜技〉，說的便是當時盛況：

> 拜象馴犀角牴豪，星丸霜劍出花高。
> 六宮爭近乘輿望，珠翠三千擁赭袍。

詩中講述的是，專為皇宮中的帝王和妃子表演的一場雜技。既然是帝王享受，也自然和民間花拳繡腿完全不同。再看眼前，那身軀龐大的大象竟然懂得行跪拜之禮，甚至連愚笨的犀牛也通了不少人性。令人讚歎的是，和這些動物們角力的鬥士如此勇敢，他們身邊擠滿了兇猛的野獸，在他們竟沒有害怕之情。又有表演投擲彈丸的人，只是把手臂輕輕一揮，就只見一道亮光如同流星閃過，毫無偏差正中了目標。這邊的表演還沒有結束，另一邊的舞劍也已經用舞起來的銀霜把自己遮蓋，只見寒光點點，卻看不見舞劍之人究竟在何處。

這一場表演如此驚奇，以至於宮中那些足不出戶的妃子，都想要近前一步看個究竟，甚至連皇帝本人也都看得目不轉睛，完全被這場雜耍吸引。只是帝王之家在羨慕著舞台上的光怪陸離，雜耍之人卻在心底羨慕著帝王身邊的軟玉溫香。

人們實不知，你我都只是各人眼中的戲子，全都在上演著一處彼此看得歡喜的好戲。於是詩人張祜寫下〈熱戲樂〉：

熱戲爭心劇火燒，銅槌暗執不相饒。
上皇失喜寧王笑，百尺幢竿果動搖。

這是要從李隆基還是親王的時候講起。

那時他的府中有一個雜耍班子，只因幫李隆基消滅了武韋政治集團，而頗得了些權勢。及至玄宗稱帝後，這個雜耍班自然也就成了皇家御用，由此又多出幾分橫行之態。玄宗看在眼中，把這些行徑也都一一記在心中。這一日，玄宗和兄長寧王一起觀賞雜耍表演。為了能使表演更精彩，更為了表達兄弟間的和睦情，玄宗特意把寧王府中的雜耍班也請過來。本意是想要讓兩個班子一比高低，多的是那份娛樂，輸贏也均是有賞賜。

當時，人們把這樣一種比試稱之為「熱戲」，說得再透徹一點，便也有了些角逐的味道了。寧王府的雜耍班先上場表演。只見一位藝人頭頂著百尺長的竹竿登場了，這一邊皇家的班子，卻故意找出一根更長的竹竿頂在頭上，絲毫不肯落下風。本以為自己因此便占優勢，誰知玄宗本不希望自己家的雜耍班子取勝，否則在兄長面前便要落得難堪。所幸，一位腦筋靈活些的老藝人揣摩到了玄宗的心思，他故意在長竿上做了些手腳，致使表演中竹竿突然折斷，這才敷衍過去。

這一場表演，張祜也應該在現場。他說，表演雙方的熱戲真像是火山澆油，不把對方比下去誰也不肯善罷甘休。若是不加制止，恐還要起一場更大的爭執。但玄宗又不能把自己心中的意圖明說，眼看寧王臉上的笑容漸漸消失，玄宗心上卻似火燒一般。忽然只見舞台上自己的雜耍戲班頭頂上的長竿折斷了，這便表明是自己一方輸了比賽，他這才敢偷看寧王，見他又微笑，玄宗七上八下的心也才稍稍平復。

雖說是一場競爭，雜耍之人只一味曉得要贏了對方，玄宗卻只以此為名號而暗度陳倉。台上演戲認真，台下的勾心鬥角也不輸分毫。最後反倒越來越弄不清楚究竟是人生如戲，還是戲如人生了。

這雖說是一出黑色幽默，卻也總是可從中一窺帝王之家的多少無奈。但無奈再多，也只消一次雜耍，

便可以趨走心中的陰暗，這份喜愛是斷捨不掉的

因而在開元年間，唐明皇曾下令各郡縣舉行戲法、雜技、歌舞等選拔比賽。從下到上一級級的比下去，最後獲勝的人便能得到豐厚的獎勵；又有人傳言，帝王舉行此比賽僅僅只是為了貴妃愛看雜耍的嗜好。帝王一句話事小，卻因此忙壞了各地官員。

不想，嘉興縣中竟有一名獄囚，自稱懂得繩技。眾人不屑一顧，均認為繩技並不是什麼罕見事。該獄囚卻口口聲聲說自己的表演與他人不同，他說只要一根五十尺長的繩子，如手指般粗細，向著空中一拋，自己便能順著繩子爬將上去。不聽便罷了，這一聽人們就議論起來。早有人把此奇人奇事報告給管事之人，管事人同犯人商定，隔日就在剛剛落成的戲場一展絕技。

這一天，連縣太爺都親自到場了。只見犯人把百尺長的繩子繞在身上，隨後又向四周人群作揖表示感謝，這才不疾不徐表演。他拿住繩子的一頭，只輕輕向空中一拋，便有兩三尺長的繩子直立在半空中。如此一點點拋上去，最後竟再也看不到繩子的終端到底高到哪裡。犯人見時機成熟，只順著繩子縱身一躍，便如飛鳥一般到了半天空中，人們這才如夢方醒。縣官忙命人把繩子扯下來，可待一團煙霧飄過後，連人帶繩子再找不到蹤影。

這件事最後還傳到了唐明皇耳中，自此又鬧得天下之人皆知。人們只是不知，這逃出生天的技法，卻是著名的「江湖四大套」之一，實則也只是騙人的戲法。雖並沒有人知曉其背後的手段，卻也讓繩技盛極一時。

相傳，繩技是由西域傳入。天竺國人舍利，不但是魔術祖師，更是繩技的祖師爺。當年舍利還曾訓練了「倡女」踏著繩索歌舞，唐代詩人劉克莊曾寫了一首〈繩技〉：

> 公卿點似雙環女，權位危於百尺竿。身在半天貪進步，腳離實地駭傍觀。
> 愈悲登華高難下，載卻尋橦險不安。誰與貴人銘諍右，等閒記取退朝看。

這是繩技表演時的盛大場面。說來說去，人們驚異的也只不過是半空中走鋼索的人。這便是賣油翁當初說的那一句話了，本不是什麼稀奇的事情，只因天長日久訓練，「唯手熟爾」。可觀眾們並不這麼想。人們對奇異的事情總是著迷，尤其是自己力所不及的「奇蹟」。在他們看來，只於一根鋼絲上行走卻如履平地的雜耍之人，必定有著非一般的絕技，這才呼朋引伴競相觀看，唯獨不知道這些表演者為了一時的輝煌，而受過多少悲苦。

只是誰也不願意去聽那些磨難，單單眼前的娛樂就足夠了讓人歡喜了，何苦還要再提背後的傷心事？又誰的生活就簡簡單單了？只不過各人有各人不同的難處罷了。

浮沉一笑，看得穿又放得下才是豁達。一曲逍遙歎，一回聚和散，一生也就有了終結。

・白首為功名

那場盛極一時牛李黨爭的起因，便是由科舉制度引發。牛僧孺於貞元二十一年登進士第，只因他作文觸怒了宰相李吉甫，這才引發了此後長達四十餘年的黨派之爭。

這一年，牛僧孺也懷著一腔報國熱情，來到京師參加進士科考試。是時，為了給自己多一份錄取的機會，考生都會提前拜訪該科的主考官，以便能給閱卷考官留下一個好印象。牛僧孺也不例外。他前去拜見的人是劉禹錫，並且還帶著自己作就的一首詩文〈席上贈劉夢得〉，他說道：「莫嫌恃酒輕言語，曾把文章謁後塵。」

在這樣的詩句中，總是極容易露出輕狂之態。大概也是因為多喝了兩杯，劉禹錫便也顧不上牛僧孺的面子，而當著眾賓客在這篇詩作上指指畫畫，不多時就挑出毛病不少。一時間，牛僧孺有些下不了台階，但自己卻又不能發作。事後，牛僧孺依舊還在等著劉禹錫有關於考試之事的回覆，但卻遲遲沒有得到任何消息，實在等不及的他，只得又去拜訪了另一個考官韓愈。

那一年的考試，牛僧孺順利及第。雖不至於有考官當場為考生舞弊，但一番考試下來彼此間形成的裙帶關係卻不可避免。事後，劉禹錫還曾親自向牛僧孺道歉，以解當日誤會。這難免又要在彼此間生出許多人情世故。由此，更可以窺見當時考生求得功名利祿的心態。雖也有些無奈，但世風如此，也只能當作是常態了。

於是，便有人作詩嘲諷起這樣的政事了。那是一位在官場上失意的朋友要來拜訪，羅隱特地備下酒席，以酒解愁，或可以醉了平生。及至酒酣處，二人便相互討論起時政。因談得實在投機，臨別之時，羅隱又把自己作的一首七絕〈自遣〉送給了友人：

> 得即高歌失即休，多愁多恨亦悠悠。
> 今朝有酒今朝醉，明日愁來明日愁。

原來，羅隱也曾歷經過一場坎坷仕途。

咸通元年，羅隱於京師參加進士科的考試。每個考生在進考場之前，都抱著美好希冀，可這份希冀在羅隱的心中已有七年的時間。一直到咸通八年，他仍是一個未得高中的學子。滿腔的悲憤都被他寫進了《饞書》中，經過這麼多波折後，又哪裡還能禁得住心中的不平之氣呢？可也正因為此，仕途的大門便永遠也都不會再向他打開了。

只是可憐了普天下赴京趕考的人們，他們心中都嚮往著金榜題名時候的快意，卻也總是要先有許多人去嘗一口落第時分的苦澀，如此又怎麼不會多生出一些仇恨？面對著悠悠白雲，說盡了心事，也不會有人聽懂。明明自己已經是最好的例證了，但後來人偏偏還要步入這趟旅程，只因功名實在太過於耀眼，才沒人看得清生活的平凡。

得一杯酒，醉上一場，且不管世道如何，待到太陽升起的時候再去想明天的事情吧。今日只是念著這一場歡娛，愁也罷樂也罷，不都是逢場作戲的遊戲嗎？

只是這場戲，也終須有人來演。你我都不是觀眾，人人都是一個戲子，唱念做打卻總不是自己的人生。在戲裡活得久了，也就漸漸忘了自己，忘記了多年前那個明朗少年，對著天空許下的念想。那該是多麼清純的年代！可清純永遠只能活在記憶深處，是再見不滿天陽光的，否則換給自己的只是悲劇收場。

只是這世間事，總是幾家歡喜幾家愁。尤其是在放榜的時節，各自的悲歡離合全都鮮明寫在臉上。不論成敗，放榜日也都成了考生一生中的最難忘的時節，且看徐夤這首〈放榜日〉：

喧喧車馬欲朝天，人探東堂榜已懸。萬里便隨金鸑鷟，三台仍借玉連錢。
花浮酒影彤霞爛，日照衫光瑞色鮮。十二街前樓閣上，捲簾誰不看神仙。

這一定是高中了。

車馬聲喧，臣子忙不迭向聖上告明這次進士科的結果。於皇親國戚們全都坐著雕龍畫鳳的馬車前來看榜，他們也都只是希望榜上能有熟悉的名字，那該是多麼值得慶賀的事情啊！這一日，所有的官員和平民都是一樣的心情，在沒有見到榜單之前，沒有人願意相信他人口中的傳言。

又見高中的進士們也都換上了新衣衫，這是一個好日子，人生也唯有這一次如此風光了。他們集結在花下擺起了宴席，以慶十年寒窗苦讀終於換來了好結果。那杯中酒倒映出來的不只有盛開的鮮花，更有比鮮花還要美上幾分的中舉心情。一時間，長安城十二條大街的高樓全都打開了窗戶，只是為了當中舉之人從自家門口經過的時候，能夠沾染上文曲星的一些靈氣。

這一日，竟成了全城歡慶的大日子。長安城內的百姓個個都喜氣洋洋，甚至連曲江池中濃密的梅花，也因此等光景而爭相開放。中榜的進士已經能看到自己的仕途宏達，於是更要在第一時間酬謝朝廷恩典。這是最好的時光，哪裡能就這樣辜負掉？唯有趕緊舉杯暢飲，才算是一解風情。

可是卻沒有人記得未曾得中的學子們，人們總是容易被喜悅占據頭腦，再看不見另一些人的苦楚。越是這樣的歡慶，也就越容易惹得他們心傷。面對著茫茫歸路，竟不知該怎樣踏出自己的歸程。

等待他們的不是無限光明，前途究竟還有多少磨難，總也是無法計數。或許，下一次的考試便也是自己高中之時，但這樣的事情也是要有幾分運氣在其中，誰又能早下定論？只祈願自己在白首前，能在皇榜上看到自己的名字吧，否則便真的要空空白了三千銀絲！

・唯盼一朝聞名天下知

無論是何等年歲，及第總是讓人高興的事情。

唐朝時期的進士科最難考，每年應試的考生總數在一千七百、一千八百人左右，而錄取率卻僅有百分之二、百分之三。能夠在如此多的競爭對手中脫穎而出，也真的是百里挑一的事情了，又哪裡還有不歡慶一場的道理呢？

於咸通年間得中進士的袁皓寫了一首七律〈及第後作〉，以表自己高中時的激動之情。回頭想一想自己多年來苦苦備考的辛酸，這首詩中也該是要溢滿興奮的情緒了：

金榜高懸姓字真，分明折得一枝春。蓬瀛乍接神仙侶，江海回思耕釣人。
九萬摶扶排羽翼，十年辛苦涉風塵。升平時節逢公道，不覺龍門是嶮津。

進士榜高高張貼在牆上，只消快速掃上一眼，便能夠在幾十個人名中發現自己的名字。這一天不為其他事情，從早晨睜開眼睛的那一刻，就盼著自己的名字寫在皇榜上。又或者自己本也不抱什麼期望了，只求上天眷戀這些年來苦讀詩書的辛勞，若果得了一份幸運，定是要酬謝一番。出門的時候還懷著忐忑的心情，直到真的在皇榜中看到了自己的名字，便又感覺像是在做夢一般。

只在這一瞬間，整個長安城也俱都變得美好起來，所有的亭台樓閣都像是蓬萊仙境似的，身邊高中的其他進士也都變作了天上的神仙。只是又不自覺想起了現如今依舊在田間耕作的舊友，當初他們若是能和自己一樣用心讀書，現在大概也能夠同榜得中吧。而現在，自己要像大鵬鳥一樣要展翅高飛了，萬里雲霄也終將會變成自己臂下的的風塵。那些年奮鬥的時光歷歷在目，現如今回想起來竟也覺得是種幸福了。

真正要感謝的，還是當下的太平盛世。君主聖明，百官清明，百姓安居，這才讓自己有了一展才華的好機遇。現如今，這條鯉魚既然躍過了龍門，便當盡心盡力報效國家，也不枉了自己滿肚子的聖賢書。

苦難之後的曙光總是令人欣喜，數年苦讀終成正果，人世間的春風也迫不及待來向高中的學子道賀。大概也是因為感慨於世間的喜慶，滿院子的杏花也要來湊一份熱鬧，共譜一首盛世華章。

這簡直是一場別開生面的風雲際會了。年少之人得中，自是輕狂幾分；年邁之人得中，也要涕泗一番。各人的際遇不同，但高中後的心境卻是相似。面對錦繡前程，誰人還能捺得住心中的歡喜？四十六歲才得中進士的孟郊，在看到自己終於金榜題名後，心中的無數話語傾倒成一首〈登科後〉：

昔日齷齪不足誇，今朝放蕩思無涯。
春風得意馬蹄疾，一日看盡長安花。

當年齷齪的求學生涯再不願意提起了，似乎一旦高中，人們眼中便只有光鮮亮麗的前程。也正是因為歷經過苦難，才更明白今朝之幸得來不易。孟郊曾經兩次落第，這次高中像是一下子從苦海中跳脫出來，心中的狂喜一時間不知道該如何傾訴。以往生活的困頓早已經成為回憶，今朝終於可以吐氣揚眉過活了。當器宇軒昂騎馬遊長安時，不見兩邊爛漫花鋪路，只聽得眾人歡呼，聲聲催著馬蹄生風。偌大一座長安城，春花無數，竟只用了一日的光景就全都看盡了，這才真正是逍遙快活的好日子！

比之更酣暢的，還有自己信馬由韁的心緒，一時間已在萬里之遙了。

可總也要有人為落第的學子們傷心一番吧。要不然，他們便只得自己蜷縮在房間的角落哭訴一場，或是怨天尤人，或是悲歎命運。更何況這場考試中得中的人，並不見得全都比得過落第學子的文采，只因一時的因緣，才有了今日的天淵之別。

能夠考中進士的人畢竟是少數，絕大多數的學子都會慘遭落第的苦命。若能看到這一點，大概也就不覺孤寂了。待從頭，收拾起一些志氣重新來過，也不枉今次遭到的這些失落。盛唐詩人常建，作了一首〈落第長安〉，說的就是他在進士科落第後的心灰意冷之態。但詩人打算在長安再刻苦用功一年之後，重新踏上考試的征程，這才寫下這首七絕明志：

家園好在尚留秦，恥作明時失路人。
恐逢故里鶯花笑，且向長安度一春。

沒有人不會懷念家鄉的美好，而現如今是再沒有顏面回去面對父老了。爺娘生養了自己數年光景，最後怎能拿著一個落榜的名號回去見他們。即便親人不覺難看，也總是會同往常一樣對待自己，但掛不住的卻是自己的情面，甚至還要擔心故鄉的花草鳥獸也都會因此而疏遠許多。如此，那就暫且在長安城再住上一年，且看來年考試會不會有一個好結果。

有了這一份氣魄，哪怕是不中，做人也能夠直挺脊梁了。上天不會讓賢才白白流失掉，一年後的看榜日，詩人常建終於在皇榜上看到了自己的名字，當年許下的誓言，也終有了一個滿意的答覆。對他來說，最著急的事情恐不是遍賞長安花，而是快馬加鞭回故鄉，讓日漸老去的父母了卻心中願景。

可並不是所有人都如同常建一樣，有足夠的時間和財力在長安城中久住。這一科考試，本就已經耗盡錢財，又因不中，人生再也經不起如此打擊了。既然這樣，許多人便起了在終南山隱居下去的決心。人們都會爭相為仕，可命運卻是偏頗，反倒惹得自己心憐起來。苦了心志，勞了筋骨，卻也不一定會迎來大任。

也難怪孟浩然在朝中受到不少困頓後，才會寫下「黃金燃桂盡，壯志逐年衰」的句子，果真是看透了這場朝野之中的遊戲，都只有一個你死我活的結局。趁著自己還明白些事理的時候，還是早早隱退吧，日色漸晚時，還能偶得陣陣涼風輕拂面，秋色漸濃時，也可聽蟬聲悲怨話人生，誰又能說這不是一種好生活？

一杯酒，一曲歌，一懷心緒，唱不完這場盛世歡歌。如此，又何苦偏偏要擠破了頭，往朝廷謀生？世間光陰不過短短數十年，怎樣過都是一生，高中也不需歡喜，落第也莫要惆悵，一切都當成戲一樣去看便是了。或得或失，都只在你我心中；不輕不重，也盡是各自的人生。

驚破霓裳羽衣

說不盡的唐詩，不過是歌舞昇平一場

作　者：杜昱青 著
編　輯：簡敬容
發 行 人：黃振庭
出 版 者：崧燁文化事業有限公司
發 行 者：崧燁文化事業有限公司
E-mail：sonbookservice@gmail.com
粉 絲 頁：https://www.facebook.com/sonbookss/
網　址：https://sonbook.net/
地　址：台北市中正區重慶南路一段六十一號八樓 815 室
Rm. 815, 8F., No.61, Sec. 1, Chongqing S. Rd., Zhongzheng Dist., Taipei City 100, Taiwan (R.O.C)
電　話：(02)2370-3310
傳　真：(02) 2388-1990
總 經 銷：紅螞蟻圖書有限公司
地　址：台北市內湖區舊宗路二段 121 巷 19 號
電　話：02-2795-3656
傳　真：02-2795-4100
印　刷：京峯彩色印刷有限公司（京峰數位）

定　價：480 元
發行日期：2020 年 8 月第一版
◎本書以 POD 印製

國家圖書館出版品預行編目資料

驚破霓裳羽衣：說不盡的唐詩，不過是歌舞昇平一場 / 杜昱青著 . -- 第一版 . -- 臺北市：崧燁文化，2020.08
面；　公分
POD 版

ISBN 978-986-516-437-9(平裝)

831.4　109011216

官網

臉書